2023年江苏省主题出版重点出版物

望洋惊叹

丁捷 著

南黄海洋口港的前世今生

河海大学出版社
HOHAI UNIVERSITY PRESS

图书在版编目(CIP)数据

望洋惊叹 : 南黄海洋口港的前世今生 / 丁捷著. --
南京 : 河海大学出版社, 2023.11(2025.4 重印)
ISBN 978-7-5630-8374-9

Ⅰ. ①望… Ⅱ. ①丁… Ⅲ. ①南黄海—港口—交通运输史—江苏 Ⅳ. ①F552.9

中国国家版本馆 CIP 数据核字(2023)第 184019 号

书　　名 望洋惊叹——南黄海洋口港的前世今生
WANGYANG-JINGTAN NAN HUANGHAI YANGKOU GANG DE QIANSHI JINSHENG
著　　者 丁　捷
书　　号 ISBN 978-7-5630-8374-9
策划编辑 朱婵玲
责任编辑 成　微　彭志诚
文字编辑 俞　婧
特约校对 张金权　杨　洋
装帧设计 周伟伟
出版发行 河海大学出版社
地　　址 南京市西康路 1 号(邮编:210098)
电　　话 (025)83737852(总编室)
(025)83722833(营销部)
经　　销 江苏省新华发行集团有限公司
排　　版 南京布克文化发展有限公司
印　　刷 广东虎彩云印刷有限公司
开　　本 880 毫米×1230 毫米　1/32
印　　张 13.625
字　　数 256 千字
版　　次 2023 年 11 月第 1 版
印　　次 2025 年 4 月第 4 次印刷
定　　价 98.00 元

题记

吾乡吾民，韧于性，明于心，敏于行。与洋结盟，问海图新，洋口成港，流沙涌金，千年不弃，成功成仁。

——李金华

目录

兴叹篇

惊叹篇

咏叹篇

兴叹篇

题 记

云山苍苍，江水泱泱，先生之风，山高水长。

——范仲淹

第一章　泱泱

远在2000多年前，在扬州地区的一个贫穷小村庄里，一对年近半百的农民夫妇，靠祖上留下的一亩薄田，相依为命。没想到这一年，他们老来有喜，生下了一个儿子。由于营养不良，孩子长得又黑又瘦，一副病恹恹的样子。尽管两口子穷得揭不开锅，但为了孩子，父亲白天四处干零活儿，换一点米面，晚上回来熬粥喂孩子。孩子顺利长到一岁多，小脸上有了健康的血色，可是，糟糕的迹象出来了——这孩子太安静了，一岁、两岁、三岁，不哭不闹不说话。老夫妻慌了，赶紧请来村上的郎中，郎中一看，说："这孩子是个哑巴呀，没准儿还是个傻子，赶紧扔了吧，看你们穷成这样，多一个这样的饭囊，这一家子还怎么过日子啊。"

郎中的话如一声惊雷，把老两口给劈蒙了。两个人对着家徒四壁的房子，整日以泪洗面。到底要不要下狠心，趁着年幼把这“废孩子”扔掉？如果不扔掉，往后的日子会更艰难啊。

孩子母亲先开口了，她说：“孩子在我怀里长到这么大，他说不出话，是哑巴。这可能是真的，但他不傻呀，我这当妈的每一个表情，每一个动作，说的每一句话，他都明白我的意思，哪有比母亲更懂儿子的呢，他是个聪明、懂事的孩子啊。”父亲一听，咬着牙表态，拆房子、卖地，敲碎我这把老骨头，我们也要把儿子养大。夫妻俩为彼此的决心感动得抱头痛哭。

好在，这孩子还真没有让父母失望。三四岁刚能走稳路，就背着竹筐，拿着小锹，出去捡粪，每天天蒙蒙亮就出门，傍晚才回家，中午在野地里随便找点野果子、野草填肚子。回来的时候，小竹筐总是满满的。从此，家里的一亩薄田，有了充足的肥料，庄稼长得旺旺的。虽然一亩地长得再好，也不足以喂饱三口人，但收成可以保个底，至少让三人饿不死了，这小日子也就能热汤热水地过下去了。

孩子到了七八岁的时候，更能干了，农闲的当儿，砍些野竹子野柳条回来，编织簸箕、箩筐，还能编出一些花样图案来，拿出去卖，马上就被人买走了。孩子的手艺很快出了名，附近村庄有人甚至上门来订购他的东西。老夫妻觉得生活有了盼头，看着儿子默默劳作的单薄身影，又心疼又欣慰。孩子虽然是哑巴，但除了不会说话，其他不比任何健康孩子差，甚至比健康的人更能吃苦耐劳。老父亲被儿子激励到了，也不甘心落后，每天都不肯歇着，同时为多家地主打工。到了农忙，割麦子，碾稻谷；到了农闲，挑水灌溉旱田，挖河挑土做苦工；隔三岔五，也受邀帮人家搭草房子。儿子有时候跟着父亲当下手，把所有的活计看在眼里，记在心上，慢慢地，父亲能干的活儿，他都能干起来。

老两口看到了生活的希望，心想着，如果几年内，全家人齐心合力，拼命劳动，多些收成，有了盈余，再买一两亩薄地，把这草房子也翻盖一下，这个家就有点样子了。等儿子大了，没准儿能顺利讨上媳妇，续上香火呢。

这一家人的脸上，开始有了笑容。

在这哑巴十四五岁的时候，家里终于有了一些积攒，把房子翻盖了一番，又开始四处打听哪里有闲田出售，准备置点地，为找媳妇积累一些本钱。可就在这个时候，从淮河北上来了一支散兵，破衣烂衫的，一路烧杀抢劫，直奔这边来了。村子里慌成一团，有的主张逃跑，有的主张妥协，有的主张抵抗。于是村里的长老们开会商量，觉得逃跑和抵抗都不是活路，应该稳住这帮人，不就是要点吃的用的嘛，给他们，他们满足了，大家好言好语，笑脸相迎，笑脸相送，打发他们走掉，这一关不就过了吗？

这或许是代价最小的选择啊！

老乡们还是太单纯、太幼稚了，他们没有经历过这样的劫难，根本没有预料到妥协的后果有多严重。这群痞子兵进来后，见好吃好喝没人反抗，索性霸占了几家富人的房子，驻扎下来。他们恃强凌弱，大肆抢掠，骄横奢逸，放纵无度。他们还就地扩充队伍，召集附近村庄里游手好闲的地痞加入队伍。村民们不堪重负，家底很快被他们掏空，眼看着不断有人饿死，有的不得不外出乞讨度日。村子里几个正直勇敢的男人，决定组织起来反抗。哑巴的父亲就是其中的带头人。经过一段时间的暗中谋划和武器筹备，时机成熟，他们在一个夜里对痞子兵的驻地进行了突袭，双方恶战了大半夜，痞子兵死的死伤的伤，其余的狼狈逃窜。村民也死伤了好几个，哑巴的父亲也受了重伤，躺在家里，无法起床。

经过这场劫难，村庄更贫困了，哑巴一家更是陷入极度贫困。父亲的伤口感染化脓，长期不能愈合，后来就病重去世了。哑巴和母亲举债安葬了死者。雪上加霜的是，来年，母亲也患病不能起床了。更糟糕的是，北边又传来坏消息，那些被赶走的兵匪重新结集了队伍，已经趁着冬天结冰，跨过了淮河，最迟初春就能杀回维扬一带。

二月的一天傍晚，干了一整天活儿的哑巴回到家，他的母亲挣扎着从床上坐起来，严肃地对哑巴说:“儿啊，你给我跪下来，跪到娘跟前，娘要跟你说话。”哑巴赶紧跪在母亲跟前。母亲抬起胳膊，颤颤巍巍地指着屋角，那里多了一辆木轮小推车，一个布包裹，几个陶罐，一个装着半袋粮食的袋子。母亲告诉哑巴，她已经把薄田和草房全部卖掉了，换成了这些东西。她吩咐儿子赶紧带着这些东西上路，逃命去吧。“等那些兵匪回来报复，一切都来不及了，即使他们能饶了咱们的命，但只要他们在，我们不饿死也得累死，反正不会让人好好过，”母亲说，“天亮了人家就来收房子收地，我这把老骨头反正也撑不了几天，我随便到野外找个地方，三两天就过去了，落得清净，只要你能离开，跑得远远的，找一个可以安身立命的去处，我死也能闭上眼睛了。”

说完，母亲掉转胳膊，指向东方，说:“你使劲往东跑，跑到没有田地的地方，就是那东海边的蛮荒之地，那里虽然蛮荒，但荒无人烟，没有兵荒马乱，只要能吃苦，有开不完的荒地，捉不尽的鱼虾！那里也是龙王爷待的福地，龙王爷不会欺穷，不会欺生，他老人家一定能保佑我们这些苍生。”

我大学毕业后不久，从高校调到江苏省委机关，在一位从北京调任江苏省领导的先生身边工作。新世纪的第一个春节快要来临的时候，一天，先生把我叫到跟前，布置给我一件工作，要我选几个偏远的县区下去慰问，快过年了，看看基层有什么困难，为来年的工作搜集一些必须解决的问题。先生的情感很细腻，在工作中对下属很体谅，出于对我家乡感情的关照，特意问我："小伙子你是南通人吧，南通属于苏中，也算不得特别富裕，你可以在南通帮我选一个相对落后的地方纳入这次慰问，剩下的地方全部选苏北地区。"

我内心很感动，脱口而出："谢谢领导，南通相对偏远和落后的地方，就是如东县了，要不我们就把如东作为这次的慰问地之一？"先生点点头，说："好！"

第二天下午，我们便开赴南通。正好当年宁通国家一级公路刚刚升级成宁通高速，汽车在宽阔的大道上疾行两个多小时，就进入南通境内，并在指向掘港方向的出口下了高速。先生一开始心情很好，认为既然高速公路如此畅通了，如东的快速发展也就指日可待了。可没想到的是，下了高速后，我们的汽车开始颠簸起来，脚下的道路越来越窄。乡下公路的岔道口时不时突然蹿出一辆农用车，甚至摩托、拖拉机，吓得司机不断急刹车，也不敢把车开得太快了。当时汽车的导航技术非常落后，道路识别主要靠路牌和司机的经验。我有点后悔拒绝了县里要派车到高速出口接应、带路的请求，可大学教授出身的领导先生，绝对不允许采用这种官僚主义做派。每次下乡，我们只能摸索着前进。这个时候，就要为“轻装简行”买单了。

到达如东县城的掘港镇后，天色已暗。身材矮小、皮肤黝黑的时任县委书记严长俊，站在招待所前昏黄的路灯下等候我们。他是县委书记中出了名的幽默大师，江苏的政界都知道他思维活跃，谐趣万方。一见面，他对省领导说了这样一句话——二十多年来，我这个长于舞文弄墨的人，一直为这句话的精彩而忍俊不禁——可以想象，一般能说会道的人都会这样表达：“啊呀，盼星星盼月亮，总算盼来了首长，欢迎！”可同样一句话，严长俊却这样说：“啊呀，如东这个旮旯，盼得来星星，盼得来月亮，就是难得盼得来首长，真是大喜临门啊！”

说完，还用手指指天。天色的确很晚了，挂着月亮，挂着星星。

因我们在如东的行程只有宝贵的第二天上午半天时间，我跟严书记嘀咕，一定要让领导看如东最精华的地方。路上，领导已经领略了如东这“旮旯”的偏远，所以，困难就不展示了，展示一下如东的希望，提振一下领导关心如东、帮如东解决问题的信心。严书记要我宽心，并告诉我，如东这次要展示的，三个字概括——呱呱叫！

来日一早，严书记的车在前面带路，我们跟着，开出掘港镇，一路向东。村庄越来越稀，田野越来越野，路两旁的杂草越来越疯。我们分明是向着大海的方向去的。可这严书记是要我们看这海的荒凉吗？我是南通人，我知道这南黄海的泥质海岸，如果没有重金打造，天生的景象根本没有多少观光价值。汽车进入荒蛮的滩涂，很快，暗黄色的海平面出现在视野中。车队在一段浮桥上停住。严书记领着我们向海边步行了一段路。海风越来越大，附送了一股鱼腥味，扑面而来。正当我们疑惑万分的时候，这位瘦小的县委书记，张开他的双臂，做了一个向大海拥抱的姿势，双臂形成一个喇叭状，对着大海说："这片海，是上苍赐给如东的福地，从 80 年代开始，南京大学的王颖、河海大学的严恺等专家反复考证，这是古长江入海口，海水下隐藏着一条深邃的古道，简直就是天作的深水港，所以，我们一直在筹划建设如东大港，如东要从这里通向世界。"

我清楚地记得，当时严书记的眼睛里，几乎饱含着热泪，他显然在为这个宏大的计划激动着。而我们茫然地望着一片了无人烟的荒滩，实在无法把这样的景象跟一个车水马龙的国际化港口联系到一块儿。省领导先生也没有做任何表态。显然，我们还没有跟得上严书记跳跃的节拍。回到县城，已经是中午，我们赶紧吃工作餐，准备回程。临走前，省领导突然问了严书记一个问题：县里的 GDP 今年是多少？

严书记愣了一下，快快地说，70 多亿。转而，他又提高嗓门，笑着说:“我知道领导的担忧，但如东有信心做一件‘小狗耕田’的事。”

省领导似乎没有听明白，又问了一句。严书记重复说了一声:“小狗耕田，这是我经常跟县里的干部强调的，我们朝思暮想，要让偏僻的小如东通向大世界，把不可能变成可能。”

省领导上了车，在车上过了好一会儿，突然扑哧笑出声来。他被“小狗耕田”这句话给逗乐了。后来，他说:“你们南通人，也太敢想了，不过，我看严长俊们这个劲儿，没准能把这异想天开的事干成呢。”

弹指一挥间，二十多年过去了。2023 年春节前的一天，我接到如东方面的邀请，希望我以作家的身份，访问正在筹备二十周年建设发展庆典的如东洋口港，并记述这一世界港口建设案例中的奇迹。说实话，我的思绪一下子切换到二十多年前在如东海边“画大饼”的场景，不由得感慨万千。

春节过后，我立即奔赴如东，迫不及待地奔赴洋口港现场。出现在视野中的，再也不是当年只有一条路通向大海的荒滩野涂，而是一个初具规模的现代化港口城镇，白天车水马龙，摩肩接踵；夜晚灯火灿烂，人声鼎沸。汽车驶过直通大海深处的路桥，进入人工岛——阳光岛，登上岛中的六层楼塔，可以看到不远处排开的巨大的中石油储气罐塔；可以看到远处的金光纸业、桐昆等大型落户企业的厂区；可以看到林立的高楼，宽阔的道路，整齐的生态林区，看到蓝天上涌动的白云，一尘不染；看到另一边，大海上一望无际的风电场，巨大的风电机排山倒海般的阵势，蔓延向视线的尽头……一路上，陪同我的陈雷县长，不停地报给我一些数据，关于港城的规划规模，已建成规模，就业人数，生活人数，流动人口，落户企业数、产能、扩展速度，高新技术与服务业比例，天然气储存在全国所占的比例，新能源的贡献，外资到账，进出口总额，固定资产投资，生态建设的投入，等等。在担任县长前，他曾担任洋口港经济开发区党工委书记，对洋口港的感情和熟悉程度，当然深厚透彻。在他快速地“翻动”他的账本的当儿，我的脑海中浮现出当年严长俊书记报告全县 GDP 70 多亿这一数据时的尴尬神情，于是，脱口问道：“现在单单你们洋口港的产值是多少？”陈雷县长似乎是轻描淡写地说，去年 200 亿，而且逐年增速很快。

晚上，我见到了县委书记陈慧宇，他原先在宣传系统工作，跟我熟识。与陈雷县长对洋口港的经济贡献津津乐道稍有不同，陈慧宇书记更多的是在向我慨叹如东人的精神，慨叹精神层面的洋口港，堪称一种“传奇”。陈慧宇从南通市级机关下放基层任职，刚到如东县的时候，他有些自卑——毕竟，在南通地区所有县区中，如东地理位置最偏，基础最弱，经济总量在新中国成立后“稳”居末位。可干了一段时间后，他的内心充盈着自豪感，他迷上了如东偏而有韵致的地理，厚而有力量的历史，迷上了历朝历代惊天动地的围垦故事，迷上当代如东人“夸下海口、建成洋口”的那股精气神。他告诉我，这几年干下来，他崇拜上这里的文化，如东给他的生命灌注了全新的意义。他希望作家能以优秀的作品传播如东的历史文化，诠释出如东精神，尤其是洋口港建设这一现象级实践中所呈现出来的如东人、南通人、中国人的新时代精神。

第二天，陈慧宇书记把我带到县城掘港的一处商业生活区——三元世纪城，这里商铺云集，高层住宅楼林立。他介绍说，这里本来有一处可以为如东历史文化溯源的古迹。要写如东人的向海图强巨史、要写洋口港精神，这里绕不过去。过去这里叫黄家墩儿，历史久远，加上有风景，有名胜，北眺碧霞山、铁佛寺，旁边还有土山池，是历代本土和访游的文人墨客览胜休息的地方。清朝乾隆年间，丰利诗人张槎曾经写了一首题为《夏日过冯开宗宅小饮，酒后登黄家墩，看渔船晚归》的七律诗:“蜀葵花放满庭红，乳燕低下掠午风。醉里揪枰抛劫险，花来檀板放歌雄。烟收晚艇归斜照，云涌虚台落彩虹。最是美人香未远，狭斜门巷馆娃宫。”新中国成立之后，黄家墩儿土地庙被废弃了，改了变成民居。到 2001 年的时候统统被拆掉了，兴建了眼前的三元世纪城。古迹没能留下来，有些遗憾，当然，它的意义并非这首诗，而是历史上有个土地庙，庙门东开，面对大海，庙门上有个匾额，匾额上题有“辟我草莱”，这里面藏着如东人最喜欢的传说故事，而这个故事又承载着如东人的精神血脉。

根据传说，在2000多年前，扶海洲浮出了海面，那时候它还只是一个没有连接大陆的沙洲。洲上荒无人烟，长满了荒草棘藜，因有了植物，渐渐地繁育了很多蛇虫鸟兽，有了些生机。后来有一个从扬州一带过来的逃荒者，与一个从北方过来的逃荒者，一起被当地的一位忠厚善良的渔民接纳——这位渔民也是早他们一些年，从南海漂泊过来的逃荒者，在这里基本扎稳了根。他们三人结拜为异姓兄弟，在扶海洲东边地势比较高的蟥山上，搭了窝棚，就在那里住下来了，以打鱼、垦荒为生。开始，他们靠捕猎海鸟、野鸡、獐子和麋鹿生活，还在沙滩上头踩文蛤、挖泥螺，弄些海鲜海贝吃。但是到了寒冬腊月，风雨雪天，不管是狩猎还是下海，都没有收获，而且有生命危险，他们只好忍饥挨饿。三兄弟一商议，决定开荒种地。然后他们就播了麦种，后来也有了收获，再加上狩猎的猎物和捕捞的海鲜，让他们过上了温饱生活。后来，三兄弟各自娶妻成了家，有了后代。后裔继承了三兄弟的创业精神，把扶海洲的家园越做越大。到了明代，后人为了纪念先祖“辟我草莱”的功绩，在蟥山东边上建了一个面东向海的土地庙儿，这就是黄家墩儿土地庙，里面供奉了三个赤脚、赤膊、腰围草衣的先祖神像，还在三兄弟养牛的地方建了牛栏舍庙。三兄弟拓荒兴业的故事也就这样被固化，并经久不衰地流传下来了。

“如东人就是这三兄弟的后人，”陈慧宇说，“至少从精神上，我们都对三兄弟认祖归宗。”

在研究如东历史传说资料时，我发现三兄弟的故事有很多的版本。我想，作为一个非正史的传说故事，它跨越几千年，经久不衰，它的生命力，它的主脉络，当然是在民间，是在世世代代老百姓的口传、耳闻和心记心诵中的啊。

此后，我花了一些时间，在如东民间走访。61 岁的顾嫂是我在洋口港所在地长沙镇，采访洋口港开发区建设拆迁户时认识的。我意外发现她虽然没有受过高等教育，但口齿伶俐，对海洋常识、渔民生活、海边生存技巧等说起来头头是道，十分熟悉。最让我惊喜的是，她还是个“故事大王”，祖辈父辈讲过的故事，流落在乡间的奇闻轶事，在她那里存量巨大。三兄弟故事的版本，在她口中，细节最为详尽。她甚至得意地告诉我，三兄弟也叫“顾氏三兄弟”，老大姓顾，老二老三是外地逃荒过来，三人结拜兄弟后随老大姓了顾。“他们是如东人的祖先，更是我顾家的祖先。”

因为有她，我从如东带了一肚子故事回来，这才有了开篇那段三兄弟之一——哑巴逃难前的故事片段。

哑巴是个大孝子，他没有抛下重病的老母亲急于逃命，而是守在母亲身边，直到老人家去世。哑巴为老母亲办好了后事，让父母合葬。处理完这一切，哑巴在坟头磕了三个响头，这才推着木车，离开家乡，一路向东逃亡。据说，他离开的第二天，那些兵匪就到了，把村庄里的男人杀得七不离八，房子也烧了个精光。

哑巴一路上吃尽千辛万苦。他先是吃光了随身带的那半袋粮食，然后又拿木车和随身衣物换得一点吃的。最后只剩下两个陶罐、一身烂衣衫，不得不靠乞讨和临时帮人干苦力换口剩饭，饱一顿饥一顿地向前挨着。他逢山绕道，见河凫水，一走就是大半个月，前面的路却望不到尽头。但他牢牢记着母亲的话，不能回头，一定要继续前进，向东，向东，不管吃多少苦，受多少难，都要找到大海，到达那不能再向前的地方，那里有开不完的荒地、捉不尽的鱼虾啊，那是可以与龙王同住的福地啊！

天气越来越闷热，三天两头雷鸣电闪，大雨如注，又是一个饥荒年到来了。哑巴一路上经常看到有房子被雨水冲垮，有人饿死在荒野，有小孩尸体漂浮在河上，散发着恶臭。好心的哑巴看到这些尸首，总是停下来，设法把他们埋到土里去，并为他们祈祷一番。

一天傍晚，哑巴路过一个村庄，发现村头有一群人在围观一具“尸体”。这具“尸体”衣不蔽体，浑身泥浆，散发着恶臭，而且瘦弱不堪，脸上因太瘦，皮包骨头，五官凸凹异常，猛一看，跟一只死猴子没有两样。他便上去向村民借一把铁锹，想把“尸体”埋了。当他拖拽“尸体”的时候，突然感觉到“尸体”有热度。他马上蹲下来，仔细观察，发现人并没有真正死去。哑巴亲手埋葬过自己的父母，一路上也埋过不少可怜的无名尸体，他知道死人应该是冰冷的才对啊。哑巴赶紧提着他的陶罐，到村子里挨家挨户乞讨，终于讨到了半罐米汤。他把米汤灌进“猴子”的嘴巴，半个时辰后，“猴子”终于苏醒，活了过来。而哑巴自己又累又饿，反而昏死了过去。

哑巴决定不抛下瘦弱的“猴子”，带着他一起逃荒。就这样，哑巴多了一个伙伴。“猴子”恢复体力后，跳进河里把自己洗干净，哑巴这才发现他是一个十二三岁的男孩子，虽然瘦小，但很机灵，很勤快。“猴子”告诉哑巴，自己从很远的北方家乡，随父母、妹妹一家人逃荒出来，年前就出发了，已经在路上好几个月。几个月里，父母和妹妹先后死了，剩下他一个人。这次死里逃生，“猴子”很感谢哑巴，两个人结拜成生死兄弟，结伴同行。

又经过了七七四十九天，风餐露宿，风雨兼程，兄弟俩终于在一天凌晨，看到了一望无际的大海。透过荒蛮的草丛，一轮红日正从海面上探出，万道霞光喷薄而出，天地间放射出夺目的光彩。兄弟俩不由自主，扑通一下跪下来，朝着日出磕头。然后，他们在滩涂上奔跑，打滚，兴奋极了。

可是，他们只看到了大海一瞬间的美丽，却不知道更多时候，有更多的凶险在等着他们。他们没有海边生存的经验，好几次差点被淹死。临时搭起来的窝棚，不是被台风掀翻，就是被潮水冲散，一根茅草都不给他们留下。他们不敢下海，暂时也没有下海的渔船渔网等工具，只能看着潮涨潮落、日出日没，望洋兴叹。他们靠在滩涂上打野鸟、捡野果做食物，剥树皮、编草帘缠在身上当衣服。这种举步维艰的生活持续了相当长一段时间，直到他们偶然遇到了早他们好多年到来、已经安居在沙洲上的顾老大一家。

若干年前，顾老大带着妻子和一群儿女，不畏海风肆虐和海水侵袭，凭借着丰富的海边生活经验与超人的意志，战胜风浪，从南海故乡摇舟渡海，来到这茫茫沙洲，扎根下来，垦殖谋生。顾老大发现这兄弟俩时，他们骨瘦如柴，躺在海滩上，奄奄一息。顾老大喊家人一起，把兄弟俩架回自己的窝棚里去，热汤热水，喂给两人，使得他们起死回生。兄弟俩感恩顾老大相救，拜顾老大为大哥，长兄如父，跟着姓顾。从此，他们齐心合力，相依为命，一起探索生存之道，奋力抗争也寻求与海友好合作，并得到了大海的赐福。

老大的善良也影响了老二老三，不管什么情况下，他们遇到逃荒过来的人，都会出手相助，帮助他们安顿下来，教他们生活的技能，带他们渡过难关，建筑稳定的居所，好好生活。若干年过去了，海边逐渐聚集了不少人，有了一个一个的小村落。兄弟仨也成了名副其实的“主心骨”“领导者”，得到村民们的追随和尊敬。

顾氏兄弟仨，老大有着在海边生活的丰富经验，有着厚道的人品、坚忍不拔的意志，就像船的底板和船舵，保证着船体的稳定，团结和护送着船员安全进发。他开辟并掌管着海边的渔业，教授村民们打鱼的技能，开挖出海通道，观察并发布海洋气象，选择最佳出海时机，维护生命的安全和生产的秩序。他不断改进渔网，在渔网上挂上穿孔的石子，做成网坠，这样可以使撒出去的网快速下沉，捕到更多的鱼。他还教大家提前准备捕鱼设备，比如渔网、地笼什么的，到一定时间去收。吃不了的，只要鱼没死就可以放在浅海区，让它在水里待着就行了！浅水区用栅栏围上不让鱼跑了。最了不起的是，他最早让大家有了“集体”的意识。比如，老弱病残，失去了垦荒和出海的能力，这类人被老大安排待在村落里，为出工的人做饭和收拾房子附近的田地。老大教会他们制作鱼干、储存粮食等。身强力壮的壮劳力，可以一心一意在外面打拼。在饥荒时期，他告诉人们，需要互相接济，才能一起渡过难关。有些人可能会有更多的食物储备，他们可以将多余的食物分享给其他人。只有大家都活下去，集体的力量才能得到保护，人多才能抗击更大的风浪，取得更多的收成。他还发明了集体仓库，在丰收的时候，大家把多余的食物捐出来，储存在一起，到了突发灾难来临，谁家遭殃，可以从仓库里得到及时的救济。他还教大家敬畏天地，崇拜海洋。每次出海前后，或者垦荒后庄稼丰收，他都要带领大家跪拜天地、祷告祈愿。他们在祷告时把小鱼小虾撒向大海，表达对生命的宽慰和对海洋的感恩之情。

老二虽然是个哑巴，不能用言语表态，但内心聪慧明白，能见机行事，有着奇思妙想，在劳动中创造，不断改进工作。他就像尖翘的船头，指引和开拓着航路，坚定地朝向远方。他把在内地和逃荒途中积累的生活经验，结合海边的特点，进行改造升级，不断优化临海生活的方式。比如，他有编织手艺，就组织村民种竹子、打柴草，然后用它们编织家用箩筐和鱼笼等打鱼工具。他还把编织用到窝棚的建筑中，加固了棚盖，使之连接成一个整体，不容易散落，大大增加了对海边多发台风的抵御能力。在饥荒时期，野果是人们的主要食物来源之一，他带领大家去采集各种野果野菜，蘑菇、木耳、山楂、野梨、毛桃、桑葚，哪些是能吃的，哪些是不能吃的，哪些必须烧熟了吃，一一教人们辨别。荒蛮的滩涂，还有另外一种资源，就是野鸟野兽。哑巴琢磨制作捕猎工具弓箭和巨大的笼子，挖掘陷阱，投食做诱饵，与大家一起摸索出很多狩猎技巧。捕猎野兽不那么容易，需要一定的技巧和经验，但是一旦成功，就可以获得丰厚的高营养食物。遇到大饥荒，哑巴教人们吃树皮来填饱肚子。树皮中含有一定的营养成分，可以缓解饥饿感。但是吃树皮也有一定的风险，因为有些树皮含有毒素，需要谨慎选择。有了哑巴的指导，人们大大降低了食物中毒的危险。在丰收季节，哑巴教大家如何把粮食装在陶罐中储存起来，食物在陶罐中可以防水，不容易变质。

老三“猴子”机灵敏捷，做事勤快，干净利落，就像饱满的帆，就像旋转不停的桨，源源不断地输送着动力，补充着力量。老大和老二的任何决策与新点子，只要一表达出来，“猴子”就能立马组织人去做出来。大风大浪跟前，“猴子”总是第一个冲出去，大家都心甘情愿跟着“猴子”冲，因为有了老三的身先士卒，村民们团结一致，充满了战斗力，始终没有被恶劣环境打趴。

就这样，兄弟仨取长补短，与人们相互协作，很快就把荒蛮的扶海洲，耕耘得风生水起。一些逃荒、避难过来的人，纷纷加入，无不得到兄弟仨的接纳和帮助。洲上形成大小数个村落，不断壮大，从此生机勃勃。兄弟仨子又生子，子又生孙，子子孙孙繁衍成海边最大的家族。他们不光用生存能力哺育了后代，最伟大的在于，他们的精神品格影响了千秋万代。这也是如东后人一定要为他们的祖先筑庙竖碑，永远纪念和敬拜他们的原因。

第二章　且兴且衰且兴叹

2000多年前那片初有人烟、被称为扶海洲的沙洲，如今，它的核心正是江苏南通地区的如东县县城掘港镇。两千年的江河流沙淤积，已经使沙洲不断东扩，向南黄海深处延展。现在真正的海边，是大小洋口这条线。从掘港镇出城，要去如今已经建成的洋口港，把手伸向海洋，亲自触摸那冰凉、泛浑的海水，需要走将近三十公里的路程。

今天，走这段路，可以全程开汽车，半个小时左右就到了。甚至，到达海岸线，我们可以继续往前走，通过黄海大桥，走进大海洋深处。

家住掘港镇的老吴，几乎每个工作日都来回在这条路上。他在属于洋口港区的人工岛——阳光岛上开工程车。每天，他开着自己的“长城”小越野，出城，到达洋口，上桥，到达人工岛，然后“换车”工作。

“如果您了解扶海洲的地理历史，今天的光景，一定会让您很恍惚，”老吴点上一支烟，笑呵呵地对我说，“如东人喜欢讲三兄弟的传说故事，他们是如东人的祖先。我脑子里经常会有一个奇思妙想，如果他们回来，看到他们曾经的家园，是一座城市，会不会惊掉下巴？特别是，他们出海都不一定能到达的地方，现在是人工筑成的阳光岛，一个现代化的能源储备岛，汽车可以直达，四周停满了大船，岛上有那么多巨大的建筑，特别是那储气罐，跟一个巨型碉堡一样，您说奇怪不奇怪，惊人不惊人？”

可能老吴觉得自己的表述，还是不够“出语惊人”，又追加了一句：“人说见怪不怪，反正，我天天见怪，还是觉得太奇怪！”

在掘港镇的一次半官方的为洋口港建设二十周年系列活动预热的“洋口港建设代表”聚会活动中，我遇到了本土的企业家老陈，他西装革履，把自己收拾得一丝不苟。交谈中，我得知他是渔民出身，从小就跟着爷爷和父亲的渔船出海。后来，他从打鱼到卖鱼，从渔民变成了商人，还有了自己的文蛤产品品牌。他说“代表”这样的称谓虽然让他很受用，但自己实在受之有愧，洋口港建设的有功之人，多了去了，不夸张地讲，全县七八十万人，几乎人人有资格当代表！为什么呢？因为几十年来，全县上下都在关心洋口港，参与建设洋口港。记得新世纪初启动建设的时候，县里的财政捉襟见肘，政府没钱投入，全县老百姓纷纷给政府写信，甚至上街做志愿者组织募集活动，有钱的希望能捐款给政府，没钱的希望能有机会做义务劳动。一群幼儿园教师主动捐出一个月工资，希望分担“洋口港建设”的开支。接着，受此启发，县里的机关人员，提出每年可以留一个月工资下来，作为港口建设的贴补。虽然县委县政府没有采纳，但人民群众的拳拳之心，分明可见。一位见义勇为的群众英雄，把政府奖励给他的一点营养费，全部捐出来，希望自己能为建港尽一份小小的心意。这里面的感人故事，真是太多太多了。

老陈和他同村的一些渔民伙伴，就是这群热血百姓。他们得到的机会是，设法送科考队和各路工作人员到海上去，目标就是今天的阳光岛——正式建岛之前，是一块距离海岸线十几公里的海中高地，退潮时，就袒露出一部分身体。“没有这个岛，就没有后来振奋人心的中石油 LNG 项目入驻；没有 LNG，可能就没有香港保华集团孤注一掷的投资，那开发建设洋口港可能永远停留在梦中，”老陈说，“扯远了扯远了，您专门为我们宣传洋口港，这些情况您肯定听得很多了，我不用多说。”他话锋一转，回到司机老吴的“奇怪”这个话题上，哈哈哈哈地笑出了眼泪。他说:“老吴觉得奇怪，不可思议，要是他有我们当年的所见和亲身经历，那真是要惊掉下巴的!”

一滴快乐的泪水从他眼角密密麻麻的皱纹缝隙间渗透出来，让我的内心有些颤动。事先，我听过他和伙伴们的事迹，为了洋口港的建设，他们承担了当义务“背夫”的任务。我对这个故事感兴趣，他想了一下，一口气回忆道：

“其实也是非常平常的一点工作，我们渔民比较熟悉那段路，毕竟在海上走十几公里，不同于在陆地上，一般人还真上不去，不像现在，汽车直接开进去，那时候有点复杂。首先要在凌晨趁潮还没有涨上来，把手扶拖拉机开进去，浅滩，有的地方有浅水，咕噜咕噜地开六七公里。这个时候，水开始有点深了，必须停下来，等退潮。等个把小时，这轮潮水退下去，海滩又露出来了，拖拉机再开一两公里进去，这个时候水更深了，伙伴们已经提前弄了小舢板船，在这里接应。舢板很小，大了进不来，小才能进入这浅水区。但小也有小的缺点，就是经不起风浪，没有驾驭经验的话，一晃悠没准儿就翻了。我们必须确保客人的安全，所以都是自己跳在水里把持着舢板，靠近客人，然后扶他们爬上去。我们还要在舢板上再等一两个小时，等涨潮涨彻底了，再往前走。到了深水区，有大一些的渔船接应，我们安排客人上渔船。然后再开到高地——我们现在叫它人工岛，那时候可是纯自然的一个海中沙洲啊，这时正好退潮了，岛露出来了，大家就可以上去考察了。但舢板靠不了，还得走一段水路，因为天然岛有个坡度，有一段只能是人下来走，没有海上生活经验的人，绝对走不了，特别是到了冬天，一般人下水怎么吃得消？只有我们渔民有经验，也能抗寒，这段路，客人只能靠我们人力运输，背过去啊。那些年里，一批批的科学家、工程师、决策人，都是我们这样背过去的。我有个伙伴，是我们这些人佩服的老大，叫徐建泉，大家都服气地喊他一声徐老大，他的经验最丰富，也是当年背人上岛最多的人，他吃的苦可以讲三天三夜，他是洋口港建设真正的大功臣，可惜最近生病住在上海，不然让他跟您讲讲这段经历，绝对是惊心动魄。

"我这里的故事，嗯嗯，值得说的有那么几次，就是我背过的客人中，有大科学家王颖、朱大奎、严恺、严以新等人，有港口设计大师顾明权，有中石化、保华这些大企业的老总，可以说没有他们，就没有洋口港的今天；还有当时的南通市委书记罗一民先生，以及来考察的港台富商、企业家们，各级政府及其部门的负责人。忘不掉的是罗一民先生那次上岛，特别惊险，差点掉到海里，幸好随行人员反应快，一把抓住他的胳膊，使劲拽着，悬空在舢板和渔船之间，慢一点就掉下去，低一点就被船夹住，粉身碎骨的可能性都有，后果不堪设想啊。罗先生的胳膊都被拽伤了，可以想象拽住他的人，用了多大的力量啊！

“啊呀，不说了不说了，您可以去问问王颖院士，问问罗先生，他们现在都退休了，在南京呢，跟您同城，有机会您一定要当面访问他们，这里面的故事还是很有意思的。有机会，您也可以找徐老大聊聊，等他身体好些了，坐下来弄二两酒，他经历的故事一晚两晚聊不完。那些年他背过的人是最多的，只要一接到县委办小袁秘书的电话，就知道带人上岛的任务来了，凌晨出发，黑夜了才能回到家，来回十几个小时，整个人像散了架似的，那个累啊！告诉你一件好笑的事，有时候太累了，人都吃不消了，也会发点牢骚。有一次，徐老大跟背上的人诉苦，说：‘县委办的那个小袁，太不像话了，三天两头打电话，安排人上岛，也不让我们喘口气，也不给我们一分钱，也不请我们喝一次老酒，还动不动就说，为了洋口港，全县人民都在抢这样的机会，下海锻炼了身体，又获得了荣誉。看看现在的年轻人，都太能忽悠啊，把我们当老驴子使唤啊，下次我要是有机会见到他，直接把他扔到海里去。’听了他可爱又风趣的话，背上的人呵呵地笑起来，拿手拍拍徐老大的肩膀，说：‘徐师傅啊徐师傅，你现在就可以梦想成真，在下正是你朝思暮想的袁秘书！’哈哈，巧不巧，两个人差点笑翻在海里。

“说实话，我们那时候还年轻，干劲十足，睡一觉又来劲了，等到后来洋口港正式开建，现代化的建设大军开进来，我们的使命就完成了。可那时心里又失落了，觉得自己帮不上忙了，落伍了，没用了嘛。今天，如东人都以洋口港为荣，也开始享受港口带来的福利，再回过头来看看那个时候的苦，心里反而甜丝丝的。我一点不矫情，就是这样的！谁经历过谁心里清楚，我想，如果围垦如东的张謇前辈在，如果筑堤坝的范仲淹先人在，如果祖先顾氏三兄弟在，一定也是我这样的心情。”

哈哈哈哈，他开心地笑了，言语间满满的那种遂愿式幸福。

采访期间，我还荣幸地遇到了回乡探亲的全国政协原副主席、审计署原审计长李金华先生。作为如东人民的儿子，自年轻时离开家乡的那一刻起，他就无时无刻不在关注家乡、关心家乡。他告诉我，他在北京工作后，有同事问他是什么地方人，他回答江苏如东县，同事蹙着眉头反问，江苏有这个县？是如皋吧?！他觉得很委屈，解释说，如东就是如东，历史上跟如皋同属一县，但新中国成立后早就独立成县了，同属南通地区。过了几天，同事对他说:“我搞清楚了，江苏南通有六个县，你们如东外号叫‘小六子’。”他一听，眼泪都含在眼眶中了。那是20世纪80年代改革开放初期，一个你追我赶发展经济、排名GDP的时代，如东贫弱的基础和偏僻的方位，限制了它的发展。所以，发端于20世纪80年代、动议于20世纪90年代、开建于新世纪的洋口港，成了李金华和所有如东人的兴奋点，是家乡朝向未来、摆脱落后的最大希望“灯塔”。

李先生毫不讳言地讲，如东的泥质海岸到底能不能建港，凭小如东到底能不能建成一个国际大港，社会各界怀疑、争议甚至坚决否定的声音，在建成前从未停过。他也在各种声音中纠结过。洋口港建成了，是如东人民的一次壮举，是人类向海图强的阶段性战果，是时代性突破，从无中生出有，从不可能变可能，从可能实现巨能，创造了一个奇迹。但这是物质考量，不是精神考量。如果我们能放眼历史，我们可以清晰地看到，如东人奋斗的足迹，踏遍万水千山几千年，那股精神的脉络早就存在，没有断过，一直在壮大。

先生思考了一下，一字一顿地说:“也许可以归纳为几句话，韧于性，明于心，敏于行。到了今世，在洋口港建设这件事上爆发出巨能，不是物质资源积累的必然，而是人的精神厚积薄发的结果。”

我告辞的时候，李先生反复叮嘱我，建议为洋口港写文章，一定要了解洋口港、了解如东的前世。洋口港建设发展二十年，前面还酝酿了几十年，就算四十年吧，跟古代如东人的奋斗史、近现代如东人的斗争史、新中国如东人的创业和改革开放史，是没法割裂开来的。否则，单看这件事，的确有些“拍案惊奇”。

根据史料记载，结合现代科学考证的成果，可以推论，远古时，长江口北岸在扬州、淮阴一线。随着时光的流转，长江口逐渐向东推移，江口两岸的陆地也在不断东扩。商周时期，扬州一带南滨江、东临海，犹如江北岸大陆延伸出的一个半岛，史称为扬泰古沙嘴。大约从 2000 多年前的春秋战国时起，该地域是大陆架的浅海区，由于长江、黄河泥沙不断淤积，浅海海底逐渐抬升，形成许多大大小小的古沙洲，长江入海口的古沙洲群陆续出水并逐渐涨接成一片卵形沙洲，这片沙洲从海中浮出，故名“浮海洲”，后雅称为扶海洲，又称为如东古沙洲。如东人传说的祖先“顾氏三兄弟”闯荡于此、定居开创生活的故事，就发生在这个时期。中华民族的强大生存和繁衍能力，在此得到印证，土地延伸所到之处，无不存有祖先奔走的足迹。春秋战国，兵荒马乱，天下太平无日，新生的土地虽然条件恶劣，环境荒蛮，但不失为逃避乱世的好去处。清《扬州府志》记载:“秦汉时，州东百里有长洲泽，又东有扶海洲。”《后汉书·郡国志》里也有扶海洲的记载。据《中国历史地图集》所标，西汉时期扶海洲的位置恰在今天的如东境内。

如东县是新中国成立后从如皋切出东部，独立出来的。从这个意义上说，古代典籍里的如皋就是后来的如皋加如东，或者说“如皋”也是“如东”。又传，西周时如皋以东尚为海滩，芦苇丛生，不少野鸡（雉）栖息其中，贾大夫携弓箭到此海滨射雉，后又带家属来此。此地有水有雉，故称为“雉水”。《左传·昭公二十八年》中记载了贾大夫射雉的佳话:“昔贾大夫恶，娶妻而美，三年不言不笑。御以如皋，射雉获之，其妻始笑而言。贾大夫曰:‘才之不可以已，吾不能射，女遂不言不笑夫!’”贾大夫“如皋射雉”就是到水边射野鸡。这个故事流传至今，已有2500多年的历史。后人为纪念贾大夫开发海滩之功建造了贾公祠。如东的本土作家康海群在一篇散文中写道，他老家所在的海河滩村离贾公祠不远，远古时就是海河交汇之地，为泽边高地。小时候，他曾听爷爷讲过，这里地面两米深处曾挖出大量贝壳，贝壳的大小约四厘米见方，呈白色，堆积如山。

《后汉书》记载，扶海洲为广陵郡辖地，广陵郡为刘邦侄吴王濞之封地，“扶海洲上有草名蒒，其实食之如大麦，从七月稔熟，民敛获至冬乃讫”，彼时已列入版图吏治。春秋时期，吴越争霸，夫差“封其民于江淮之间”。越灭吴后，勾践曾移民于江淮之境。清人李琪的《崇川竹枝词》开篇道:“淮南江北海西头，中有一泓扶海洲。扶海洲边是依住，越讴不善善吴讴。”此后，又历唐宋两朝人口迁徙，明初“洪武赶散”，明清渔盐业勃兴而成为商贾聚居地，民国初年的废灶兴垦又引发百姓搬迁……历朝历代，来自多方的杂居移民，融为一体，血肉相连，同心协力，顺应生存之道，发展农业、渔业和盐业，依傍大海，脚踏沙洲，讨要生活。

从三兄弟时期起，一代代先民们在此探索生计，逐步学会了种植水稻、栽树植林、结网捕鱼、挖贝钩蛏、晒海煮盐和行船驶舟、建屋筑堤的本领。但生产力的发展非一日之功，地理条件的科学利用，是在无数代人细水长流的学习和积累中提高的。为讨一口饭，先民要付出艰辛、痛苦的生命代价，脆弱和懒惰的人很快被残暴的大自然淘汰，有的葬送大海，有的暴毙荒滩，有的在贫病交加中挣扎、死亡。一些人坚持一段时间后就放弃了这块地方，转走他乡，寻求安逸。大浪淘沙，沧海桑田，千百年的遴选、更替，剩下的居民都具备了强大的韧性、聪敏的心智和踏实、果敢的性格。这些素质也成了如东人固化下来的精神特质。

宋代文人周去非曾在《岭外代答》中为我们刻画了过去以江海为家，随风漂泊，生死如草芥一般的海边居民生态。渔民们在江海中营营碌碌，辛苦一生，却换不来温饱，穿的衣服破破烂烂；换得一把米，却要以此供养全家，每个人都吃不饱。渔民们的全部家当只有一只小船，但是子女众多，一船上大大小小不少于十个。渔船也没有多大，有的渔民直接终生住在船上，三代同堂居住的船也仅长 4～5 米，宽只有 2 米左右；而小型船则更加小。到了夜晚的时候，孩子睡在中间，父母睡两边。半夜里面父母还要醒来数脚丫，以免发生孩子半夜落水的悲剧。孩子从小就被母亲用背带背在背后，而母亲仍然要划桨捕鱼。等到孩子能爬的时候，就用一根长绳系在孩子的腰上，再在绳子末端绑一根短木头。如果孩子掉到水里，绳子一牵就能救上来。这样长大的孩子，等到学走路，能走的时候，已经可以在船上爬来爬去，在水中游来游去。

渔民下海捕捉鱼虾，必须立即设法拿到外边去换取其他食物和家用品。因缺乏冷藏保鲜的工具和技术，一旦捉到活鱼，他们就会急急忙忙寻找买家，以防交易之前，活鱼变死鱼。渔民们在恶劣的环境中采集泥螺、文蛤等贝类，没有任何的防护措施。他们下海，唯一的工具就是长绳和竹篮。长绳系在竹篮上，他们抱着竹篮潜到水下寻找大一些的海贝。捡到后，会摇动绳子，让船上等候的人把篮子拉上去，如果没有发现，他们也会尽快潜回到小船，毕竟海里存在各种危险。最大的危险莫过于一些鲨鱼等肉食性鱼类。遇上这些鱼类，渔民们非死即伤。有的直接葬身鱼腹，当看到有一缕血浮上来而没人的时候，船上等候的人就知道下水的人已经死掉，失去经济支柱的家属们痛哭失声。有的人比较机灵，迅速上浮，但是也还是有被咬掉手脚的情况出现。这种情况已经是不幸中的大幸了。

以写老一代渔民生活出道的当代作家邓刚，曾在他的代表作小说《大鱼》里，写了一位经验丰富的老渔民水顺爷为了追捕一条大黄鱼，把握涨潮时间失误，无法回到安全区，差点葬身大海的故事。他的短篇小说《芦花虾》则描写了渔村的“后备”劳力——妇女在海边捉虾、卖虾的艰辛与危险。他们的作品虽然一个是基于东海、一个是基于南海的生活阅历，但以此参照自然条件更为恶劣的如东南黄海，可以一目了然，看清渔民几千年的生存状态与抗争程度。

广袤的华夏大地上，绵长的海岸线上，曾经有各种大大小小的族群，随着历史长河的流动，他们不断融合，并肩奋斗，最终成就了今天的中华民族。也许这就是经历了几千年，中华民族依然活力无限的原因。

有几天，我特意去长沙镇的黄海村采访老渔民。这是一个古老的渔村，因洋口港的建设，一些村民因拆迁住上了楼房上了岸，成了港区的职工，一部分村民仍然保持着传统的生活方式，下滩踩文蛤，出海打鱼。在村子里，我遇到 80 岁的金奶奶，她出生在一个渔民世家。打记事时候起，家里的男人就是漂泊在海上的，女人们则趴在海滩上挖文蛤、扒泥螺、收紫菜。她亲历过好多事故。紫菜地一般是在滩涂高地上，每天最多有两个小时落潮期是露出水面的，收紫菜必须在这段时间完成并撤离，过了时间，潮水上来，淹了高地，低洼地水更深了，根本回不去。收紫菜的季节是正月到阳历四月，天寒地冻，人泡在海水里上不来，撑不了太久，命就没了。她小时候，她们村曾一次死了二十多个妇女和孩子。她还记得她的外公是渔民的老大，经验丰富，拥有一条大渔船，带着十几个伙计，每次出海都能满舱而归。外公用一条长绳子，把人串起来，绳子系在粗大的桅杆上，这样船在风浪中颠簸，任何人都不可能被独自甩出去。外公告诉她，这根绳子把人与人、人与船、船与海都捆绑到了一起，天人合一，大家都有共同的命。如果发生意外的恶劣天气，船不抵风浪，那么，船和人、人与人，大家只能一起归于大海，这就是渔民的宿命。但只要活着一口气，只要有一个人剩下一丝力量，都必须拼命，让大海感动，饶回自己的性命。

所以，几千年来，渔民们哪一代不是不惧风吹浪打的铮铮铁骨？

“煮海为盐”也是海边长沙人重要的生计。如东县文明办主任陈建宗陪我到长沙镇调研。他告诉我，长沙有20来公里的海岸线，海水资源极为丰富，海盐业在此有悠久的历史。从远古的人类发现自然风干和晒干的结晶盐到自主加工制盐，这一过程毫无疑问是漫长的。

长沙制盐起于何时，无确切史料为据，但在宋孝宗乾道七年，徐子寅知泰州，奉旨筑堰。徐请求设立盐场官分别管理各自境内的埝道，即堰堤。设立差使盐官的制度，就从这个时候开始。这次修筑堰堤是从海安旧场向东进入如东界，经洋口、环港至长沙折向西南，再经掘港至花市街的古岸头。人们称范公堤或皇岸。经长沙时，将长沙西北的古灶盐墩匡围在堤内。由此推算在筑堤时长沙这里就有了盐民烧盐，有管理烧盐的场官，属掘港场范畴。明弘治年间，掘港场东至大海 10 公里，西至马塘 15 公里，南至石港场 30 公里，北至丰利场 30 公里，西至如皋县城 65 公里，东南 7.5 公里亦为海。范公堤环绕于场前。明初至弘治年间，掘港场、丰富场为两淮 30 场之最。清嘉庆二十九年，范公堤内草荡西抵马塘，西北抵丰利，东南北俱抵堤外沙滩。掘港场由南向北将范公堤依次分为二十四总，头总于花市街西三公里之古岸头，掘港东为五总，长沙域内目前仍有旧的地名十三总、十五总、十六总、十八总、二十总等，每总都有若干灶户。如今富盐村、北坎村、港城村、黄海村、三民村、卫海村的老一辈人尚可记述“烧盐”的往事。长沙一带自古即行锅煎煮，直至 20 世纪 60 年代末结束，取而代之的是全面的晒海制盐。

站在今天，我们可以尽情地挥洒笔墨，赞美如东得天独厚的资源优势，比如，她拥有 100 多公里的黄金海岸线、100 万亩的金色滩涂，且每年还以 25～35 米的速度向外淤长，年增加滩面 4500 亩左右。在这片滩涂上，不仅盛产着文蛤、四角蛤、西施舌、竹蛏等数十种珍稀贝类和其他海产，自然风光也是一流，大海滩涂，一望无际，风吹浪高，云涌气润，千里蓬蒿，河汉纵横。漫步在洲上，很容易邂逅先人，身处古迹，古树、老堤、盐坑，散落在阳光下，像一本本合拢着的史料大书，等候我们来翻阅。生息在这里的先民们，既有穴居草荡滩头，同海浪和泥土滚打一生，生吃蛤蚌活吃虾的本地土人，也有小板车推着全家，跋山涉水探路问津，来求生计的垦荒移民，更有日晒脊梁夜眠卤地的苦役盐丁。我读过很多关于如东的优美散文，几乎都是这样乐观地写道：古老的如东虽说是草莱之地，却是脚板踩得出油花的沃土，在相宜的气候下，绿意萌生。古书记载着，“饥者歌其食，劳者歌其事”，人们用渔歌编着心声，唱出衷情。

历史必须看，乍看是文学，像这样三言两语美辞章，泛说着时空的跨度，固然有一份潇洒浪漫，令人沉醉；但历史不满足后人走马观花，只览其表，历史也希望我们沉浸其里，触摸具微。所以，若是细看，就成了不忍看、揪心看，细节里的血肉，填充了太多的山愁海苦、血水泪流。然而，也正是这般的血肉，才能涵养得了壮烈的精神，才能包裹得住强悍的灵魂。

海洋性格狂野，有奉献的大度，也有吞噬的冲动；滩涂气质蛮荒，有馈赠的慷慨，也有掠杀的凶悍。可歌可泣，“可歌”总是与“可泣”联系在一起。从沙洲浮出海面，顾氏三兄弟登临的那一刻起，几千年来，这片海域之地就没少经受狂风的围剿，巨浪的拍打，人们就没少遭遇过天灾人祸、洪困荒难。

我们从气象科学角度看，如东地处黄海之滨，属典型海洋气候。其自然变化由地理纬度、下垫面性质和大气流等因素决定，随着一年季节交替，江淮流域上空常有冷暖两股气流相互碰撞，气候变化异常，灾害性天气活动频繁。冬季有蒙古高压势力、夏季有夏威夷高压势力，加之太平洋暖湿气流强大，这些气流交替碰撞，均可形成暴雨、冰雹、台风、怪潮、暴雪、寒冻、干旱等自然灾害，而这些灾害的出现，都难免使农作物和人民生命财产遭受重大损失。

一天下午，洋口港所在地长沙镇的镇宣传委员李黄带我们去看渔船港湾，路上风和日丽，可刚接近大海边，前方突然涌上浓云，放眼望去，水天一色，大海仿佛长高了数十丈。在道路尽头，我们徒步几十米，刚走到水边，突然狂风大作，硕大的雨点密密匝匝地砸下来，落在地面上、草丛里、人的身上，发出啪啪的巨响。我从来没有见识过这么大的雨点，打在身上生疼，在衣服上形成的湿斑，竟然都有拳头大小。狂风跟着作祟，几乎把我们掀翻到海里去。李黄连忙拽着我，跑回车上，就这短短的两三分钟，我们浑身已经湿透，算是领教了一次大海变天的威力。

“这是个海湾，渔船的避风港。这个地方的风浪是最弱的。”李黄示意我看窗外左侧，数不清的渔船停泊在那里。七月是休渔的季节，港湾里显得十分宁静。李黄有些内疚地笑笑，看着我湿透的狼狈，让驾驶员师傅关掉空调，暖心地向我递上一沓子干纸巾，让我擦一擦头上的雨水。他说："您可能觉得刚刚那风雨挺突然、挺厉害的，可这在海边，只是微不足道的一次小骚扰，这个地方毕竟是避风港，是风浪最小、天气最稳定的地方！见微知著，可以想象，我们长沙、我们如东的海边，大风大浪有多野！"

李黄告诉我，洋口港建在长沙镇所处方位，虽说是客观条件的必然、科学定位的必然，但长沙人民可不管这些，因为长沙人的基因里，有生命的勇敢，也有对大自然的恐惧。如东是江海交汇之地，灾难易发，而长沙是如东的风口浪尖，小小长沙，特殊的位置今天可建大港，为民造福，过去却是自然灾害的集中地、引爆点。他送我一本长沙志，和两部像城砖一样厚重的县志书，里面有对长沙和如东南宋以来自然灾害及其损失的不完全统计。我翻阅之后，简直是倒吸了一口凉气。

比如水灾，南宋嘉定元年（1208）、景定五年（1264）发生海溢，淹死人无数。咸淳七年（1271）海堤决口，海潮涌溢，溺死乡民无数。元朝皇庆二年（1313）八月，海潮溢过堤顶，百姓生命财产损失严重。泰定二年（1325）海潮漫溢，人物损失严重。至元元年（1335）、至正元年（1341），海堤决口，许多人被溺死。明洪武二十二年（1389）七月，海潮横溢，冲坏堤堰，灶民被溺死无数。正统十四年（1449），大水。景泰六年（1455）水灾。成化三年（1467）七月，海水暴涨，冲缺堤岸。正德六年（1511）六月，大雨，海溢，伤禾；十三年（1518）、十五年（1520）大水灾，饥荒严重。嘉靖元年（1522）七月二十五日，风雨袭击，海潮暴溢，住房倒塌无数，数千人死亡；三年（1524）秋，发大水灾；十一年（1532）发生水灾；十二年（1533），大水，庄稼被淹失收；十八年（1539）海水骤溢，许多居民被漂没溺死；三十七年（1558）秋，发生大水灾，庄稼遭受重大损害，毁房屋无数。隆庆三年（1569），大水灾，海潮横溢，市镇街道非船不能行，溺死人无数。万历二年（1574）七月十四日，海潮泛滥，溺死者不可胜计；三年（1575），海潮破堤横溢；六年（1578），大水；九年（1581）八月发生大水灾，塘圩坡埂被冲决，溺死者无数；十年（1582）、十三年（1585）海潮涨溢，死人无数；十四年（1586）五月，阴雨二旬不止；二十一年、二十二年、二十三年、二十四年连年大水，民不聊生；二十五年（1597），海啸；二十六年、二十九年，春雨不断，麦子基本无收；三十年、三十六年、四十二年均发大水，并有冰雹伤禾。崇祯二年（1629）六月丁亥巳时，飓风海潮，坏田庐，人溺死。

到了清朝，记录就比较详尽了。清顺治四年，发生海潮横溢，漂没人、房无数；五年、八年，夏雨伤谷，民饥无食；十一年六月飓风涌潮，死者以万计，秋，水涝。康熙元年四月，冰雹大如斗，禾麦尽伤，坏屋伤人无数，九月下雨不止；四年夏，海潮倒灌；三十五年发生海啸，溺死人无数；四十一年、四十四年、四十七年、五十四年均大雨成灾，毁粮田无数。雍正元年阴雨伤害庄稼；二年七月十七日、十八日两天，风雨大作，又发生海啸，潮涌范公堤成灾，市上行舟，沿海各盐场漂没一空；十年七月十六日、十七日、十八日，风雨大作，陆地水深尺许，海潮横溢；十二年六月三至六日，连降暴雨，决堤防、漂庐舍、毁桥梁，家家户户断绝烟火；二十一年秋，大水灾，民饥荒。乾隆七年秋，大水，无禾，民饥；十三年五月四日，遭受暴风雨、冰雹袭击，秋，大水；十九年夏发生大水灾，秋，发生海溢，民众生命财产损失严重；二十年七月十四、十五日，连遭大风雨袭击，海潮涌入，淹没田禾，冬，大雪；二十一年秋，水灾；四十六年六月十八日夜，风雨大作，海潮淹没堤岸，至三十日始定；五十五年四月，受冰雹灾害，麦子尽损。嘉庆二年，大雨，海溢，伤居民；四年七月海溢，范公堤多处决口；十二年七月遭大冰雹袭击，庄稼受严重损失；十九年冬，风雪穷檐，哭声盈耳；二十年九月下旬，阴雨连绵，至二十七日稍息，忽然严寒逼人，风号竟夜，晨，河水结冰。道光十三年秋，水灾，沿海盐坊均被淹没；二十五年正月十九日，大雷雨，冰雹；二十八年六月二十八日，海潮溢，秋，大水；二十九年，海潮暴涨成灾，居民漂没溺死者甚众。咸丰元年海溢，决范公堤；二年七月，海潮倒灌，直入内河；四年十一月，发生海啸，淹死多人；五年七月，发生海啸；六年秋，暴风雨成灾，荒歉无收；七年秋，发生海溢；八年七月，海潮泛溢；十一年八月，发生海溢，损坏范公堤。同治六年秋，大潮，损坏堤堰；九年八月，发生海啸；十三年，水灾。光绪元年，大水；七年二月九日，遭受冰雹袭击，禾苗树枝大多被打断；八年发生水灾；九年夏，大水成灾；十一年春，发生水灾，麦苗霉烂；十二年五月，大雨连续十余日，麦皆发芽，食之作吐；十八年冬，大雪纷飞，出现严重冰冻；二十七年六月二十日，沿海风潮成灾；三十年十二月，某夜大雷雨。宣统二年秋，水淹；三年夏，大水。

民国时期，1915 年秋，风雨成灾，洪潮肆虐，鱼、盐、棉、稻失收。1916 年春，阴雨连绵，无法烧盐。1921 年 9 月，暴雨成灾，平地水深数尺，为历年所罕见，郊区稻、棉均被淹没。1926 年夏，棉田受淹，棉花歉收。1931 年 9 月上旬，连日暴雨，海堤倒塌，水泛成灾。1935 年夏，多次遭风雨袭击，粮棉歉收。1949 年 6 月底至 7 月初，发生大水灾，庄稼受淹，低处水深一米有余；7 月 24 日至 29 日，遭受台涝巨灾，农田受淹，70％～80％的农户受损。

新中国成立后，史料记录了1950年至2005年半个世纪的16场重大水灾。其中，1954年4月，暴雨成灾；6月至7月，降雨807.30毫米，历时一个月；冬季严寒，越冬作物所剩无几。1991年5月17日至6月19日，全镇连续阴雨一月有余，降雨量达420毫米，为常年同期的4倍。2005年9月2日，受13号台风影响，暴雨成灾，庄稼淹没，房屋倒塌……

我之所以不厌其烦地抄录这些水灾历史记录，是想让读者看到，朝代越近，记录条目越多，到了清代，每年已经是长长的数十条记录。当然，并非记录越少，事实发生的灾难越少，而是因为越是久远的朝代，记录的缺失越厉害。明白地说，就是如东的水灾，千百年来，从来没有减少和消停过。

这份记录还仅仅是长沙这样一个扶海洲一角的历史。如果拓展到整个如东也就是古如皋，其水灾的数量和程度，就更为骇人听闻了。仅举一例为证。清代如皋大家族冒氏家族中，出了大才子冒辟疆，还出了一个历史上知名度不高、贡献却不在冒辟疆之下的人物冒国柱。冒国柱为乾隆庚戌年恩贡生，他承继家族尚义重仁的传统，将关怀地方民情疾苦视为己任。他根据亲身经历、以直白的笔触撰写的《亥子饥疫纪略》，以诗文咏叹记录灾情，分饥、疫两部分，包括水情、饥荒、疾疫三方面内容，将乾隆年间如皋的一次水灾和饥疫完整、清晰地呈现出来，并收录有其他文人所作之灾荒诗文，从而使其成为一个有别于官方视角的民间灾荒纪实文本，成为最为翔实和亲切的古代灾情记述著作。在文中有关水情的部分，他写道：乾隆二十年春，霪雨不止，至夏，大雨如注，每月雨停仅四五天。连续大雨的结果，是城内“皆汪洋矣”。至秋，犹“昼夜淋漓”，田苗皆腐，几无收成。持续不断的雨水造成粮食歉收，米价昂贵。入冬后，地震、下雪接踵而至，更加剧了饥荒。至次年春夏，则疾疫蔓延。对于此次水灾，文中所引《大水歌》言:“乙亥五六月，天公肆横虐。大水浸东南，下民无所托。”冒国柱列举灾难造成的民生悲剧：十二月初七日，“雪下六七寸。冻死普济堂前者二十余人，他处或三五人或六七人不等。无日无之”。初八日，普济堂又冻死十余人。初九日，饥民或三十人、五十人不等，沿店抢食。“黧面被发，鹑衣百结，虽地狱变相无以过，皆沙上及下河人。”十二日，大雪尺余，“饥民死者尸相枕藉矣”。十四日，一则饥饿过度的饥民无法进食的记载尤为令人动容，“有饥民至羊肉店乞食，店主与之肉，不能咽，饮以汤，亦不能咽。急扶至馄饨店前，店主饲之，亦不能咽。又送饭店前，亦然。乃递送县前照墙下”。短短数日，饥民死亡持续增加，至次年正月下旬，道路已经死者无数。洪水肆虐过后的次年二月，天气放晴，尸体、污秽一经熏蒸，“殆不可闻”，饥荒未去，瘟疫又迅速流行开来，这不仅改变了灾民死亡的形态，而且二者叠加，使得死亡范围扩大、死亡人数进一步增加。如果说灾害初期的粮食危机中，饥荒主要引起贫贱之人死亡的话，后来死于疫者则不分贫富贵贱，往往全家被害，疾疫将无论贫富之人完全裹挟。疾疫的暴发自乾隆二十一年三月始，直至八月方息，前后长达半年时间。此次疫病主要以热症为主，一旦得病，最少二三日，最多七八日，即可毙命。疾疫造成的惨状莫可名状。城市因人群集中，比之乡村传染速度更快，死伤也更多。疾疫造成的死亡率如此之高，“街巷所见，衰服者十之七八，门首报丧者十室而九，且有一门而贴数丧报者”。乡村中病疫则多“以渐而至”，虽传染速度不如城市那样急促，然死亡率同样惊人。王家庄三十家计百人，存者仅七人。孙家庄七十家，存者三人而已。

另外，别以为如东是大海之滨、大江入口，水灾常见，旱灾等其他自然灾害就罕见。还以长沙这片临海的小地方为例，有记录从南宋到新世纪初，重大的旱灾隔三岔五“光顾”。南宋记录了淳熙八年（1181）、嘉泰二年（1202）、嘉定十一年（1218）三次旱灾，均用了“大旱”一词描绘。明清时代，记录有五十多场大旱。其间大旱造成的惨绝人寰事件，比比皆是。比如明成化二十年（1484）秋，如东大旱，所有的内河几乎都枯竭了，粮食奇缺，尸横遍野。百姓为了活命，贱卖儿女，“斗粟易子女”，一个孩子只能换取一斗粗粮。清顺治年间，如东连续五年大旱，人口饿死过半，荞麦每担涨到30两白银。民国1917年到1942年的25年里，史料记录了11年有大旱，农民推车从河底行走，水田裂缝，庄稼失收。新中国成立后的1959年到2005年，史料记录了11次重大旱灾，内河水位急剧下降，庄稼大面积死亡，一度出现群众连生活饮用水都不能保障的灾情。

风灾、虫灾、地震、严寒、冰雹、飞沙、病疫、饥荒也有密集的发生和记载。大风使房屋尽毁，大树连根拔起，百姓流离失所。比较近的，如1981年8月长沙遭受14号台风袭击，伴随特大潮汛袭击，致苴镇盐场决口，全场淹没。生产设施全被摧毁，潮落一片海滩，盐场再也未能恢复，损失达到巨额200余万元。南宋绍熙二年（1191）、嘉泰二年（1202）夏、嘉定八年（1215）夏、淳祐六年（1246）六月皆发生蝗灾，蝗虫飞过，遮天蔽日，草木皆被食尽。明清时代有近30次蝗灾记录：飞蝗蔽空，积地数寸厚，居民满屋皆是蝗蝻，蝗食草木，叶皆尽，庄稼无收。南宋、元、明、清到民国，也多有饥荒历史记录，“连续饥荒，草木食尽，出现人相食之惨状”，如此表述，充塞在字里行间。这里还是地震活跃地带，仅清代记录的大小地震就有20余次，新中国成立后的20世纪70年代到20世纪90年代的20年间，也有5次之多。

与中国其他地区甚至整个人类社会一样，病疫都是一种难以绕开的常发灾难。长沙志记录明清时代有 14 次病疫大流行，国家基本上无计可施，只能望天救，结果都是“人口锐减”。民国年间有 7 次，涉及天花、登革热、霍乱、疟疾等流行瘟疫，死、残不知其数。如东学者陈友清、程太和等人，曾专门研究如东历史上的瘟疫灾害，撰写《琐谈如东历史上的瘟疫》《如东历史上的疫情防控》等重要文本，对有史料记载的如东瘟疫进行盘点，尤其提及中华民国建立之后，虽然政治体系起了根本的变化，但瘟疫的肆虐并未收敛。陈友清说，民国九年（1920）秋，霍乱流行，来势汹汹。掘港，放一枚炮仗全镇都听得到响的弹丸之地，竟有 300 多人被夺去了性命，真是骇人听闻。陈友清幼年时听长辈们说，他有位本家爷爷，时值盛年，身强力壮。因亲戚暴亡去悼念，回来已近半夜，他见明月高悬，清风阵阵，索性不睡觉了，搬了张凳子坐到外面剥麻，一直剥到天亮，也没感到疲倦。可时近中午，觉得身上有点不对劲，不一会儿天旋地转，未等日落便气绝身亡。如此情况者，左邻右舍中，随手可指。过了民国十四年（1925），鼠疫又起，七月前后，掘港死亡 80 余人。民国二十年（1931）马塘、丰利、栟茶一带霍乱大流行，栟茶“死者过百”。又过五年，即 1936 年，桐叶初黄，疟疾骤起，腥风遍及城乡，有记载“死亡甚众，虹元乡（位于掘港西北）病死甚多”，

"栟茶死 20 人"。两年后（1938）的又一个初秋时节，溽暑刚消，掘港又流行起一种怪病——登革热。此病主要由蚊子传播，潜伏期一般 5～9 天，出现发热、皮疹、出血、淋巴结肿大、剧烈头痛、恶心、呕吐、意识障碍、颈强直症状乃至死亡。这个病凶猛异常，"历时月余，十室九病，少有幸免"。

尽管从如东漫长的灾难史看过去，我们几乎有一种窒息的痛苦与绝望，但是，万物相生，否极泰来，灾难则从另外一个方面，历练了社会，甚至壮大了人类。如此密集和凄惨的自然压力，并未打垮这方水土的子民。

从洲上的荒无人烟，到祖先三兄弟和他们孕育的家族，历尽数千年风雨，一代代不断繁衍，艰难求生，坚韧前行，生生不息。到了民国时期，如皋东乡已有 8.10 万户 45.31 万人。据 1938 年统计，境内有 18.93 万户 69.97 万人。中华人民共和国成立后，如东人口稳定在 100 万上下，再也没有出现大幅度的消长波动。这些数据的背后是生动鲜活的风景，有生存与繁衍的血泪长河，更有永不气馁、勇敢抗争的气贯长虹。

北京高校中国特色社会主义理论研究协同创新中心的专家们，曾以乾隆二十至二十一年江苏省如皋县饥疫为例，研究如皋一带的灾民是如何苦度灾荒的。课题组在《湖北大学学报》上发表文章指出：面对当地人认为的"百年奇灾"，冒国柱《亥子饥疫纪略》描述了如皋县灾民从被动顺从、期望救济而不得的无奈到挣扎生存等心理反应和行为表现。他们当然寄希望于政府救济，但这种救济是相当有限的。当发现政府救助无望时，他们被迫切换到“临灾模式”，依靠长久积累的生活经验和令人心酸的生活智慧进行自救式生存。文章还特别提示——最值得注意的是，尽管情形悲惨，但如皋的例子中，身处饥荒之中的妇女不再仅仅是被动的、弱势的、坐以待毙的形象，某种程度上，甚而可说是机智的、勇敢的。《亥子饥疫纪略》中载有几例。一则，南乡有一女子，担忧其母无食，做了炊饼装于包袱，令其丈夫送往。路上遇到饥民，疑其有财而杀之。饥民打开包袱见是炊饼，走往附近村落求火烤之。偏巧进入此女家，该女子“识认无差”，尾随饥民将其擒获论抵。另一则，有一妇女携儿晚归，路遇一执扁担者强夺其头簪耳环，并令其解衣，又令脱其小衫，该妇女哀告，若脱掉小衫则无以蔽体，求将饥民衣服相交换。那人答应了，放下手中扁担于地上，自脱其衣。就在此时，该妇女立即拿起扁担击杀那人，并取走自己的衣簪。该妇女的事迹一时被传为佳话。这些记述与艾志端关于“丁戊奇荒”中妇女境遇的观点互为呼应，她称之为“饥荒的女性化”，即在“丁戊奇荒”这一特大灾荒中，面对同样的粮食匮乏危机，妇女凭借生理上的优势，以及因为被贩卖和当作奴仆等，比之男性反而具有更高的存活率。不同的是，如皋县妇女获得生存机会靠的是主动抗争。这说明，在不同层次的灾荒中，妇女通过不同的途径赢得更高的存活率。

妇女的代名词就是母亲，一代一代的儿女，是一代一代的母亲生育、抚养和参与教化出来的。母亲在，则精神在，则子子孙孙，源源不断地挺起脊梁来。

在这漫长的历史进程中，如东（皋）人与自然、与病魔瘟疫的斗争，从来没有停息，虽然屡屡付出惨重的代价，但又在血泊中重生。远古，老百姓用蒜艾姜茶等土方法消毒止疾，或求神拜佛，或以巫术驱邪送鬼，祈求平安。到了明代，如东民间已广泛采用鼻腔内喷吹人痘痂末的方法预防天花。清末，自西方传来接种牛痘苗法，逐渐取代了“人痘苗”。民国时期，掘港镇已有专门替儿童接种“牛痘”的门诊。到了新中国，改天换地，日月一新，政府抗灾的组织能力和科学水平不断提高。比如，1957 年，感冒流行；1960 年 8 月，疟疾流行；1961 年春，发生浮肿、消瘦病，妇女子宫脱垂病；1962 年，发生浮肿、消瘦病，小儿营养不良；1963 年，伤寒病流行；1964 年春，脑膜炎流行；等等。经各级医疗单位努力，疫情均得到控制。1965 年春，流行性脑脊髓膜炎暴发，仅有个别病人死亡。1967 年 8 月，传染性肝炎大面积流行，在短期内得到控制，未造成大量人员伤亡。

1950年、1955年、1957年、1960年均发生春荒，每逢春荒都由政府统一调度，将平价粮供应缺粮户，确保百姓平安度荒，再也没有发生古代历史上“每逢春荒、尸横遍野”的悲剧。1979年5月，如东连续受强台风三次袭击，新海堤被冲塌近半，北坎公社护堤民工在潮水中组成“人墙”挡浪冲击，保住了海堤。团结就是力量，政府的功能和群众的配合，彰显出强大的威力。1996年5月至6月，降水稀少，内河水位低，中稻无水插秧，眼看着旱灾就要毁掉一季庄稼，政府及时调集大量小型电动抽水机“水老鼠”，指导群众打水，将旱地“各个击破”，有效解决了旱情。2005年空梅，高温干旱，6月平均气温比正常年偏高3.4℃，并出现6个高温日，降水不到常年的一半，引江水困难，二级河出现断流，三、四级河无水，严重影响水稻栽插和其他作物生长，草木纷纷枯死。6月27日、28日政府果断实施人工降雨，发射8枚火箭弹，全县成功普降喜雨，旱情迅速解除。如东人民首次依靠现代化科学技术，战胜了自然灾害。

《琐谈如东历史上的瘟疫》作者陈先生回忆道：“1940年新四军东进，天打了个滚，地翻了个身，抗日民主政府关心民众疾苦，整个社会环境都起了很大的变化。1946年夏天，瘟疫又起，霍乱流行。父亲告诉我，那年我6岁，弟弟3岁，我们兄弟俩都上吐下泻，染上了霍乱病。他用一副鲜篮（挑鱼货的敞口篾篮），一头挑着一个小孩上街看病。返回时，走到离掘港东街头约 4 里的东观音堂，我们突然腹如鼓响，泄泻不止，接着又喷射性呕吐。他两腿发软，心似刀绞，望着枯树残阳，仰天长叹，天灭我陈也！好在时局已经改观，无论城乡都响起了‘除害灭病’的声音。掘港已经新辟了医院、诊所，出现了季少三、陈朗清、陈道权、季汉源、蔡国梁等一批中西名医，就连乡间也时有悬壶济世的郎中来往，疾病得到了及时治疗，田里活儿又有拌工队与乡邻们帮助，患者又治疗又休养，很快就康复起来。不仅个人家庭免遭一劫，整个社会也战胜病魔，重获生机。”

新中国成立后的若干年，如东的民生有了极大的改观，人口出生率、生命存活率和寿命，都大大提高。如东人很自信，觉得跟历史大相径庭，不是一个人、一家人、一族人在奋斗，而是背后站着一个强大的党和政府，站着十几亿同胞。但“人间正道是沧桑”，如东人始终没有忘记大自然的怪癖和历史烙下的伤痛，保持着清醒的头脑，奋发图强，面向未来，未敢有半点懈怠。“如东如愿”，如东人一直喊着这样的口号，但这个“愿”到底是什么？怎样才能“如愿”？全县人一直在心里摸索。

第三章　金汤

无论是造船出海，还是筑堤拦海，无论是建庙构寺，画符贴福，还是焚香祷告，虔诚祭拜，古如东人对大海所做的一切，根本目的都不是挑衅大海，不是把大海树为敌人，而是当作赐予生活的恩人、磅礴万丈的偶像，或者是一位有脾气、有性格、有实力、既可以合作又必须防备和智斗的朋友而已。如东人更没有想过利用大海，乘风破浪，去扩充自己的野心，去征服和掠夺海天之外，那些原本不属于自己的远方。应该说，几千年来如东人意识里的守土、感恩情愫深厚，而争夺、报复、侵略等欲望，非常淡薄，接近于无。

我们从如东本土神话传说中可见一斑。

相传“如东”地名与“八仙过海”有关。八仙过海时，遭遇雾怪拦截，雾怪漫天吐雾，遮天蔽月，八仙用尽法力，无法冲破重重雾网渡海，只得停在扶海洲的海边。一筹莫展中，何仙姑向一渔郎讨教破雾怪之法，渔郎告之：蓬莱此去三千里，子夜雾怪瞌睡升明月。原来雾怪每到半夜时分，要打半个时辰瞌睡。八仙便半夜动身，躲过雾怪，各显神通渡过东海。渡海前，何仙姑依依不舍地对渔郎说："与郎好似旧相识，驾云西辞赴蓬莱。"渔郎沉思不解，恰巧如来佛祖从西天东行经过指点迷津。原来，何仙姑说的是会意藏字谜，"好似"解为"如"，"西辞"是向"东"，不就是"如东"吗？渔郎请来能工巧匠刻下"如我东来"的巨碑谢恩。从那时起，先人们就将脚下这块扶海洲尊称为"如东"。

这个神话里凝结了如东古人的厚道和智慧。即便是神通广大的八仙，也不会对阻拦自己前行的人硬打硬伤，而是避开锋芒，寻找机会突破重围。雾怪隐喻大海性情中的另一面，发作起来，具有攻击性和破坏性，人类在与大自然的磨合中，与大海的友好与抗争中，要有耐心和智慧，只可巧取，不可豪夺。

关于"如东"名的另一个版本的传说是，如来佛祖将这片海域赐名"如东"，东海龙王听说后，觉得应该在如来佛祖面前表达对渔民的爱恤之情，于是授予自己的坐骑——巨型神牛管辖虾兵蟹将的特权，令其驱波逐浪，为渔民们送去满舱的鱼蟹虾。他还让神牛的子孙化作海边拉货的牛，帮助渔民接港装货。这种牛背部平直，肩部拱出来，双角圆张，体形健硕，四肢粗壮，四蹄宽大，能遨游于江河湖海，成为人类在海边耕种、运输的得力助手。这种牛就是大名鼎鼎的如东之宝“海子牛”。从古代一直到到新中国成立之后耕种运输完全实现现代化，几千年来，人们从未离得开海子牛。唐贞观年间，名将薛仁贵奉旨跨海东征，三次均因黄海风高浪急半途返回。海子牛神闻讯后，从滩涂驮来一车车文蛤，让士兵们佩戴在胸前。然后，海子牛腾空而起，跃入大海，一道红光闪过，一对硕大锋利的犄角在排山倒海的波涛中犁出一道平坦的水道，引领薛家军成功渡海。史料记载，如东马塘镇的马塘地名，则与薛仁贵驻军有关。而说起文蛤，又不能不说起另一个传说“精卫填海”。炎帝神农氏的小女儿女娃溺海身亡后，化作精卫鸟发誓要填平东海，她衔来女娲补天的五彩石，不知疲倦地投向东海，不少五彩石就掉在南黄海的海滩上，经日月精华的孕育与海水的滋养，那一颗颗五彩石就化成一只只鲜美绝伦的文蛤。如今，我们可以看到每个文蛤贝壳上都有色彩斑斓的图案，就是传说中五彩石上的花纹。

有诗曰：先民垦埝夸精卫，辟我草莱胜女娲。

这个版本透视出另外一种内涵，就是：海天为神，救世扶生；生灵为伴，美在助人；人类得益，应当感恩。人在自然和神灵面前，始终是索取者、受益者，因而也必须是谦卑虔诚的，只有心怀敬畏、懂得感恩，才能获得更多美丽绝伦的馈赠。这难道不是天道酬诚、天道酬善、天道酬义、天道酬勤？所以，我们不难理解，如东的另一个地域文化特点，就是神话普及、寺庙众多、崇文重教、讲究礼仪。如东曾有多少古寺庙？古镇掘港有“九桥十庙”之说，其实，桥远不止 9 座，庙也大大超过 10 处。其他古镇都曾有过十多座乃至几十座古寺庙。到民国初年，不包括祠堂、家庙、土地庙，全县正规古寺庙就不下 100 座。每个古镇都有佛寺、道观，具体名称很多，如国清寺、西方寺、寿圣寺、大圣寺、东林禅院、西林禅院、上真观、文昌宫、三元宫、天后宫、都天庙、关帝庙、城隍庙、龙王庙、东岳庙、白衣庵、准提庵、观音堂、三官殿、眼光殿、吕祖阁，等等。人们所供奉的神、佛、仙等，这些寺庙差不多都已涵盖。寺庙有大有小。规模庞大的寺庙有国清寺、寿圣寺、大王庙等。

“皋东第一丛林古刹”国清寺，建于唐宪宗元和年间，距今约 1200 年历史。唐元和年间，今浙江省天台山国清寺天台宗第十祖、著名法师行满奉命，为海防门户掘港按天台山国清寺风格建筑佛寺，所建佛寺也取名国清寺。建寺期间，行满法师亲手在新落成的大雄宝殿后植银杏两株，其树枝繁叶茂，绵延千年。掘港国清古刹在漫长的岁月里历经沧桑，为宗教文化史、旅游文化史写下了辉煌篇章。唐开成年间（836—840），日本高僧圆仁随第十三批遣唐使西渡求法，海上历险，弃舟登陆，来到掘港国清寺。他住宿寺内半月有余，“求法请益”。在他后来写的《入唐求法巡礼行记》中对掘港国清寺有详细记述。《入唐求法巡礼行记》与中国玄奘和尚的《大唐西域记》、意大利旅行家马可·波罗的《东方见闻录》被列为“世界三大旅行游记”，名播四海五洲。《入唐求法巡礼行记》的面世使“掘港”、如东“国清寺”之名在历史典籍中首次亮相，也成为中日文化交流的一段佳话。

如东众多的寺庙承载了历史、文化和人的价值，也写意了如东人的梦想、追求与好恶。它们不光寄托了人的精神，更在许多特殊的历史时期，直接担当了高尚的使命，成为先行的“觉悟之所”。

如东丰利镇有座大圣寺。丰利有“先有大圣寺，后有丰利镇”之说。据史料记载，在宋太宗太平兴国年间建丰利场之前，这里就建有一座寺庙，名“大圣寺”。大殿供奉“大圣菩萨”，本称“僧伽”，历史上确有其人，唐代大诗人李白曾作有《僧伽歌》。僧伽自唐显庆二年来唐，至唐中宗景龙四年坐化，终年83岁。僧伽在南通狼山传道期间，丰利之北尚无海堤，潮汐、水涝之灾常为忧患。丰利与狼山仅百里之距，徒步一日可达。僧伽因传经经常徒步到丰利，看到自然灾害猖獗，民不聊生，心情十分沉重，拿出善款并亲自组织百姓抢险救灾，为防治水患作出贡献。僧伽圆寂后不久，丰利人因崇敬并感恩他，建大圣寺供奉僧伽。

上真观则是古如东重要的道教场所。民间传说，隋朝末年，道教尊神八仙之一铁拐李曾化为跛脚道人，云游至掘港结庐修行。时人待跛脚道人羽化后在其结庐处，即掘港镇北街与竖街交汇处一带，创建上真观。据考，掘港上真观建于明代，清朝咸丰、光绪年间几次重修。地方官员每逢新年或国家盛典及重要节日，都在这里举行朝贺大礼。因古代掘港地处扶海洲东端，居江海交汇处，平时多风多雨多海潮，故当地人供奉主北方水的佑圣真君玄天上帝，俗称真武大帝。真武大帝黑衣披发，手执七星青锋剑，脚踏龟蛇二神，斩蛟降龙，伏邪主水。上真观自建观数百年来，一直以广施医药、粥饭、棺木等善事而闻名遐迩。歇后语“上真观做善事——大得人心”即源出于此并流传后世。观内曾置落地煮粥蒸灶 19 口。每逢自然灾害或青黄不接之际，对贫民、灾民施饭粥相助，普度众生。观内还研制了二龙丹、四虎汤、六月散、八珍糕、九九归一丸等 10 多种药物，济世活人，其中六月散、八珍糕等药物配方一直还在民间流传。辛亥革命后，保甲局、演讲所、蠙山日报社均曾设置于此。抗日战争期间，新四军第三纵队陶勇司令、姬鹏飞政委等人曾在观内开办军政学校，培养抗日军政人员。

掘港和马塘等地古代都建有城隍庙。掘港的城隍庙建于明代。清末状元张謇曾为大殿题写“威灵显赫”鎏金匾额。城隍庙的一株古银杏树华盖如翠，郁郁葱葱，每年结白果二百多斤。城隍庙是一座开放的庙，每逢香期、庙会热闹非凡，唱戏的、卖小吃的、做杂耍的汇集于此，观者如云。1935 年 7 月，掘港第一次放无声电影就在这里，国民党区党部曾在此办公，并设中山堂，纪念孙中山先生。位于栟茶镇西郊古盐运河北的寿圣寺，建于宋咸淳年间。1940 年 10 月新四军东进栟茶，第八团团部即驻于该寺。翌年，新四军在栟茶徐家祠成立苏中军区，代军长陈毅一度下榻于寿圣寺。寺院一时成为苏中军区的指挥中心。

可以想见，由于临海自然环境的不定性，经受多灾多难的如东人，在精神上对神灵曾有过特别大的依赖。他们通过大量建庙扩寺来寻求心灵的庇护。他们做梦都在盼望，神灵们能为苍生筑一道“防护墙”，挡住汹涌的海潮、疯狂的台风和暴雨冰雹。可是，即便后来神一样的伟大人物范仲淹构筑的范公堤，还是不断被冲垮，“固若金汤”的神话没有能够固化在历史的长河中。但如东人这种依赖随着人类社会的发展，始终能够与时势、与文明进步，甚至与科学共振，而不是停留在抱住佛脚、一味乞求保佑和赏赐的古朴状态。寺庙在大难来临的时候成为赈灾福地，在太平盛世成为经贸和文化交流的旺地，而在革命时期，它们又成为保家卫国、振兴中华的韬略圣地。人民渴求的“固若金汤”发生了升华，“惶恐滩头说惶恐，零丁洋里叹零丁。人生自古谁无死？留取丹心照汗青”。1279 年南宋名相文天祥经过零丁洋时所作的诗作《过零丁洋》，大概是留在此地的较早的爱国警句。文天祥在被元军追杀过程中，乘船来到南黄海的海面上，看到南黄海美丽的风景和富饶的物产，不由得想起南宋江山风雨飘摇，山河破碎，感慨万千，写下了另一首诗:“风起千湾浪，潮生万顷沙。春红堆蟹子，晚白结盐花。故国何时讯，扁舟到处家。狼山青两点，极目是天涯。”这首《卖鱼湾》，表现了这位英雄的爱国情怀，也让如东的海有了同仇敌忾、抵御敌人的“波涛”。危害苍生安全的既有大自然的骚扰，也有人类本身那部分邪恶的作祟。要从根本上解决问题，精神和物质的铜墙铁壁，要一并浇铸。

元代之后，如东海域里的人为灾难开始激增。明朝万历年间发生著名的黄龙江海战。日本的丰臣秀吉派出大舰队，进攻中国东南沿海地区，其中一场最为惨烈的海战发生在黄龙江口附近。明军在该海战中失利，数百艘明军战舰被击沉或损毁。

外强开始从海上侵入，极大地威胁了包括黄海沿线在内的国家主权安全，给人民心理上造成了冲击。1840—1860 年的 20 年间，清军与外强作战，发生一系列海防战争。在第一次鸦片战争爆发后，清朝与英国等西方列强进行了一系列战争，其中包括一些在如东海域进行的海战。在这些海战中，清军的战舰遭受了严重的损失，英国舰队占据了优势地位。1894 年中日甲午海战，发生在如东黄海海域的海战，是中日甲午战争期间的一场重要海战，北洋舰队与日本海军展开激烈交战。清朝舰队遭受重大损失，几乎全部沉没。这场战役标志着中国近代史上海军力量的巨大挫败。在中国抗日战争期间，如东海域更是成了激烈的战场。中国军队和日本海军在这一地区进行了多次海战。许多中国军舰和商船在这段时期遭受了日本军队的袭击，导致重大的人员伤亡和船只损失……这些血淋淋的史实，震醒和教化了一代代如东人，如东人对世界的认知不断提高，理性不断增强。

在如东改革开放节奏加快、大举建设洋口大港最关键时的如东县的一位老领导曾告诉我，如东有如东的“县宝”——海子牛，千百年来，如东的老百姓喜欢自喻海子牛，“挽沉载而甘负重，经风浪而勤奋争，长跋涉而善开拓”，这是如东人对海子牛精神的定义。他上任后，觉得不能因为狠抓经济发展而忽略精神文明建设，海子牛精神需要传承和拓展，但解读上需要“开拓”。“风浪”不光是自然的风浪，“奋争”也不光是与自然的抗争，还有与社会的斗争，反对内贼，抗击外辱。放眼历史，如东人在与大海的磨合中，形成了海的性格与脾气，除了大家熟知的拓荒精神、守土精神，也有朝气蓬勃的革命精神，这种精神特别在近现代大放异彩。所以，当时的县委县政府班子近乎“不合时宜”地大力组织挖掘、整理和宣传革命史。

“忍辱负重的另一面不是懦弱!”老领导对我强调说，“是忍无可忍无须再忍，是奋起反抗，是勇于斗争，是有必胜的信心。你看那海子牛的前身，高耸双角，劈开恶浪，释放出万丈光芒。牛也是有脾气的，倔强的革命精神，才是战胜黑暗、赢得光明的终极武器。”

从元朝开始，如东地区逐步种植棉花，渐渐成为粮棉夹种地区。明、清时，经济虽有发展，但在漫长的封建社会中，人民深受官僚地主、盐霸、高利贷者、海匪、倭寇的残酷剥削、压迫和掠夺，加上旱涝灾害、蝗灾、地震、台风的危害，生活十分凄苦。这一时期，倭寇曾多次侵入马塘、抽池、于地、如皋城一带抢掠、骚扰。明朝将领刘景韶、邱陞等多次率兵抗倭。1559 年，爱国将领邱陞在西场大捷中，率兵英勇抗敌，苦战三昼夜，歼灭倭寇 1527 人，活捉 15 人。在他穷追倭寇时，不幸马失前蹄，为倭寇杀害。邱陞抗倭的英雄事迹一直在如东人民中间流传。如今，凌民乡邱陞中学就是以这位抗倭英雄命名的一所学校。

再以民国的几个事件为例：1916 年春天，阴雨连绵，如东长沙海边盐场，因气候条件限制，无法烧盐，长沙盐工们失去收益，加之粮价日涨，很快断炊，盐务署却视而不见，不闻不问。面对前去求助的盐工和家属，恶语相加。3 月 23 日，饥寒交迫的数百盐民在杨家坂、冯爱仁的率领下，集中在长沙镇何家灶庙吃了齐心面，起了齐心誓，然后出动，大闹掘港盐务署，要求提高盐价、发放救济补助。盐官哄骗、威吓都失效后，开始妥协，答应了盐工们的诉求，风暴才得以平息。1920 年秋，掘港、长沙等地霍乱流行，死亡 300 余人；紧接着 1922 年春，发生春荒，老百姓啃光了树皮，每天早上，村子里都在往外抬尸体。在四处求助无门后，百姓决定自发造反，拦截奸商的粮船，掀起一场夺粮救命的风潮。1915 年 5 月 9 日袁世凯承认日本提出的“二十一条”丧权辱国条约，5 月 9 日被革命的仁人志士定为国耻日。1923 年 5 月 9 日，北坎小学 500 余人发动并参加掘港地区纪念国耻示威游行。

当然，如东人的革命精神，在抗日救亡斗争中表现得最为惊心卓绝、淋漓尽致。

翻开如东地方志的革命篇章，十万字翔实的记载，字里行间充满了血泪与激情。1938 年 3 月，南通、如皋相继沦陷。日伪军烧杀抢掠，无恶不作。抗日战争期间，侵略者犯下的罪行罄竹难书。如东地区被日伪军火烧 1328 家、烧毁房屋 3900 多间，被抢居民 1 万多户，被残杀平民百姓 582 人。驻扎曹埠据点的日寇，强迫我被捕同胞自挖土坑，坑内上水，打成泥浆，然后将我同胞栽进土坑，称为“呛虾儿”。里仁乡乡长杨果年被抓后，日寇用黑布蒙住他的眼睛，领头的日寇当胸猛刺，将他刺入土坑，其余日寇举刀乱戳，把人捣成肉酱，称为“捣蟹渣”。日寇还将我同胞衣服剥光，用军犬撕咬至死，以此取乐，称为“军犬舞”。此外，日寇还实施了“滚钉桶”“煎油饼”“灌肚肺”“泡开水”“打活靶”“剥皮抽筋”等种种酷刑，发明了许多惨无人道的杀人“游戏”。日寇的目的就是要用残暴震慑这“海边的蛮人”，可他们的法西斯暴行并没有吓倒如东人民。他们低估了这方并不温和的水土上养育的在无数灾难中挺立着的“蛮人”。各界群众纷纷起来参加抗日救亡斗争。1939 年初，在中共江北特区委员会直接领导下，中共马塘区工作委员会成立，通过组织青年抗日救亡会，开展抗日救亡宣传活动，并与先后迁移如东的南通商益中学、江苏省第三临时师范的进步师生联合，组织成立革命组织。

1941年3月，中国共产党领导下的第一支海上武装——海防团成立，驻何家灶。同时，陶勇司令一边发动盐民、渔民拥军、参军，一边按照统战政策，积极开展收编海匪孙二富的工作，终于在四桥乡程维忠家里说服了孙二富，并收编其部属和海船加入海防团，成为活跃在黄海之滨的新四军一支重要海上武装。1942年3月，直属一师的苏中军区海防大队成立，大队部驻何家灶。同年11月，师长粟裕在何家灶宣布成立苏中军区海防团，团部设何家灶三官殿，陶勇任团长。在抗日战争最艰苦的时期，这支活跃在海上的抗日武装在海上打击敌人，为夺取抗日战争的最后胜利作出了重要贡献。海上武装保卫了根据地的安全，并为新四军海上运输开辟了通道。各地组织的民兵基干队、游击队、联防队配合主力部队多次粉碎了日伪对如东抗日根据地的“扫荡”。1941年8月13日，日伪军数千人向四分区全面“扫荡”。四分区司令员陶勇带领部队与敌迂回周旋，在游击队的配合下，经过7天8夜大小20多次战斗，取得了反“扫荡”斗争的胜利。同年12月7日，日伪又调动100多名日军、500余名伪军向丰利一带实施冬季“扫荡”，企图全歼新四军于黄海边。分区主力在丰东区游击队配合下，在双灰山布下“口袋阵”，将来犯之敌大部歼灭。双灰山战斗的胜利，挫伤了敌人的锐气，鼓舞了抗日军民的胜利信心。从此，抗日民族统一战线进一步扩大，“二五减租”斗争蓬勃开展，抗日根据地得到了巩固。1949 年 4 月 23 日，在苏中军区海防纵队基础上发展起来的中国人民解放军华中军区海军成立。何家灶、三官殿及周边的盐、渔、农民群众积极支持，参与和见证了这支海军部队从萌芽、发育到成长的过程，在海军建军史上留下了不可磨灭的印记。

1942 年冬，日伪阴谋把苏中四分区作为毁灭华中抗日根据地的“清乡”实验区。敌人采用“以战养战”的方针，拼命掠夺如东盛产的食盐、棉花和粮食等战略物资。1943 年 4 月，日伪在“通如启海”地区投入 15000 人的兵力，实行军事“清乡”，对抗战主力和地方武装进行合围、“驻剿”，实行梳篦式“扫荡”，构筑“梅花桩”式的据点 40 多个。敌人还从天生港经丁埝、马塘到掘港海边，构筑“竹篱笆”，全面实行军事、经济封锁。如东军民以袭扰战、阻击战、伏击战等多种战法不断迷惑和杀伤敌人。1943 年发动“七一总破击战”，如东上万人向日伪百里封锁线挺进，锯电杆、挖公路，按预定时间燃起火种，将日伪苦心经营 3 月之久的封锁“竹篱笆”于一夜间化为灰烬。这就是名扬苏中的“火烧竹篱笆”。1944 年 6 月，在外线坚持斗争的苏中四分区主力，全歼日军加藤中队和伪军一个团。紧接着，苏中四分区部队在地方武装的配合下，又一举攻克在“清乡”圈内的日军重要据点南坎镇。内线外线两次大捷，狠狠打击了日伪的“扩展清乡”阴谋。

反“清乡”期间，驻守在苴镇的苏中四分区机关所属部队，与当地老百姓生死与共，结下鱼水深情。陶勇司令员、姬鹏飞政委率部从掘港移驻苴镇季家园一带。苴镇人民家家把床铺收拾一新，让给亲人睡。司令部感谢人民的盛情，但又重申部队规定：在老百姓家一律打地铺，不准住房间。群众不忍心自己的亲人睡在地上，但又不好违反部队纪律，只好将丁板、柴杖垫在地下，加上厚厚的草，让战士们睡得舒适些。那些日子，季家园的群众在地方党组织的领导下，积极主动为部队运军粮、送军草。许多群众起早摸黑加工粮食，宁可自己吃糠团，也要把大米省下来给部队。泰家庄的妇女为后方医院护理伤病员，缝补浆洗，送茶喂汤，军民亲如一家人。

日伪对四分区的严密经济封锁，使军需物资的供应十分紧张。分区一方面组织苴镇的爱国商人辗转敌占区采购，一方面自力更生，因陋就简办了一些工厂，如被服厂、榴弹厂、修枪所、鞋子厂、毛巾厂、肥皂厂等。苴镇周围的群众染布、裁剪、锁扣、钉纽子、翻棉花，为我军指战员做军服。他们纺纱、合线、扎鞋底、编鞋子，常常夜以继日、通夜不眠。为了造榴弹，群众把旧轧花机、旧农具、旧铁锅献出来，化成铁。缺硝，就把家里地皮和墙皮上的硝刮下来，加以提炼。就这样，自力更生，依靠群众，造出了当时被称作“快中快”的手榴弹。这种手榴弹，落地就炸，杀伤力很强。在党的抗日民族统一战线的感召下，在陶勇司令员的启迪、关怀下，以季敦廉、冷德厚、毛惠明、冷培基为首的一大批爱国商人，冒着生命危险，冲破重重关卡，辗转于敌占区，为四分区和整个苏中军区送来了大量的枪械、弹药、电讯器材、机械设备、医药、布匹、纸张等物资，接送了一个又一个党的领导同志。他们为革命作出了很大贡献。其中，有 8 人光荣献身。

如东所在的战区苏中四分区在伟大的抗日战争中，涌现出无数可歌可泣的英雄事迹。据不完全统计，抗战中，苏中军民对敌作战 6000 多次，攻克敌据点 500 多个，毙、伤、俘日伪军 66000 多人，占华中歼敌总数的三分之一；在 20000 多平方公里的土地上，全面建立了抗日民主政权。新四军一师主力也由进入苏中时的 7000 人，发展到 31000 人。如东军民众志成城，共同用不屈的民族精神，筑成了保家卫国的血肉长堤。

今天，洋口港建设所在地长沙镇，是这片红色土地上的一个鲜艳的角落。抗战中长沙盐民成立盐民自卫队，在中国共产党的领导下，投身抗日救亡运动，涌现出以王开疆为代表的一大批抗日志士和抗日英雄。在此后的解放战争及新中国成立后的抗美援朝战争以及中印、中越自卫反击战争中，大批热血青年踊跃报名参军，出现父母送儿上前线、妻子送郎上战场的生动感人场景。他们前仆后继，英勇杀敌，160 多名新中国长沙籍军人在战斗中光荣牺牲。

从此，固若金汤，不是梦想。

第四章　壮哉

“这是一个了不起的奇迹！”

20 世纪 80 年代，以书写新中国山乡巨变而名闻遐迩的作家浩然先生，曾两次亲临如东，走访一线的围垦民工，并与放弃干部身份、押上全部家当承包滩涂围垦开发的全国人大代表张松林深谈。浩然先生感慨万分，对追踪过来采访他的文汇报记者说：“从历史到现在，如东人的围垦事迹，看了资料，看了现场，心情不能平静，完全睡不着觉了。”

当年陪同浩然采访的杨远新，清楚地记得 1985 年 3 月 27 日，浩然马不停蹄奔走在如东，与张松林以及县里主抓围垦工作的干部金德福、周树立等人交谈的情景。后来，浩然先生在如东获取的这些宝贵素材，经过情感燃烧，全部融入了他反映新时代山乡巨变的长篇巨著《苍生》一书中。

2023 年 7 月，我在如东荣幸地拜访到了当年的当事人之一周树立先生。年过八旬的他精神矍铄，满身的书卷之气，眉宇间却透着满满的英武。在如东人的心目中，“围垦”和“洋口港建设”是两大奇迹，而周树立则是“传奇”，是奇迹里的英雄人物，因为，他深度地参与了这两大奇迹的创造，是如东历史书写里不可抹去的功臣。浩然当年采访的老县长金德福称周树立是如东县的“活地图”，并向浩然介绍道:“周树立原来是我们县的水利技术员，从华东水利学院（后来更名为河海大学）毕业，现在是助理工程师。他从 1963 年至今，一直搞围垦，搞滩涂开发。周树立知识渊博，深得家学，他父亲是上海铁路局总工程师，曾经留学美国，是儿子的技术后盾。他有亲戚在国外，帮助他开阔眼界，给他提供新的知识和信息。当年江苏省成立了海涂管理局，南通市成立了海涂开发公司后，我们县就抓住契机成立了海涂开发管理办公室，任命他担任如东县海涂开发管理办公室副主任。”

可见当年周树立在围垦建设中的角色之重。而我这次为创作洋口港建设事迹的作品专程到如东后，县委常委、洋口港开发区工委书记邵锋反复对我说，洋口港的开发建设中，有几大“元老级”人物，其中，周树立就是非常重要的一位，他从洋口港工作的酝酿、启动阶段开始，就担任港口工作办副主任，拿规划，跑项目，抓工程，立下汗马功劳。

我怀着十分崇敬的心情，与周树立先生交谈了两个多小时。周先生说自己是“不正宗的如东人”，可能也是因为这一点，他有紧迫感。如东人的意志品质，非同一般，这让他这个“上海公子”时时刻刻找到“差距”，所以一辈子，都是被如东人“赶着跑”的，手脚、心、脑子，都不敢偷懒。

周先生认为，不管是洋口港开发，还是大滩涂围垦，都需要溯源历史。如东人为什么能干成这些大事、大难事？沧海变桑田，起于古代，兴于近现代，成于当代，这个艰难历程里充满了生死疲劳，但世代接力，没有中断，愚公终于挖开了大山，我们从这里通向了世界。扶海洲多难而辉煌的生存发展史，是“三兄弟”开辟、千秋万代的子民创造的。

“到了这把年纪，我才可以问心无愧给自己一个最高的褒奖：我是祖先‘三兄弟’合格的后裔，是一个典型的如东人。”周先生用手指着自己的胸脯说。

安享鹤发之年的周先生，并未完全停止工作，他这一生经历的围垦和洋口港开发建设，给了他太多的个人体验，记忆厚了，感情深了，魂牵梦萦。他告诉我，这些年他在研究如东的海堤历史，如果马克思他老人家不急于召见他，他也会梳理出一份权威的洋口港开发史。其实，海堤史和港口史，并非割裂的历史，这里面的自然联系、物质意义、价值追求、意志传承都是关联和统一的。所以，我们述说洋口港的历史，可以也必须说一说如东人围垦的历史。

“纵观古代、近代、现代如东海堤的变迁史，实际上就是如东的一个演变史，”周树立说，“这也是如东精神的发育期，到了当代，洋口港建设开发，体现出如东精神进入成熟期。”

广袤的海洋和绵延的滩涂，是大自然赐给如东人民的慷慨礼物，人们求之以生存、赖之以发展，但它们天生狂野的个性，变化无常的势态，也随时会肆虐人类，施加灾难，不留半点情面。“辟我草莱”，古人供奉三兄弟塑像的土地庙门头上的这四个大字，传达了他们的敬仰和决心。约至北宋时期，如东已经形成掘港、栟茶、马塘等集镇，人丁兴旺。生存环境的安全，成了头等大事。为了生存、抵御持续不断的海潮侵袭，人们开始围筑海堤。最初，构筑海堤受到地理条件、科学手段乃至地方官吏的割据等限制，围筑海堤只能是分段实施，抵御海潮的效果也较差。随着海岸线的推进，特别是在 1128 年黄河南迁至 1855 年黄河北归的 700 多年内，海势加速东移，地理环境、人口增长等都发生很大变化，对挡潮防汛的要求就更高。

如东古海堤最早的是“李堤”，由唐代的淮南西道黜陟使李承主筑，后由北宋王文祐续筑，其主要堤段均在盐城地区，史称

“常丰堰”。《新唐书·李承传》及光绪时期的《盐城县志》均记载其约在公元780年筑成。史上最著名的“范公堤”，是北宋天禧五年，北宋政治家、文学家范仲淹来到东台西溪担任盐监官，将原有李堤改筑、维修成的，史称“捍海堰”，成堤时间在公元1024—1028年。为了对堤外波浪消能，堤外斜坡较大，同时种上草皮——这个很有意思，周先生认为，这也是中国人最早的先进科学理念，“生物防护”。可以肯定的是，当时的堤线均在高潮带一线，不可能像现代技术可以在低潮滩筑堤。范仲淹亲率民夫四万余人开工修堤。夏秋烈日酷暑，隆冬风雪交加，常有怪潮肆虐，工程十分艰巨。经四年时间，历尽千辛万苦，终于筑成从庙湾场至栟茶场的海堤。根据《中国海塘工程简史》记载，该堤全长158里，高一丈五尺，底脚厚三丈，顶宽一丈，堤顺水势，弯弯曲曲，犹如一条巨龙屹立在黄海之滨。范仲淹以其“先天下之忧而忧，后天下之乐而乐”的精神为人们所铭记，因为他卓越的功绩，人们遂将这条捍海大堤取名“范公堤”。在沿海各地，人们建有多处“范公祠”“二贤祠”，并立碑刻石，以示怀念。随着长江改道，滩涂东延，到民国初年，“保障东南八百年”的范公堤，已完成“束内水不致伤盐，隔外潮不致伤稼”的历史使命，于1958年被改筑为公路。今天我们行驶在小洋口的范公堤道路上，仍然能够感受到当年人扛肩抬的工程规模之大。

为什么要研究范公堤等如东古海堤，周先生强调，研究古海堤的走势可以让我们承接古人在实践中摸索到的大海滩涂的地理成果，也可以通过海堤的改道和溃决，了解到地形变化和人为认识的缺陷。如东古海堤与如东沙洲群并陆有关。如东是由几个沙洲并陆而成，扶海洲在掘港、丰利一带，南沙在栟茶一带，长沙在长沙镇一带。沙洲并陆时均遗留了古河汊潮汐河道和低地的地形，当时海堤很难修筑，因此在唐朝时期只能分段分区修筑散堤，当地群众称之为皇岸，也即朝廷下令修筑的堤岸。皇岸由当时的地方官吏主筑，主要是盐官，如泰州知州徐子寅议请盐场官吏分治其境。当时的皇岸堤走向为海安的海防—洋口—环港—长沙—掘港—胜利街—九总桥。之所以在长沙镇转弯，就是因为长沙洲后并到扶海洲上，海堤走其外缘，所以苴镇是如东最低的地区。王家潭附近的李家河就是沙洲并陆的退化潮水河，当时该段海堤（掘苴闸至长沙镇）也是如东古海堤的险段，老堤1～2公里处即有一凹形陡弯，堤内有一深塘遗迹，是历史上的缺口处，当地称之龙潭，现已修海防公路，遗迹也难以找到。此外，在栟茶镇外，皇岸内侧约3～4里有一夹堤，史称“嵇公堤”，雍正十二年（1734），由总河嵇曾筠主筑，现已平整不复存在。

“如东古皇岸目前在如环河西、环港海防公路南侧尚有一段遗迹，”周先生拍打着他手中厚厚一沓研究资料，对我说，“如果时间允许，有兴趣的话你不妨去现场察看一下古迹。”

到了近代，如东海堤又有了一段辉煌的兴筑史。1916 年 6 月，清末实业家张謇集资 150 万银圆，创办大豫盐垦公司，自遥望港北起，围垦大片滩涂，计划 48 万亩，后配套开垦 13 万亩，聘请荷兰水利工程师规划、设计，垦区内河道由干河、匡河、横河、明沟四级配套，形成匡田，分级控制，其遥望港、丁店河、兵房河、东凌港形成主要行洪排水河道，至今仍是主干行洪河道，同时相继建造数十座控制闸。

“70 年代，我在县里负责围垦工作，曾组织人拆除、检修、改建这些建筑物，发现其结构的设计、钢筋比率、混凝土的强度、地基的处理，无不精妙准确，令人叹服，”周先生感慨地说，“张謇的伟大，能在很多方面得到体现，他的科学精神、严谨作风和长远眼光，永远值得我们学习。”

与张謇同时，浙江绍兴邵明芝集资 34 万银圆，兴建华丰垦殖公司；上海刘景德、如东丰利周柏英等人合资创办益昌复记公司。自此，如东沿海废灶兴垦，种粮种棉，在东部、北部沿海滩涂快速发展，自遥望港至刘家埠子也形成了近代一道海堤线。目前，沿海公路大都沿此线修筑。

如东的成陆史和发展史，实际上就是一部向大自然进军的围垦史，一部沧海变桑田的开发史，一部如东人的奋斗史。如果说，唐廖角咀的形成淤涨是大自然的造化，是天之助我，那么后来海堤的修筑、大片沿海陆地的开发，则是人勤的结果。随着新中国的建立，如东人民“辟我草莱”的精神得到进一步的发扬，如东的滩涂围垦事业，也从此掀开完全崭新的一页。新中国成立后，如东县政府发现，由于历史条件的限制和海水的侵蚀，老海堤的强度、高度、厚度均达不到应有的标准。1949 年 7 月台风，海潮没堤决口，海水倒灌，北坎镇 5000 多名渔、盐民严重遭灾。如东历届党委政府对滩涂围垦高度重视，并持续开展了围海造田工程。从 1951 年至今的这七十多年间，以各区、乡、村广大青壮年农民为主力军，全县共实施 25 次大规模围垦，动用民工 43.13 万人次，成土方 4685.8 万方，匡围土地近 60 万亩，筑堤总里程达 230.87 公里。所造面积，相当于再造一个新的如东。大海变滩涂，是自然的赐予；而滩涂变良田，则是人的抗争。辟我草莱开新宇，敢教日月换新天。也许你想象不出这样的工程量到底有多大，如果我们将其换算成 1 米高、1 米宽的堤坝，长度足可绕地球赤道一周有余，是名副其实的“海滩长城”！

这七十多年的围垦历程，按照施工手段，大体可划分成人工挑抬、人机结合、机械化三个阶段。新中国成立以后第一阶段的围垦，从 1951 年至 1981 年的三十年间，如东共进行十次围垦。由于工程以人挑肩抬为主，不仅出工多，劳动强度也特别大，更需要发扬艰苦奋斗的精神。在如东围垦纪念馆，我看到一个个栩栩如生的民工塑像，一件件扁担、泥络子、大锹等实物展品，生动再现了当年千军万马进行滩涂围垦的壮阔画面，充分反映了如东人在新的历史时期继续辟我草莱、战天斗地的精神面貌！

如东县退休老干部田汉臣曾是几十万围垦大军中的一员。几年前，他和一批老“垦友”被邀请参观也是围垦战果的洋口港，他们登上如游龙翩跹似的百里海堤“洋口临港堤”段，极目远眺，见堤外货轮依次、舳舻相接，繁忙的景象融于烟波浩渺之中；堤内现代化乡村小楼依偎，体量庞大的厂房排列如阵，一个崭新的繁荣港城，矗立在这块曾经荒蛮的滩涂大地上。看到如东已阔步迈向陆海统筹发展新时代，头发花白的“垦友”们热泪盈眶。

田汉臣回去之后，连夜写了一篇回忆文章《围垦往事》，记述了 20 世纪 70 年代到 80 年代初，他连续参加了三次围垦大战的经历。那真是太苦了，但他们的干劲真是太足了！

围垦一般都在冬天进行，其时潮位低、怪潮少，但在零摄氏度以下低温和买不起橡胶靴的条件下，民工们面对刀割般的寒风、冰冷的海水、刺脚的薄冰，光着流血的脚板，打着铿锵号子，每担挑着 130 多斤重的泥块，来回奔跑在工地上。从匡河挑一担泥上来已筋疲力尽，还要越过高埂青坎，爬河坎攀堤顶，来到8米高处，几乎耗尽全部力气。时间太宝贵了，如不与海水抢时间，潮来一冲将会前功尽弃。他还回想起不仅要围垦，而且每年奔赴海边春修、秋修，在工地上每天连续十多个小时使出牛劲，夜里睡在低矮工棚里的地铺上，冬春潮湿阴冷，夏天闷热难当，好多人落下痛苦一生的风湿病。但没有人退缩，全团4000多名民工高喊着“与海龙王抢时间、下五洋捉鳖”的口号，发扬红军长征精神，奋战32天，东凌围垦童店段围垦大功告成。

关于这段人生，田汉臣给了一个自我评价，用了“有幸”这个词。他认为，围垦奋战挑战了生命的极限，也创造了生命的价值巅峰，对一个人来说，影响一生。如果，再能在有生之年，看到围垦给家乡带来的巨大发展进步，那不是人生有幸，还能是什么！

中华人民共和国成立以来的如东的滩涂围垦中，曾走出过一位全国劳模施文明。1939年出生的他，从18岁开始第一次参加围垦，到退休后重返战场，一生参加过16次围垦。他曾多次在抢险第一线，连续几天几夜不下线，紧急关头跳下水去用身体堵住了冒水的洞口。1971年，环港围垦开工即遇到4米以上的高潮位，潮汐9次冲击，600米环港丫子上的大坝被冲垮。施文明和民工一起顽强迎战，苦战50多天，制服水魔。1981年，东凌围垦东凌港合龙，土源紧张，隔港挑抬的话，时间不允许，施文明采用毛竹搭桥送土的方式，集中人力强攻，硬是赶在大潮到来前闭合了港丫，为挡住第一潮、安度第一汛赢得了时间。1992 年，如东盐场扩围，挡潮堰溃决，大堤危在旦夕，施文明带领民工连续奋战四个昼夜，没睡一个安稳觉，没吃一顿安心饭，最后终于成功堵塞两条难度最大的港汊，确保围垦顺利进行，为施工避免 700 多万元的损失。1999 年 5 月，施文明光荣退休。2003 年 11 月，小洋口二期围垦工程拉开了序幕，作为项目顾问的施文明始终战斗在第一线。这是如东围垦史上最艰难的一次工程，施工长达 400 多个日日夜夜。紧接着，他不顾年高，陆续参加了 2006 年的化工园区围垦、2008 年的东安新闸围堤、2009 年的掘苴垦区围堤等。

家人和一些老朋友都不理解施文明，在位时拼命干也是应该的，但为什么退休了还不趁机跳出这围垦苦海？施文明说："实在放不下这颗心啊，围垦需要拼命，也需要拼智，参加围垦的人越多，经验越丰富，过早回家散步养老，像我这样的'老围垦'，太浪费了吧，还是要'人尽其用'吧。"70 岁之后，老人家实在不适合再上一线了，于是开始撰写围垦方面的研究报告，以传后人。他发表或向县有关部门提交了《千锤百炼一道堤》《浅议围堤工程闭龙口施工问题》《东凌、掘东垦区土地次生盐碱化思考》《抽引结合，从根本上解决如东水资源问题》等建议性论文。所撰写的《关于洋口港临港工业区二期围堤第一阶段工程实施情况的报告》完善了原施工方案，不仅得到有关方面的技术认可，实施后还为工程避免了1000多万元的经济损失；《科学调度果断决策抗御突发性涝灾》对东安新闸建设期安全度过严重涝灾起到了建设性的作用。

20世纪90年代前半叶，根据滩涂发育的实际情况和经济发展的需要，如东又开始了新一轮的围垦，随着科技的发展和现代化机械的初步装备，新一轮围垦的重点从“苦干”转为“巧干”。1995年进行的凌洋围垦被省委、省政府列为江苏省“九五”时期百万亩滩涂开发的启动工程。凌洋围垦不仅第一次推行人机结合施工方式，而且首次实行了市场化运作，实现了投资主体多元化，这是进入改革开放新时期后的一次富有创新意义的围垦。

进入新世纪后实施的围垦，其特点为：一是全面实施机械化施工；二是首度推行工程招标制、项目法人制、施工合同制、质量监理制，实行业主、施工、监理三方既配合又制约的全新机制；三是围垦的指导思想进一步明确，从过去单一注重土地资源、农业效益，转变为注重整体开发、综合效益。在围垦第三阶段，工程前期大量采用挖土机、推土机、铲运机等大型机械，施工中全面推行泥浆泵吹填、吹沙袋筑堤，效率大大提高，使围垦彻底告别了人海战术、人工挑抬的历史，滩涂围垦和垦区开发事业取得了令人瞩目的进步和成就。特别值得一提的是，香港回归以后，香港保华集团听从祖国的召唤，积极参加祖国沿海沿江投资开发。2003年，洋口港成为保华集团投资祖国港口建设的第一个项目，也是江苏沿海新一轮开发战略的重点工程。为了与港口腹地配套，保华集团先后出资1.1亿元人民币，在小洋口兴建洋北二期围堤（简称洋北保华堤），在长沙镇所属北坎外滩兴建8公里临港工业区保华堤。为确保港口工业的安全，保华集团的成员单位——洋口港投资开发有限公司在堤身的稳固、环境的保护等方面，进行了精心的论证、设计、施工，其建设标准达到百年一遇，其防护的标准等都是筑堤史上的一个飞跃。

如东围垦进入发展更快、更高、更好的阶段。

精神铸“长城”，荒滩盘巨龙。如东围垦人那种吃苦耐劳、百折不回的奋斗精神，始终没有变。肩挑人扛的“扁担精神”始终在一代代围垦人身上传递。历史永远不会忘记那些为如东围垦付出了巨大奉献的先辈们。如东人民通过开拓进取、团结拼搏，形成巨大的物质力量和精神力量，终于在范公堤外，垒起一道道巍峨的长堤。正是“辟我草莱”的垦荒精神，在如东这方神奇的土地上创造了许多奇迹。

我有一位交往三十多年的忘年交，他是如东岔河医院的一名老专家。他曾经告诉我，如东这个地方，过去筋骨方面的病人数量巨大。几十年来，医院里每天都会接待数个这类病人。不少人患有严重的风湿性关节炎，不少人脊椎弯曲，肩胛断裂，内伤累累。如东的“馒头肩”特别多，许多人的肩上增生了一个肌肉块，这都是当年围垦挑担子挤压过度，留下来的后患。这些大多是因为围垦所吃的大苦而落下的病根。

“几代人把围垦的艰辛，直接写在了身体上，”老专家沙哑着声音跟我说，“也把围垦的精神，刻在了骨子里。遇到这些病人，我们倍加呵护，他们是活生生的一部围垦书。”

七十多年弹指一挥间，25 次围垦留给后代们一片肥沃的土地，也为沿海开发提供了充足的土地资源，使得如东在高质量发展的道路上行稳致远。今天的如东，立足围垦的土地，以大项目集聚形成大产业，以大产业链催生大载体。沿着海岸线行走，可以看到沿海经济开发区，工厂林立；海上风电场，气势恢宏；中石油江苏 LNG 三期扩建工程，投产在即；黄海大桥，延展到大洋深处……百万勤劳的如东人民以“辟我草莱，勇立潮头”的围垦精神，孕育出丰富多彩的海洋滩涂景象，构建起江苏沿海的蓝色经济新高地，也把如东人的精神挺立在了那里。

如东人的围垦精神，成就了一道又一道围垦大堤，也创造了一个又一个奇迹。县委书记陈慧宇告诉我，“围垦精神”与“洋口港精神”、“中天精神”是如东的三大精神，也是如东宝贵的地域文化财富。曾经，一代接一代的接续奋斗，在艰苦条件下，不断开拓，围海造田，再造了一个新如东；现在，我们继承和发扬这种精神，相信等到10年、20年以后，定会开创一个更加美好的未来，届时又是一个“新如东”喷薄而出。精神永恒，就可以创造一个又一个新世界。

“这是海洋赋予历史、赋予如东人的精神馈赠，”陈慧宇语气里充满了激动，“我们感恩先人、感恩前世，也感恩时代、感谢今生!”

第五章　风生水起

新中国的成立，尤其是改革开放伟大政策的实施，结束了几千年由自然完全主宰人的局面，如东人在科学地战天斗地中，改变了地位，成了大自然的友人，甚至一方水土的主人。如东的地理环境劣势逐步被消解、改造和转化，优势开始凸显。

根据新中国的行政区划，如东县隶属于南通市，是一片处于江苏省东南部、长江三角洲东北侧、濒临南黄海、形如“巨掌”的缓冲地势大平原。在气候条件上，如东属北亚热带湿润气候区，海洋性季风气候特征典型，四季分明，雨水、光照充沛，无霜期长，适合多种生物的生长和繁衍。县境内河道分属长江、淮河水系。其中长江流域面积占30%，淮河流域面积占70%。中华人民共和国成立以前，如东虽属河网地区，但河道弯曲，河面狭窄，河床淤浅，长江水不能直接引进，导致干旱灌溉无水源，遇水涝排无出路。以 1949 年为例，全县易涝面积达 120 万亩，易旱面积为 80 万亩，咸水面积为 70 万亩。中华人民共和国成立后，如东水利建设取得了很大成就。境内百里平川上河道纵横，沟渠密布，形成了河、沟、渠互相贯通的农田灌溉水网。1958 年 7 月，当掘苴河闸建成之时，如东人的治水壮举，曾感动了全国人民，如东人的艰苦奋斗精神，成为一个时代的楷模。时任全国人大常委会副委员长宋庆龄、著名作家郭沫若欣然提笔，为之题词、赋诗。宋庆龄题词:“共建水利化河闸，为子孙万代造福”。郭沫若则赋诗道:“面临黄海背长江，南通水闸垒成双，此闸新成腔十二，偃吹横笛水龙降。”曾在如东留下战火青春的东海舰队司令员陶勇，也写下了“昔建如东根据地，抗日灭寇得胜利。今日兴建幸福闸，誓争农业大跃进”的诗句。

如东县有着十分丰富的海涂资源。百公里海岸线内，滩涂面积 100 多万亩，接近县境内陆地面积，且每年还以 25～35 米的速度向外淤长，年增加滩面 4500 亩左右。社会主义建设的前三十多年，全县人民先后 10 次围海造田，围垦面积达 29 万亩。垦区内河、渠、桥、路以及供电、通信设施基本完成配套，土地已基本熟化。负 2 米以下的 75 万亩潮间带，生物资源十分丰富。被誉为“天下第一鲜”的文蛤，在这里蕴藏量高达 4 万多吨。如东一直是全国最大的文蛤养殖出口基地，也是各种贝类、对虾、紫菜的海产养殖基地，还盛产竹蛏、泥螺、梭子蟹、四角蛤、青蛤、螃蟹苗、鳗鱼苗以及珍贵的西施舌等50多个海鲜品种。沿海已兴建了具有一定规模的对虾、鳗鱼、文蛤、紫菜等养殖基地和速冻加工基地。同时，还建有集科研、科普、旅游功能于一体的东亚第一耐盐植物园。

此外，如东的盐业有着悠久的历史，自从东晋设立如皋县以来，经隋、唐、宋、元，直至明、清时期，如东的建制隶属关系虽然屡有变更，但自给自足的自然经济与文化的发展却从未停顿。唐宋之际，掘港、栟茶、丰利、马塘等地先后建场，逐渐形成集市，盐业、渔业及农业相继发展，一度市井繁荣，享誉甚远。

1978年、1979年和1983年，如东皮棉产量三度突破百万担（5000吨）大关，在全省独领风骚，享誉全国，是全国优质棉基地建设先进县和全国售棉先进县。1989年，在全国2000多个县中，如东的粮食、棉花、生猪和财政收入已跻身于“百强县”行列。1990年前后，汤桑林先生在如东县委担任负责人，他记得如东那时候经过改革开放十余年的奋斗，各项事业开始风生水起。1992年，国家统计局根据衡量农村县级区域社会经济整体水平的12项指标进行综合评价，评出全国实力最强的“百强县”，如东又是榜上有名，成为全国闻名的五业兴旺的百里棉乡。如东成了全国商品瘦肉猪基地先进县、全国山羊皮出口基地县、全国水利建设先进县、全国土地复垦先进县、全国平原绿化先进县、江苏省罐桃出口基地县……真是五谷丰登、六畜兴旺。

如今在南通退休养老的汤桑林先生回忆说，当年他这个县委书记当得“有些幸福”，他觉得应该把这些喜讯，集中传报给老百姓，让他们告慰祖先，任何一代吃的苦、积的德，至少到了当代，都有了大回报，让子孙万代更有信心，走上发展快车道。他还特意指示县教育部门，编撰一本“新如东”学生读本，让孩子们为自己可爱的家乡自豪。在审这本小册子时，他觉得有些表达还不够有激情，不能让人尽兴，于是提笔添加了一些华丽的句子，比如，“鸟瞰如东大地，阳春三月，纵横交错的河渠林网和随风翻滚的麦浪，汇成绿色海洋，桃红柳绿点缀其间；金秋十月，稻谷如山，银棉似海，堆金砌银，流光溢彩。美丽的如东像一颗多彩的宝石镶嵌在辽阔的江海平原上”。还有“沧海变桑田，‘巨掌’展新图。如东县幅员广大、资源丰富，河渠纵横、田园平整，五谷丰登、六畜兴旺。如东县海岸绵长，海涂宽阔，兼具渔盐之利。在中国共产党的领导下，勤劳勇敢的如东人民正发扬诚实、苦干、团结、奉献的精神，加快改革开放步伐，科学利用各种自然条件，阔步汇入经济发展的大潮流，努力把如东建设成为社会主义的鱼米之乡、名副其实的苏北‘小江南’”。他亲笔在里面插了很多类似的文采飞扬的内容。

1991 年，如东全境遭受百年未遇的特大水涝灾害。历史的教训告诉人们，如东人又要承受一次大苦难了。可是，让汤桑林自豪的是，得益于长期的水利设施建设成果，当年全县仍然粮棉双丰收，而且是历史上少有的丰收年之一！全县棉花总产量达 39020 吨，比上一年猛增 23％，居全省第二。

“如果这样的消息能逆向传递给如东的古人，怕他们怎么也无法相信!”汤先生笑着，做了一个“不可思议”状的摇头动作。“你不是如东人，你不知道如东人有多厉害，要攻克一个难关，那种拧在一起卖力的劲儿，真的能排山倒海。”汤先生给我讲了个战胜棉虫害的例子。他说，棉花防虫历来是让棉农头疼脑涨的事，如东种棉花的历史悠久，起于元代，但世世代代，棉花似乎没有能够造福一方，反而增加了农民的艰苦，虫害的困扰也经常让棉农倾家荡产。古时候民谣这样唱:“棉花、棉花，我待你不差，正月初一忙到三十夜（方言读 ya)。指望你开花，虫子往上爬；指望你还债，你往水里溉（gài，方言读音为 kài，意为倾倒)。”这生动地反映了棉农的辛劳和灾害的猖獗。1949 年以后，如东人民把科学精神同聪明才智结合起来，创造了一整套独特的土洋结合的灭虫方法。本地棉花主要害虫为棉蚜虫、棉铃虫、红蜘蛛、盲椿象、地老虎等。全县实行联测、联报、联防制度。除用农药喷洒、熏蒸外，还用生物治虫乃至人工诱杀。特别是全县总动员的“点灯诱蛾”。夜幕降临时，百里棉乡的田头地边，一排排草把如同威武雄壮的哨兵，一只只水盆、水钵及其他适用的贮水容器，摆开了诱蛾的天罗地网。棉田里灯光闪烁，与天空群星交相辉映。天刚放亮，男女老少就披着晨雾，蹚着露水一齐上阵捉害虫。由于多管齐下，棉花病虫害降到历史最低水平，基本不再影响到棉花生长安全和收成。

“你可以想象，那景象真是蔚为壮观啊!”回忆时，汤先生的表情依然洋溢着激动。三十多年过去了，那样的情景，一定还能清晰地浮现在如东人的记忆里。

如东粮食生产的历史虽长，但在新中国成立前，如东人只能靠天吃饭。特别是生活在四边高中间低的“荡田”里的人们，更是苦不堪言。有一首民谣唱道:“提起桃花荡，两眼泪汪汪；太阳晒了河底干，一场大雨变汪洋。十年就有九年荒，拖儿带女去逃荒。”“桃花荡”“芦花荡”“野鸭荡”“野鸡荡”，新中国成立前的如东，有多少这样的“荡田”，谁也说不清。如东水土竟然养育不起她的儿女。到1949年新中国成立前夕，全县粮食总产量只有20.37万吨，人均粮食仅有290公斤。20世纪五六十年代，百万人民发挥集体的力量，艰苦奋斗，治水治田，先后开挖了九圩港、如泰运河、江海河等引江骨干河道，同时完成了县内配套水利工程，使如东成了旱涝保收的鱼米之乡。此后技术部门又通过探索农业技术，开辟试验田，并在成功的基础上向全县推广，实行机械化耕作等，取得成效。仅1990年，大小丰产方就增产粮食4320多吨，经济效益达390万元。“七五”期间，全县粮食生产持续稳步发展，如东被国务院授予“粮食生产先进县”称号。如东农村家家户户囤尖柜满，实现了粮食自给有余。

1991年的《如东县统计年鉴》中，记载着这样一串醒目的数据：1949年，全县肥猪出栏2.14万头，1991年为54.11万头；1949年，羊存栏数为1.15万只，1991年为17.61万只；1949年蚕茧总产630担，1991年为14万担；1949年家禽存栏50.11万只，1991年为350.96万只；1949年水产品总量0.75万吨，1991年为5.58万吨；1949年林、牧、副、渔总产值1192.2万元，1991年为60587万元……在名目繁多、灿若群星的统计数据库中，这只是几颗并不起眼的小小星辰，然而，它却真实地记录了如东副业生产自中华人民共和国成立后40余年的巨大变化和喜人成果，是如东副业生产由小到大、从少到多、从凋零沦落走向兴旺发达的见证。

如东有绵长的海岸线，海洋渔业资源极为丰富。“如东人烟之初，即为渔业之始”，“靠海吃海”的历史久远。但在长期的封建社会里，生产力低下，捕捞工具落后，只能近海作业，不能远洋捕捞。到 1949 年，渔获量只有 6800 多吨。新中国成立以后，渔具不断更新，60 年代是木帆船，70 年代是机帆船，80 年代开始用钢质渔轮，继而各种科学捕捞仪器陆续配备上船，远洋捕捞船队也开始建立，渔获量大增。1987 年起，如东首次实现渔业生产“百万担”，这以后，连续 5 年突破“百万担”大关，获得“七五”期间全国渔业生产先进奖。1991 年渔产 5.58 万吨。

如东大地上河道纵横，大沟小塘星罗棋布，淡水水面广阔。“养鱼于倍利”，如东人民素有养鱼的传统习惯。新中国成立后党和政府一直十分重视发展淡水养殖业，在鱼种培育、鱼苗产销、资金物资和科学技术等方面，给予各种支持和帮助，并制定了一系列保护淡水资源的政策、法规。淡水养殖业不断发展。1953 年，如东开始兴建鱼种场培育鱼种。至 1979 年，全县共有 38 个集体鱼种场，鱼种池面积扩大到 1800 亩，全年培育鱼种 1750 万尾，实现本县自给有余。全县从 1963 年起，着手人工繁殖鱼苗，到 1970 年，鱼苗全部实现人工繁殖。大河和精养池成鱼养殖，是淡水养殖业的主体。全县大河和精养池成鱼养殖开始于 1965 年，到 1979 年，全县已发展到 48 个成鱼养殖场。大河养鱼年成鱼亩产 20 公斤左右；精养池年成鱼亩产 150 公斤左右，最高产量达到亩产吨鱼。20 世纪 80 年代承包制大大激励了养殖户，如东淡水养殖业迅速发展。养鱼业由过去大河养鱼和池塘精养，发展到大河养鱼、池塘精养、围田养鱼、网箱养鱼、稻田养鱼等多种形式；鱼的品种也在鲢、鳙、青、草的基础上，增加了鲤、鲫、鳊、团头鲂等品种；淡水养殖科学的发展，使过去的单一养殖，发展成多品种、多层次立体养殖。同时，蟹、鳖、鳗、珠蚌等特种淡水养殖业也蓬勃兴起。1991 年，全县淡水鱼总产量达 11155 吨，虾、蟹类总产量 435 吨，贝类总产量 554 吨，淡水产品总产值达 5458 万元。

与此同步，如东的蚕桑、果品等副业也蓬勃发展，成为地方经济发展的有效补充。

20 世纪 80 年代改革开放初期，一位在上海华东师大就读的如东大学生，春节回家，被县政府邀请参加团拜会，看了县里各项事业的成绩捷报，心情十分激动，但也有几分遗憾——几年的上海生活，让他看到了现代经济社会发达的标配景象，如东还有差距。回到学校，他在《回乡有感》作文中写道：当我们饱览白帆点点的无垠大海，当我们穿过堆金砌银的百里棉乡，当我们脚踏黑油油的沃土，当我们手攥金灿灿的稻谷，亲爱的父老乡亲，在这宏大的经济交响乐中，您也许觉得还缺少一个辉煌的乐音，您会和我们一起去寻觅，去倾听吗？……是的，如东的天空应该有林立的烟囱，如东的大地应该有整齐的厂房、轰鸣的机器、繁忙的生产流水线和春笋般出现的各类应时工业品!

不需要十年，父老乡亲就让他们的学子大开了眼界，消除了遗憾。

20世纪初的如东，全县除海水煮盐外，只有木匠、泥水匠、铁匠、石匠、篾匠等五匠，磨坊、粉坊、油坊、豆腐坊等四坊零星散布于各个村镇。1917年，大豫盐垦公司在如东附设轧花厂和织布厂；20世纪30年代，当地人陆续开办半机械化的私营油米加工厂，如东的地方工业始告萌芽。到新中国成立初，全县工业连同手工业总产值折合人民币仅1579万元。新中国成立后特别是改革开放后，如东工业发展迅猛。到20世纪90年代初，如东工业企业已发展到2549个，工业固定资产达13.4亿元，全县工业总产值达27.15亿元。工业占全县工农业总产值的比例已从新中国成立初的23%提高到63.8%。经济正在从以农业为主体逐步向工业为主导过渡。已初步形成化工、机械电子、纺织、建材、食品、服装等多门类的工业体系。更有化学工业独树一帜，全县拥有16个化工小类，基本形成酸、碱与光、氮、氢、一氧化碳等四气配套的生产体系，西维因农药为全国独家生产，有全省最大的染料中间体生产基地；机电工业迅速发展，石油机械产品走向全国，“百花”电子琴成为我国首次大批量进入美国市场的电子产品；纺织丝绸工业产品档次不断提高，年出口创汇超亿元；食品工业充分发挥当地粮油、畜牧业、水产资源优势，积极组织深度加工，产品附加值不断提高，发展前景十分广阔；作为“南通铁军”的一个组成部分，如东的建筑大军正转战全国，远征中东、美国和当时的独联体等国家和地区。如东还拥有全国第一个“星火计划”实现项目、被誉为中国“星火”第一家的如东生物化学总厂，在20世纪90年代初销售突破亿元，进入国家大型企业行列。占据如东工业“半壁江山”的乡镇企业，在如东经济的发展中发挥重要的作用。全县乡镇企业的产值已超过农业产值，极大地推进了农村商品经济的发展，加快了富县裕民的进程。到20世纪90年代初，如东还涌现境外投资企业近30个，随着改革开放步伐的加快，每年不断增加。地方工业的崛起，也带动交通、邮电、金融、商业等第三产业蓬勃发展，为如东后来的经济持续发展奠定了坚实基础。

如东素有“中国海鲜之乡”之称。如东人最有口福，一年四季都能吃到海鲜。如东鱼、虾、蟹、贝等海产资源十分丰富，常见鱼类达百余种，而以黄鱼、鲳鱼、马鲛鱼、鳓鱼、鲻鱼、鮸鱼等最为知名。虾蟹类出名的有红虾、白虾、对虾、金钩虾和梭子蟹、大青蟹等。还有文蛤、西施舌、竹蛏、泥螺、蛤子、蛤蜊、相思螺等各种浅水贝类50余种。

饮食方面，如东人食不厌精，脍不厌细，颇为讲究。如东海鲜菜中的生炝、醉制品种较多，如醉八鲜（车螯、红虾、蟛蜞、梭子蟹、泥螺、相思螺、蛏鼻、虾蚣）都是极品，难怪就是滴酒不沾的游客吃了之后也醉倒酣睡，第二天还在纳闷儿呢。菜花黄，红虾长，南黄海篓子红虾最肥壮。剪去虾须，冲洗干净，放在器皿里，一斤虾撒上一汤勺盐，再放少许黄烧酒、生姜末、香陈醋和胡椒粉，拌匀放置半个小时后，一盘鲜嫩可口的醉红虾就呼之欲出了。在北京、南京、上海等大城市，如东餐馆不管规模如何，只要有海鲜烹饪，都是门庭若市。如东菜虽然不能独成体系，但名气不小，老食客无不知晓、无不推崇。

我本人也曾是如东菜馆的常客。在南京，如东人开设的餐馆有五六家，大都是中小型规模，装修朴实，陈设简单。唯有菜不肯马虎，取自故乡的海鲜、青茄子等食材，成为餐馆的闪亮招牌。多年来，每逢周末，我会带着家人到南京龙江体育馆附近的如东小餐馆改善伙食，来一份“天下第一鲜”的铁板文蛤，烧一条大鲳鳊，炒一个青茄子，上一盆紫菜汤。我还特意教会了家人吃泥螺。吃泥螺最有讲究，需要很强的技巧，一旦出错，让人出尽洋相，其间难免笑声不绝。腌制好的咸泥螺不可直接食用，须用清水浸泡数小时，换水冲洗几次，再佐以烧酒、生姜末、醋、胡椒粉、白糖、味精。炝好食用时，门牙轻轻咬住泥螺舌，用上下唇和舌头的合力，把壳和泥螺肚里的沙土挤出去，泥螺肉遂成口中之物，剔去泥沙而不泄汁水，方津津有味。吃泥螺说起来容易，做起来难，几乎成了食客的独门绝技，若不得要领可能泥沙满口。传说明万历年间，扬州知府来如东掘港巡视。席间，端上了醉泥螺。知府不知吃法，问人又觉得丢面子。第一枚带泥吞下，第二枚则嚼了满嘴泥沙，咽之难下，吐又不雅，于是假装抹胡子，将泥螺吐入袖内。陪客请其吃第三枚时，知府连忙起身作揖道:“本府两枚足矣。”席间我把这个故事讲给家人听，他们就警惕起来，认真跟着我练习“吃功”，直到熟练掌握技巧，才放开享用。那种满桌飘香、瓢盆叮当、溢美之词间的小日子，真是让家庭生活生动、温暖了许多。

前两年，江苏省文旅厅委托我组织全国作家到江苏采风，并书写江苏的美食美景。我也写了一篇记述家乡南通之美的散文。在这篇散文里，我讲了自己的一个童年经历。小时候，我在一个暑假跟着父亲到无锡，在一个饭店吃饭，父亲看到菜单上赫然有一道名为“天下第一鲜”的菜，觉得这么牛的菜名，肯定是一道开眼界的大菜，就不顾价格奇高，咬咬牙，点了上来。结果，端上来的是一道文蛤汤，一勺子捞下去，汤里最多只有十几只文蛤肉。父亲觉得又好气又好笑，有点责怪饭店“坑人”的意思流露出来。服务员赶紧解释，说师傅您有所不知，这可是从苏北保鲜运输过来的珍贵海鲜，“天下第一鲜”也不是我们饭店胡说的，而是当年乾隆皇帝御赐的名分啊，不信您可以查资料，所以，这东西能便宜嘛，当然更不能大碗大碗地吃，大口大口地嚼啊！

我和父亲忍不住“扑哧”笑出来。我们南通人，都是烧几碗汤，用一篮子文蛤呀！

如东是全国最大的文蛤生产和出口基地。如东文蛤曾被乾隆皇帝御封为“天下第一鲜”，这是有史料记载的事实。文蛤的吃法很多：醉着吃、煮汤吃、炒着吃、蒸蛋吃、铁板烧着吃……五花八门，各具其妙。就拿铁板文蛤的做法来说，先将文蛤淘洗干净，用蛤仔刀刀锋劈进蛤嘴，稍稍用力一绞，一片鲜嫩的文蛤肉就掉进碗里。再将劈好的文蛤肉倒进一个塑料淘篓里，放在盛有清水的盆子里，用筷子顺同一方向搅拌，倘若或左或右，文蛤肉内的沙子等杂物就去不干净。如此换水搅拌几次，直至水中不再浑浊。接着倒上适量大葱、生姜末和黄酒拌好，在一只铁板盘子上放上一张锡纸，待铁板烧得滚烫后，将文蛤朝铁板盘中一倒，用筷子轻轻搅拌片刻，随着一阵“噼里啪啦”“嗞啦嗞啦”的声响，但见一片片文蛤肉卧在铁板盘子里，如乳白色的弯月，笼罩在淡淡的青烟中。青葱生姜末点缀其间，你不由得会产生“一行白鹭上青天”的诗意联想。闻一闻，清鲜扑鼻，令人垂涎欲滴，顿生大快朵颐之意。

改革开放后，为了吸引全国和世界的人气，如东人曾动了很多脑筋，开发一些自认为可以“接轨时代、接轨国际”的文化旅游项目。这些项目结合如东临海特点，把美食、娱乐、运动等融为一体，应该说旅游业的一时兴起，的确给这片偏僻遥远的海滩带来了生机，带来了发展的希望。

如东是文蛤之乡，于是，创意了“踩文蛤”的游客体验项目。这项被称为“海上迪斯科”的亲近大海的活动最受中外游客青睐。一位当年参加过此项目的南通人，最近撰写文章回忆三十多年前曾多次去海边体味南黄海风情，与大海有过数次“肌肤之亲”。让他印象最深的是，某个周末，草长莺飞、春风骀荡，两辆大型拖拉机，载着他们沿着插着树枝的结实而泛白的沙泥路前进，偶尔见到渔民三三两两，扛着渔具徒步向海的腹地走去。路伸向茫茫远方，似乎没有尽头。路两边积水的地方就是大海的沟壑。一眼望去，水塘一汪一汪的，好似安放着的一个个大大小小的盛满清亮海水的碗。二十分钟后，他们来到一个养殖文蛤的地方。坐在拖拉机上，远远地就看见有扎着红绿头巾的妇女，脚穿塑料长靴，左手扶着搭在肩上的毛竹做的像犁铧一样的工具，右手持一把小锄，在不紧不慢地挖文蛤。驶近看，她们将工具伸下去约10厘米再向后平拖，犁过的地方就会有海底生物浮现出来。采蛤女们果断地伸出小锄，轻轻一挑，麻利地扔进捆在毛竹竿上的网兜里，接着又娴熟地重复刚才的动作。她们的网兜装满了大大的文蛤。大人、小孩都脱了鞋，高高地卷起裤管下了拖拉机，大家伙四面散开，三五成群，开始跳“海上迪斯科”。开始还显得有点硬的沙土，在几次踩踏后就松软了。踏过的地方会冒出色彩斑斓的文蛤。有时冒出了小蟹，有时冒出的海螺里居然爬出寄居蟹，每每这时，孩子们就会尖叫不已。这是神奇的大海馈赠人们的最好礼物。当地人告诉游客，如果没有风，退潮后泥螺就在大水滩里慢悠悠地爬动，爬出一种优哉游哉的情趣。很快，大家带去的塑料袋里装满了文蛤。当集合的号令响起，大家自觉停止了欢快的“舞蹈”，有的拿出拖鞋到水洼里洗好脚再换鞋；有的拎着装着水的塑料袋爬上拖拉机再洗；有的干脆泥腿子径直上了拖拉机。坐上拖拉机向四周望望，一片白茫茫，不辨东西。紧随其后的是打捞紫菜的渔民驾着拖拉机，拖箱上放着长长的紫菜架子，两三个人头从紫菜架子里伸出来。看着有海水一浪一浪向岸边涌来，他们知道涨潮了。领队一声令下，撤！大家就唱着歌，欢快地向岸边奔去。这次的体验令他难以忘怀，几十年过去了，还是活灵活现在脑海中，忍不住把它记述下来。

南通是我国四大风筝产地之一，其中蕴含海派文化、长江文明的板鹞风筝被列入首批国家级非物质文化遗产名录，盛誉海内外。作为南通市辖县，如东地处滨海平原，拥有 106 公里的黄金海岸线、107.2万亩广袤滩涂。受亚热带海洋性季风气候影响，这里四季分明，气候温和，风力适宜，是放风筝的好地方。据《如东县志》记载:“自草虫、鱼鸟、舟船至于仙佛，无巧不备，大者数丈，软翅者一排九雁、十三雁。春天竞放，他邑所无。”由此可见，如东风筝花样之多、历史之久、风气之盛，乃全国罕见。2015年，如东被命名为“中国风筝之乡”。如东的“哨口风筝”最具特色，俗称“板鹞”。“哨口”是个总称，其实“哨”和“口”是两种不同的发声器，“哨”的声音尖细、清脆响亮；“口”的声音浑厚，凝重悠远。板鹞升上天空后，五音和谐，声及数里，犹如“空中交响乐”。《红楼梦》第七十回“林黛玉重建桃花社，史湘云偶填柳絮词”中描写了宝玉和姐妹们一起放风筝的热闹场面。他们放飞的“蝴蝶”“大鱼”“螃蟹”“美人”“凤凰”“大雁”等风筝表面上看都象征美好的事物，寄托着这些青春王国里的孩子对幸福的追求和憧憬，但从放风筝的寓意来看都是极为不吉利的。因为在他们的心中放风筝就是放晦气。所以众人说道:“倒有趣，可不知那喜字是谁家的，忒促狭了些。”这一段带着强烈的悲剧色彩。从前，如东人放风筝是件非常隆重的大事，放前要供在堂屋里，香烛纸马，恭敬如仪。放飞时，几人乃至十几人分成“丢”和“背”两组，行动协调，配合默契。风筝如一飞冲天，人们则欢声雷动，“鹞子满天飞，家家有得收”，预示着五谷丰登，万事如意。

三十多年来，如东先后在“江苏省风筝放飞基地”小洋口旅游度假区举办了十六届国际和省级大赛。2009 年举办的全国风筝锦标赛，吸引了不少来自美国、英国等国外的放飞高手和慕名而来的观赏者，达十万之众，创全国风筝放飞史之最。大赛项目与时俱进，有运动风筝双人及团体芭蕾赛、打斗风筝个人赛、盘旋类风筝规定套路赛；特色风筝有板鹞类、龙串类、翅串类，以及软体造型、滚地龙、夜光风筝，等等。每逢赛季，放飞场上空漫天飞舞的风筝有的像五彩缤纷的滚球，有的像拖拽着长尾巴的蜈蚣，有的像憨厚滑稽的小丑……形态各异，摇曳生姿。

踩文蛤、放风筝这些游乐项目，给来自五湖四海的客人带来了很多乐趣，但要想靠这些项目带动一个地方的经济、社会跨越式发展，则是勉为其难。如东人从一时的喜悦与渴望中醒悟过来，认识到文旅可以优化投资环境，但不是投资的主要“硬件”。大投资必须要有大产出的项目，挖掘如东的硬条件，设计出可以说服人的大项目，才有可能给如东带来一场“发展革命”。

与近现代的如东相比，现在的如东完全够得上“沧桑巨变”这个词。然而，如东给人的感觉依旧有些“闭塞”“不大气”。那位喜欢“挑剔”的大学生，大学毕业后留在上海工作。隔三岔五，他回老家一次，遇到县里的领导，就会抛出一些问号：如东有规模工业企业吗？如东的产业成系列、上规模了吗？如东有强大的特色产业、有国际化的产业群没有？如东有新型产业片区没有？有多少知名国际国内企业入驻如东，如东具备不具备吸引它们的过硬条件？如东的特色和潜力到底在哪里，难道这么大的海洋，就是沿袭古人，用来防守和踩几个文蛤、捕几网鱼？如东因地理位置处于大陆边缘，交通一直没有优势，所以比兄弟区县多了很多曲折，横向一比，步伐在南通地区依然比较迟滞，那临海能不能成为一种走向世界的优势呢？

汤桑林先生还记得自己纠结这些问题的时候，还在当常务副县长。有一天他跟当时的县委书记徐相林谈论乡贤们提出的问题，两个人都为乡贤们对家乡的热忱和关切而感动，也因此有了不少焦虑。他们多次召开专题常委会，研究如东如何“大突破”，大突破当然意味着必须要有大动作、大项目，必须要有思想的大解放。只要碰到这样的“大议题”，常委会七嘴八舌，争论不休，经常从上午开到午后误了饭点，食堂给每人下一碗面条，在会议桌前吃了，抹抹嘴，继续开会，从下午开到深夜，散会时已是海上升起一轮月，夜雾笼罩月朦胧啊。

这一年开始，大家形成一个共识，把发展的重心放在建设“两区一港”——洋口工业开发区、如东经济技术开发区和洋口港。

洋口工业开发区位于如东西北海岸，面对兀形公路3路汇合点，背靠大海和正待开发的洋口港，初期总面积为1.65平方公里。区内河道纵横相间，区外水陆交通十分便利。洋口工业开发区自1987年动工兴建，初具规模。自来水厂、变电所、污水处理站以及交通、邮电、商业、学校等社会服务设施趋于配套。当年6个企业投产，预计该区项目全部投产后，年产值可快速过亿元。化学工业发达和滩涂资源丰富是如东的两大优势。如东化学工业当时名列南通市6县（市）之首，总产值占6县（市）同行业的35%以上。由于地处内地、分散建立的化工企业不利于“三废”（废水、废气、废渣）处理和环境保护，也不利于资源的综合利用和整体效益的发挥，而相当于内地耕地面积72%的大片滩涂又亟待开发，可以使这两种优势互补，集中治理化工生产造成的污染，加速滩涂开发进程。县委、县政府作出了建立新兴工业区的战略决策。整个开发区走“洋规划、土开发”的道路，采取“长远考虑，科学规划，统一开发，分项实施”的办法，边规划边开发，对全县经济发展已经显示出三大作用：一是为开发海涂闯出了新路子；二是为消除内地与海涂的差别找到了新途径；三是为发展外向型经济建立了新基地。

如东经济技术开发区，按照依托老城、开发新区的原则，在掘港镇西南新区的基础上，沿如泰河两岸向西延伸、扩大，以逐步形成面积为10.14平方公里的标准高、配套齐、功能多、综合性的现代化新城区。预计该区的兴建，对于加速县经济发展，扩大对外开放，主动接受浦东开发、开放的辐射，改善如东投资环境，更好地吸引国内外客商投资；对于优化县经济结构，实现经济集约化发展，形成区域经济优势；对于搞好县城掘港的建设，加快城乡一体化进程，都具有重要的意义和深远的影响。县城及该区的“三外”——外贸出口、利用外资、对外劳务输出发展的势头正健，掘港有望成为如东对外开放的“龙头”和苏北发展“三外”最快的县城之一。

构想中的洋口港位于如东县北部。已有专家论证认为，如东黄沙洋的深水潮汐通道，是江苏沿海辐射沙洲中最大的深水通道，可以利用其兴建20万吨级洋口港泊位。这将是江苏境内沿海最大的深水海港港址，也是我国沿海可以利用天然水深建立20万吨级大型深水港的理想港址。洋口港的优势将体现在：深泓水域宽广，航道动态稳定，微冲不淤，通道顺直，隐蔽好，风浪小，泥沙少，底质佳。整个港口沿小洋口闸至长沙镇40公里岸线范围内分为洋口、环港、长沙3个港区，呈均等分布状态。其腹地经济基础雄厚，水、电资源丰富，集疏运条件优越。向西有栟茶运河与通榆运河、通扬运河、京杭大运河相连，南行有岔洋河、江海河直通长江。海上通道距浦东开发区只有140海里左右，北上连云港可连接欧亚大陆桥。洋口港距兴建中的沂通（新沂至南通）铁路50公里，距即将竣工的兴东国际机场40公里。专家们认为，利用辐射沙洲潮汐通道兴建5万至20万吨级深水泊位，是对全国港口布局研究和江苏沿海港口选址的一项重大突破。洋口港未来将和江苏沿海其他港口群一起，成为陇海线、淮河水系、长江水系10省（区）广大腹地对外开放的前沿阵地。

可以想见，以“两区一港”为生长点的第三产业，将会得到更大的发展，将为整个如东经济的振兴谱写出更加壮丽的乐章。当年的县政府工作报告中，用如此激情洋溢的描绘，表白了强大的发展决心和信心，也做了宏伟蓝图性的预想。对这样的规划，全社会一片哗然，有拼命鼓掌的，也有紧皱眉头的，甚至有干部散了会之后就找县领导，表达自己的担忧。

“你们的饼画得太大、太早、太草率了！”这位干部颤抖着声音说，“两区当然是实实在在的，可以做成而且实践证明是有望做大的，加把油，再坚持几年，成效立竿见影。现在，又野心勃勃提出一港，就凭一些书生的话，在这片荒滩上建国际大港？科学依据在哪里？政策依据在哪里？工程可行性有把握吗？建这么宏大的港口，百亿千亿扔进去，水花都激不起几尺，请问年GDP区区几十亿的如东的父母官们，谁来投千百亿的资？玩笑是不是有点大呀？纸上谈兵容易，战场上实干，恐怕就没那么轻巧了，我们这代人，要大胆创新，但也不能给后人留烂尾、给历史贻笑大方吧。”

接待他的县领导一时哑住了，不知道该跟这些热心而焦急的干部说什么，安慰，不合适；辩解，一言难尽；直接赞同和反对，似乎更说不出口。只能嘿嘿、嘿嘿地傻笑，不断赔着笑脸说，我们一定、一定继续论证，继续努力，力争做成，给你、给所有关心的干部群众，给每一个如东人一个满意的交代。

惊叹篇

题记

治百里之河者，目光必出百里之外；治千里之河者，目光必出千里之外。办一县事，要有一省之眼光；办一省事，要有一国之眼光；办一国事，要有世界之眼光。

——张謇

第六章　激扬

2023年夏天，一个酷热难当的夏日午后，我如约来到南京大学地理与海洋科学学院，拜访中国科学院院士、中国南海研究协同创新中心主任王颖教授，以及她的丈夫、著名海洋科学家朱大奎教授。

“没有朱大奎、王颖夫妇以及河海大学严以新等科学家最初扎实的科学考证与可行性背书，就没有洋口港的启航!”当年，负责接待并数次陪同科学家们在如东海上考察的原港口办的两位负责人袁新安和杨镜吾，陪同我来到王颖院士的办公室，一路上他们反复向我强调，王颖院士等是洋口港建设奇迹实现的灵魂人物。

袁先生和杨先生已经退休多年，两个人头发灰白，都长得清瘦有神。这些年，虽然离开了工作岗位，但涉及洋口港的一些“边角料”工作，还离不开他们。比如，他们会代表如东县委县政府和洋口港管委会，去全国各地回访和感谢那些历史上给洋口港作出过贡献的人。2023 年是洋口港建设发展二十周年，他们俩领了新任务，即拜访这些为洋口港作出过不凡贡献的人并汇报二十年成就。

王颖院士看到两位老朋友，远远地迎上来。她步伐矫健，声音洪亮，动作敏捷。我无法相信，眼前这位“大姐”是一位 88 岁的老人。她见我对她的年龄有疑问，就说：“我这里有‘名片’，也是‘身份证’，送你一本书，你翻一下就知道了。”这是中国科学技术出版社出版的院士传记《拥抱海洋——王颖传》，在里面，我看到了她准确的出生时间：1935 年 2 月 24 日。

丈夫朱大奎教授大王颖一岁，老人家行动不太利索了，但思维很敏捷。两人看到新老朋友来做客，热情有加。听了袁、杨二位对洋口港近况的汇报，他们特别高兴。王院士告诉我：“二十年，其实是一个从正式动工建设到今天的时段概念，真正要谈洋口港的历史，应该是四十年左右，上世纪 80 年代有关洋口港的工作，我们就参与进去啦。”

王颖院士滔滔不绝地介绍说，河流都是活的，任何河流，有了历史就会有地理变化，比如变道。长江、黄河、淮河莫不如此。我们能找到的长江口最早的海图，绘制于 1842 年。对照看，一百多年间，长江口发生了很大变化，南北两咀的宽度由 118 公里缩窄至 90 公里，水下三角洲则逐渐向海伸展，随着河口延伸，江面逐渐缩窄。历史上，镇扬段和江阴段江面宽都在 10 公里以上，而今分别缩为 2.3 公里和 1.5 公里；南通河段在 1915 年宽度尚有 18 公里，1920 年在浏海沙河南岸并岸之后江面缩窄到 7 公里左右；徐六泾河段宽度的缩窄则是最近几十年的事情。而长江，也一直处于不断的改道过程中。

朱大奎教授插话，分析改道的原因说："一是地壳运动的关系，因为长江中心是往南边一点，北边翘起，所以河口往南边移。还有一个原因叫科氏力，在北半球行为表现为向右侧移动。那么，为什么长江又向南偏移呢？这是由于地球偏转力的影响，在北半球河流总是向右偏，但这个移动的速度很慢。"

唐天宝年间，也就是公元 742 年至 756 年，横江逐渐淤浅。据宋《太平寰宇记・通州》所载："通州"古横江在州北，元（原）是海，唐天祐（904—907）间泓涨，"今有小江出大海"，至此，横江西端至石港之间的一段缩窄为一条界河。五代的后周世宗年间，胡逗洲与廖角咀淤连，古横江最终消失。石港、马塘地区由原来的滨江之地变迁为临海之域，滨江临海的掘港也终成三面环海而不再临江。至今，南通等地的许多地方仍得名于近海，如丁堰、黄鱼桥、海河滩等。传说三国时为了防海水从扶海洲西端侵入，经皋东人东吴大司马吕岱倡导，筑丁字形堤堰，“丁堰”因此而得名。可是今天的它们却远离大海遥遥百里。由于扶海洲与大陆并接，扶海洲替代了扬泰沙嘴的地位成为长江口北岸的新沙嘴。后人称为“唐廖角咀”，地理学上称为如东古沙嘴。如今的廖角咀位于启东寅阳的圆陀角，但远在一千多年前的唐朝，廖角咀却在掘港、长沙一带，西与大陆接壤，南、东、北三面临海。隋唐时期，廖角咀吞江吐海，其毗邻水域，既为漕运通道，又为军贸航途，古来水师征战，江海交兵，多发生于此。

洋口港所处辐射沙洲中最大的黄沙洋—烂沙洋深槽，为 3 万年前古长江由此入海的主干道承袭而成，是现今来自太平洋进入黄海的前进潮波与进入东海的旋转潮波汇合及辐散的主通道。强大的潮流动力使这一深槽不淤不积，恰似海底长江，并以此为轴心，在江苏近千公里海岸外形成了一片辐射沙洲。此深槽两侧的沙脊形成对深槽的天然掩护。在这些沙脊中，距海岸约 13 公里的西太阳沙高出海平面部分达 6 平方公里，其前方槽深达 23 米，面积逾 10 平方公里。

“这一天然的深槽沙洲组合，是建设深水海港的绝佳之处，”说到这里，王颖院士的嗓门大了三分，“我们实地考察测量后，就发现了其中从弶港出来的两条是古长江古河谷，一个是烂沙洋，一个是黄沙洋。在黄沙洋的尾部有中国最大的潮差，我们实测的是 9.28 米，这个潮差比杭州湾要大。我们认为可以建港，黄沙洋可以了，烂沙洋更可以，水深条件更好，绝大部分是 12 到 17 米，外边是 25 米，这里水深条件顺直。”

显然，这个发现，至今还能让她的心情激动、喜悦。她指着丈夫说，那时候大奎经常去各级政府为领导们讲课，他到江苏省委省政府做学术报告时，讲江苏的海洋资源，特意把如东洋口建港条件的发现作为重点，列入报告的内容，希望以此引起省领导的重视，尽快把开发洋口港列入政府的规划。朱大奎强调说这是江苏沿海开发中的重头戏，江苏省和南通市要举全部力量，尽快上马建港项目，洋口港的效用前途和效益不可限量。江苏这样的依江沿海大省，对大陆的开发用力充分，效益明显，自古就是如此；但对长江和海洋，特别是海洋的开发利用，严重不足，这对江苏下一步的发展形成制约，必须突破。

当然，最早发现和提出洋口可建深水港的，不止朱大奎、王颖夫妇和严以新等科学家。更多的科学家，甚至洋口当地渔村的老渔民们，都有过智慧贡献。

20 世纪 70 年代，如东县长沙镇黄海村的三位渔民创造的一次打鱼伟绩，成了此后人们懵懵懂懂、对大海“深槽”的探视与问究的开始。祖祖辈辈靠出海打鱼为生的船老大李仁浦，一生几乎都在海上风里来浪里去，72 岁高龄才“退休”。退休的老人喜欢讲述自己的过往人生，尤其是自认为的“高光时刻”。李仁浦不厌其烦回忆的经历，就是他和两个伙伴一次出海打鱼时，一网下去，打上来巨多的黄鱼。

“清点的时候，大家都惊呆了，一网打了 1420 袋，匡算下来有六七十吨啊。一网打上 10 吨、20 吨鱼是常见的事，但是一网打上六七十吨黄鱼，实为罕见，祖辈里几乎都没听说过。我们想着，这黄鱼是不是正好开大会呢，碰巧上了我们的网。”十年后，李仁浦和他的渔民伙伴，把这个故事讲给前来考察的科学家王颖等人听。

黄海村渔民肖道鹏补充说：“看起来，好像那里的水颜色有些不同，它呈什么颜色？呈青绿色，是不是说明水比较深，有个大槽子？”被发现的古河道距离陆地直线仅有 10 多公里。涨潮或退潮时，海面上经常出现大漩涡，经过的渔船往往避道而行。老渔民说，下面是一个很深的潭。风浪较小的时候，附近渔民曾在这里抛锚，但锚线放下去久久不着底：“有一次，我们在深潭下锚，足足放了 100 多米深的锚缆。那个地方深得出奇。”

王颖敏锐地捕捉到其中的信息，立即请李仁浦带着去寻找那次的打鱼现场，实地考察。通过考察，王颖大胆推测，这里是一个古河道，现在叫潮流通道，过去的古河道近 1 万年来因为海平面上升被淹没了以后，就成了一个潮流通道。鱼在这里，一定是有一个深水的地区供它游，但是光有深水不行，它必须要有食物，那么水下的沙脊，有人叫沙洲，实际上我们叫作条带状的一个水下沙体，这种沙脊里面有淤泥，它有矿物质，而且它有孔隙。在逐渐的迁移过程中，由于长江离开了那个地方，它就没有泥沙汇入了，没有泥沙汇入，而有很强的潮流冲刷，就保持了一个深水航道，这个航道就是黄沙洋—烂沙洋，它的水深在 16 米到 25 米之间。海中深潭，在渔民们眼中无疑是神秘的，而这深潭在科学家眼里，就是一条古河道。王颖院士说:“地震钻打下去，穿透地下 60 米水深，发现一个沙基、一个水道，那个水道很宽，超过 10 公里，10 公里宽的大河，在这个地区那是个什么河呢?”

同样的疑问，也数次出现在如东人的脑海中。近一百年间，如东地下有一条古河道的证据多次被发现。1916 年，在如东原掘郊 17 大队地下，人们挖到了一只海船上的大铁锚，8 个壮汉都抬不动。两年后，又在铁锚附近挖出一条长 10 多米的海船和一些古陶瓷。1969 年，在如东原双南乡西地下 6 米深处挖到一根古船桅杆。1973 年，在新店与石港之间的九圩港河北侧桅杆荡地下挖出一条木船，经专家考证沉船年代为唐朝；同年，又在原址西部七八米地下深处发现一条唐代沉船。1984 年，汤园乡长田村村民在挖藕时，在地下约 4 米处发现近十米长的一截独木舟。一艘艘古船，以及船上的陶瓷等物品，似乎在告诉后人，它们是因为风暴等原因在航行中沉没。在地图上将出土的古沉船位置标示，大体呈直线状。这条直线所显示的应当是一条古河道。许多人猜测，这条河道很有可能就是古长江。而王颖院士发现烂沙洋古河道时，第一个想到的也是长江。有人提出，历史上黄河多次南迁，南宋建炎二年，即公元 1128 年，黄河南迁夺淮入海；明弘治七年，即公元 1494 年，黄河夺淮后于响水入海。扶海洲与大陆涨接，正是长江和黄河泥沙不断淤积共同作用的结果。有没有可能介于长江和黄河两大流域之间的淮河，是从烂沙洋入海的呢？

治学严谨的王颖带领科研人员数次出海，采用地震钻探、比对等手段来求证，先是采样，将如东黄海近海河道里的沙样和长江、黄河的沙对比，得出的结论是沙石是长江的，但是它比较古老，上面都染色了。

“古长江遗留的河谷和古长江泥沙堆积的河谷中间的沙岛相伴，成了一个天然的深水港，”王颖兴奋地说，“所以后来我们进一步证实后，就提出了大胆的建议，这样一个深水河道把它疏通以后，可以建成一个 20 万吨级到 30 万吨级的船只可以来回进入的航道，利用它两边的沙岛，建成码头。当然，提出这个设想的前提是，我们做了大量的勘察和研究，具备自然条件，科学来不得半点马虎。”

更早的1983年，交通部水运规划设计院组织的一批专家来到了洋口。此行目的，是要通过对全国绵延万里海岸线的普查，寻找和发现可以建设大型海港的港址。他们的足迹踏遍沿海八省二市，最后，形成一份《全国大陆海岸线港址普查概况》的调查报告，明确提出了这样一个结论：洋口地处辐射沙洲中最大的深水通道，是江苏省最大的深水大港港址。洋口有可建5万～10万吨级泊位的港址。洋口作为港址首次列入国家级研究文本。

虽然在这份报告中，对洋口的记述寥寥数语，并非重点，但这几句话成了朝思暮想放大临海效益的如东人的兴奋点。袁新安记得，当时县委县政府大楼里人声鼎沸，大家奔走相告，说我们如东洋口可以建国际大港了，如东的命运要大改变了。当时的常务副县长汤桑林，把袁新安和滩涂办负责人周树立叫过来，对着这个报告提及的洋口部分，一个字一个字地念了一遍又一遍，然后吩咐袁新安和周树立说：“你们两个立即行动，我给你们分工，小袁帮我找有经验的渔民，设法把我弄到海里去，能活着回来就行，我要到海上洋口去看看，虽然不是专家，但请专家来看之前，我得摸个感觉，认认航道；小周你有文化，帮我查阅相关资料，并去了解、搜集这方面的专家资源，我要拜访他们，把他们请过来，替我们论证、谋划这件事。看来，上天给如东人一块大福地，我们今天要真正踏上去了。”

随后，在如东县政府的组织下，南京大学王颖、朱大奎教授，河海大学薛鸿超、严以新等一批专家，去了二十多个人，南大王颖带队，在那里住了两个多月，进行实地考察测量。此后，专家们陆续进入如东海考察，许多著名的院士，都成了这片海域的常客，其中包括后来被列在“洋口港光荣榜”上的七位院士：王颖院士、刘济舟院士、严恺院士、任美锷院士、陈吉余院士、谢世楞院士、邱大洪院士。

那时候条件相当艰苦，近海滩涂上只有稀稀落落的农户和渔民住户，没有任何政府接待场所。县里只能把考察团的科学家们安置在老百姓家里住宿、搭伙。好在，老百姓没有不热情的，虽然条件差一些，但都是怀着感恩的心态，倾其所有，无微不至地照顾着老师们。朱大奎回忆当时的情景，感动不已。他记得他和王颖被安排到东海村的一户人家住，发现房间收拾得非常整洁，家具、被褥都是新的，起初以为是政府临时添置用来接待他们的，住了一段时间，偶然得知，原来是村支部书记王永明女儿的婚房。女儿听说科学家们从大城市下来，吃这么大辛苦，来为如东勘察港口，又听说领队的是一对科学家伉俪，就主动跟爸爸提议，并让爸爸“开个后门”，把新房拿出来，给客人住。女孩子还特别自豪，得知住进她新房的科学家是“本家”后，说自己接待的是“姑姑”啊，本来就是一家人呢。

王颖得知实情后，当场就掉眼泪了。

大部分时候，科学家们都是吃住在老百姓家，有时候就直接住在闸口。杨镜吾至今说起这些事来，还十分心疼那些“城里人”。当年他自己这样一个本土人，都有些受不了。海边的风特别野，有的人一觉睡醒，就生病了。附近没有医院，大家能扛就扛过去，不能扛再求助政府。还有，海老鼠、蛇、不知名的大甲虫，经常钻进屋里来，有些年轻的学生助手，当场就吓哭了。海边的老鼠是吃海鲜长大的，体形硕大，灵活凶猛，逮也逮不着，冲着你龇牙咧嘴地示威个不停。有的时候，早上醒来，一睁眼，蚊帐顶上盘着一条蛇，嘶嘶地吐着信子，贼亮的眼睛瞪着你，把这些城里来的陌生客吓得哇哇大叫。

王颖在如东人心目中，是实实在在的“女神”级人物，不光是因为她的水平高，学术建树闻名国内外，更是因为她近乎“神级”的工作作风。只要进入工作现场，她身上再也没有半点书卷气和女人气。废寝忘食、专心致志这些词，都不足以描绘出她的状态。

袁新安和杨镜吾记得，他们陪着王颖院士和她的团队多次下海，最长的一次在海上呆了 25 天，大家吃住都在船上，浑身晒得乌黑，一股汗臭鱼腥味儿。王颖经常跟大家开玩笑说："我不嫌你们味道大，你们也不要嫌我了，漂在海上就是海的味道，等你习惯了、喜欢了，你就是海上神仙了，我想我的味道大概跟何仙姑差不多，我是仙女，哈哈。"她曾在海上为了获得稳定的地理数据，以及满意的视角，让渔民把她捆绑在桅杆上，手持测量仪器和摄像设备，悬在半空中作业几个小时。糟糕的是，她是晕船体质，每次趴在船舷上呕吐，吐完了就继续工作，像什么事都没发生。一个学府殿堂里的女神啊，在工作现场就是那样的不顾一切，那种豁出去的状态，是疯狂的，也是迷人的，她对如东人的激励，非同寻常。他们带来了科学，也带来了强大的敬业精神。

参与过洋口港前期勘察测量等大量服务工作的"徐老大"徐建泉，就是东海村人。他家世代渔民，"家学"的缘故，使他海上经验十分丰富，加上为人豪爽，有了险情就带头冲，所以，在渔民中他很有威信。其实，渔民们听说洋口要建港，心情还是有点失落的，觉得港口夺海，不是让他们做不成渔民、丢了祖业了吗！徐老大是觉悟最早的渔民之一，他就给他们上课，让他们算账："是让子孙后代生活在一个现代化港城中幸福呢，还是一代一代继续在风浪里打滚好？你们看这些城里的大科学家都能为了我们跑到海上吃苦，我们为了自己，为了子孙，怎么就不能打点下手呢？"村民们的思想立即通了，纷纷表示要主动帮助政府，来推动这件事。于是，徐老大在村里又组织了同村熟悉海洋的同伴，组成志愿者队伍，随叫随到，为科学家服务。

科学家虽然掌握海洋知识，但是进入海洋实地，走在滩涂、蹚水赶潮，没有多少亲身体验和实战经验，没有渔民们护送，无法正常辨识方向和安全行走。很多险情频发之处，渔民们就在水中背着他们走。还有，批量的考察团进来后，需要立即组织多条渔船和人员，跟进保障。最多的一次，南京大学和河海大学的考察团来了几十人，需要 19 条船，还有若干的小舢板。看到船排在那里浩浩荡荡的阵势，科学家们乐了，就笑称徐老大是“北洋舰队司令”。为了上人工岛，还得组织一个手扶拖拉机队，只有拖拉机能比较顺畅地开那几公里的浅潮海滩，拖拉机队是必要的装备。徐老大因此又得了一个“拖拉机别动队队长”的称呼。

徐老大说，这些科学家一下海就忙乎工作起来，根本不管天气，但什么时候下海什么时候撤出来，必须严格守时，超时了可能就淹在涨潮中，出不来了。有一次，王颖在里面连续工作了三四个小时，到撤离时间了，看着风平浪静、天空蔚蓝，就跟他说:“徐师傅，我看这天气好，多待一两个小时应该没问题。”她丝毫没有停下工作的意思。徐老大见了，也不跟她争辩，而是粗暴地扛起她就往回跑。再不跑，大海可不跟你商量，说涨潮就涨潮了，说要你的小命就要你的小命了。

当科考队来到如东县北渔乡搭乘拖拉机，穿过宽阔的潮滩驶向海边的调查船时，海水渐渐漫近，飞溅在调查队师生的身体上，但是师生们毫不惊慌地维护着仪器和设备，安全登船工作。潮浪颠簸摇曳着调查的渔轮，师生们虽多次晕海呕吐，却毫无退意地坚持工作，对黄海调查的斗志战胜了晕船，坚持着全潮 25 小时或半潮 13 小时的海岸海洋断面考察。大潮退去，师生们登上了西太阳沙，跳跃欢呼，潮滩略微塌陷，粉砂掩埋了双足。从太阳沙向南北两侧望去，深水航道近在眼前。经历过多次中国海域、太平洋和大西洋的海上工作锻炼，王颖院士已经从见海就晕的青年女学者，成长为不惧狂风呼啸、不惧海浪击打、坚持工作的海洋学家。经历了在黄海多日、多次的调查，王颖团队终于揭开了海底迷宫：确定了如东洋口海岸存留着一条沿古长江河道发育的潮流主通道，水深开阔，直连深海外洋，适宜建港。

徐老大和他的伙伴们，这样的“志愿”工作，一做就是十多年，直到洋口港开始大兴土木，开天辟地的工程大部队和现代化装备到位后，他们才解散了“土八路”队伍。他的队伍和王院士们的队伍，正好形成了野外作战的“完美组合”，他们也互相见证了彼此的拼搏精神。

接受我访谈的当天，整个下午，王颖院士都沉浸在回忆中。

她说自己这一生，不是在讲堂、实验室，就是在大海上。如东的那几年经历，是相当特殊的，特殊的苦，特殊的难，但受当地人精神和品德的感染，她特别有信心，特别能苦干，最后也获得了特殊的收获，与如东人民一起，发现、惊喜、纠结、确信、奋斗、成功，协力做成了洋口港这件被认为“不可能”的事业！

从 20 世纪 80 年代开始，一批又一批中国科学家来到海上，一丝不苟地进行海上调查勘测，通过海底地质取样、地震剖面分析、海洋动力环境研究、卫星遥感分析，以及动用海军进行潜水作业，终于探明洋口所处辐射沙洲中最大的潮汐通道——烂沙洋深槽，是现今自太平洋进入黄海的前进潮波与进入东海的旋转潮波汇合及辐散的主通道。强大的潮流动力让此深槽不淤不积，恰似海底长江，并以此为轴心，在江苏近千公里海岸线外形成了辐射沙洲。此深槽西侧的沙脊对深槽形成天然的保护，在这些沙脊中，距岸约 13 公里的西太阳沙高出海平面的部分达 6 平方公里，其前方槽深达 23 米，面积逾 10 平方公里。这一天然的“水道-沙洲”组合，是再好不过的建设 10 万～30 万吨级深水海港的天然基础。

周树立先生作为最初加入这项工作的县政府工作人员，向我提供了一份详细的科学家调研和论证洋口港的“清单”：1986 年，交通部水规院的专家们得出“洋口可以建港”这个必将改写如东未来的著名结论后的第3年，河海大学海岸及海洋工程研究所的教授学者们受省交通厅委托，在广泛收集、整理有关资料的基础上来到江苏沿海，多次下海现场调查。调查中发现如东的黄沙洋潮汐通道尾部靠近岸线，水域宽而深，沙脊掩护好，深泓稳定，实为发展大型船舶海上运输的黄金潮汐通道。11月份，如东正式提出了开发洋口港的初步设想，河海大学的严恺、薛鸿超、严以新，南京大学的王颖、朱大奎等一批全国著名专家对黄沙洋的潮流、水文、泥沙等进行研究，求得严谨的科学结论。1986年12月，县计委徐琢主任代表政府与南京大学、河海大学签订《洋口港前期调研协议》，协议明确委请河海大学严恺院士、薛鸿超教授，南京大学王颖教授、朱大奎教授等专家对黄沙洋的潮流、水文、泥沙进行研究。1987年，根据协议，南京大学、河海大学根据各自专业多批次来如东进行野外及海上作业。1988年3月县政府与南京大学、河海大学正式签订《洋口港前期调研协议》。1988年4月，平原地区桃红柳绿春光一片，海风则仍显料峭，南大、河海的专家教授们离开高等学府的讲台，一头扎进大滩涂，用科学严谨的态度对洋口港进行踏勘。一番沐风栉雨，几多披星戴月，终在该年11月20日整理出一份名为《关于小洋口建港的初步调查》。这篇调查报告虽然不过2000多字，但内容却涉及辐射沙洲、潮汐通道、气象特征、潮汐落差、工程地质乃至地震影响等诸多领域和范围，进一步验证了 20 世纪 80 年代前期交通部水规院专家学者提出的洋口可建大型海港这一结论的正确性。

1988 年 4 月，南京大学、河海大学发表了《关于小洋口建港的初步调查》，文中列出九条“建港的基本条件”，包括：水深条件较好，(黄沙洋）水道水深一般在 10 米以上，最大水深 27 米，平均潮差 3.9 米，可建 5 万吨级的泊位；主槽稳定，适于修建岛式码头和单点系泊；地质条件良好；滩涂广阔，陆域条件好，淡水资源丰富；等等。1989 年，如东全力配合、协助南京来的专家们完成对洋口港建港可行性的科学论证。因为洋口港要想真正建成，必须掌握一系列更为详尽、更加确凿的数据，必须提出建港条件的可行性报告，这也是建港的必定程序和必然前提，而这正是专家的责任。他们以其学识、智慧、辛劳和汗水，把自己和洋口港开发事业紧紧捆在一起。7 月，南京大学和河海大学的朱大奎、薛鸿超等专家教授冒着高温酷暑，风尘仆仆来到如东滩涂，对黄沙洋水道进行了为期一个半月的实地测量，获得了大量的一手资料。9 月，专家们不顾“秋老虎”的肆虐，又来到如东，对黄沙洋水道进行了复测。复测时获得了一个新的重大成果：他们发现黄沙洋南侧的烂沙洋深水潮汐通道，其自然条件更为优越。12 月，专家们在大量实地勘测资料和室内作业的基础上经过缜密的分析、论证，向如东县人民政府正式递上了《洋口港建港预可行性研究报告》。这是洋口港开发建设史上第一份预可行性研究报告。

与此同时，全县上下也投入了紧张的洋口港建设预备战。1986 年，汤桑林副县长去北京，途遇启东县领导顾珍，得知吕四港已开始建港前期论证。是年，河海大学海岸及海洋工程研究所受省交通厅委托在广泛收集整理有关资料的基础上，对我省沿海进行多次港口调查。调查中发现如东的黄沙洋、大丰的西洋、吕四的小庙洪三条潮汐通道靠近岸线，水域宽而深，沙脊掩护好，深泓稳定，有条件发展大型船舶海上运输的潮汐通道。1986 年 5 月，县计委徐琢主任受邀参加启东吕四港预可行性研究评审会，王建平科长同行。汤桑林副县长、汤旭之副书记闻讯，也“顺路”参加会议，当晚去宾馆拜会南京大学朱大奎教授、河海大学薛鸿超教授，邀请他们来如东洽谈洋口港开发事宜。

1986 年 6 月县委、县政府召开高层会议，达成共识，决定开展建港调研工作。1986 年 7 月汤桑林副县长召集计委、滩涂局、水利局、水产局等部门负责人会议，传达县委、县政府决定，责成滩涂局副局长周树立牵头组织洋口港勘测、调研和资料收集工作。

当时，大家对这个决定有一些不同意见，能否建港领导也心中无数。汤桑林副县长对周树立交代说:“当前是个港口热，吕四已经行动了，我们能否建港不得而知，如果有条件，不能错过这个机遇，如果没有条件，也要留下资料给后人，没有遗憾。先组织本县可调动的力量进行调研。”

“先行动起来，”汤县长对周树立等人说，“我们的行动，至少要跟得上科学家的工作节奏，尽力赶上人民群众的急切心跳节奏。”

1986 年 8—10 月，滩涂局周树立、季崇明组队，利用县内条件开始了滩涂大断面及西太阳沙高程测量，调研收集已有的水文、气象资料并向计委做了情况汇报。1986 年 11 月，县计委正式向政府提出开发洋口港的设想。1986 年 12 月，县计委徐琢主任代表政府与南京大学、河海大学签订《洋口港前期调研协议》；1988 年 3 月，县政府与南京大学、河海大学正式签订《洋口港前期调研协议》。

上述工作开展后，洋口可建 5 万～10 万吨级海港的舆论令当时市领导比较紧张；由于吕四港启动较早，工作宣传覆盖面较大，南通市已经成立吕四建港领导组，与投资商的商务谈判正在进行中。南通市很难做到“一心二用”，吕四港建设尚悬在半空中，如果再上洋口港建港项目，市政府可能也会“力不从心”。

但市政府发现如东县的决心如此之大，也很受震动。市里反复强调，要求如东做实科学论证，不要急于上马，更不要过早“舆论先行”，蓝图性的媒体报道要克制。南通市计委也为市委市政府提供了一份决策参考，认为如东海滩为淤长型滩涂，不具备建港条件，这种观念一度左右了省市领导的决策。为了摸清如东岸滩淤长特点规律，县计委徐琢主任责成县滩涂局周树立，利用近几年滩涂大断面测量成果和围垦资料分析拿出初步意见。当时如东滩涂局在省局指导下已布设了七条滩涂大断面，做了多年测量，根据测量成果的比对和地貌特征，得出初步结论：“如东100公里岸线，并非全是淤长型，实测和地貌特征表明，北坎尖至环港段岸线基本稳定和略有退蚀。”周树立据此撰写《如东近代海岸线淤长进退分析》，给江苏海岸带综合考察工作作参考，这也是洋口港具备建港条件初步的论证依据。

1989年，随着洋口港的深水资源及建港条件初步结论的确定，南通市政府终于明朗了态度，迅速成立了南通市洋口港开发领导小组，常务副市长龚虎城任组长，市计委主任王佩霖任副组长，下设南通市洋口港开发办公室，由一位县领导兼任主任，周树立任常务副主任，王建平、吴恩生、贾琴等为工作人员，政府办公室秘书袁新安负责协调有关单位工作。

这个消息对于因海而生却临海无港的如东人来说，是开天辟地般的惊艳惊喜。洋口港，让如东进入一个看似风生水起的时代。积蓄在如东人心中太久、太久的宏大感情和鸿鹄之志，一夜之间找到了激扬的爆发点。县政府大楼为此几夜灯火通明，县里从相关单位物色了一群猛将，成立洋口港开发建设办公室。时任县计委主任的徐琢、滩涂局副局长周树立、县政府办公室袁新安等人被抽调到新成立的办公室，为港口开发做前期准备。前期的主要任务是协助科学家对烂沙洋—黄沙洋深槽一带的地质、地貌、水文、潮汐和气象等情况进行详尽的测绘，取得可行性论证的第一手资料。

如东城乡鞭炮声此起彼伏。杨镜吾记得有一天晚上他们正在伏案加班，掘港县城突然鞭炮声大作，同事们觉得莫名其妙，这并不是什么节日啊，怎么满城鞭炮声起呢？杨镜吾赶紧冲下楼，走到政府对面的街上，随便走到一家正在放鞭炮的小吃店，问店主在庆祝何事。店主兴奋地告诉他：“老弟你没看电视吗？今晚新闻刚播啊，洋口港要开建了，我们如东要大发达了，什么喜事比这个大啊，太让我们小百姓高兴了！”

原来如此！

那一刻，杨镜吾站在鞭炮的硝烟中，激动得热泪盈眶，浑身感到有一股古老而充满生机的力量在奔突。

可他们怎么也不会想到，这胸中的一“奔突”，后来变成了脚下的一“奔跑”，而这一奔跑，就是风雨兼程的二十多年；甚至，于不少人而言，就是所有余生啊。

第七章　梦想沉浮记

在辐射沙洲中建港，全世界还没有先例，中国历史上更没有在平原淤泥质海岸建港的先例。围绕如东沿海能不能建港的争议不绝于耳。支持建港的专家和上级部门的领导纷纷建议，不要去磨嘴皮子争辩，也不要媒体先行，过多炒作，而是要根据前期专家的科学论证和现有的资料，请权威的港口工程设计机构出具一个评估报告，论证工程的可行性。可没想到的是，派出去的同志几乎全吃了闭门羹，垂头丧气地回来了。人家都回应说，港口建设是列入国家计划的大项目，一个偏僻县，要建大海港，你们是在说故事吗？还是回去做点真正让老百姓得利的实事吧，多养点鱼虾多种点海菜什么的，别张罗这种天大的事儿啦。

1986 年秋，时任如东滩涂局副局长的周树立，已经被县领导明确指派，工作重点从抓围垦转到抓洋口港开发的筹划上来。几经碰壁后，周树立跑到南京，找到热心的南京大学教授朱大奎、王颖夫妇求助。朱大奎教授说：“天津中交一航院是国内三大港口规划设计院之一，他们的总工程师顾民权是国内这方面的权威，我写封推荐信给他，你们带着信去找他，试试看吧，如果他肯介入，国内大部分这条线的专家就不会轻易否决了，如东这事也就有成功的希望了。”

周树立如获至宝，把朱教授的推荐信揣在贴身的衣兜里，兴奋得一夜未眠。

第二天一早，周树立直接爬上了从南京去天津的火车，哐当哐当地摇晃到天津，已是下午。从火车站折腾到一航院，人家快下班了，门卫就是不让进。周树立只好就近找个小旅馆住下来，第二天一大早，早于上班点一个小时，就到了一航院门口。他希望能在门口“堵到”顾总。门卫被他的执着感动了，就放他进去。可一航院办公室的同志一问他的来由，直接劝他赶紧回去，并告诉他说，顾总出差了，就这事啊，恐怕顾总在，也不会接待他啊。

周树立有些尴尬，但也不服气就此打退堂鼓。他索性一屁股在人家办公室坐下来，这一坐就是一天。第二天一大早，他接着来，帮人家拖地、打开水、抹桌子，眼里出现啥活儿，跳起来就干。这一待就是四五天，把人家办公室的同志弄得哭笑不得。航院其他部门的人以为办公室调来了新同志，还有人以为是单位新来的保洁员。听说真相后，他们都乐了，直向周树立这位偏僻小县来的“倔强鬼”竖大拇指。

一个多星期过去了，周树立就这样天天到人家办公室报到“上岗”，快把人家保洁员的活儿都干光了。第二周的周一，他在帮办公室主任抹桌子的时候，忽然眼睛一亮，发现有一张记事便条上写着“明早八点去天津火车站接顾教授”。旁边备注了车次和时间。周树立兴奋不已，看来顾总要回来了，终于等到他了。可是他转念一想，顾教授如果不想见他，一回来就忙着开会，继续出差，怎么办？这些天的等待决不能竹篮打水一场空啊。

周树立有了一个“投机取巧”的计划——顾教授是从秦皇岛乘火车回天津，那么火车上的这段时间应该是空余的啊，如果利用这个空档向他汇报，不占用人家的有效工作时间，应该可行。

第二天，天还没亮，周树立就雇上吉普车赶往秦皇岛，顾教授乘坐的那辆列车终于来了。周树立赶紧登上这趟火车。在火车上，周树立看着陌生的旅客，人头攒动，彻底蒙了。哪个才是顾民权教授呢，人家脸上可没写名字啊！他与顾教授素未谋面，怎样才能找到他？再说，即使认识顾教授，也不知道他坐在哪一节车厢，一节节找过去，火车早就到天津站了。这时，周树立头上方的广播突然响起了音乐，顿时给了他一个启发。他赶紧冲到广播室求助。三分钟后，列车广播响起了播音员急切的呼喊："顾民权教授，有人找！顾民权教授，有人找！急事，请来广播室，急事，请来广播室！"

莫名其妙的顾民权教授一来到广播室，就被一位陌生的中年人紧紧地握住了双手。中年人几乎是哽咽着声音说："顾总，我是江苏如东县滩涂办的周树立，代表全县人民来拜访并邀请您！"

顾民权马上明白怎么回事了，在他出差的这段时间，办公室主任曾打电话提醒他，有人"赖"在办公室不肯走，坚决要等到他。顾民权有些感动，对周树立说："您别紧张，慢点跟我说，你们建港的基本情况，具体要求，简要一点。"

二十多年后，顾民权曾对媒体回忆当时的情景："当时，我觉得奇怪，火车上怎么有人找我？听了老周的叙述，与我挑战世界级难题的想法不谋而合，立即把随行的七八位工程师叫到我的车厢，激动地对他们说，瞧瞧这位如东人，这才是干事业的钉子精神，我们经常忽略小地方，可小地方就是有大精神，值得我们学习的东西太多了。这样吧，下火车后大家都先不回家，一起到大麻花酒楼，请老周吃饭，同时讨论洋口建港的事。"

第三天，顾教授便委派手下的一员"大将"——设计二所所长杨希宏和另一位工程师前往如东做前期的调查，在得到乐观的初步结论后，他随后亲自赶到如东，到现场勘察。

“洋口港沙洲上真的是铁板沙哟。”站在西太阳沙上，看看前方的深水通道，踩踩脚下板结的沙洲，顾民权惊叹不已：这是天赐的良港！以深水通道建设深水航道，由两侧的沙脊充当天然的挡浪墙，阻挡侧流，消减侧浪；用西太阳沙作基础构筑人工岛，建造码头用地；人工岛与海岸间铺设实堤与引桥，完成岛陆连接；岸边滩涂实施围垦，形成临港工业用地……顾民权站在慢慢涨起来的海水中，兴奋得有点不愿意离开。他突发灵感，当场提出了港口建设系统性的大胆构想。后来，由杨希宏所长领衔，郑学良、孙子宇等专家参与的考察组，多次赴现场考察论证，最终制定出洋口港规划建设的严谨方案。令人欣慰的是，这一方案基本上就是顾民权那一瞬间的灵感的兑现。

其实，当年顾民权的拍板也在业界引起不少非议。有好心的同行劝他，说他在业界已经是权威大家，功成名就的背后是一个个设计稳妥、建设成功的案例，而不是靠冒险。世界上辐射沙洲建港、建人工岛，都没有先例，即便理论上可行，真正实施起来恐怕是风险重重啊，何必去帮一个“小地方”实现“大野心”呢！

顾民权非常感谢同仁的提醒，他说看起来定这件事像是一次“冲动”，其实，科学决策没有真正的“冲动”，除了自己和团队数次现场勘察外，他们还认真复证了南京大学、河海大学和南京水科院等单位的研究成果报告，确信被命名为阳光岛的这块海中沙洲，风吹不走、浪打不掉，航道不淤不积，所以这个险，他决定冒定了。有质疑的声音，不是坏事，当作提醒，随时准备用一项项新技术跟进，去排除工程建设中的一个个意外风险点。

如今，在洋口港建设的历史上，这一段被公认为是“划时代”的。甚至有人说，没有朱大奎的推荐，没有周树立的韧劲儿和“灵机一动”，没有顾民权的惺惺相惜和慧眼识宝，洋口港也许到今天还“藏在深闺人未识”呢。因为，一航院从工程技术的角度所给的可行性报告，把“纸上谈兵”、战略构想推向了“沙场演练、战术支撑”。洋口港开发建设至少从“可能不行”走向了“看来可行”。

在20世纪八九十年代，洋口港成为如东人的梦想并开启这场追梦之行后，这一类故事就不断上演。写断笔头，踏遍千山，在时空里穿梭，在预约里失约却在未约里偶遇，在意料里等待屡屡等来了决绝，在失望里坚守却迎头撞上了幸运之神，柳暗花明又一村，一路铁鞋破万双。1989年至1990年初，县长高凌德、徐琢召开完洋口港领导组第一次会议，汤桑林、张毓余、徐琢、屈群、沈华平、曹学文、张祖华、施文明、杨士平、高有华、陈永华等县领导及相关部门负责人，成了洋口港开发工作的责任人，而沈建平、周树立、袁新安、杨镜吾、徐永南、於林、陆建平、沈九奎、陈刚、吴恩生、王建平、陈宝发……一群朝气蓬勃、年富力强的中青年干部，作为开发先锋队队员，扛着一块洋口港开发办公室的新牌子，来到县政府临时划拨的几间简陋的办公室，开始正式启动如东人的大港梦。洋口港开发还停留在理论研究的层面，为了早日形成一份立得住的可行性报告，让港口尽快进入规划设计阶段，他们利用工作日频繁出差，近到南通，远赴南京、武汉、北京、天津等城市，去相关高校、科研院所和各级政府部门，找门路、求论证、寻指导、等批复；休息日则集中在办公室会商情况，梳理材料，起草报告，一群人像陀螺一样疯转。面对天津一航院、南京大学、河海大学等科研院校提供的港口开发前期工作大纲，如东方面要完成所有 160 余项准备工作，有些项目如气象、水文、潮波等必须以数年为周期进行反复勘测验证，洋口港、天津一航院和南京大学、河海大学的专家又分处三地，远隔千里，难度可想而知。如东县果断决定，一方面邀请国内权威部门进行海上勘测验证，一方面派周树立、袁新安等人北上天津，担任专家的助手，并不断往返天津、南京和如东之间，将现场勘测资料与两地专家的研究和工作成果及时有效地对接，以缩短工作周期。两年后，《江苏省洋口港建港预可行性研究报告》终于摆上了专家评审席。

说到这段经历，袁新安跟我打比方说：“我们比陀螺疯多了，陀螺是鞭子抽得凶，才转得快，我们这群肉陀螺啊，自己转，好像每个人身后，都有一条无形的巨鞭，疯狂飞舞，每个人都拼命转。我们那几年的行程绝对是数万里，大小部门单位跑了三位数吧，积累文件资料近万份，盖的章戳拼在一起，能把办公室的墙壁全覆盖了。”

20世纪90年代第一春，全国101位著名的港口专家聚集在南京，经过激烈的学术交锋和认真的科学评审后，《江苏省洋口港建港预可行性研究报告》最终通过，担任评委会主任的交通部水规院总工程师石衡和两院院士严恺、院士任美锷等专家一致认为：利用江苏辐射沙洲中最宽最深最稳定的烂沙洋—黄沙洋潮汐主通道开发建设洋口港是可行的。

现已退休在南通颐养天年的时任县委书记汤桑林，向我打了这样一个比方，他说，他和他的前后任们，都经受了一次大考，这就好比给你一张白纸一支笔，然后告诉你，“画一张前无古人的、最新最美的宏伟蓝图，然后把这张图画变成壮丽实景”，谈何容易！

“我们刚接到这张纸的那一刻，无不激动万分，也紧张得汗流浃背。但我们这些考生，一个接一个地进考场，没有被吓趴了，也没有摔破罐子、趴在桌上睡觉，更没有交白卷。从《江苏省洋口港建港预可行性研究报告》评审通过，到 2003 年 11 月南通洋口港区正式宣布开工建设，其间经历了整整 12 个年头。在这 12 年里，洋口港的开发起起落落，一波三折。如东人就像大海里的航船，一会儿被抛上希望的浪尖，一会儿又被掀到绝望的谷底。在这 12 年里，县委、县政府的领导班子换了几届，但每一任领导始终把洋口港开发作为头等大事向前推进，”汤老用自豪的语气对我说，“不仅如此，时至今日，如东县委县政府又经历了多次换届，洋口港工作一直得到承上启下的接力。”

巧合的是，2023 年 7 月，我在拜访李金华先生的时候，向他请教，他如何理解洋口港建设把“把不可能变成可能行”“把可能行变成可行”，最终实行、实现，并创造了“巨能”。李先生向我介绍了如东人传统人格和现代精神，其中特别提到一个关键，就是所有可以载入史册的大事业，往往都是“愚公移山”，一代人很难做成，四十来年，如东县没有一届政府放下过这件事，都知道是一块难啃的骨头，明知山有虎，偏向虎山行，一个个迎难而上，踔厉前行，不改初心，所以才有今天的大功告捷。

李先生很认真，叮嘱我一定要把这一点写到，他甚至报出一连串县委书记名单，说他们无不为之付出了很多心血，值得称道。

1992 年，洋口港的建港条件从科学角度得到进一步认可。鲜花盛开的 5 月，省交通厅组织召开了江苏沿海港口布局规划审查会。应邀与会的有 30 多位大专院校、科研单位的专家教授及部门代表，中国科学院学部委员、河海大学和南京水利科学研究院名誉院长严恺教授亲自担任专家评审组顾问。这次会议的开法，是先让全体与会人员到蒿枝港、吕四港、洋口港和天生港进行实地考察，而后再开会，听取省交通厅领导和严教授的讲话。5 月 15 日，全体会议代表通过的《江苏沿海港口布局规划研究报告》中，出现了这样一段阐述:“黄沙洋小洋口至北坎长沙港段，岸线平直且基本稳定，靠岸深水潮汐通道水域宽而深，掩护好、风浪小，深泓稳定，航道顺直底质好，能建 10 万吨至 20 万吨级的港口泊位。”并指出“黄沙洋是江苏唯一，也是全国少数几个能建 10 万吨至 20 万吨级以上泊位的宝贵水域”。与过去对洋口港自然条件的评价相比，这一次表述更为肯定，出现了“江苏唯一”“全国少数几个”这样的限制词，这是过去类似科学决策报告文本中从未有过的。

当年 9 月，顾民权教授从天津专程来如东，在如东召开的洋口港踏勘单位现场协调会上这样表白：从现场勘察的初步成果看，如东可以建 10 万吨级大港，15 万吨在技术上稍加处理即可，天津一航院过去对此有疑虑，现在信心大增，觉得很有把握。一航院欣然承担了牵头组织对洋口港建港条件的各项科研勘测工作。到次年3月份，严格按港口规范研定的，包括泥沙、波浪、潮流、工程地质稳定分析、腹地条件等在内的10项正式资料文本圆满完成，并搞好了港口规划布局图。综合了这10份报告所形成的结论，令人十分兴奋——洋口港5万吨货轮可全天候进出，10万吨乘潮进出，稍加疏浚，20万吨可乘潮进出。

此时，如东人也不再低调了，开门迎接海内外的媒体来访。很快，《人民日报》海外版、上海《解放日报》、江苏《新华日报》等媒体在重要版面、显著位置刊登“专家论证江苏海岸线可建3个深水泊位群”“苏北海岸线可建5万至20万吨深水泊位群”“江苏沿海可建三大港口”等重要消息，一时间使洋口港声名远播，引起海内外广泛关注。似乎可以说，从科学层面、舆论层面，对洋口港建港条件论证、氛围营造已全部完成，天时地利人和，古人所说的成事三要素一应俱全。可是时任国务院副总理朱镕基在关于洋口港开发的报告中批示:“这是一件大事。”朱总理寥寥几个字，意味深长。这几个字的后面，似乎还有太多被省略的话。“这是一件大事”，朱总理肯定看到了报告里激情洋溢的表述、信心十足的决心，以及效益长远、意义深远等鼓舞人心的描绘。朱总理站在国家高位上，心明如镜——大事，必然牵涉到国家的诸多政策，在科研上不经过反复地锤炼，各种基础条件上不充分，要迈过审批门槛是很难的。

后来接任南通市市长、市委书记的罗一民先生，退休后出版了多部研究南通区域经济和传统文化的著作，他认为洋口港开发建设之所以后来被定义为“现象级”的成功，原因在于它有四大“突破”——决策、工程技术、投资和招商。具体说，就是在政策审批层面，突破了从科学准行到行政准行的各种瓶颈，为地方政府大胆决策和推进工作找到靠山；在工程技术上开创了无遮挡港建设先河并取得成功，实现了从图纸到实体的科学呈现；在初期的巨额投资上开创了大型港口建设完全依赖境外投资的先河，避开了地方经济自有投资的极度薄弱问题；在招商上解决了建设初期成功引进 LNG 等大型项目落地问题，堪称神话。四大突破，今天看起来雄赳赳气昂昂的，很有气势，很有效率，很来劲儿，其实实现的过程非常艰巨，就像海上的风云变幻、惊涛骇浪，其中的故事细节，不忍卒看。所以，朱总理那几个字，也是提醒，每个字都有万钧之重，要从这几个层面扛过去，如东人怎能不倾心倾力、呕心沥血，不负重前行、咬定目标？只要有一个方面踩空了，整个大港梦就成为海市蜃楼，热闹几天就烟消云散，归于虚无。

事实上，后来发生的一切，无不印证朱总理的提醒和罗一民先生的观察思考。比如，在中石油的天然气储存 LNG 项目的洽谈报批过程中，科学技术层面的质疑再次被连带出来，对洋口港泥质海岸建港和阳光岛沙洲建人工岛的稳定性的进一步质疑，不断被提出，港口开发工作者和科学家、工程师们又锲而不舍做了大量的艰苦细致的工作来应答。

众所周知，建设洋口港这样一个巨大的港口工程，必须要以落地大项目作为支撑。围绕着寻找大项目，1992 年，对外招商开始启动。当年 5 月中旬，中国石化总公司、金陵石化公司等大型油化企业的老总们，来如东考察了洋口港——其实还是一个停留在蓝图里的大港。中石化意在沿海兴建一个 15 万～20 万吨级油港，此前已考察过宁波、启东，如东是第三家。中石化对这第三家颇有兴趣，要求如东抓紧做好前期工作。这可是“洋口港”这棵大树，第一次引来了凤凰的“抛媚眼”。如东县的领导兴奋不已，随即北上，向交通部水规院和中石化等单位作了详细汇报。水规院建议如东县尽快拿出建港条件的研究论证报告，参加中石化 15 万吨级油港比选。到了 10 月份，上海宝山钢铁集团公司和上海三航局，又派专人来如洽谈洋口港开发事宜，宝钢还与如东签订了共同开发洋口港的意向书。这年的 12 月中旬，中国国际工程咨询公司一行 27 人来南通考察，咨询专家在会议发言中，提供了这样一条信息：这次受武钢委托，要在长江临海寻找一个深水港口。听说洋口港那里深水条件不错，滩面条件更好，可以考虑在那里建成年中转 2500 万吨矿石的中转码头。咨询公司交通项目部副主任、此行交通组组长苏勤指出，如东若是有志承接此项目，一定要展现出洋口港的独特优势和价值。洋口港的深槽、航道比海岸线上的近邻港口好，如情况属实，油码头放在这里合理，搞岸壁式当然比单点要好，其优点是安全可靠、寿命长，维修简便，距离重镇南京近，可在岸壁建中转码头，向世界各国转运。

洋口港招商大幕拉开之后，似乎好戏连台。但往往台下的人还在戏中，台上就意外关上帷幕，宣布休止，有没有下回分解不得而知，有的也未必告知。1993 年 1 月，时任国务院副总理邹家华率交通部部长黄镇东等国家有关部门领导来南通视察工作，结果是，邹副总理一行去旁边兄弟县区的港口进行了考察，并作出了要求加快前期工作的指示；最让如东人郁闷的是，身为南通人的交通部长黄镇东还压根不知南通有个“洋口港”。同时，先前和中石化、宝钢集团的合作洽谈，因诸多原因全告搁浅。

如东人心里非常清楚，洋口港的水深条件在江苏辐射沙洲潮汐通道中确实是最深、最好的，问题出在还没拿出足够的资料让人信服，在政府和全社会，洋口港的建港说服力和知名度，尚需提升。为此，县委汤桑林书记专门召开县级领导班子成员会议，统一思想：如东没有港口，在南通就没有发言权。要搞港口，不靠神仙海龙王，只能靠如东人自己救自己；如东再穷，砸锅卖铁也要拿钱出来做前期工作，一定要让主管部门相信，如东的建港条件就是一流的。

会后，港口办和招商局连夜研究，决定从“打散炮”调整为“靶向”招商，锁定最切实可行、希望最大的项目——武钢矿石中转港。于是，他们立即启程去武钢的主管部门冶金部送材料。看过资料文本，听完汇报，冶金部一位姓郭的副部长首先用十分肯定的语气指出：在洋口港建矿石中转码头很有必要。冶金部常务副部长李非平在接谈中提出的观点更加振奋人心。他首先感谢南通方面提供了洋口港开发这样一件大项目，接着明确指出，根据长江沿江各钢铁企业发展规划，主要依靠进口矿石已成定局，目前中转仅靠宁波港，费用高，中转环节多，若洋口港建成，可以分担港口负担，与宁波港也不存在矛盾。他建议洋口港最好能以生产、运输、港口三位为一体，并组织运输集团；希望如东方面抓紧做好具体工作，快速推进建港工程。他还表示，愿做洋口港开发工作的牵头人。5 月 25 日冶金部领导主动为招商团一行办好去武汉的机票。在以后几天里，如东代表团与武钢有关领导的初步洽谈，同样取得令人满意的结果。

发展我国钢铁事业和建设海港的共同理想，把武钢人和如东人紧紧联系在一起。6 月 3 日，如东迎来了对洋口港进行考察的来自武钢的第一批客人。9 月 19 日，武汉钢铁集团公司党委书记、总经理黄墨滨一行三人，冒雨前往洋口港港址现场进行实地考察，并于当天和如东达成建设矿石中转码头的初步意向，其合作之真诚、建港之热心及效率之快捷，令如东人十分感动。1994 年 1 月 17 日，传来了武钢高层领导的决策信息：武钢倾向于在如东洋口港建港；武钢同意由加拿大有关方面出资建港，武钢管理；武钢决定正式成立矿石运输领导小组，包括洋口港领导小组。

眼看好梦将圆，可遗憾的是，一转身梦就没了，一切努力没有收到预期的效果。1993 年之后，国际钢铁市场走势低迷，国内钢铁产品大量积压。同时宝钢提出退出原来和武钢共用的北仑港，宝钢拟在浙江马迹山自建 25 万吨矿石中转码头，国家交通部门希望武钢继续使用北仑港，这样，武钢在洋口港建矿石码头的事就只得暂缓进行了。如东不得不紧急寻找项目新线索。1994 年 8 月 30 日，美国威尔集团与江苏省电力局在北京签订了在如东建设 240 万千瓦燃气轮机发电厂的实施协议，中央电视台在晚间新闻联播节目中播发了这条重磅新闻。如东人再一次欢欣鼓舞。签约一结束，9 月 2 日，中外双方领导及专家 40 多人齐聚如东，大家坐着拖拉机，乘着小舢板，再转入渔民的小船上，行至西太阳沙考察岛址。

那天阳光灿烂，海面上飘着大朵大朵的白云，天碧蓝碧蓝的，把海水也映照得特别干净。令人难忘的一刻发生了，当时外方的项目经理柯克先生，一个身高近2米的外国人，突然激动难耐，双膝跪在沙滩上，用双手激动地拍打又深情地抚摸着地面，然后面朝海天一色的大海反复朝拜，祈求项目早日开始，取得成功。“上帝啊，怎么会有如此棒的地方！保佑，赐福，谢谢、谢谢！”柯克用生硬的中文，反复表达着自己的惊叹！

此情此景，经现场的人传出，再次在如东掀起了一阵激情的浪潮。时至今日，在县城掘港的大街上，随便询问一个稍上年纪的人，他都能记得这件事，都能模仿那位身材高大的老外，扑通一下跪下去的情景。

1993年10月下旬，洋口港开发办迎来了美国威尔集团中方联络人李先生，经初步洽谈，就洋口港建设240万千瓦燃气发电厂和240万千瓦火力发电厂一事，与如东签署了合作意向书。这份意向书的背景是：1993年夏季以后，伴随着经济的快速发展，江苏发生了严重缺电现象，整个长江三角洲和沿江地带一次性能源（主要是煤炭）也严重短缺，当时一些运煤船一进入长江口，就被上海“拦截”了。此时，江苏电力公司在香港通过和美国威尔集团洽谈，决定从国外引进一种名为LNG（液化天然气）的清洁能源来发电，以解决江苏日益增长的电力需求。要引进

LNG 办电厂，必然要有站址、厂址。但站址、厂址建在哪儿?江苏电力公司领导和专家们的目光，不约而同地投到了既有优越自然条件，又已经严格按港口工程规范完成了大量建港前期工作的洋口港身上。

从这时候起，如东人在港口开发上，有了“能源”这样一个明晰的方向。

1994 年 4 月 6 日，港口办去省电力工业局就洋口港建电厂问题汇报工作、了解情况时被告知，由威尔集团投资 70%、省电力局投资 30%，在洋口港合资建设一座 240 万千瓦燃气轮机电厂。为适应全球使用清洁能源、保护环境的发展趋势，该项目将从国外引进 LNG 作为发电燃料，通过洋口港 10 万吨级航道，年进口液化天然气 300 万吨，为此必须建立大型的 LNG 接收站。于是，从 1994 年 10 月下旬起，在省、市、县各级政府高度关注下，围绕建 LNG 接收站，各项建站前期工作在洋口港海区快速启动。1995 年 4 月初，召开了“江苏燃气轮机电厂工程初步可行性研究报告审查会”，由华东电管局主持的这次评审会，对四个预选厂址进行了反复比较论证，最后确定定址如东。江苏省副省长陈必亭专程到会表示祝贺，并发表了热情洋溢的讲话：要把加快电厂建设步伐放在全省工作最重要的位置，尽快上报项目建设书，力争成为“九五”期间开工项目。接下来，省、市、县政府和有关部门围绕着争取 LNG 项目立项又进行了一系列艰苦的努力。

从 1995 年 1 月到 1996 年 4 月，各有关方面召开了十多次相关专题的审查会，人工岛建设的设计文本共出了 11 版。专家们调阅了世界上 600 多年来所建的 350 个人工岛的案例，详细分析了 50 个具有典型意义的人工岛方案，最后认为在工程措施的保证下，人工岛是可以稳定的，在人工岛上建设 LNG 接收站的安全性是可以得到保障的。项目建议书上报前最后一次审查会上，江苏省副省长陈必亭代表当时的省委书记陈焕友和省长季允石，表明江苏省非常重视如东 LNG 项目推进工作，并希望尽快促成国务院批准开工，使其成为“九五”期间的开工项目。华东电管局分管副局长徐航发表了热情洋溢的讲话，令人印象深刻的是，这位局长幽默地说:“项目很大，我们需要扎实工作，我叫徐航，意思是慢慢航行，要跑得稳。你们的分管县长叫徐琢，就是要慢慢地雕琢，千锤百炼，一定能做成精品。”

然而——多么令人揪心的“然而”啊——1997 年 4 月 28 日下午，国家计委交能司一位负责人会见了江苏 LNG 电厂项目催批小组，指出：江苏如东站项目在“九五”期间很难考虑立项；希望江苏能参加中海油牵头搞的浙江 LNG 接收站的前期工作；国家目前对引进 LNG 的问题，尚无最后决定。项目催批小组的同志们不甘心，第二天上午又赶到电力部规划计划司，了解电力部规划的有关内容。接待的处长告诉他们，部里规划在华东地区投两个点，浙江点先上，江苏点后上。这算是对江苏 LNG 电厂不得当年立项的第二次摊牌了。

在回忆当时的情景时，当年的当事人袁新安、杨镜吾不约而同在我面前唉声叹气，杨镜吾还无意识地抓抓自己的胸襟。我担心他的心脏是不是有问题，连忙给他们续上一杯水，让他们稍事休息。

“那一趟，我们太沮丧了，从北京返回的路上，恨不得列车脱轨才好呢，感觉无颜见江东父老。”袁新安在车上坐立不安，反复问杨镜吾：“我们的脸皮往哪里搁呢？几年前武钢矿石码头项目让大家兴高采烈，马还没牵过来就下马了；这次的 LNG 项目，马牵出来了，都遛了好几圈了，又被牵回马厩去了，这可怎么向全县父老乡亲交代啊！”

杨镜吾看着自己的主任，无言以对。

失望无疑是巨大的，但如东人不允许自己绝望。他们还是从“失望”中，看到了三个希望的亮点。第一个亮点是电力部规划计划司副司长王信茂一行考察沪、浙二地发展 LNG 电厂后的一段表态：江苏如东站址是可建的——这一点澄清了国家有关部委过去认为不可建站的说法；浙江站址尚存在一些问题，并非想象中的绝对理想；建议江苏要进一步完善如东站址的建站方案，包括设想向上海输气的计划，并继续做好建站的前期工作等等。如东方面闻讯，立即登门拜访规划司，于是第二个希望的亮点出现了：电力部规划计划司进一步明确表态，江苏洋口建港在技术上不存在颠覆问题，部里已形成共识，建议向国家计委做好诠释工作，打消他们对江苏站点在技术成立上的存疑。第三个希望亮点是电力部天然气发电办公室主任张洪波的观点，他认为华东电网最缺调峰手段的是江苏，所以上江苏燃气机项目主要应该解决江苏电网的调峰问题。他还提到了国家电网管理部门要对项目控股，国家电力公司有兴趣直接投资江苏 LNG 发电项目。

希望的亮点激励着全县干部和群众。县委、县政府领导充分肯定了项目催批办的同志在北京所做的努力，指出，目前已到关键时刻，如东要不惜一切代价，想尽一切办法，绝不放弃争取上 LNG 这个项目。

后来的事实应验了一句名言：坚持就是胜利。事情的转机出现在 1998 年，这年的 9 月 17 日，国家计委牵头召开了全国天然气利用规划工作会议，江苏省计经委资源处处长龚逸峰和洋口港开发办袁新安、杨镜吾以旁听资格参加会议。会上传出一个振奋人心的消息，在我国东南沿海引进 LNG 已势在必行，要首先搞一个 LNG 接收站为华东地区服务。会上宣布，将 LNG 项目作为下一轮加大投资、拉动市场的国家基础设施项目，“对条件成熟、上下游主体落实、经济技术条件好的项目，争取在‘九五’后、‘十五’前审批立项”。龚逸峰和袁新安把信息带给如东县委县政府。县里意识到，江苏 LNG 电厂的工作思路，必须跳出为江苏服务的框框，要同时考虑为上海服务的问题，只有这样，才能有望成为为华东地区服务的接收站，才能争取首先进入华东地区第一站的竞争行列。如东必须积极联合上海，参与华东引进 LNG 项目的竞争。

因此，如东的项目表述和定位，要站得更高一些。

又经过一番扎扎实实的努力，1999 年 9 月下旬，江苏 LNG 项目获得了新进展，国家计委考虑将如东正式纳入华东 LNG 接收站站址比选范围。不再是去年那样，国家对引进 LNG“尚无最后决定”，也不是“浙江点先上，江苏点后上”，而是正式纳入同步比选范围，要如东靠竞争来上 LNG 项目了。这无疑给洋口港开发事业引入了竞争机制，注入了新的活力。

后来 LNG 项目的发展果然应验了徐航局长的话，几经磨难，在风雨中爬坡，缓慢前行。经过上下几轮的反复审查，通过各方思想的反复统一，在电力部和江苏省人民政府的大力推动下，一个海上人工岛和一个 10 万吨码头的洋口港 LNG 项目计划终于走出了如东，走出南通，走出江苏，摆到了国家有关部委的桌面上。

“整个过程像过山车一样，起起落落，险象环生。现在去回想那个过程，心脏依然会不好受。”袁新安笑着对我说。在计划得不到上级部门认可，在项目陷入低谷期间，不知道多少个不眠之夜，他们问自己：我们真的要把一生，搭进这么一件“不靠谱”的事情里去？可是，过一阵子，某一个审批环节又打通了，某一个项目又出现转机，他们又激情上升了，觉得这是一件多么有意义的大事啊，这一代人能做成，就是后面世世代代如东人享受到的无量功德啊！有什么人生的价值大于这件事呢？靠谱，靠谱，太靠谱啦。

他和杨镜吾、徐永南自始至终在港口办公室——准确地说，是港口临时办公室最不“临时”的三个人，办公室工作人员进进出出，变来变去，唯有他们三个人，坚守到大功告成、临时办撤销的那一刻。当然，并不是说，临时办中间就没有“撤销”过。其中最严重的一次，全县上下都认为，洋口港的事彻底黄了，弄不下去了。县领导找负责日常工作的副主任袁新安，心情沉重地说：“你们收拾收拾，等待重新分配工作吧，港口办看来没有必要存在了。”袁新安的眼睛立即湿润了，忍了又忍，才没当着县长的面，把那辛酸委屈的眼泪流出来。

当天，袁新安将“洋口港开发办公室”的牌子抱回家去了。

他对杨镜吾、徐永南说:“牌子摘了，不等于我们的‘办公室’就彻底散了，在组织上正式通知我们转岗之前，我们还是要坚守下去。洋口港开发，这些年就没有一帆风顺过，我相信一定会有一天，突然又迎来新的转机，所以这块牌子，我们可以先不挂，省得有人笑话，但绝对不能扔了，我先藏起来，相信也一定会重见天日。”

不是所有群众都知道内情和理解事情的复杂性，有人认为市、县里的这批干部不给力，把好事给办糟了。“赋闲”的那段日子，闲言碎语开始甚嚣尘上，办公室的地点也一挪再挪，最后搬到一幢危楼里。有一次，一块天花板突然从楼顶崩落了下来，险些砸了人，石膏碎片撒了满桌子满地。他们三人心照不宣似的，谁也没有急着去打扫，而是坐在这片狼藉里，整整一个下午，什么话都没说，你看着我，我看着你，三个人看着太阳西斜，夕阳映红了斑驳的玻璃窗。

尽管如此，那段时间，他们依然是上班比别人早，下班比别人迟，继续着手中的工作。有时为讨论一个问题，一直到深夜。简陋的危楼办公室没有装空调，冬天冷得直跺脚，夏天就像烘箱。实在没办法待下去，袁新安就把大家请到自己家里继续讨论，大半夜的，把妻子从暖烘烘的被窝里喊出来，为兄弟们倒茶煮面。

刚过四十的袁新安，那几年头上呼啦啦冒出白发。这把“战友”杨镜吾吓坏了。杨镜吾说，他当时心疼老袁，看着他那样子，也有些为自己担忧起来，觉得那些白发，已经出发冲着自己的脑袋来了。

在最困难的时期，他们互相安慰、互相鼓励，一方面继续完善建港前期资料准备工作，收集有关信息，并与科研院所、上级机关和投资者保持密切的联系，一方面抓紧学习有关政策、法律和专业知识。袁新安还在那段时间学习了大量与港口建设有关的知识，撰写了数万字的调研报告《用五到十年时间把洋口港建成江苏省的出海通道》。

杨镜吾向我讲述袁新安的故事时，袁新安时不时伸出手，对着他的老同事摆一下，想让他打住，也说一说他自己的故事。“这里面好玩的事多呢，”袁新安说，“我要说说你杨镜吾，你那些事，写小说都没那么生动。我就说一件被如东人当笑话传了多年的事吧，可乐了。”

袁新安说的是，杨镜吾那几年因为整年在外面跑审批跑项目，大江南北地奔着，全然顾不了家，也没有什么个人的社交生活了。杨镜吾的老同学喜欢搞聚会，老婆也是他的老同学，所以以前都是夫妻二人一起参加。可那些年忙起来，连续三年都没能一起参加，都是杨镜吾缺席，老婆做代表。到了第四年，老同学们就策划了一个特别的聚会，把聚会时间定在杨镜吾出差回来的那天。他们还组织了女同学做欢迎小组，到南通机场出口处手持鲜花迎接，想给他一个惊喜。这一切，杨镜吾被蒙在鼓里，全然不知。那次，他旅程疲劳，在飞机上打了个盹，下飞机时头重脚轻，走路像踩云似的发飘。当拖着行李箱走出出口的那一瞬，他发现老同学们拿着鲜花在迎他，既惊喜又十分不过意，顺着迎接的女生小队伍，一个一个地鞠躬、握手致谢:“谢谢啊，美女同学，不好意思！谢谢啊！”

于是，笑话产生了。他老婆就在队伍中，杨镜吾头昏脑涨，也不知道是不是脑海中还在琢磨洋口港的事呢，反正，握着老婆的手，不停地说“谢谢，不好意思，谢谢”。同学们大笑，他老婆尴尬不已，他居然没有发觉，就走过去继续握下一位的手，继续谢谢长谢谢短地招呼着。听有人大笑，他四处看看，突然发现老婆在身后，惊喜地说:“啊，哈哈，你也来了?”

杨镜吾与老婆握手致谢的事，很快在县城里传开。人们听到这个故事，都觉得有趣。在我采访期间，有好几个人向我讲述这个故事。如东县作协的副主席高保国曾经想把这个故事改成小舞台剧。他说:“越听这个故事，越觉得好，当时在如东，这个故事在洋口港工作陷入低谷期时，是一枚开心果，更是一剂激励针。我们为这个故事笑，眼睛里笑出泪花，泪花里闪耀的光，不单是快乐，还有心疼、感动，特别是，还有那么一些信心的光亮。有这样的一些如东人，如东怎么可能一蹶不振，把洋口港这样一个伟大的梦想半途而废呢!”

经历的风波多了，人就变得很镇定，有时候面对潮起很是淡定，眼看潮落也很平静，尽管内心世界里，是与这潮涨潮落同频共振着。袁新安和杨镜吾如今都已退休多年，他们在回忆这些事情的时候，甚至脸上都没有太多表情了。“上面那点历练，其实也不算什么。”两个人异口同声跟我说。2000 年前后，LNG 项目有了着落，全县一片欢腾，他们内心也很高兴，但是觉得这才是要咬紧牙关的开始。洋口港建设真正实体推进的话，按照他们前一阶段工作的经验看，更大的考验也就开始了，更多的人会加入跋涉的队伍。他们说到因洋口港跟自己结缘的几位老领导，有当时南通市的主要领导罗一民，如东县的领导严长俊、单晓鸣等等。

“无法预料的事太多了，这些人在港口开发中后期，都是脱了几层皮的，”杨镜吾一副轻描淡写的语气，“跟我们这些普通办事员不一样，他们该受的苦，一点没少受，可承受的压力，要大得多。罗一民差点掉到海里丢了命，胳膊受伤了；县委县政府领导班子做好了失败后辞官的准备，甚至立下军令状，如果失败就接受组织和群众的惩处，绝不悔言。比如单晓鸣，当时是一个年轻的女县长，别人都忽略她是个女同志了，她自己恐怕也忘记自己还是个女人了吧。还有严长俊，他这个人个儿矮思想高，身子小志气大，他挂在嘴上的那句话——‘我们就是要干成一件小狗耕田的事’，现在成了如东名言了。”

第八章　追光行动

1999 年，44 岁的罗一民从省级机关部门负责人的位置上，调到沿海开放城市之一、江海交汇的南通市，担任市委常委、副市长。没过多久，他就担任了代市长，并于两年后担任南通市委书记，这一干就是 12 年，从满头青丝干到头发灰白。

罗一民是个书生气十足的人，从中国杰出的学府南京大学中文系毕业后，曾留校工作了一段时间。在大学工作的时候，他读了大量古今中外文学经典和文化名人传记。近代实业家、教育家张謇是他感兴趣的人物之一，当时他在图书馆里挑灯夜战，做了许多读书笔记，他发现，浩瀚的书海中缺少一本现代意义视角的张謇传记，作为一位中文科班生，他觉得自己有信心也有必要来填补这个“空白”。他感兴趣的是张謇的教育思想和文化格局。

后来，他被调到省政府的工商部门任职，再回过头来翻阅自己在大学的那些读书笔记，他觉得张謇作为实业家的意义似乎更大。

罗一民不知道自己这样一个“张謇迷”，有一天会被组织上任命到张謇的家乡来主政。所以，省委找他谈话的时候，他心里冒出来的表态言辞，就是学习张謇的智慧，传承张謇的精神，坚定地推进南通的改革开放，配得上为政南通，对得起张謇后人，还有——他把最后半句话咽了下去，藏在心里：在南通干好了，就更有条件和资格，写完那本构思了好多年的张謇传记。这本后来命名为《开路先锋：张謇》的著作，终于写出来并出版了，不过这已经是二十年后，他从省政协副主席位置上退休，又伏案笔耕了几年的事。而这部书的思想基础，是他在南通期间发表的一篇研究张謇的论文。南通履职拓宽了他对张謇的认识，他觉得动荡岁月造就的张謇，首先是中国爱国实业家的先贤。为实现强国梦，张謇选择了“舍身饲虎”的办厂之路，百折不挠，愈挫愈勇，至死不渝。他亦政亦商，是政商互动的楷模。他兼具官员和经商者的双重角色，凭借对经济与政治关系的深刻理解，较好地处理了政治与经济的关系。他从事公益，发展教育，是地方治理的精英。他只手打造“中国近代第一城”，从文化建设、社会治理、生态改造等方面全方位推进南通现代化建设，是中国现代城市文明的创立者。

应该说，罗一民既然以一部个人著作兑现了他“咽下去”的那半句话，那也就明示他回顾自己的人生，特别是南通岁月时，他是问心无愧的。新世纪十年，南通的快速发展引起关注，2008年1月，中共中央党校和《求是》杂志社，在北京联合举行“南通现象”研究成果发布会，解析南通的跨越之路，认为其为全面建设小康社会提供了可资借鉴的模式。2010年，新华社高级记者包永辉先生在南通采访，对南通的后来居上惊叹不已，他在《黑马南通》一书里写道：几乎是悄无声息地，南通忽然就赶上来了——既没有“苏南模式”的耀眼，也没有“温州模式”的野性，更没有“浦东模式”的强势——这个曾经的落伍者稳打稳扎，很快就令人刮目相看。而一直关心家乡发展的全国政协副主席李金华先生，则欣慰地撰文，为南通、为罗一民、为罗一民主政的南通十年点赞，他说：“在中央和江苏省委的领导下，罗一民带领南通人民，走出了一条特色路，就是立足南通市情、依托江海资源，走符合南通发展特点的路子。南通是江苏十三个地级市中唯一有江有海的城市，罗一民同志提出江海联动，是符合实际的。无论是新世纪之初开始举办的一年一次的港口经济洽谈会，还是2008年通车的苏通大桥、通航的洋口港，做的都是江海联动的文章。”

新世纪初年，罗一民先生履新南通不久，在报刊上发表文章，阐述了自己为南通发展“破题”的思路——推进江海联动发展战略，建设洋口深水大港。他当时的整体战略目标，是让南通发挥独特的江海资源兼具优势，从原先的江河时代进入江海时代。而谈到沿海开发，罗一民曾充满信心地对新华日报记者说：“我们要立足江海，把江海两个资源利用起来，不仅是长江的问题，我们是全省 13 个市唯一的既有江又有海的城市。盐城、连云港有海无江，苏锡常有江无海，只有南通既有江又有海，这是老天爷给的天然禀赋和不可多得的宝贵资源，我们要把它利用起来，一定要用好。然后，把我们的江海资源利用好了、开发好了，我们就可以崛起苏中，在苏中一马当先实现跨越式发展。然后，就可以跨江融入苏南、接轨上海，有江海这个条件和资源，就可以实现全面小康，在全面小康之前还可以自信地加一句，就是接轨世界。当然，我们立足江海，江怎么开发、海怎么开发，要有具体谋划，不是简单喊喊。南通率先崛起苏中、融入苏南、接轨上海的最大优势和潜力在于江海联动。打长江牌我们尝到了许多甜头，但沿海开发这篇文章尚未破题，如果说，江海联动是为南通新发展破题，那么洋口港的开发建设就是为江海联动战略破题！”

罗一民在研究张謇成功的课题里，发现了“超前”“开放”“实体”“教育”等关键词。通过领悟，他决定结合南通现实，先做成三个实体的“大”，来落实南通发展、江海联动战略，这就是“一个大港、一座大桥、一所大学”。一个大港，即如东洋口港，建成了将是南通扩大开放、向海图强的标志；一座大桥，指的是规划建设“苏通大桥”，彻底打破南通与上海近在咫尺却隔水兴叹的历史地理瓶颈，通过便捷之桥连通中国经济龙头上海，而进一步连通世界；一所大学即组建综合性的高等院校——南通大学，为区域发展和可持续性提供人才保障。而“三大”中的最大也是最难、最有宏远意义的，必然是洋口大港。2001 年苏通大桥建设项目在国务院获批，2003 年正式动工，2008 年正式建成通车。南通大学则于 2004 年获得教育部和江苏省人民政府批准，组建成功。而此时，第一“大”的洋口港开发建设项目，尚处在“巨蜗爬行”阶段。

如果洋口港建不成，那“三大”残缺，江海联动会大打折扣。罗一民并非没有想过这里面的巨大风险。从 1983 年“洋口可建深水港”一行字的内容第一次出现在交通部水运规划设计院的普查报告中开始，如东已经在大港梦里奋斗了十几年，大港依然未能从纸面上走下来，变为实景。但罗一民下这样的决心，也不是草率的。民间戏说他抛出的“三件大事”，其实就是“新官上任三把火”，建大港这第三把火，火把有点大啊，你可以点着了它，但能不能拿得住，能不能握得稳，能不能顺利送到彼岸去，可以想见一路大风大雨不会少，会不会被大雨浇灭了，会不会被大风吹乱了，烧了执掌人的眉毛胡子？这些罗一民都想到过，都反复调研过。那段时间，几乎每天下了班，接待完各路来南通的宾客，回到宿舍，不管多晚，他都要伏案研究洋口港的相关资料。现任南通市政协主席的黄巍东当年是罗一民身边的工作人员，他记得有一段时间，罗先生让他把一切有关洋口港的材料都设法找到，交给他。黄巍东在几个月内，为他收集到不下三百万字的材料，还有十几本与港口建设发展有关的书籍，在他的案头都堆不下了，只能码在地板上。

像许多弃文弃教而从政的同仁一样，罗一民这个时候已经完全放下了他的专业写作，而是直接把专业化到实际工作中去。文学的张謇传记可以先搁一搁，但思想方略和精神境界层面的“张謇”，却被他带到了南通发展建设现场，做起了另外一种文章。为了广泛说服同僚和全社会，他专门撰文阐释洋口港开发的战略意义。他大胆预言，洋口港的开发建设，其战略意义不止于海，同时会给江苏的长江沿江经济发展带来历史性突破。洋口港坐落在联结江海的黄金节点，是江苏近千公里海岸线唯一可建 10 万～20 万吨码头的深水港址。长江流经江苏数百公里，沿江港口密布，两岸经济繁荣。但在建设资源配置型港口带动腹地经济的今天，由于大型深水泊位和临港大面积工业用地的欠缺，长江经济的持续繁荣面临新的课题。江苏省沿江港口开发和港口经济的发展，正越来越受制于长江航道难以适应国际航运船舶大型化的要求，大型船舶必须在长江口外减载进江。许多依托大港、图谋大业的大企业、大财团只能望江徘徊。而洋口港居苏中前沿，紧临长江口，离南通港仅60公里，利用其通江达海的优势，不仅可以摆脱长江口航道的制约，顺应国际船舶大型化的要求，也可以实现为江港及其腹地经济服务成本的最低化、时间的节约化。建成后的洋口港，将使长江的“黄金水道”向大海的“黄金海岸”延伸，形成江苏最大的出海入陆通道。因此，洋口港开发可以大大拓展长江经济发展的空间。洋口港近百平方公里临港滩涂空地，由于有苏中广阔的淡水流入、四通八达的内河内陆运输体系，可依港建成重工业、重化工业等产业群，成为具有资源配置功能的现代型海港和区域型现代物流中心，成为江苏经济的辐射源。江苏省是全国经济大省，但地少人多、人均资源相对贫乏的状况，决定了江苏必须走“大进大出”的外向型经济发展道路。洋口港的开发建设将使江苏经济在新一轮的增长中最流畅地融入全球经济市场。它构筑了一个大通道。国际贸易量的90%是通过海运来完成的，海港被推上国际贸易的前沿。利用南通沿海深水岸线资源，建设洋口大型国际深水港，打通属于江苏省自己的出海大通道，对于江苏省在经济国际化的浪潮中获得更大的发展机遇具有特别重要的意义。以洋口港为依托，可建设特大型石化、钢铁、电力等产业群，也可建设资金、技术密集型外向化产业区。洋口港的开发建设，将会为国际资本落户江苏搭建一个新的高平台，为国际产业转移提供一个新的、更具吸引力的载体。可以预料，随着洋口港的开发，在不久的将来，南通沿海将成为江苏东部产业密集区和辐射海外、内地两大扇面的现代物流中心，成为江苏经济最强劲的增长极。大港也将提供一系列配套服务。从近期看，通过建设海上减载锚地可为沿江各港接卸大船提供减载服务，改变依赖上海港和宁波港的被动局面。从中期看，可以与沿江各港实现优势互补、错位发展，为长江港口货物的大进大出提供服务。从远期看，洋口港将为沿江战略的实施、江苏经济的发展、中西部的开发提供优质、高效、便捷的进出口服务。

罗一民还站在南通的本土位置上，挖掘洋口港开发建设的意义。他认为大港建成将撼动长江三角洲已有的经济格局。长江三角洲是我国最具经济实力和发展潜力的地区，但区域内经济发展差异较大，相对于另外两只“角”而言，苏东、苏中这只“角”经济发展相对滞后，而洋口港的开发建设对于促进苏东乃至整个江苏长江以北地区的快速崛起和后发居上，有着巨大的促进效应，体现在：拉动南通率先崛起。南通的崛起在港口，港口的潜力在沿海。宁波与南通同为长江三角洲的沿海城市，在20世纪80年代初发展水平大致相同，但宁波凭借深水海港——北仑港的带动，如今已将南通远远地甩在身后。洋口港的开发建设，将结束南通“有海无港”的历史，使滨江临海的区位优势得以充分发挥，成为新欧亚大陆桥的南桥头堡和华东地区新兴的工业基地，实现从“长江时代”向“江海时代”的历史性跨越。洋口港的开发建设，可以接上我国东部沿海港口的“断链”，谱写全新意义上的“海上苏东”乐章。通过充分利用江海岸线资源，以江、海联动开发为手段，发展产业园区和建设基础设施，加速苏东经济融入世界经济体系；可以促进长江三角洲一体化发展，构筑长江三角洲承接国际产业转移的新平台，提高整个长江三角洲区域的竞争力，加快结构调整，促进产业优化，拓展经济腹地，对促进长江三角洲地区经济量的扩大及质的提高、促进我国沿海经济发展战略的实施具有重要的意义。洋口港独具的战略地位，使这一稀缺资源已不再仅仅属于南通，而应成为江苏省共有、共用、共建的风水宝地。长江经济的持续发展必须以海港为承载，以江海联动为基石！

既然意义和前景都看透了，又纳入了南通发展大事，那么接着就是扑上去干了。罗一民开始频繁出现在如东，出现在洋口的海上。多少年后，我采访渔民船老大徐建泉，他笑哈哈地告诉我，只要港口办的袁新安和杨镜吾打电话给他，说这两天要出海了，几个人，准备好拖拉机和小舢板。如果加一句，“徐老大，你老兄最好在”，他立即就明白了，八成是罗市长、罗书记来了。为什么这么判断？徐老大拍着自己的身板子说：“我壮得像塔，罗书记那个大块头，将近200斤，海上有一段必须要有经验的渔民背着跑，一般人背不动他，只有我能。所以，他们要我在，我想，不是客人里出现了罕见的大块头，就是罗书记来了，哈哈。”

回忆与洋口港开发初期有关的往事，徐老大总是乐呵呵的，好像那是一个多么快乐的阶段。其实，徐老大心如明镜，作为生于斯长于斯的世家渔民，他知道要把这片烂海滩变成大港口，这有多难。“我们小老百姓，想都不敢想，”徐老大说，“看到领导们、专家们有时候欢呼雀跃，有时候沉默寡言，就知道，事情的过程曲折得很。可想他们的压力是很大的。所以，如果看到他们绷着脸，我就故意说几句笑话，逗他们开心，搞一搞气氛。我们渔民出海打鱼就是这样的，越是身体紧张，就越要说话放松，调剂一下啊。”

徐老大说，罗一民这个人，平时很健谈，嗓门大，笑起来一点不掖着，哈哈哈，能把海水振出波来。有一次，他背着罗一民，发现罗先生自始至终不吭声，就逗他说：“罗大人啊，说句实话，驮着你是我的荣幸，但是，不是我的最情愿。”没想到，罗一民反应太快了，没等他说完，就明白了他说笑话的套路，立即把话接过去：“哈哈，徐老大啊徐老大，我知道你的心思，驮着我，太重了，吃苦受累没情趣，严长俊书记最轻，但也不是你的最情愿，你最情愿的人是单晓鸣，背着她，你有当二师兄的感觉。”

大家听明白后，都忍不住大笑起来，海面上激起了快乐的浪花。

单晓鸣当时是新上任的常务副县长，具体负责洋口港的开发建设工作。上任后，这位不满四十的“美女县长”，用剪刀一把把长头发铰了，然后整天一身泥水，在洋口的海滩上奔走，跟渔民村的老百姓，混得烂熟。一看到她，他们就说，那假小子来了。后来，说多了，“假”字也省掉了，直接就说，那小子来了，就知道，其实是他们的女县长来了。

罗一民头两次听县委书记严长俊和副县长单晓鸣汇报洋口港工作的进展，汇报会结束，不是急着让他们提供可行性报告，而是让他们提交一份洋口港开发建设的困难报告。严长俊有点惊讶，说：“领导啊，我们的决心很大，击鼓传花，到我这一届手上，我们有决心开花结果，而不是变成‘王炸’再扔给下一届。您这么重视，我们说什么困难呢，多丧气啊！这不是我和单晓鸣等同志的做派。”罗一民说:“你们误会了，蓝图我看得多了，有人告诉我如果把洋口港开发建设比成‘愚公移山’，1999 年其实是分水岭，前面只是在向我们描绘山那边的美好和挖山的艰难，现在呢，我们真正来到山前面了，大山就在眼前，要解决的就是，操起家伙，开挖！可家伙在哪里？谁来出钱，谁来买铁生火打制工具？谁来挖？山体的硬度和规模到什么程度？从哪里入手？一旦动工，危险系数多少，危险点在哪里？现在，我们都是愚公的后人，走到了洋口港这座大山脚下了，我要你们先把困难列个清单，小的你们自己解决，大的我们一起上，一项一项地解决，市里甚至请求省里，跟你们如东一起扛。”

看起来罗一民的决心是很大的。严长俊和单晓鸣很感动，看到市里也跟着他们跳下水，跟如东这艘小舢板做捆绑了，大家必须要勇于担当，开始扛起包袱走路了。困难本来就在那里，用不着寻找，他们回到如东就开出了清单，提交给市里。

这份清单首先呈现的是洋口港建设工程技术方面存在的困难。虽然专家们反复考证，得出建港、建设人工岛和海上浮桥的可行性，但在平原淤泥质海岸建港，在国际国内是先例，没有工程上可借鉴的经验，特别是对风险无法完全预测。目前洋口港海上工程还就是一张白纸，烂沙洋到底多深也只是理论数据。按照规划，首批工程包括一港一桥一岛，那么海上大桥怎么建，建多长、多宽？人工岛还在水里，到底要围多少面积，稳定系数多少，还没有准确的结论。这需要进一步的科学探测、推论和风险界定。第二是行政审批难。前面十几年，仅仅为了获得 LNG 等项目的落地资格，就费尽了周折，北上南下，跑断了马腿。这才是冰山一角，真正大的审批项目显然都在后面，不难想象这是一场多么繁杂的“十项全能”运动。第三个困难就是大项目了。比如 LNG 项目，就像金凤凰，现在如东洋口港只是争取到了栽树筑巢权，能不能引来金凤凰，完全在不确定中。一旦这么大的树栽起来、这么大的巢筑上去，迟迟不见凤凰落下，只有几只鸟飞来飞去的话，怎么办？总不能自己养几只土鸡放进去吧，那就是笑话了。所以，一旦启动，最好就要签下与洋口港规模相称的大型项目。

还有一个最为现实的困难就是资金困难。位于如东的深水港洋口港和上海洋山港名字只有一字之差，但后者背靠实力强大的上海财政，不缺钱，事好办。大家都有一个“洋”字，人家的“洋”字里有的是“洋钱、现钞”，洋口港的“洋”字只有“水”。相比之下，背靠如东县的洋口港的融资窘境就凸显出来。作为江苏省重点工程，洋口港的目标是打造成为东方大港。由于项目开发前期基本都为基础设施建设，投入巨大，仅靠自己资金投入，凭县域经济财力没办法达到这个高度。洋口港仅一期就初步估算需要投资50亿元，对于一个财政年收入只有小几十亿元的县而言，这是一个不可能筹集到的天文数字。

当然，即便这些难题全解决了，还有一个不能忽略的问题，就是民生。当时的县委常委，洋口港经济开发区党工委书记、管委会主任，长沙镇党委书记周建飞向严长俊书记建议："无论如何，要把拆迁困难告知市领导，即便我们自己能解决，也要让市里可以监督到位。"洋口港所在的长沙镇，直接涉及征用地的一些村庄，村民多为渔民，靠山吃山，靠海吃海，世世代代就是靠着大海谋生的。在近海捕捞业萎缩以后，滩涂养殖成了渔民们致富的主要门道。海上人工岛、陆海通道和临港工业园区的建设，首先面临的就是渔民承包的滩涂和宅基地的大量征用、拆迁工作。仅一期工程建设，长沙镇三民村渔民就要有一万多亩的海边养殖场、一万五千多亩紫菜和文蛤养殖滩涂必须让出来。这里的老百姓马上面临祖祖辈辈端了几千年的饭碗没了，即便是拆迁安置能够到位，政府如何让他们从情感上接受丧失祖业、从生活方式上接受颠覆传统？

这个实事求是的困难清单让罗一民很满意。尤其是最后一条列进来，使这份"冷酷"的清单有了温度。罗一民表扬了如东县委县政府，表扬了严长俊和周建飞。

多少年以后，单晓鸣向我回忆当时讨论困难清单的情景。罗一民先生看这个清单时一直紧蹙着眉头，看到最后一条时，眉头才舒展开来了，说了一句："你们这个班子有良心，我要表扬你们，我们不管干多大的事，说到底是为了改善广大老百姓的生活，伟大不光是大，还要善，所以，洋口港一旦动工就会触及百姓利益，这方面的工作要做细。范仲淹是古代皇权之下的官僚，他建筑范公堤，出发点就是'先天下之忧而忧，后天下之乐而乐'，我们南通的先贤楷模张謇，围垦为民，不计得失，宁可自己倾家荡产，也绝不损害沿途百姓一分一毫的利益。我们要是没有这点境界，做成了也不是千秋功业，有可能是千秋骂名。"

问题是周建飞提出来的，得到肯定后，周建飞当场表态，其他责任他不敢大包大揽，拆迁安置的事，他一定处理好，出任何问题，做出任何有愧于民的事，拿他是问。

那几年，罗一民意味深长地反复向大家推荐张謇创业的一段故事。张謇的创业，从一开始就充满了艰辛的磨难，并屡经挫败，但为了实现他心中的强国富民梦想，他艰苦奋斗，百折不挠，忍常人所不忍，为常人所不为。刚开始筹办纱厂时，张謇本想在民间集资，搞"商办"，但通州和上海两地的商人富户，虽有资金，却不愿轻易投入。他不得不退而求其次，改为官商合办，由官方提供搁置上海久未使用的纺纱机，作价 50 万元作为官股投资，另由自己组织绅商筹 50 万元合作经营。但随后不久，发起股东和承诺入股者纷纷反悔退出，“商股”无法凑足。张謇不得不再退一步，一面压缩总股本金为50万元，一面改为“绅领商办”，即由他自己认领官股的25万元，再另外筹集25万元，官方只收取官利，不参与工厂的经营管理。尽管如此，张謇所需股金仍无法凑齐。他不得不奔波沪通两地，多方集资求助，有时低下身子，靠卖字来弥补旅费的短缺。面对乡党友朋的讪笑毁阻和各方敷衍作梗，他“闻谤不敢辩，受辱不敢怒”，但仍坚韧不拔地往前走。在苦心创办了五年后，1898年，大生纱厂终于建成投产。为了记住纱厂创办过程中的磨难和教训，张謇特意请人画了四幅“厂儆图”，并亲笔题词点题，挂在工厂的公事厅。后来，大生纱厂在开工半年后就获得了丰厚的利润，张謇的实业和教育等事业也随之不断拓展。

为了给如东人打气，罗一民组织成立了由他和丁大卫市长亲自担任组长的洋口港开发领导小组。南通市把洋口港的开发建设作为战略重点来抓，决定举全市之力，精心策划、扎实工作，力争早日实现780多万南通人民心中萦绕多年的“东方大港”梦。他们会同如东方面，对洋口港开发建设做了近、中和长期规划。洋口港将在服从国家港口发展规划的前提下，力争建成一个拥有若干个10万～20万吨级深水泊位、45平方公里临港工业用地、80公里联江运河、100公里疏港高速公路的现代型深水海港，逐步形成长江三角洲地区内外贸集装箱、煤炭、石油、矿石、化工产品、粮食、水泥等大宗物资的大型中转基地，形成由现代产业支撑的临港工业区和沿海工业带，形成完善的国际航运软环境和畅通的集疏运系统，形成集港、工、贸为一体的新型沿海港口城市体系。大港建设分阶段推进：先期为两年左右，将以载体建设先行，建成深海水域大型海轮减载锚地，配套建设进港航道和锚地泊位，进行较大规模的海上过驳作业，形成长江口北翼江苏港口大型海轮减载锚地，为改善投资环境营造先期效应。中期用三到五年的时间进行围垦、人工岛及引桥前期工程。启动 LNG 项目等大型专用泊位建设，并做好商业泊位的立项工作。同时，逐步健全海港基础设施，完善公路、铁路等交通体系。远期在完成 LNG 和电厂（或其他大型项目）专用泊位的前提下，完善集装箱、杂货等沿海商业泊位以及配套集疏运系统。与绝大多数海港开发启动的过程一样，洋口港的开发建设也必须依托大项目的带动，以大项目为载体。

南通市还初步制定出《南通沿江沿海开发总体规划纲要》，明确配套沿海开发规划面积为 480 平方公里。2003 年初，罗一民书记、丁大卫市长陆续前往如东，考察洋口港开发工作，要求继续扎实做好基础工作，从水文、波浪、潮汐等方面进一步研究建港的可行性，“研究成果要达到高层领导下决心的深度”。根据这一指示精神，2 月 20 日，单晓鸣赴上海拜会有意投资并落户洋口港的新加坡金鹰集团负责人，明确表态：鉴于目前西太阳沙的资料为 1992 年至 1996 年所测得，为满足中资公司进行项目评审的数据要求，海洋勘察工作要重新做，勘测工作要达到工程设计所需要的深度，保证 LNG 项目一旦获得批准，人工岛马上进入施工。领导和专家们的想法不谋而合。两个月后，交通部规划研究院港航规划处负责人对前来拜访的如东港口办主任袁新安表示：洋口港开发所做的前期工作是扎实、详细的，交通部对洋口港的宏观稳定性持肯定态度，但局部稳定性还须作进一步的论证，如西太阳沙的稳定性等等；还应在别人怀疑的地方做实、做细，拿出可信的证据，让人信服。原交通部规划研究院胡晓晓工程师从技术方面，也对洋口港目前的工作提出两点建议：波浪条件一定要搞清楚；西太阳沙边坡稳定问题也务必要搞清楚。4 月 21 日，多年来情倾洋口港开发研究的中科院院士王颖对来访的港口办负责同志也表明了同样的态度。王院士尽管坚信，西太阳沙人工岛及烂沙洋水道的稳定性没有问题，但由于海平面的变化，需要重新对海底进行扫描测量，以得出海平面的变化对深水航道是否有影响的结论，她认为洋口港开发的基础工作一定要做细。而河海大学教授严以新则进一步指出，如东洋口港的前期工作一定要扎实，切不能为了赶时间而有半点马虎。

科学家的精神特质，就是尊重事实、服从真理。洋口港优越的建港条件是专家们首先提出来的，这些年经他们多次勘察论证，说明建港条件是稳定的，尽管如此，在高层领导下决心拍板立项之前，专家们仍然纷纷表态，要求如东把项目前期工作进一步做实、做细，而且要在“局部稳定性”方面拿出令人信服的证据。这年春天，罗一民亲自赴一线，并督促南通市相关领导轮流前往实地，察看港址。如东县领导单晓鸣等人三天两头驱车前往长沙镇堤外滩涂，在现场汇报关于人工岛稳定性研究的相关数据。罗一民等再次强调，要进一步深化深水航道的稳定性基础研究工作，这条深水通道的稳定性是港口开发最核心的依据，要把稳定性方面的问题做实、做透。项目报批的最大的牵制是科学层面的问题，然后才是工程的问题。工程必须首先在科学层面上统一认识，在这上面如果中央、部、省领导的思想不能完全统一，对报批是不利的。

整个春天，围绕着西太阳沙人工岛、烂沙洋水道的稳定性问题，港口办委托一航院、河海、南大等单位又进行了深入研究。7月1日，港口办与金鹰集团下属太平洋油气公司，在南京西康宾馆召开各委托勘测设计单位协调会，参加会议的有一航院、天科所、长江口局、海洋二所、南科院、南京大学、河海大学的众多专家。会议由一航院副总工程师杨希宏主持。会议明确西太阳沙人工岛、烂沙洋水道的稳定性绝对没有问题……人们有理由相信，LNG电厂项目的立项问题，该到了决策者下决心的时候了。

南通市政府、如东县政府于2003年3月28日，与南京大学在南京联合举办主题为“建设洋口深水港，促进江苏经济可持续发展”的江海论坛。各级领导、中外客商、专家教授济济一堂，大型学术报告厅内座无虚席，气氛热烈。相关学科的专家们纷纷登台发言。王颖教授就洋口港深水自然条件进行了详细地科学阐释；余之祥教授阐述了洋口港开发在长江三角洲北翼所具备的核心地位；严以新教授认为进入新世纪后洋口港已经万事俱备；田汝耕教授提出开挖联江运河、促使洋口港成为世界级大海港的构想；孙月平教授指出洋口港建成将成为江苏新一轮经济增长的一大动力源；而来自前期已介入设计可行性工程方案的天津中交一航院的杨希宏副总工，为与会者详细分析了洋口港建设的工程方案。

江苏省省长梁保华给论坛发来贺信，贺信说，省委、省政府高度重视加快沿海和沿江地区的发展。随着经济全球化和我国工业进程的加快，充分发挥江苏通江濒海的优势，紧紧把握当前国际资本和产业转移的机遇，加快沿海和沿江地区开发步伐，实施江海联动，是促进苏中快速崛起、带动苏北加快发展、提高苏南发展水平的必然选择，也是我省率先建成小康社会、率先基本实现现代化的现实需要，对全国的发展大局也将作出积极贡献。论坛上，省委常委、常务副省长蒋定之代表省委省政府讲话，点明洋口港开发与江苏经济可持续发展息息相关这一主题，把洋口港的区域意义和价值定位进一步明确。

南通市委书记罗一民在论坛上发表了激情洋溢的演讲。他说，最近30年来，世界经济进入大规模开发利用海洋的最佳时期，全球海洋经济持续快速发展，世界海洋产业的总产值每10年翻一番。2000年世界海洋产业总产值超过15000亿美元，中国超过600亿美元。当今世界发达国家经济发展大多经历了大陆经济向海洋经济的转变。18世纪中期起，英国开始工业革命，开拓海外市场，开始了英国海洋经济发展的历程，经过大约100年，英国成为世界贸易大国，英国借助海洋，使其势力延伸到世界各地。美国实现工业化后，形成了沿海工业化城市带：东海岸的波士顿—纽约—巴尔的摩—华盛顿，西海岸的西雅图—旧金山—洛杉矶—圣地亚哥。这是转向海洋，发展以海外贸易为主体的海洋经济，从而带动区域发展的成功典型，使美国迅速取代英国居世界经济领先地位。20世纪50年代，亚太经济发展也是走海洋经济之路。日本发展海岸工业，以海外贸易和海运事业为纽带，促进日本腾飞，形成了东京—神户和名古屋等深水港群与大城市群。日本将海洋经济作为整个国家经济发展的基础，海洋经济（产业）加上临海产业总产值占日本国内生产总值的一半。20世纪60—70年代，亚洲四小龙——韩国、中国台湾地区、中国香港地区和新加坡兴起以及后来的快速发展也是借助发展海洋经济。如我国台湾地区以高雄港的开发和高雄加工区的建立为模式，在整个台湾地区西海岸发展面向海外的全球化经济。结合国内实际，不难看到，我国东部沿海经济具有举足轻重作用的经济圈是环渤海、长江三角洲、珠江三角洲经济圈，而尤以长江三角洲具有更强的综合发展潜力。长江三角洲土地面积占全国的1%、人口占6%，GDP却占全国的17%，在中央政府的税收中占21%；20世纪90年代以来，长江三角洲经济进入快速发展轨道，高新技术产业和以高新技术装备改造的传统产业得到空前发展，境外投资进入的规模更大、技术起点更高，世界500强企业中就有400多家进入，长江三角洲成为世界制造业以及产品的重要生产基地之一。但长江三角洲海洋经济，尤其是长江三角洲北翼的江苏省海洋经济亟待加强。江苏省GDP在全国名列前茅，但海洋经济处于中低水平，海洋产业产值在沿海11个省市中排名第七，1996年排名第七，2002年仍是第七。发展江苏省海洋经济必将进一步整体提升长江三角洲经济实力。海洋经济包括海洋水产、航运、港口等诸方面，长江三角洲北翼发展海洋经济以港口建设为龙头，促进整体经济发展。港口与经济、港口与城市紧密相连、互为促动，世界排名前35位的大都市有31个靠海靠河，世界10大经济中心都是靠海靠河的港口城市。因此，可以将建设长江三角洲北翼的洋口港作为大力发展海洋经济的契机。开发洋口港可与宁波港南北对应，与上海港形成互补，有力支持上海港建成国际航运中心；开发洋口港与当时即将开工的苏州—南通大桥和筹划中的上海—崇明—海门过江通道等大型工程，共同促进长江三角洲北翼与经济中心上海以及苏南的经济融合，从而发挥更大的经济效益；开发洋口港更有利于长江三角洲北翼地区吸纳海外投资。

“全国的优势在沿海，江苏的优势在沿江，洋口港独具的战略地位，使这一举世稀有深水资源不再仅仅属于南通，而应成为全省共有、共用、共建的风水宝地。开发建设洋口港，是江苏在新世纪初最有突破性的机遇，是南通跨越发展、率先崛起最大最有力的抓手，是实施江海联动最大最坚实的载体，”罗一民提高嗓门，最后用激扬的声调说道，“洋口港雄踞长江三角洲洲头，是长江沿江各港渴望出现的龙头港，将承担起物流集积出海，远洋货物中转、溯江而上的主枢纽港功能，改变沿江各港无江口前沿海港而‘舍近求远’的历史格局，是南通实现‘江海联动’、江苏延伸长江‘黄金水道’、长江流域受到新辐射、长三角经济发展的动力源。洋口港坐落在与宁波港比翼的区位，是上海国际航运中心最理想的北翼和强有力的补充。市委、市政府将把洋口港的开发建设作为继苏通大桥之后又一牵动全局的战略重点来抓，举全市之力、集全民之智、借多方之财，全力以赴，力争早日实现780多万南通人民心中萦绕多年的东方大港梦想。”

不少参加过第二届江海论坛的政府官员和科学家，在我写作本书的过程中我都拜访过，他们认为这次论坛，目的是让科学界、经济界的专家来为洋口港开发建设的可行、必行，进行公开的、集中的“背书”，这个目的无疑是达到了，但更明显的作用是，某种程度上这次会议成了一次开发的鼓动会、向上级部门的宣誓会和招商发布会，一个巴掌响了好几面。

“大个儿书记给我们留下深刻印象，”当年参会并做了学术报告的王颖院士回忆说，“他是个干劲十足的人。我当时就想，洋口港应该趁着有这样的一批肯干的地方领导，速战速决!”

江海论坛洋口港专题就是要向世界宣布：洋口港区开发建设条件趋于成熟，科学背书，政府力举，前景美好。可以说，南通会同如东策划的这次高规格的江海论坛，是洋口港开发建设史上的一处精彩之笔。当时的县领导曾经这样评价本次论坛，认为这次论坛对于宣传江海联动发展战略，在新世纪宣传洋口港、开发洋口港，推进江苏LNG电厂项目进程，均具重大意义。江海论坛除了让洋口港进一步引起了领导特别是高层领导的重视外，还引起了南钢集团、和记黄埔旗下深圳盐田国际等诸多客商的高度重视和关注。这为如东后来和香港保华集团成功合作开发洋口港基础建设项目埋下了很好的伏笔。

洋口港的基础设施建设需要的是非同一般的大手笔、大气魄。时任县港口办主任袁新安接受采访时，对我说，就是现在想起来，还觉得思想上难以驾驭那种“大”。需要多大的气魄？通俗地说，就是投资方必须有把几亿元资金白白扔在南黄海滩涂上的心理准备。世界上能找到这样的投资商吗？有一次，他跟着单晓鸣副县长陪同罗书记、丁市长到黄海村去考察待拆迁村镇，路上，两位领导就在谈论这事儿。罗书记突然背诵了张謇的一句名言:“办一县事，要有一省之眼光；办一省事，要有一国之眼光；办一国事，要有世界之眼光。”然后对单晓鸣说:“你不是‘真小子’吗，初生牛犊不怕虎，赶紧出去闯啊，坐在家里，最多只能等到屋后的树上掉下几颗桑葚。要走出如东，如果坐在如东，只能等到一个乡镇大的惊喜，跑到南通，也许就能抓到一个县区大的惊喜，跑到南京、上海，也许就能斩获一个南通大的惊喜，如果要更大的惊喜，必须要拥抱北京，放眼全球啊。”

单晓鸣立即说:“我明白罗书记的意思了，表个态，我单晓鸣最不怕跑了，东奔西走是我单晓鸣的命。”

江海论坛之后短短的几个月中，单晓鸣像听了发令枪似的开跑。她和她的团队先后与南钢集团、武钢集团、美国 CSX 公司、英国 ASP 公司、美锦集团、中财投资公司、深圳盐田国际、浙江中宇集团、香港保华德祥集团等 20 多家著名企业进行了密切的洽谈。2003 年 7 月，深圳盐田国际及浙江中宇集团有几位投资者有意开发洋口港，经过 5 轮艰苦谈判，由浙江中宇集团为主成立的香港皇裕公司和火速成立的江苏洋口港开发投资有限公司合资成立了江苏洋通开发投资有限公司，注册资本 3000 万美元，实现了投资主体从无到有的突破。之后，经过不断的优化和股本重组、置换，香港保华德祥建筑有限公司成立了香港创华公司，代替皇裕公司而真正成为洋通公司的境外投资股东。保华公司是世界前 20 强建筑集团，旗下有 13 家上市公司，实力雄厚。但一家规范的上市公司和在我国刚颁布的海域使用权法指导下颁发的第一张海域使用权证之间，联结的环节或者说矛盾太多。也许正因为此，单晓鸣率队与保华公司进行了七天七夜的紧张谈判，最后在香港律师楼签约：双方本着友好、互惠、互利、协同开发的原则开发建设洋口港基础设施工程，注册资本金 2998 万美元。今天看来这毫无疑问是一个双赢的合作，而当时双方可都承担着不可预知的风险，因此在协议中有这么一条核心条款：双方如一方股东不同意投资建设陆岛通道，承担过错违约，放弃一切权利。

当年 11 月 18 日，省、市、县在如东举行了隆重的洋口港开发建设开工典礼，县委书记严长俊豪情满怀地号召全县人民“建设大海港，挺进大海洋”，南通市委书记罗一民宣布南通从此由“江河时代进入江海时代”。随着江苏省副省长张桃林一声令下，洋口港开发建设正式开工，实现了港口开发划时代的突破。

第九章　拂晓

新世纪初的一个周末，我和南京的几个大学同学，借座如东人在南京龙江小区开的一个如东菜小馆搞聚会。在小馆子里，我偶遇如东县驻宁办事处的王正龙主任，他站在楼道里打电话，因为熟悉，我和他握手打了个招呼。大约一个半小时后，我们结束聚会，老同学们说说笑笑，走出小包间。我在门厅里又见到了王主任，他陪着一位年轻的、剪着短发的女士，坐在门厅一角的散座上喝茶。两个人见了我，笑眯眯地迎上来，问能不能借步，占用我几分钟，说几句话。王主任向我介绍，女士是如东县的常务副县长单晓鸣。

那时单晓鸣的名气，在南通、在省里，都已经不小。我在省委机关工作，南通又是我的老家，所以我不可能不知道她，只是没有见过。大约一年多前，我随省领导去过如东，那次单晓鸣出差了，未曾遇着。有机会在南京偶遇家乡这么有名的领导，我感到荣幸，赶紧坐下来跟他们聊天。聊了一会儿，单晓鸣从随身的包里掏出一卷材料，递给我，说是如东洋口港开发的进展情况汇报，麻烦给个方便，递给省领导。

我这才恍然大悟，说是“偶遇”，其中不全是“偶然”。王正龙主任跟我的确“偶遇”，当天单晓鸣恰好也在南京开会，所以在王主任的巧妙“撮合”下，单晓鸣就与我“偶遇”了。

单晓鸣递材料给我的时候，一直在说着洋口港的情况，然后反复向我表示抱歉，说这样“走后门”递材料有点不礼貌，有点“不讲规矩”，但也是没办法，巴望省里的领导们，能够尽快了解洋口港的开发进展情况，给予支持。我赶紧说，没关系没关系，这是一件太小的事，一定以最快速度放到省领导办公桌上，能给家乡做这么一点事，是我应尽的义务。

客观地看，单晓鸣其实是一位目清眉秀的美女，但她女性美的那种特质，完全被风风火火的气质所淹没。加上她穿着有棱有角的“干部服”，一开口直奔主题，全是工作、工作、工作，很快你就会忘掉她的性别。后来，洋口港建设发展的消息不断传到省里，关于单晓鸣的一些“拼命三郎”故事，也在家乡的坊间流传。

我再次见到单晓鸣，就是20余年后的今天了。为了写洋口港这本书，我跟她在如东小洋口度假村的小会议室谈了一个下午。她的性子比年轻时慢了不少，语调里也没有了以前那种焦灼之气，变得很温和。她说她上任如东县常务副县长后立即接手洋口港的工作，愚公移山，正好相当于愚公走到大山的脚下了，都可以摸到山体，摸到那些坚硬的巨石了，别人告诉她，马上可以开挖、应该开挖了，可是两手空空，手上连一把小锹都没有，怎么办啊！

“严长俊书记第一时间带着我到市里去汇报，罗一民书记说，既然开发洋口港的决心都下了，我们就不能在这里排什么优势，而应该把困难梳理出来，一个一个地解决掉，”单晓鸣告诉我，“等困难梳理出来，说实话，大家都有点蒙了，现在想想，其中任何一件困难都足以吓退人，那么多困难堆在了一起，令人望而生畏、望而却步。罗书记看着我们表情有些沉重，没有说太多的鼓动的话，只是让手下复印了一张纸头给我们，那是他推荐的一段张謇创业、历尽千辛万苦、终于功成德就的故事。我们明白他的意思，回去就开动员会。严书记对全县干部说，开弓没有回头箭，洋口港开发这支箭已经开弓了几十年，经过了县委县政府几届班子，绝对不能断在我们手上，我们要对准目标，发一把力，向前狠狠地推进。会后，严书记对我说，晓鸣县长，你就做那个箭头吧！”

她那时候毕竟年轻气盛，满口就答应了，接下了军令状。

“我接手这项工作的时候，不过三十六七岁，有股冲劲儿，初生牛犊嘛，哪想到后面会跌跌撞撞，那么多坎儿，弄得一身伤，”单晓鸣说，“整个开发的过程当中，遇到的困难不计其数，反正克服了困难也带来新困难，没完没了。我被彻底旋进去了。那个时候，行李箱放在办公室里，换洗衣服随身带，随时随地跑工地跑南京跑北京，天天尥蹶子，跑了多少趟，无法统计。太频繁了。有一年春节前，在国家海洋局跑审批，海洋局机关都放假了，只剩下一个办公室主任在值班。严长俊书记给我打电话，说晓鸣县长你不把证给我跑回来，就不要回家过年了，哭鼻子也好，耍泼也好，你给我把女人那点劲儿都使出来。那次还算幸运，除夕上午总算办完了事，从北京回来，到家的时候已经是第二年了，新年的钟声敲了，大街上鞭炮声炸成一片。我拖着行李箱进了门，我先生一看到我，调侃道，这位女士大过年的，您从哪里来，要找谁，又要到哪里去啊？哈哈，过的就是这样的日子。”

根据罗一民书记的提议，如东县确定“政府推进、市场化运作，建设洋口深水海港”的开发思路，设想政府以港口资源诚约投资者共同开发建设航道、码头、人工岛、岛陆通道、临港工业区等港口基础设施，从而吸引和接纳依赖港口而发展的石化、油气、矿石、冶金、木业等大进大出产业资本，将如东逐步建成新型港口城市。

2002年5月，剪着齐耳短发的如东姑娘单晓鸣，被任命为如东县委副书记、常务副县长。她被组织上指定为洋口港开发建设的具体责任人。2003年新年一过，单晓鸣开始组建洋口港开发建设队伍。她对市委书记罗一民、县委书记严长俊说："我要按照自己的理解，组织一个'敢死队'。"罗一民认真地对她说："你觉得谁适合担任什么职务，组织上全力配合。"严长俊打趣说："你看中谁就抽调谁过去，第一时间任命到位，即使你点兵严长俊，我也二话不说，马上跟着你去打仗。"于是，县委县政府和基层单位一批有知识、有能力、思想活跃、开创和奉献精神强的同志，被单晓鸣抽调到洋口港开发办公室。新调同志立即报到上班，上班的第一天，单晓鸣就对重新启动洋口港开发工作进行了一一部署，强调大家从招商引资入手，组建洋口港投资开发公司，实现政府以港口资源入股、市场化运作开发洋口港的设想；以LNG为主，努力寻找港口开发的支撑性项目；对赖以建港的烂沙洋深槽、西太阳沙及深水区的稳定性继续进行深入研究与论证，确保技术上可行。

那次开工会，单晓鸣特意提醒大家："从现在开始，不要有休息日的概念，这是一场攻坚战，作息一切服从工作任务需要，不固定。如果后悔了，现在就提出来，赶紧回原单位，不存在过失。只要在这里待一天，就立即投入战斗，这是洋口港前线，上去了就不能下来，掉头我就拿着枪顶你，那就是逃兵待遇了，不光荣。”

担任副主任的袁新安告诉我，那时候，看到女县长那种近乎亢奋的状态，没有人觉得有什么了不起的困难克服不了，至于加班干活这种事，早有心理准备，实在算不得什么。所以大家“无知者无畏”，全都拍着胸脯承诺，义无反顾，拼了。

他们要做的第一件大事，还是加固技术可行性的论证，确保建设从纸上、从实验室，尽快落到地上。单晓鸣带领大家分头再次南下北上，拜访相关科学家和工程师，并邀请他们来如东现场，进行最后的勘察和论证。时任南京大学地球与海洋学院院长的王颖院士，正在她的海洋与陆岛实验室里，对二十年来一直潜心研究的黄海陆架辐射沙脊群问题进行最后的攻关，她与朱大奎、严以新等教授，结合对洋口港的烂沙洋水道100多次的海上观测与勘察资料进行综合分析，形成了客观而科学的结论：从长江口至连云港间近千公里的辐射沙洲间，有三处深槽可以作深水航道，并依此建港，这就是大丰海域的西洋、启东海域的小庙弘和如东洋口岸外的烂沙洋，而如东洋口岸外的烂沙洋水深条件最好，是中国沿海继曹妃甸港后的又一新发现，条件比曹妃甸还要好，是江苏唯一也是全国不可多得的可建 10 万～20 万吨级港口的天然航道。这一结论得出后，王颖多次在多种场合提醒政府和全社会，洋口港开发的技术条件相对成熟，如何开发建设则是复杂的社会经济问题，万万不可将已沉睡千年的宝贵资源继续埋没下去。两院院士严恺、中国工程院院士刘济舟，中国科学院院士任美锷，国家级港口设计大师顾民权等一批专家，进一步认同和论证建设洋口深水海港构划。围绕这一命题，南京大学、河海大学、中交第一航务工程勘察设计院、交通部规划研究院等国内数十家权威科研、勘察、设计机构，从海洋动力调查，海洋地貌分析，波浪、潮汐、泥沙观测及分析，水下地形测量及水深测量、地质勘探、地震分析、气象观测等各个方面再深入研究论证。

开发办一直在考虑这样一个问题，洋口港开发在技术上已证明具有开发性，但市场需求程度如何，社会发展需求程度怎样，没有权威性定论，对社会没有说服力，对投资者没有吸引力，这将影响洋口港的开发进程，必须通过有效的办法来加以论证。其时，中共江苏省委党校的孙月平教授带来了关于洋口港开发与江苏经济可持续发展的初步研究成果，简直就是一场解构政策可行性的及时雨。2003 年 2 月的一天，港口办邀请孙月平教授来如东指导，单晓鸣迫不及待赶到了孙教授下榻的酒店，与专家组一起，就洋口港开发与江苏经济可持续发展，与上海国际航运中心建设、长江三角洲经济繁荣等问题进行了深入探讨。孙月平透露，中国东部资源环境与持续发展研究中心正在酝酿主题，准备举办第二届江海论坛，为江苏及长三角经济进一步发展献计献策。听到这一信息，单晓鸣立即向南通市委书记罗一民请示，提出以洋口港开发为主题举办第二届江海论坛的大胆设想，罗书记在电话里与她一拍即合。于是有了不久后成功举办的专题论坛，使得洋口港开发引起上级政府的高度重视和企业界的热烈关注，为下一步的行政审批和招商引资拓开了道路。

围绕短期目标，如东县委、县政府要求用一到两个月的时间，完成四件大事，即：争取将 LNG 项目推入审批程序，以确立港口产业项目基础；初步规划用于洋口港建设和发展的 30 平方公里海域使用权，申报并获得国家批准；确定引进资本方，争取首期资本金到账，完成公司章程确认等事宜；对 30 平方公里临港工业区进行围垦项目申报，利用围垦最佳时期，择定临港工业区开工日期。全县举力行动，县国土、工商、外经、海洋、水务、滩涂、交通、规划等部门的领导和相关工作人员也加入了洋口港开发的第一线。如东五十岁以上的干部，如今无不对那时“万众一心、众志成城”的情景记忆犹新。县委书记严长俊大会小会强调，涉及洋口港的工作，各部门各单位必须无条件服从，如有懈怠和差错，其他方面做得再好，都要被“一票否决”。这年十月，对港口开发有重大影响的LNG项目的报批和30平方公里临港工业区海域使用权证的申领，经过百般周折，终于走完从县到市、从市到省的一系列环节，推进到了最高权力部门的审批程序。

在聊到这个阶段的往事时，单晓鸣用了一个生动描述，说：“那时候我这个副县长好像特有权威，工作中经常要与班子同仁横向沟通，更要向全县各部门各单位布置任务，几乎从来没有人推推挡挡。有的事我也知道特难，但我跟人说的时候，人家脸上的表情告诉我，他心里都在哭了，但嘴上依然作视死如归一般的壮烈表态。当然，这哪里是我个人的权威起作用，绝对是洋口港的权威，这项事业在如东人心中，早就有了重如泰山的分量。”

“当然，我自己也养成了这样的习惯，面对领导也好，同仁也好，下属也好，遇到洋口港的事，脱口就是一句，没问题，一定拿下，”单晓鸣苦笑着对我说，“决心只是一句话，战斗却是千刀万剐!”

在着手实施第一期规划时，洋口港迎来了令人激动的历史性时刻。南通市和如东县政府方面决定策划一两场活动，来晓告天下，为洋口港开发建设提振信心。第一场活动，就是那场激动人心的航道试航。2003年9月21日，单晓鸣陪同南通市和如东县政府相关部门负责人、部分专家和记者代表，登上一艘中国渔政船，开进大海，停泊在近海岸的航道上。每个人的心情急切而又兴奋，他们将在这里见证洋口航道的首次试航。中午 12 时左右，悬挂着万国旗的“长航江河”巨轮终于出现，从一个灰色的小点渐渐扩大，平稳地进入了大家的视野。南黄海被劈开巨大的浪峰，巨轮一声胜利的长笛，宣告试航成功！当它成功抵达洋口锚地抛锚时，南黄海之滨欢声雷动。此次试航的上海“长航江河”轮是上海海运公司的散货轮，船长 164 米，型宽 22 米，型深 13.5 米，显然，它的体量、吨位都是足够比拟实航船的。巨轮 20 日下午 3 时从上海出发，21 日中午 10 时 30 分抵达引水位。引航员施歧元介绍，海上阵风达到 8 级，尽管风浪较大，但航道条件的优越，使得航行一帆风顺。船长蔡金跃、政委乔国庆特地为此次试航挂上了万国旗。他们说，烂沙洋航道进出便利，感觉不错，万吨轮减载作业条件已具备，驾驶舱船舶自动测深仪显示，在负 17 米到 18 米之间画出一道深深的粗黑线条，这说明洋口港锚地深度已经达到停靠 10 万吨级以上海轮的要求。更可贵的是，“长航江河”下锚后被海底紧紧抱住，没有出现走锚现象，证明洋口港深水航道地质坚硬，作为深水航道的自然条件是达标的。

事情进展到了这一步，南通市罗一民书记和丁大卫市长很高兴。11 月 10 日他们来到如东，现场作出了一个更重磅的决定：立即举办一场隆重的南通洋口港区开工建设仪式，时间就定在八天后的 11 月 18 日。

“给你们八天时间筹备，够宽裕的吧，长俊书记和晓鸣县长？”罗书记当时笑吟吟地望着他们。严长俊咧着嘴笑，单晓鸣硬着头皮回答:“行！请放心，十八号见。”

“其实这很苛刻，”罗一民先生在向我介绍这段经历时说，“不是我狠心，我是故意抛一件形式上的事，来试水，看看你如东人，看看你单晓鸣们，你们的干劲和效率，可以炸到什么程度？大港建设开发才是个起步，后面的大事、大困难，多着呢，哪一件不比一个开工仪式难?”

仅有八天时间，要组织如东有史以来最大规模的开工典礼，单晓鸣知道这是一次历练。她索性卷起一堆换洗衣服，就住到办公室里用来午休的临时小床上，没日没夜地开始筹备，事无巨细安排着方案的每一个程序，打电话落实方方面面的到场重要嘉宾，协调和审核宣传、公安、建设、交通、气象、水务、供电、滩涂、卫生等部门及长沙镇的详细辅助方案。里面安排了几个实在的“项目”，要让现场真正开工，而不是做“摆拍”。县水务局先后组织 20 多名工程技术人员到围堤现场，踏勘测量放线，记录了近万组数据，为科学制订施工方案提供出数据依据。短短几天内，新安装变压器 46 台，落实编织袋 275 万平方米，以确保施工队伍到场就能投入施工。县供电公司对两个变电所的变电部分进行检修、改造、新架和调整 10 千伏线路三条计 10 公里，保障了围堤工程用电，也为今后洋口港开发提供了相对稳定和充足的施工临时用电。2003 年 11 月 18 日开工仪式如期举行。南通作家桑晓梅当时在现场，事后满怀激情写文章记录当天上午的景象：临港滩涂阳光普照，26 只氢气球高悬半空，一万多名群众围在典礼现场周围。大型主席台上，数百盆鲜花与彩旗一起喜迎宾客；主席台右边，是几千名群众代表组成的观礼方队；主席台左边，一千多名建设者手持气球，在他们的身旁，披着大红花的推土机和挖掘机正等待着号令，随时准备施工。大海难忘，历史见证。上午 10 时 8 分，随着副省长张桃林宣布“南通洋口港区正式开工”，一时鞭炮齐鸣，焰火闪耀，万只气球飞向蓝天。人们欢呼雀跃，让百万如东人民魂牵梦萦的洋口港区开发终于奏响了开工曲，这个藏于大海的旷世明珠，在人们的“千呼万唤”下，拂去千年尘埃，闪亮现世。此时，人群里，单晓鸣的笑容如南黄海的阳光，灿烂明媚。

从她的文字里，可以想见现场的盛大景象，更可以推测，当时如东，用“万人空巷”来形容，恐怕也不过分。数万群众奔赴现场和通过各种途径，围观、见证了如东那历史性的一刻。

当然，仪式的目的，不纯粹是考验如东人的办事效率，或者是营造氛围，而是提振项目和投资方的信心。受邀出席开工仪式的中国石油江苏液化天然气项目经理部总经理张成伟当场表示：中国石油将充分发挥国际化石油公司管理优势、资源优势、技术优势，全力以赴抓好江苏 LNG 项目建设管理工作，力争把中国石油第一个通过国家发改委核准的 LNG 项目建成优质工程、绿色工程和样板工程，促进项目投产，使江苏人民早日受益。中国石油愿与当地政府和人民团结奋进，开拓进取、携手共创洋口港开发建设的美好未来。中石油领导的高调表态，为推动 LNG 项目最终落地洋口港，抬高了新的起点。媒体播出相关内容后，中石油地方和总部领导先后到如东考察、洽谈，使得洋口港开发迈出了极其关键的一大步。

紧接着，单晓鸣带领团队数次北上，他们要完成洋口港开发以来最难的一项工作：已推入审批程序的 30 平方公里也即 4.5 万亩海域使用权的最终申领。这是国家海域使用法颁布以来全国最大的用海项目，必须得到国务院的直接批准。单晓鸣带领她的团队，从县到市、从市到省、从省到中央有关部门，历尽将近一年的艰辛，补全各种新增手续，最后来到了国务院办公厅。县、市、省三级政府通过各种渠道向中央汇报，经过了一个相当复杂的过程。单晓鸣记得港口办以县委县政府的名义，连夜起草了一封求助信给审计长李金华先生。第二天一早，单晓鸣拿着信奔北京，来到审计长办公室求见。审计长看完信件便深知家乡建设的难度之大，从谈话中也了解到在申请这份使用权证的过程中，家乡人所付出的努力和艰辛，很感动。审计长立即给国家海洋局领导亲笔写了一封信，恳求海洋局领导接见老家来的县领导，听取洋口港开发进展的汇报，请求给予帮助。

当得到国务院正式批复准许使用后，全县欢欣鼓舞，单晓鸣却和港口办的全体人员，度过了一个不眠之夜。因为困难是一环套一环的，一个山头攻下来，一个更高的山头立即横亘在眼前——办理30平方公里海域证，按国家2004年刚实施的海域使用法规定，必须缴纳巨额的海域使用金。单晓鸣是分管财政工作的副县长，县里的那本薄薄的穷账本，她心里一清二楚。靠财政，怎么可能拿得出这笔巨款！怎么办？大家苦思冥想，只有一条“投机取巧”的路，一边争取国家扶助，尽可能利用一些政策性的减免，降低使用金数额；另一边，加快推进招商引资，看看能不能敲定一两家实力雄厚的投资商，让别人先来预付这笔资金。

在正式坐到第一家有投资意向商家的谈判桌之前，单晓鸣专程到南通请示罗一民书记，到底应该放出多大的“尺度”，才能既保证港口的长远利益，又不吓跑投资者。此时投资洋口港，如东方面能拿出来的资源，无非是一张蓝图和正在争取中的临港滩涂使用权。显然，获得回报，都是中长期的事情。如何能吸引和说服投资商，放眼长远，孤注一掷？需要有大度和胆略。当时大家普遍的建议是，可以无偿提供滩涂资源吸引投资者，待港口建成后可以通过税收、服务、临港产业发展及扩大就业、提升如东竞争力等途径实现资源的价值兑现。罗一民提出了一个大胆的设想，以30平方公里临港滩涂使用权作价1亿入股，占股40%合资组建开发投资有限公司。无偿提供土地资源使用权开发建设洋口港，是当前港口招商的唯一优势，也是一种无可取代的优势，因为30万平方公里滩涂开发配套使用权，属于国家级权限，投资者不可能不测算它的分量。

在谈判桌上，单晓鸣把握住这一优势，阐述洋口港深水海港资源的独特性，在全国少有、江苏唯一，谁拥有洋口港，将独占长江黄金水道与黄金海岸交汇成的黄金咽喉。“30平方公里海域使用权作价1亿，眼前看来似乎数额巨大，但在三五年后，你们会感到这是如东给投资者的最大优惠，因为洋口港需要感召天下巨贾，而不仅仅是你们一家，我们当然在开局阶段，要拿出足够的红利和诚意，以赢得广阔的未来。”单晓鸣说。

“现在想起来，这有点像空手套白狼啊。”我在跟杨镜吾聊到这段经历时他说道。他说作为招商工作的全程策划和参与实施者，他曾在港口办那段时间天天加班的当儿，说一些自我调侃的话，谈到他们最初的招商行动，他说:“我们应该在办公室贴一张广告——

‘我负责画饼，你负责掏钱!’”

“笑话说起来总是轻松，但这可不是笑话。”杨镜吾哈哈地笑着，浓浓的眉毛下，眼睛眯成一条缝。他说，有一次把这句话说给单县长听，她也笑了，转而一脸严肃，说:“我不管这个大饼是画的还是做的，现在我们跟饼，都一起下炉子烤着呢，迟迟弄不来买家，谁也别想好过。饼焦了，我们也跟着烤煳了，还有什么脸面活呢。”

“她这话够重的，我们那个时候寝食难安。到哪里找人投资建港？犹如茫茫大海捞针。”

“可把人愁死了，一方面大张旗鼓开工，另一方面，搞建设的钱还没有到位，投资商还不知道姓啥名谁。”杨镜吾回忆到那一段，唉声叹气，直摇头。“我们从2003年开工仪式后，就睡不着觉了，一边轰轰烈烈支大锅，一边还没有柴米油盐，这矛盾就很激烈了。然后，大概在几个月内，我们每天都会熬到夜里一两点，忙工作，反正睡不着，还不如加班。”

杨镜吾告诉我，分管的领导单晓鸣，大概有三年多的时间，每天晚上都在十二点左右出现在港口办。“就像打更的一样，她从电梯出来，冲我们这边来，鞋跟踢踢踏踏，那声音急促又坚定。我们大家都有默契了，一到十二点，袁新安主任就跟我们开玩笑说，泡杯热茶，小姑奶奶要来训话了，让她润润嗓子。然后，单晓鸣就准时出现在我们面前。有时候，进门就嚷嚷着，那一定是有进展了；有时候绷着脸不吭声，坐下来喝水，瞪着我们看，心事重重，那一定是事情卡壳儿了，困难当头，”杨镜吾说，“除了出差，就是这样一种日子，早上七点多兴冲冲到办公室，晚上两点多不是兴冲冲就是怏怏然地回家。有那么几次，说着说着会吵起来，争执不下。然后，单县长就发火了，说：‘你们一遇到困难就上火，凶起我来了？我还没凶你们呢，多少箱方便面，给你们白吃了，事情弄不好，你们给我待在这里，吃一辈子方便面。’等火发完了，她又懊悔了，觉得对不起我们。说着说着，她眼泪就出来了，我们也很激动，一屋子人稀里哗啦地哭了，也不知道是委屈还是心疼县长，也心疼自己什么的，反正鼻子一酸，就忍不住了。这样的事，发生过不止一次。”

“如东自有财政资金拿不出一分钱，那个时候，政府又不可以参与融资的，也没有什么融资平台之类的，国家是不允许的，更没有后来才出现的那些灵活的政府项目运作模式，只能巴望有一个大企业进来投资，把基础设施的建设搞起来，”杨镜吾回忆说，“第一个出现的投资意向人，是一位温州的企业家高先生，他很爽快，跟我们签了个协议，立即预付了400万，真金白银进我们账了，大家非常振奋，看到曙光了呀。400万在那个时候，也不是小数字，看来高先生是下了大决心，投我们洋口港。”

温州那边的投资，最后还是黄了。温州人大概用的还是他们惯用的“温州模式”，一个人牵头，后面很多人集资，共同做一个大项目。高先生签下约后，先后有数批温州企业家组团来考察，估计被这一望无际的荒凉滩涂给吓坏了，于是，再也没有了下文。县里面急了，让袁新安和杨镜吾盯着高先生落实后续。杨镜吾夹着一个小包，一有机会就跟着高先生，像块膏药似的，贴着他。

“现在想想，那位高先生真的是个好人，”杨镜吾比画着高先生的长相，“脸蛋圆圆的，小胖子一个，很和善，你盯着他，他也不生气，也不过多解释，只是一个劲儿说，抱歉，搞不下去了，我也没办法，我也不想耽误你们，我们随时可以重新谈，该分就分该合就合，怎么样。”如东人至今说起高先生，还是带着感激之情，因为高先生在洋口港招商引资启动阶段最困难的时刻，为大家带来了第一线希望。

温州人迟迟不追加投资，单晓鸣就做出决定，别等高先生这一口了，得拓宽思路。于是，她提出到中国港口协会去拜访，看看能不能通过行业最高平台，找到一些有实力的投资意向人。于是她安排港口办人员拜访了中国港口协会理事长屠德铭先生，了解和掌握了世界上有关港口开发企业、财团的信息。在其后的两个月里，他们先后与二十多家著名公司进行洽谈。最先对洋口港感兴趣的是深圳盐田国际的闫先生，这位资深投资经理人凭着丰富的经验觉察到洋口港的含金量不可低估。一个星期后，他就带着香港皇裕国际有限公司前来接洽。

2003 年 12 月 1 日，单晓鸣带领洋口港办班子成员及工商、外经、法律、土地等部门专业人士组成的另一支人马，来到上海，与香港保华集团董事局副主席刘高原先生及创华公司杨燕女士等，就香港创华公司全额收购皇裕公司在江苏洋通公司的股权进行实质性会谈。

香港保华集团是一家以建筑业为主的全球投资商和上市公司。这家 1946 年成立于上海、第二年便迁到香港的实业集团经过半个多世纪打拼，已成为香港乃至世界建筑业赫赫有名的大公司，维多利亚海湾两条过江隧道、香港新机场基础设施、汀九大桥、长江中心、香港地铁，以及中国改革开放后的第一高楼南京金陵饭店……见证了保华建设的诸多宏伟足迹。中国改革开放特别是进入新世纪之后，保华集团开始调整发展战略，将热切的目光投向内地，在抢先进入苏州工业园开发之后，又将目光紧紧盯在要开发深水海港的江苏如东洋口港上。

香港保华集团的介入无疑给蓄势待发的洋口港带来一线生机。洋口港是保华集团在祖国投资港口建设的第一个实体项目，也是它转战内地、实施长江策略的第一步。可后续投资如何回收像一个“死结”困扰着他们。颇具长远战略眼光的保华集团掌门人周明权虽已看到了开发洋口港的巨大价值，但后期盈利模式尚未找到，这令素以“规避风险，稳健经营”著称的保华集团举棋不定。

这是一次对洋口港未来开发有决定性影响的谈判，也是事关全县人民利益和投资者利益的双赢谈判，更是单晓鸣与杨燕两位女强人间的第一次大较量。谈判进行了七天七夜——说七天七夜一点儿都不夸张，双方吃住都在宾馆，每天都是10～15个小时坐在会议室的谈判桌前，吃着盒饭，唇枪舌剑。

“这么多年过去了，只要一想起那次谈判，我仍然不寒而栗，”单晓鸣抬起胳膊，比画了一下我们访谈的会议室，对我说，“也就差不多这么大一个会议室，但完全不像我们今天这样，就三四个人坐着，而是双方几十号人，挤得满满当当的，加上气氛紧张，感觉空气全被挤出去了，我数次出现头脑眩晕，感觉自己撑不下去了。我带的衣服也不够，连洗衣服的时间都没有，又舍不得花钱交给宾馆洗，就让工作人员买了两件几十块钱的化纤衬衫，蓝色的，往身上一套，这叫轻装上阵，不管什么形象不形象了。”

在此次访问单晓鸣之前，正好我已经完成了对杨燕女士的访谈，初步领教到了她的厉害。我对单晓鸣简要说了几句对杨燕的印象：美丽开朗，反应敏捷，智商极高，情商了得！

单晓鸣向我竖起大拇指，说：“您的评价没有半点夸张，遇到这样的对手，我那几年可惨了，尽管不打不相识，现在我们是闺蜜级好朋友，但当时作为对手，她是洋枪洋炮，精打细算，我呢，土枪土炮，边打边算，就这样，砰砰咔咔，不知道搞了多少回合。”

香港因土地的金贵，造就了企业对土地资源的看重。所以，如东方面研判，海域土地使用权应该对港资有十足的吸引力。但是，如东方面忽视了几点，港商对港口经济有自己的预判，认为虽然中国经济发展处在快速增长阶段，但港口资源还没有稀缺到那个程度，近阶段不会出现高强度需求效应。他们对港口建设难点盘点得很细，当如东方面搬出了专家结论，描述航道的稳定性，对方马上反驳：“什么叫稳定性，什么叫作不稳定？天津港30万吨的航道全是靠挖出来的，可以说，没有你们说的先天稳定优势，我们都去看了，曾经有一次一个浪潮一来把所有的港口都夷为平地，这个航道没了，再重新开挖，从1万吨开始慢慢挖到30万吨。这么多年，天津港用得不要太好啊！稳定性本身就是一个看你怎么看的问题。也就是说当你经济上可行的时候，你只要有能力去挖，它的稳定性就永远都在!”

香港保华公司董事局副主席叫刘高原，他长期在英国工作，然后又是个地道的香港人，法律意识特别的强。而那个年代的内地人，在经商行为中，法律意识还没有强到这种程度。刘高原强调要在科学的范围内评估风险，要在法律的框架内制约风险，明确风险责任的分担。如东方面发现，你提任何条件，他都会反问一连串连带的问题。比如，如东方面说我们希望你来投资，希望你什么时候开工，他就问你什么叫开工？怎么确认你们已经开工了？是不是挖了一锹土就叫开工了，还是挖了多少吨的东西算是开工？比方说，如东说30平方公里的滩涂给你，用于补偿你围堤，做桥做岛，然后他就追问你，30平方公里的海域资源，你什么时候正式给我？我要准确的时间，要写进合同。然后，如东方就给他一个时间，他们就说这个时间可以，但如果这个时间不能给，必须赔偿200万美元，作为违约补偿。

“200万美元！我当场就被吓住了。你知道我当时有多难吗，钱在我这个小县常务副县长心中有多大的压力吗？我接任常务的时候，曾经教过我书的一些老教师遇到我，就说，小单，那点工资啊，是我们的养家钱、养命钱，以后就靠你了，看在老师的面上，不要再拖欠了。什么意思？当时如东经常发不出工资，我的前任常务副县长杨建忠，最大的任务就是忙着借钱发工资，到处想办法，一到月底，团团转，像热锅上的蚂蚁。你说，在这样的财政环境里，我这个副县长能有多大的金钱格局?”单晓鸣告诉我，“你虽然年轻我几岁，但应该记得，在新世纪初年200万美元是什么概念，那分量起码相当于现在的几个亿啊，如东人到大城市连饭店都不敢进的年代，一个合同居然出现一个条款，赔偿200万，还是美元，天文数字，听起来多么可怕。于是，为这一条，谈判又卡住了，我给在家里等消息的县领导打电话请示。他们在电话里也愣住了，支支吾吾，一时说不上是还是否。然后，严书记就说，实在不行就拉倒吧，也不能老是迁就他们，让人家拿捏着，我们还是要确保如东不吃亏，平等买卖，才能走得长远。”

说到这段，杨镜吾曾给我讲述过一个单晓鸣在北京吃饭的故事。

有一次，为了洋口港项目审批的事到北京去“会战”，为什么说是“会战”，因为涉及的审批部门很多，单晓鸣县长干脆就把县政府相关口子上的负责人全带着，到了北京后分头行动、“各个击破”。带着哪些人一起去的呢?她调侃说，都是如东最有钱的主，财政局局长、投资办主任、发改委主任、县委办主任、政府办主任、接待办主任全部到了，听起来都是财大气粗的单位。大家出了车站，发现下雨了，正值午饭时间，就跑到附近的一个饭店，正好利用避雨时间把午饭吃了吧。到了饭店，找了一张桌子坐下来，服务员拿着菜单进来了。政府办的徐主任接过菜单，看了一眼，就放下了，把菜单顺手推到旁边的财政局局长跟前，说自己要去洗个手。财政局局长马上把头偏到一边去，不理会。县委办主任周建飞说，你们搞什么名堂，一把抓过菜单本子，说都谦虚什么，想吃什么就点呗，好不容易跟着县长来趟大城市，好好吃一顿啊。他翻开本子一看，脸色唰的一下就变了，说我的妈呀，怎么这么贵呢？我们赶紧撤吧，饭店不能吃了。

但是他们又喝过茶了，然后大家就低声嘀咕，说怎么办？茶喝了，走又拉不开脸，不走又畏惧那个价格，尴尬得一塌糊涂。

大家就闷头喝水，不敢拿正眼看服务员。单晓鸣毕竟是女同志，脸皮子还是很薄，坐在那里，满脸羞红。

最后他们硬着头皮在那里把饭吃了，点了花生米、萝卜皮儿、白菜豆腐什么的，挑最便宜的东西总算把一顿饭给混过去了。混是混过去了，但这件事就成了大家的笑话，一路说回来，还挺娱乐的。严长俊书记听说后，就说，再没有钱，出去也不能掉价到这个程度，这点胆子还怎么建国际大港？单晓鸣就说，我们如东人，不就是吃着萝卜皮建国际大港吗！

面对200万美元，单晓鸣犹豫再三，最后决定重回谈判桌。

事后，她谈了自己的体会，她觉得越是苛刻的企业，越是规范和认真，这也许正是人家能做大做强的原因，也是一种有实力、自信和负责任的体现。所以，这是一个优秀的客户，不能轻易放过。

单晓鸣简单地梳理了一下她的短发，平息一下心气，继续投入谈判。

七天七夜的艰苦谈判，维持和延续了江苏洋口港开发有限公司与香港皇裕公司既定的合同条款，顺利地实现了创华公司对皇裕公司的取代，并约定创华公司首期200万美元资本金在7个工作日内到账，其余资本金在30平方公里海域使用权证申领后到账。至此，洋口港开发的投资主体才真正开始落实。经过先后五轮的艰苦谈判，双方最后达成了一致：香港保华公司与江苏洋口港投资公司，合资组建江苏洋通开发投资公司，注册资本2998万美元，如东方的30平方公里海域使用权等作价入股占40％，港方的美元现金投入占60％。

作为皇裕公司的理想后台支撑，香港建筑界的翘楚保华德祥集团一直在内地寻求港口业的开发机会。洋口港开发要作为他们的长线投资项目，保华不能不考虑在这一项目的控股权。保华的经理人杨燕女士提出由保华德祥成立香港创华公司，取代皇裕公司，让保华德祥从后台走向前台。单晓鸣带领港口办的人员，默默地观察、分析她的一招一式，逐渐由对抗心态进步到欣赏和学习。后来的合作岁月，证实了他们最初懵懂的直觉，杨燕女士是一位聪明过人却又公平正派的企业家，更重要的是，她有一颗火热的爱国心，渴望以一己之力，投身祖国的改革开放大业，助力中国内地经济发展，并取得共赢。

2004年初，如东县人民代表大会把洋口港开发确定为今后政府的重点工作内容，县委县政府召开全县干部大会，号召大家通过乡贤调动一切人脉资源，为建设洋口港服务。春节刚过，当人们仍然沉浸在节日的欢乐之中时，单晓鸣带领洋口港开发办的人员走南闯北，办理建设开发的各种报批。继洋口港区作为南通港总体规划的一个全新港区获得批准后，又有10万吨级通用散货码头获得批准、两个0.5平方公里人工岛建设项目获得批准。之后，“在洋口港与长江南通段间开辟江海运河”是单晓鸣受田汝耕教授“河口海港”之谈启发而大胆地向水利部长江水利委员会提出的设想，意想不到的是，长江水利委员会正在编制长江整治第二个五十年规划，为了彻底根除长江“拦门沙”对长江航运的限制及打破长江航道超负荷运营的现状，正在努力寻找长江第二个出海口，这与单晓鸣提出的设想，竟然不谋而合。经单晓鸣与长江水利委员会的专家们两天的研讨，长江水利委员会决定正式开展“长江口南通江海运河初步规划”工作，并签订了委托协议，列入长江整治规划，提交国务院讨论。随即，长江水利委员会组成了三十余人的专家组来到如东，全面开展了这一规划的具体工作。若江海运河能列入长江整治规划，这个有 5 万吨级船行能力的运河，将纵穿江海大地，形成运河的港口与产业长廊，成为世界上“第二条巴拿马运河”。2004 年 6 月初，他们又到江苏省发改委和省交通厅，将经过三个月的准备而形成的洋口港高速公路、铁路规划方案向上呈报，经省发改委和交通厅详细审查，洋口港铁路两条专线列入规划，一条西接新长铁路，一条南接宁启铁路。洋口港高速公路通过兴仁接口连接苏通大桥方案也进入规划论证阶段。

2004 年 7 月 28 日，经过反复磋商谈判和一系列准备，由如东县人民政府成立的江苏洋口港投资开发有限公司，联手香港保华德祥集团成立的香港创华公司，共同出资组建江苏洋通开发投资有限公司，注册到位并实体运行。第一次董事会如期召开，单晓鸣出席了会议。会议对洋口港的开发进行了可行的安排，计划在 2005 年上半年正式建设岛陆通道，并同步开展人工岛建设工程，在三至五年内，投资 60 亿元，全面完成洋口港基础设施建设。同时第二期注册资本金如期到账。这标志着洋口港开发的主体真正诞生。

正当江苏洋通公司在快速有序地实施洋口港基础设施建设之

时，另一些意向性项目也陆续跟进。单晓鸣等自然又坐到了谈判桌上。2005 年 7 月 18 日，南通市、如东县在长沙镇隆重成立了南通洋口港开发建设前线指挥部。洋口港开发建设从此由后方作战正式转入前方作战，基础设施建设全面展开。

这一年，经过努力，陆岛跨海通道项目经市发改委发文，分别通过了如东洋口港区陆岛跨海通道工程浅水引桥和深水引桥+接岛引堤项目的核准；华东电网有限公司在南京召开了江苏如东燃气电厂工程初步可行性研究报告审查会议，认为江苏如东燃气电厂工程作为江苏如东 LNG 接收站配套工程，其建设是必要的，会议原则上同意省电力设计院编制的初步可行性研究报告；国家发改委办公厅发文同意如东县 LNG 项目开展前期工作，由中国石油天然气集团公司和江苏省指定企业共同组建合资公司，负责建设和运营，这标志着以项目启动洋口港开发取得了突破性进展。9 月 16 日，国家交通部完成对洋口港减载锚地试减载工作的审批。9 月 24 日至 27 日，万吨级外籍“诺顿”号远洋货轮在洋口港作业锚地成功，完成了 2 万吨水泥熟料的加载作业，实装货物达到 6.8 万吨，实现了洋口港建设史上的“四个首次”，即 10 万吨级货轮首次实载进港、首次航行外轮、首次实施海上作业、首次产生吞吐量。7 月中旬，省发改委专题召开洋口港规划研究会议，下发文件，就港口的规划、港口定位、开发建设模式、产业项目、经济开发区的建立、港口基础设施建设、港区开发政策等问题进行了明确，并同意将洋口港所有规划纳入省“十一五”规划，纳入长三角规划江苏研究课题并上报至国家。9月25日，洋口港陆岛跨海通道正式开工建设，这标志着洋口港开发基础设施建设正式启动，也预示着江苏沿海新一轮大开发、大发展阶段的到来。10月31日，洋口大道正式破土动工。11月13日，海关总署明确同意把洋口港港区作为“十一五”新增或扩大的一类开放口岸上报国务院。12月30日，洋口运河工程正式启动。12月31日，如东召开了洋口港开发建设前线指挥部会议，指出2006年是“十一五”规划的开局之年，洋口港开发建设工作将实施规划审批、工程建设、招商引资“三大会战”，全面加快港口建设进程，奋力推进沿海经济带的快速崛起。2006年是洋口港开发建设取得重大进展的一年。这一年单晓鸣带领的洋口港前线指挥部，以规划审批、工程建设、招商引资“三大会战”为抓手，呈现快速推进建设的良好态势。阳光人工岛项目取得了省发改委投资立项。洋口港口岸规划进入国家“十一五”规划。洋口港港区总体规划根据交通部的要求进行了深化修编，评审等各项前期工作全面启动。洋口港经济开发区总体规划获南通市政府批复。与此同时，工程建设全面铺开。9月，陆岛跨海通道接岸引堤工程竣工。11月1日，引桥工程开工建设。

12 月底，阳光岛工程施工人员进驻施工现场。风电一期洋北二期项目区道路、机位平整和桩基工程全面竣工，洋北一期环港外滩项目区 13 台风机设备完成吊装、调试，实现并网发电；风电二期环港外滩成功完成 40 台风机的吊装作业；风电三、四期已经上报省发改委等待核准；秸秆发电工程厂区办公楼已经开工建设。港区各项基础工程全面推进：临港工业区一期示范区工程开始施工；二、三期围涂工程完成了砂源调查及设计。春节前，洋口大道工程实现简易通车。洋口运河工程开始启动。涉港输变电工程全面建设。新城中心区城市设计已经委托编制。

此外，招商引资成效明显。2006 年 6 月，如东方面在日本召开了“洋口港投资说明会”，取得了良好的效果。乙烯、炼化、原油接卸终端工程，煤化工，船舶修造，生物柴油、石油和化学品物流等 20 多个项目也已进入了实质性的洽谈阶段，一部分已开展了前期工作。

2006 年底，单晓鸣正在工地上开现场工程协调会，忽然接到罗一民书记的电话，让她赶紧到市委来一趟，有重要工作商谈。单晓鸣连衣服都没有来得及换，脱下安全帽，带着满身泥水走进罗书记的办公室。当她得知组织上决定，提拔她去邻县海安任县长时，她没有来得及表态，眼泪就滚滚而下。罗一民书记对她说：“我理解你的心情，这几年你太拼了，千方百计、千辛万苦，为洋口港建设，把江海联动事业做出了巨大的成绩。你是如东本土人，对如东、对洋口港的感情很深，我们理解，但组织的需要，你更要理解啊。”

“你已经成功把洋口港开发带上了快车道，正因为如此，市委才下决心，让你到海安，又一个正准备迈向发展快车道的县去加油，”罗一民有些抱歉地看着一身灰尘、满脸疲惫的单晓鸣说，“你要相信你打下的基础，洋口港的下一步，我们可以高枕无忧了，说个狠心的话，洋口港离得开你了，而海安正需要一头你这样的海子牛！”

消息很快传遍了如东。从南通回到如东的当晚，单晓鸣晚上12点准时出现在港口办那间简陋的大办公室。袁新安和杨镜吾带领大家站起来鼓掌。单晓鸣示意大家坐下来，继续干活儿，盘点今天的工作。她说，哪天正式交接了县里的工作，哪天我就作为客人、朋友来跟大家道别。

来告别的那一天，她说了很多抱歉的话，说洋口港离不开大家，特别是周树立、袁新安、杨镜吾等“元老”，吃的苦和做的贡献都很大，个人得失置之度外，对如东的爱、对大港事业的执着，蒸蒸其热，铮铮其坚。好伙伴终生难忘，终身可为教益。

她向大家鞠躬致敬。

袁新安代表港口办全体同仁，送给她一本厚厚的画册，说：

“我们的千言万语，我们的感动和感激，全在这里面了。”

单晓鸣打开画册，这里记录着她在洋口港建设开发一线的奋斗身影，将近一千张照片，被有心的港口办人收集到一起，装订成册。

单晓鸣再次热泪盈眶。

第十章 踏浪

“您眼前的这个地方，是 11.5 平方公里的小洋口，也是我当年谈判洋口港股权的时候，作为一个附加条件，县政府要求我必须要接下来的，”在香港保华小洋口公司基地小楼外，远眺可以看到一条隐隐约约的城镇线，香港保华的投资代表人杨燕女士，指着那条线对我说，“那就是如东县的县城掘港镇，这是一个理想的观察烟火生活的距离，这个距离让小洋口有那么一点世外桃源的感觉，也有几分即将融入世俗火热的希望，我在这种半醒半梦之间，徘徊了好多年啦。”

“杨燕”在如东是一个如雷贯耳的名字。二十年前，正是她代表的香港保华投资了洋口港，才使得如东人的大港梦，真正从纸上启航，进入洪荒大海。而最初她与如东人的“斗智斗勇”，后来与如东人的“恩恩怨怨”，发生的太多故事，成为洋口港开发建设史里最活跃的那部分血肉，它包裹着人间冷暖，寄托的亢奋与颓伤，承载着一个诗性小女人、职场女汉子的柔情而铁血的芳华。

2023 年 7 月底，她特意从香港飞来，跟我交谈。我跟她从下午聊到傍晚，喝掉了三大壶咖啡。后来，她提出带我看小洋口的夕阳，我们便在基地周围散步，边走边聊。她指着芦苇丛、杂树，左侧无垠的大海，以及前方的城镇线，向我讲述着往事。她的情绪波动很快，如果你不知道她是一位代表着千亿庞大资产的大总裁，仅仅凭着一面之交的印象，你完全会把她当成一个任性的小女人，有点养尊处优的娇气，有点出身高贵的骄傲，有快乐有烦恼，有无所顾忌的率性，也有脆弱的自尊和审美的洁癖。但用不着听完她的故事，你会发觉，这些她的确都有，但更强大的个性，智慧、敏锐和正直，隐藏在她精致的感情和大方的明眸皓齿之间。

杨女士反复跟我强调，她其实不喜欢说洋口港的往事。往事并不如烟，往事一半是海水一半是火焰，冷热交加，让人五味杂陈。“不是那么一路愉快、一帆风顺！”她表示，自己没法判断由她主导的洋口港投资项目的成败输赢，但大半个青春都搭进去了，“我的人生回不来了，从另一个意义上说，青春无价，但这句话的分量还是不如人生无悔，所以，我还是要给自己点赞，洋口港长大了，我也成熟了，这便是一种最好的成功。”

我赶紧夸赞她的境界。她的情绪明显积极、快乐起来。她在海风中张开双臂，对着通红的斜阳，做了一个环抱的动作，说：“不过，我真的很爱这个地方，爱这个地方的人，我感觉二十年来，我已经被这方水土这方人，重新造化了！所以，我心归处是故乡，南通这个地方，如东这个地方，从一无所知，到血肉相连，已经成了吾乡！”

“总之，两个字，值得，”她努力想把这半天我们絮絮叨叨涉及的话题，做一个清晰的概括，“刚才我想了一下，‘值得’两个字，可以用“感动、磨合、信任、如愿”这八个字来分解。这样你也许能把我毫无逻辑的这些话、这些情绪整理得相对清楚一点，对不对?”

她善解人意地望着我，直到我表示已经理解，她才轻松地舒了一口气。

20世纪80年代末，杨小姐在香港学习做生意，最初是从事国际贸易，做了几年，随男友去温哥华闯荡，并在那里结婚生子。几年后，孩子能脱开手，她打算再回到香港。但她先到了祖辈所在的城市北京暂居，寻找机会。这个时候，经朋友介绍，温州老板高立存找到她，告诉她，江苏如东的洋口港在招商，很多中间人找到他，希望她去看一看，看是否有兴趣加入，从香港找一个有实力的投资商过去。她一听，眉头皱成一团，说没有听说过中国有个如东，具体在哪里？高总就说，在南通啊，沿黄海的一个县。杨小姐又问，南通又是什么地方？她只听说过那一带有上海、苏州，没听说过有南通。高总就急了，马上让人去新华书店买了一张中国地图来，摊在茶桌上，指给她看。高总还告诉她，他有个好朋友刘总，父亲在新中国成立初曾任过南通地委的书记。刘总总是介绍南通怎么好，说是中国近代基础教育第一城、纺织第一城、城市规划第一城，现在还是建筑业第一城，等等，所以，有了这个朋友，高总还是比较了解南通的，说那地方的人能干，崇文重教，历史上有张謇等伟大的实业家、教育家，现在中国搞开放，南通的地理位置也是一流的。目前南通在搞“三大梦”，一所大学、一座大桥、一个大港，这大港就是正在招商的洋口港，他觉得是个机会，可以考虑一起去看看。高总一个劲儿讲，南通有多么好，如东有多么好，那里的人有多么好，几乎给杨燕上了一堂南通文化自信大课。

温州老板高立存就是一冲动，交了几百万押金给如东，然后又接不动盘子的那个人。

高总如实介绍了相关情况，说自己也并非一时冲动，看了那个项目，还是很有诱惑力的，只是资金需求量太大，超出了他们的承受能力。但放弃了太可惜，想来想去，只有在华商圈子找人，要有庞大的资金，还有祖国情怀，才有可能看好并投资。

杨小姐感觉自己被“缠上”了，顺口说:“行，我回香港看看，争取能搭个桥。”她就这么随口一说，高总听了，跳起来和她击掌，好像这么大事，转眼就成功了一样。杨小姐又好气又好笑。没想到，她与这件事还真有缘分。香港保华集团是香港建筑业的龙头老大企业，李嘉诚的和记黄埔是其大股东，做过跨海大桥、海底隧道和香港众多高楼大厦，实力雄厚。当时，他们正在搞战略转移，从原先重点投资的澳大利亚基础建设项目中撤出来，准备转向投资内地。杨小姐回到香港，立即去找保华董事局刘高原先生，传递这个信息。刘先生一听，眼睛一亮，说这个项目有点意思，也很适合保华。

然而，刘高原先生是企业界出了名的厉害角色，特别注重把事情的细枝末节、利益和风险，调研、分析到每个毛孔。仅仅过了一个星期，他重新约杨小姐，说:“洋口港的情况，我调阅了一些资料，也向一些做港口的同行打听了，风险还是很大的。首先，那地方是典型的泥质海岸，能不能建大港，稳定性如何，内地的科学家有争议，有王颖、严恺这样的院士支持，也有同级别的科学家坚决反对；当然，这不是最重要的，只要钱足够多，什么地方都能挖出大港来，什么港都可以变成铜墙铁壁，所以，如果我们考虑足够多的投资，前面那个问题或许就不是问题，成问题的是，我们的回报是什么，是否对等？我们爱国，投资内地没问题，但在商言商，不能破经济规则，那样走不长。”

然后，杨小姐就被保华任命为投资顾问，开启了如东考察和谈判之行。

“我的人生就这样被改写了，”杨女士说到这里，苦笑着，“此前我一直是坐在温哥华、香港和北京这些国际大都市的摩天大楼里高谈阔论，做着国际买卖的，怎么一念之间，开始奔走向一个我从来没听说过的偏僻小地方去了呢？我自己对自己，都有点莫名其妙啊。”

说起第一次的南通之行，杨女士至今心有余悸。她说她当时心里没底，带着助理从上海下了飞机，被南通方面用一辆面包车接到。不知道开了多久，车子开到一个满是芦苇荡的地方来了，下来一问，说是常熟的沙家浜。她当时脑子里就轰一声响——这是不是被绑票了呀?！站在离车子二十米的地方，望着茫茫一片河滩，加上又饿又累，浑身颤抖，几乎站不住脚了。她犹豫再三，鼓足勇气回到车上。司机反复表示抱歉。那个时候没有导航，全靠司机的经验来认路，司机搞错了方向，七绕八拐，一头开到沙家浜了。她又反过来安慰司机，说没事没事，正好早年听京剧就知道这个地方，这么有名，也算到此一游了。

就这样，车子开了七八个小时，过了轮渡，总算到了南通。一群人在南通大饭店门口列队等杨小姐。中介人刘延生，温州老板高立存，如东县委书记严长俊、常务副县长单晓鸣，洋口港开发办的几位先生，一大群人，很热情。可那时，杨小姐已经跌跌撞撞，累得路都走不稳了。

“我跟单晓鸣大姐不打不相识，就是从这次开始的，”杨女士哈哈笑起来，说，“我记得我们刚刚走进酒店大堂，单晓鸣就在那里击掌招呼大家说:‘严书记一直在等着大家，现在已经七点半了，大家也饿了，我们先吃饭，再拿行李办入住吧。’我那个时候年轻气盛，心想哪有这么不顾客人满身灰尘的，就直接对她说:‘对不起，我不吃饭了，现在没有胃口，我要先回房间冲个凉，路上八个小时，都成泥人儿啦。’”

好好好！单晓鸣也不生气，就笑着命令港口办的工作人员给杨小姐办入住，先拿了一张房卡给她。杨女士记得南通大饭店条件并不好，设施老化，墙壁斑驳。带着住“总统套房”期望值的她，上楼打开房间一看，竟然是一间狭小的双人床间。送她上楼的接待办人员马上解释说，这是双人间，还有一位女同志跟您合住。多年的海外生活，使得她的认知是两个同性住一间太不正常了，比两个异性住一间要“怪异”得多！她简直不敢相信自己的耳朵，当场就发飙了，说:“不住了，你们什么意思啊，这是羞辱人吗？请你们立即帮我租车，我要回上海回香港，租车费用香港方面出，不用担心。”

正吵着，单晓鸣副县长来了，赔着笑脸，拉着杨小姐的手说:“啊呀杨总，对不起啊，这边条件比较差，工作人员又有疏忽，没安排好，您多包涵，我这就安排人来调房间。”

说是调房间，其实就是叫同住的一位女士不要进去了。杨小姐就这样得到了一个两张床的“单间”。助理不服气，上去跟县长说:“我们杨总好多年没住过单间了，都是大套间，我们公司有规定的，费用我们自己解决，但规格不能降。”

单晓鸣始终笑着，嘴里就说“是是是，对对对”，然后，就没有然后了。杨小姐凭直觉，意识到这个女县长不简单，遇事不慌，没有脾气一般，也许心里很光火，但是脸上还是笑吟吟的，除了有涵养，还有一股忍耐的劲儿。

杨小姐也不再跟他们争辩，心想上去洗个澡，睡一觉，明天一早就走人算了。没想到，刚冲完凉，接待人员就来敲门了，说一桌子人在等着杨总下去用餐。于是她很不情愿地下楼，去了餐厅。

“我说的头两个字，‘感动’，就是这个晚上产生的，”杨女士回忆说，“在餐桌上，我第一次正眼看严长俊书记，他穿着一件灰不溜秋的夹克，人长得又黑又瘦，感觉没什么魄力，香港人喜欢说的一个词，叫气场，他似乎没什么气场。可他一开口说话，立即不同了，神采飞扬，急切而又热烈。他说他带领一百万如东人，他们就是一群‘小狗’，做着‘耕田’的事，为什么力小而搏大，因为如东人民几千年吃海洋，但也受尽了海洋的磨难，洋口港是上天和时代赐予如东人苦难后的一个大福利，他们一定不能错过。从80年代开始，历届如东县委县政府的领导，都在做这件事，谁停下来谁就是如东乡亲的罪人。但他们的财力太弱了，需要帮助，需要投资，他们也一定不辜负投资人，给足回报。”

他还坦率地说到，如东的公务人员，如何主动提出扣减一个月的工资，老百姓如何发动捐款，试图为大港建设尽一点微薄之力，渔民如何主动配合拆迁等等。然后，为了表示诚意，他就带着手下，一个一个地敬酒，喝得快站不住了。接着，女县长也上来敬酒，三大桌子人，一个不漏。

杨小姐听了他们这番话，又看着他们这样不要命地敬酒，突然有些惭愧，觉得这小地方的“父母官”，没有半点官僚习气，身上有为了公事而舍身忘己的精神。她有些感动了，饭前的那点委屈和厌恶情绪，烟消云散。

第二天，一行人来到如东，入住如东当时条件最好的酒店黄海大酒店。杨小姐进去一看，又是一个破旧的酒店，空气里弥漫着一股鱼虾的腥臭。她的心又开始凉了。港口办的袁新安主任车前马后地服务着，这次特意给她安排了一个套房。

“他们天天陪我吃本土的海鲜，说实话，确实好吃，尤其是文蛤，那个鲜嫩，的确是天下第一，”杨女士告诉我，“然后，一坐上桌子，就开讲如东的历史，讲三个兄弟，讲蓬蓬树，讲海子牛，讲范公堤和张謇围垦，讲洋口港的长江古道与天然沙洲岛，把那里的前世今生给我普及了又普及，啊呀，简直是大洗脑。”

吃完海鲜，就去看海。每个接待陪同人员，似乎都是科学家、工程师，对着茫茫一片海滩，脱口就能讲出一大堆“科学论证”，这儿是深水港道，这儿建人工岛，这里是大桥，王颖怎么说的，严以新怎么说的，顾明权怎么说的，头头是道。几天的时间，杨小姐就彻底忘记了初来乍到那一刻的不愉快，对项目有点感兴趣了，甚至有点喜欢上这个地方的人了。

有一天吃完晚饭，单晓鸣忽然问杨小姐，喜欢不喜欢唱歌。她说：“很愧疚，杨小姐您来这里，小地方，除了吃吃喝喝，也没什么高档的娱乐，如果杨小姐喜欢唱唱歌，马上可以安排个小歌厅，我们一起放松放松。”

杨小姐爽快地答应了，于是，她们在一群工作人员的陪同下，找了一家小歌厅，唱了一个晚上的歌。

“要谈娱乐条件，那时候的如东小县城，确实找不出一家像样的地方。单晓鸣上了车，一直在打电话吩咐店家，要把环境弄干净什么的。到现场一看，包厢不小，一圈很俗气的花布沙发，前面放着一台电视和一对落地音箱，音响打开后电流声很大，”杨小姐说，“但奇怪的是，那晚我玩得很开心，在北京、上海、香港、台湾，甚至新加坡、日本、美国我都K过歌的，都是豪华场所，几千几万一瓶的洋酒喝着，有时候还有港台的一些明星一起嗨，可是都没那晚开心，留下的印象就更不用说了。”

杨女士说，港口办的几位先生并不善于唱歌，但他们见缝插针，唱一个《东方之珠》，唱一个《与你同行》，再唱一个周华健的《朋友》。当时感觉谁谁谁歌唱得怎样不重要，但他们好投入，而且，听得出来用了心思。

“接着，单晓鸣就唱了，她一开口，就把我吓了一跳，‘一条大河波浪宽’，高音，脆脆的，好听，”说到这里，杨女士沉浸在美美的回忆中，她的双眼闪烁着柔和的亮光，“接着她又唱了一支《渔家姑娘在海边》，‘哎，渔家姑娘在海边哎，练呀练刀枪，练嘛呀练刀枪’。我感觉这支歌太符合她的气质了，就在座位上哈哈哈笑出声来。唱完这首，她问我《踏浪》会不会唱，我们这代人怎么可能不会唱《踏浪》呢，她说太好了，她也超爱这首歌，能不能我们一起唱？我说，OK，太荣幸了！”

……小小的一阵风呀

慢慢地吹过来

请你们歇歇脚呀

暂时停下来

海上的浪花开呀　我才到海边来

原来嘛你也爱浪花

才到海边来……

合唱的过程中，杨小姐突然明白了这位女县长的心意。她真的很感动了，在那个气氛中，就哭了。单晓鸣就给她递纸巾，递一杯白开水。

回到香港以后，杨小姐就跟保华的董事局刘主席报告说，这个项目啊坦白说，她觉得比较 interesting！主席说为什么 interesting？她说，看起来就是海茫茫一片，现在接手，可以用全新的国际理念来规划设计，从无到有，比有上再有，反而更好做；关键是，除了深港，海中间可以建一个人工岛，多方考察并论证过了，海中那片高地很稳定，这样的配套资源，其他港口很难拥有。

刘主席一听，有些兴奋，就召开董事会，授权给杨小姐，让她负责这个项目，跟踪下去。香港商人务实而又精明，刘主席告诉杨小姐，如果谈成了，上市公司接下来，你来负责这个项目，一贯到底。

“坦率地讲，那时候于我而言，这么大的基础设施项目，有点无从下手，我没做过建设类生意，以前是做国际贸易的，做一笔拿一笔利润，比较简单直接，周期短，见效快，发了点小财就开始坐奔驰开宝马住别墅的，很满足，”杨女士说，“洋口港项目，懵懵懂懂接下来，一下子奔上另外一条道，谁能想到，彻底改变了我事业的路径，整个人生受到了巨大的影响。”

之后，就有了在上海的第一次正式谈判。保华的刘主席带着杨小姐等一干人，亲自出马。他们预算了一天的谈判时间，所以刘主席当时只带了一个手机、一个充电器，两条短裤和一件换洗衬衫，一个小背包背着。他们怎么也没有想到，这一坐下来，就走不了了。结果谈了整整七天，其中还搭了好几个夜晚，谈到深更半夜。为什么一个项目谈判需要七天七夜，因为当时香港企业谈合作，最大的环节不一定是利益，而是法务，任何一项合作细节，在法律上必须理清，合法性、如何界定责任方，这些都必须明确。比如，在如东方面承诺“开工”及其日期这件事上，就纠缠开来了。保华方面的随团律师就说:“我需要知道，你们是怎样定义‘开工’这个概念的?”如东方的单晓鸣县长就说:“开工就是开工啊，我们会安排施工队进驻，会搞一个轰轰烈烈的开工仪式，到时候请你们现场参加、见证啊。”刘主席马上反驳，说那不行，这个必须有具体要求。然后，让律师一口气开出了十几条内容，进行规范性的描述和约束，还附带一条违规处罚条款，如果不能在约定的时间做到真正开工，就需要支付 200 万美元的赔偿金。

“单晓鸣县长一看这 200 万美元的表述，看得出她吓坏了，也很生气，立即叫停谈判，说要向后方的领导汇报。”说到这里，杨女士哈哈大笑。她说她跟单晓鸣频繁过招，有时候两个互相瞪着对方，就差动手扯头发撕衣服了。但很奇怪，从谈判桌上一下来，两个人就愿意在一起嘀嘀咕咕，从大项目说到小女人话题，说不完的话。斗智斗勇，后来还发生过无数次，就这样，斗成了好姐妹:“她啊，成了我最欣赏，也是在内地这里最亲近的姐姐!”

后来，就为了“开工”这两个字和 200 万美元的条目，双方另定了一张合约，写了几千字，里面从单纯处罚性的表述，变成有奖有罚。

谈判的结果，是签订了一个整体的框架协议，按照这个协议，开始组建开发投资公司。等组建公司时又发现问题了，保华方面的人员，全部是香港人，很多人连普通话都听不懂，只听得懂英文和粤语，如东话就不用说了，几乎一句都听不懂，真正对接工作时，语言不通，根本没法进行。单晓鸣就拉着杨小姐的手说:“好妹妹，处了这么长时间，您对如东人印象怎么样？值得不值得信任?”杨小姐回答:“不信任怎么可能走到这一步，我们快成一家人了呀。”然后，单晓鸣就提了一个妥善解决语言障碍的方法：从如东各单位挑选一些公务人员进合资公司工作，一两年把公司带上正轨后，这批人可以双向选择，是放弃公务员身份留下来，还是回到原单位，让他们自由选择。

两个人一拍即合，问题就这么解决了。

2003 年 11 月 8 日，南通市和如东县举行洋口港开发建设奠基典礼，杨女士把参加那次活动，视为自己正式成为如东人的开始。香港人很注重礼仪，那天她穿着正规的“港版礼仪服”，穿裙子，披着貂毛坎肩，精心地化了个浓妆。可到现场一看，大多数领导都穿着棉袄，包括美女县长单晓鸣，素面朝天，穿得跟男士差不多，板板正正的。杨小姐在一群人里特别突兀，在那里尴尬着，又忍不住呵呵呵地笑了半天。

她记得罗一民书记对她侃侃而谈，几乎谈出了一篇洋口港战略的雄文，谈得她热血沸腾，心里直敲锣打鼓，庆幸这次投资投对了，真有那种春风得意马蹄轻的快感。其实，正如所料，真正可以开工并非这个阶段，因为新公司是合资企业，要取得各种建设和开发资质，完善各种手续，特别是最关键的如东方条件——30 平方公里海域使用权，并没有那么容易通过国家审批。如东人只要见了她，就拍胸脯说:“您放心，杨小姐，我们一定能如约办成，给我们一点点时间。”杨小姐也丝毫不让步，对他们说:“如果拿不到这片海域使用权，港方不可能投资洋口港，即便我对你们有感情，有些地方可以通融，但董事会那边通不过，保华的股东们哪个不是厉害角色，忽悠不得。”

“为这个审批权，如东人受的委屈、吃的苦很多，我也说了太多的气话、狠话，现在想起来有点懊悔，”杨女士对我说，“特别是对我那如今的好姐姐，单县长，我不知道跟她吵了多少次，后来听说那一年年底，她在北京跑这个批文，快过年了，机关大多数人都放假了，她带着同事整天守在国家海洋局门口，除夕前一天终于等到了海洋局的领导，她在寒风中，脸蛋都冻坏了，眼泪沿着皴裂的皮肤婆娑而下。看到领导这样子，随行的下属们也忍不住，稀里哗啦哭了。海洋局的领导很感动，破例加班研究，并签了字，就这样办成了。姐姐她们拖着行李箱回到如东，已经是跨年夜了，家里人那个心疼啊，唉，所以我说，我要说的第一点就是感动嘛。这些年，让我感动的故事很多，什么时候您时间充裕，我给您讲个一天半天的，讲不完的。”

经过这些事情后，杨小姐觉得自己已经不是来如东前的那个“洋小姐”了，倒像是个“如东妞”。有一次在香港开会，餐叙中集团刘主席严肃地跟她说:“杨小姐，我发现你变了，人变坚定了，也豁达了很多，为你高兴，但记住不要把立场搞模糊掉，我们跟如东人，既是伙伴也是对手，为共同的利益也为各自的利益而战。”

“不过，我毕竟是港方的代表，这一点我不糊涂，感情归感情，规矩是规矩，这个不能混淆，”杨女士伸出两个指头，说，“这里就要说到我的第二个心里话的词——磨合——其实，我更想用斗争这个词，不过，你中有我我中有你的斗争，还是叫磨合舒服一点。”

合作做项目，没有斗争是不现实的。一个背后是香港国际企业，一个背后是内地地方政府，两支队伍各司其职，各为其主。比如，在海域权批文拿到之前，港方不断地催促甚至言辞激烈，指责如东方面行政推进无力，致使开出的条件不能如期兑现。如东方面则心急如焚，常务副县长单晓鸣带着港口办的人员驻守在北京，家都回不了，没有放松过一天啊。

最初的几年，杨小姐觉得自己跟单晓鸣已经“结下了梁子”，从第一次来到南通做客被安排到双人间的那一刻起，她们就一直磕磕绊绊，关系时远时近，情绪时而对立时而和睦。有一次单晓鸣率团到香港考察保华，中午到的，保华方面请他们就近吃了个饭。吃完饭，住下来，单晓鸣对杨燕说:“杨小姐，我知道你们香港人有喝下午茶的习惯，待会儿我请你们，正好也让我的同事们享受一下港式生活。”结果，双方的人一起到了茶餐厅，单晓鸣让她的下属们全部出去，说让他们在附近逛逛，理由是开眼界比喝茶重要多了。

“我当时有点不高兴，觉得怎么可以这样对待下属，单晓鸣她是不是摆官架子，搞不平等的那一套，觉得下属不配一起喝下午茶?”杨小姐是个感性的人，当场就表示反对，挽留他们，可他们还是一股脑儿撤离了茶餐厅。杨小姐就生气了，呛了单晓鸣几句，单晓鸣很克制，红着脸，顾左右而言他。

这件事让杨小姐不能释怀，事后回到内地，还把这事告状告到南通市领导罗一民和副市长袁静波那里。他们哈哈一笑，说这些都是你们女人之间的小摩擦，很可能是误会，杨小姐你包涵着点，这些事儿，我们男人管不了，要是管了，你们好起来的时候，没准儿又一起骂我们大老爷们儿管女人的闲事，没出息。

有一段时间，杨小姐密集告状，把市委书记罗一民、市长丁大卫和常务副市长袁静波的办公室门槛都踏扁了。杨小姐觉得如东方面很过分，当时就这么把保华弄进来，开了一大堆空白支票，最后发现答应的项目都还没有批文。建岛，岛没有批文；建桥，桥没有批文，所谓的黄海跨海大桥，跟原先的设想大相径庭，愣生生地被分成三段，以降低审批权阶。香港没有那么多审批程序，所以千算万算，没有算到这一出，谈判桌上看似精明，却把这一出给忽略了。那个时候，撤资也撤不回来，撤回来会损失几千万美元。有一阵子，所有项目都因为审批而卡壳了，杨燕的助理、如东项目的总裁魏文魁就想打退堂鼓了，几千万投下去，现在撤，就是钱扔到水里了，不及时撤，恐怕就是往海里倾倒白花花的票子了。

杨燕没有轻易放弃，她一边跟如东方面继续吵架，一边回香港总部做好解释。刘主席就对杨燕说:“杨总，这个项目我们完全依托你去开展的，因为比起来，我们这群人里面，你对内地最了解，感情也最深，你也是一位责任心和智慧都足够的职业经理人，我相信你能做成这个项目，合作双赢是斗出来的，不是喝出来的，不是哭鼻子哭出来的，你要勇敢。”

好在，30 平方公里的海域使用权得到国务院批准。这是洋口港开发以来最难的一项工作，也是港方最担心、如东方最吃力的一件事。它是国家海域使用法颁布实施以来全国最大的用海项目，尤其是在寸土必争的时代，难度更大。为了从国家手中拿到海域使用权，如东动员了多方面的力量，越过了审批环节中的一道又一道关卡，在约定的 3 个月刚过去几天，时任国务院副总理曾培炎终于签字批准。注册资本 3000 万美元的、如东历史上最大的境外企业终于落户。洋口港的开发建设看到了曙光。随后保华集团连年增资，最后注册资本达 1 亿多美元。

创新投融资体制使洋口港开发步入了以基础设施带动项目、以项目带动港口开发的两轮齐驱之路。随后，各项工程顺利推进。随着开发的深入，开发初期未曾料到的潜在问题，逐步暴露出来。特别是到了中期开发阶段，在利益上产生诸多分歧，“斗争”越来越频繁，有时候很激烈。香港方面更注重土地增值效应，期待高价出让拿在手上的滩涂，而如东方面期望以合理价格出让土地，以吸引更多的外来投资，吸引更多的企业落户，建房建仓库。这样才能真正繁荣洋口港，增加税收，形成良性循环。最初，如东方面急于找到第一笔巨额投资，将合资公司开发的土地纳入合资公司所有权，导致主导权基本上掌握在境外投资方手里。另外，作为上市公司，保华集团也有自己的短期盈利压力，希望通过土地来快速实现盈利。合资公司中股东只有保华集团和如东当地一家国有公司，这也导致南通市和江苏省层面话语权不足，也就为后来合资公司股权变动埋下了伏笔。

保华的担忧不是没有道理，大量资金投入建设港口基础工程，中短期没有收益，如果土地不能增值变现，保华就陷入只有投入、没有产出的恶性循环。所以，杨小姐开始踟蹰，一度放缓了工程投资。然而，杨小姐在与县领导们接触过程中，发现他们一个个热情、执着，身上有一股敢于担当的侠义气。县里得知保华集团的犹豫，以组织的名义，对杨小姐说:“我们理解保华的后顾之忧，也理解杨小姐的难处，你们帮了如东很多，洋口港开发没有保华，很难想象怎么启航，我们不能不讲情义，让朋友扛风险让自己得益，这不合情理。如东县政府向保华集团正式承诺：只要保华将跨海大桥和人工岛建起来，不管后边有无投资者，政府兜底收购！”听到这一承诺，杨小姐悬着的一颗心才放下了，迅速汇报到总部，刘高原主席和股东们不再质疑。

2009年底，保华集团宣布，出售江苏洋口港投资开发公司15%的股权，其中10%售予南通国有资产投资控股有限公司，5%售予如东县日泰基础设施建设投资公司，代价共3亿元人民币。股权变动之后，合资公司注册资金13665万美元，保华集团占股60%，如东东泰社会事业发展投资公司占股25%，南通国有资产投资控股有限公司占股10%，如东县日泰基础设施建设投资公司占股5%。新加入的公司皆为当地政府全资控股的国有公司，这一变动，使得南通国资顺利进入，如东方面也增加了5%的股权。江苏省政府方面智囊人士对此表示，如东主动提出希望加大在合资公司中的股权，对于江苏和南通方面而言，逐步增加在洋口港中的股份是趋势。

“董事局认为此乃引入新股东、扩大洋口港公司股东基础和优化股东的背景，以促进洋口港公司未来发展之适当时机，”杨燕这样评价那次的股份变更，“同时我们也对南通市，对如东县政府和罗一民先生的承诺，做了一次印证。保华出让了一部分股权，让更多的国有资本进入，而非单一性股本构成，优化了企业的结构，降低了风险，同时我们回收了一部分资金，且取得了应有的利润。特别值得一提的是，保华是一家上市公司，对洋口港的投资开发成功，增加了股民的信心。”

“我是个特别简单的人，或者说，一个特别追求简单的人，最怕为一些事纠缠来纠缠去，”杨燕女士说，“可是，自从加入洋口港事业，各种不喜欢都缠上我了，我也知道自己没有退路了，可以说，很多时候是靠情感扛下来的，我不容许自己人生中的第一个重大事业就败在祖国。但随着对洋口港事业的深入，特别是与南通和如东人的交往越来越密切，我有了一些更具体的感情支撑。”

后来发生了两件事，让她一下子振奋起来了。一件事是遇到南京大学的王颖院士，王院士抓着杨小姐的胳膊，激动地摇晃着，说:“小杨总啊小杨总，我今天见到你特别高兴，你知道吧，建洋口港不光是如东人的梦想，也是我们这群科学家的梦想，我们坚信我们的研究结论，希望有一天洋口港建成，科学家的价值就是科研成果能转化成现实成就。圆梦是美好的，圆梦的过程是艰辛的，有如东人的坚韧和开拓精神，有你们的资金实力和韬略眼光，我相信自己有生之年能等到这一天。”

说完，连说了好几声“谢谢”。

王颖院士是世界闻名的海洋学家，是杨燕心中仰慕的超级偶像。这番话太恳切了，杨燕听了，心里涌动着惭愧，也增添了一股新的激情。就回答说，一定会努力，一定会做到！

随着相处日久，杨燕与单晓鸣之间的一些“疙瘩”也解开了，这里有触动她的另外一件事。有一天她跟港口办的袁新安主任闲聊，不知怎么聊到那次香港之行。袁新安就说：“您知道吧，杨总，那次差点出大洋相。都是你们热情地招待我们，单县长的本意是回请你们，喝个下午茶，在轻松的环境里谈事情，顺便也让我们这些乡下人‘开洋荤’，享受一次香港人的生活。等坐进去才发现，价格太吓人了，她口袋里只有两千港币，本来以为这是一笔‘巨款’呢，我们这群人身上更没钱，每人口袋里最多就三五十块零钱，用来坐个地铁、买杯水啊什么的。所以，单县长只好把我们全‘赶’出去了，晚上回到宾馆，她一个个敲门向我们道歉。这件事大家也没在意，一个劲儿询问，今天县长有没有丢脸，县长捏着两个指头，说，距离丢脸就差那么一点点，好险啊！”

杨燕听了，简直惊呆了，这才弄明白单晓鸣当时的行为，竟然隐忍着这么大的酸楚。她太感动了，当天就非要约单晓鸣见面。单晓鸣出差去了南京，杨燕就等着她回如东，一见面就上去激动地拥抱她，弄得单晓鸣有点莫名其妙。杨燕就冒冒失失地问单晓鸣:“姐姐您觉得洋口港的事，真心说一句，能不能稳操胜券?”

“如东人几千年向海图强，山盟海誓，从来不弃，更不会诈。您不要怀疑，”单晓鸣回答说，“你要去了解如东人的祖先，三兄弟的故事，我们的品质、我们的精神都在那里面。”单晓鸣给杨燕讲述“三兄弟”的传说，她说:“为什么三兄弟不是亲兄弟，最后结盟，产生的力量胜过亲兄弟?三兄弟来自南、北、中，有不同出生地，身上有不同的长处，他们的最高智慧和做强精神在于，他们没有用我的长处去灭你，用你的长处去灭他，而是强强联合，最后形成血肉相连的手足关系，一起开创出美好生活。”

就这样，斗着斗着，磨合的终点，都落在了“感动”上了。

“这里该说到我要表达的第三个词语，就是信任，”杨女士说，“感动和斗争的后面，就跟着信任，这二十年的合作，没有同胞之间的血脉相连、彼此信任，那是进行不下去的。”杨女士向我介绍，后来真正合作的过程，完全不可能在那里抠着合同字眼去做。很多事，港方放手让她负责，她和魏总也就放手让如东大胆往前走。什么政策啊，施工啊，安全啊，如东人的责任心非常强，牢牢把握住，几乎没有出过格。2005 年各项审批手续终于办完，施工方正式进驻洋口。杨小姐这一方，就专心致志落实资金。

在分析“信任”的源起时，杨女士说自己首先获得了香港后方、获得了保华集团董事局的宝贵信任，所以才有更多“信任”可以播撒。

杨燕以前并不是保华的人，后来作为保华的投资顾问介入保华的业务。老一辈的香港人是很爱国的，1997 年香港回归前后，大批的香港老商人开始投资内地产业，一些大企业甚至把战略重点从东南亚、欧美等地转移到内地来，保华集团就是这样的爱国企业之一。他们认为，中国内地正在崛起的路上爬坡，海内外华人应该加把油，推祖国一把，也为自己赢得新的商机。保华结束了在澳大利亚的项目，这个项目赚得了巨额利润，有几十亿现金回流。这些资金被规划流向内地，所以需要寻找可靠的大项目，也需要一位优秀的经理人。杨燕那个时候年轻、充满活力，已经有相当多的国际贸易经验，又是一位重情重义的高智商美女。当她带着洋口港的信息找到保华集团，集团主席周明权和副主席刘高原眼睛一亮，觉得简直是天作之合；在杨燕对洋口港前期考察工作完成后，便任命杨燕为副总裁兼内地区域代表，并具体负责如东项目。

成立于 20 世纪 40 年代的保华集团实力雄厚，董事阵营非常豪华，都是政商界、文化界、社交界的大佬。他们对杨燕充分信任，也有充分的授权。罗一民书记曾在一次会见保华董事会高级成员的时候，好奇地发问，为什么那么信任杨小姐。他们的回答出人意料："杨小姐善良、爱国，对内地感情深，很快融入南通，对南通人、如东人的好，如数家珍。找聪明的人不难，找聪明又有爱心的人不容易，而只有聪明又充满爱心的人，才能做成事业，也才值得信任。我们从来不怕自己人对合作伙伴好，就怕心存二心、只算自己利益的人，那样走不远，生意做不长。"

"保华总部对杨小姐的评价，给了我很多启发，"罗一民先生曾对我说起这件事，"他们的回答让我沉思了好久，最终我重新翻阅张謇的经历史料，从中找到大量佐证，果然是聪明加爱心才能成就大业，这也是我在撰写张謇传的时候，在实业家前面一定要冠以爱国，同时强调他也是慈善家，有一颗赤诚、善良的心的原因。有意或无意，杨小姐这类在南通奋斗的企业家，传承了张謇的精神品格。"

关于为何在如东广种"信任"，杨女士自己至今并没有清晰的认知，只是在跟南通市领导和如东人的交往过程中，觉得渐渐"解械"了，直觉不需要那么紧张、那么多疑。如果一定要找到具体的人和事儿，也不是没有。比如，"冤家"单晓鸣，还有几个印象特别深刻的人，比如罗一民，比如如东的领导群体，还有那些拼死拼活的港口办工作人员，老一辈的周树立，年轻一些的袁新安、杨镜吾、陈纲等等。

她还特别提到在单晓鸣之后打交道比较多的另一位“女强人”张蓉蓉。张蓉蓉从 2007 年开始担任如东县政府领导，2012 年兼任洋口港经济开发区党工委书记。鉴于与单晓鸣交往中的“磕磕绊绊”，杨小姐一开始与她“小心翼翼”地接触，没想到张蓉蓉的性格与单晓鸣不太一样。“她身上有小女人味，优雅而又文艺，”杨女士这样描述对她的最初印象，“我觉得她是容易相处的，但担心她工作上也很柔，我认为洋口港区处在配套建设的攻坚期，更需要铁腕领导。”

后来的事实证明杨小姐的担心纯属多余。张蓉蓉接手开发区工作后，提速阳光岛、临港工业区的水、电、气的基础配套建设，确保岛上第一个 LNG 接收站项目顺利投产运行。台中化、爱森等一批重大境外投资项目相继落户，新城区的建设迅速拉开帷幕，洋口港实验学校、汽车站、医院等新城配套项目建成，为后期金光、桐昆等大项目落户奠定了坚实的基础。

“遇到单晓鸣、张蓉蓉这些优秀的如东女人，我内心里多了很多骄傲和庆幸，”杨女士说，“她们总是说，自己是小地方的女人，见识短浅，要我多指教。言下之意就是我来自所谓的大地方，值得她们学习。其实，我身上也就比她们多了一点光环而已。这些年，我从她们身上学到的东西更多。作为女人，我也为自己能被她们接纳并引为知己，而感到骄傲。”

杨小姐在如东，无人不知。有一次在掘港的一个饭店喝多了，走的时候，在楼道里遇到一位客人，热心地上来搀扶她，并自我介绍是如东某学校的音乐老师。她挽着杨小姐的胳膊，一直到楼下把她扶上车，然后说:“我们如东人都感激你、爱你，在我们心目中，你跟单晓鸣县长一样，都是如东人的女儿。”

“如东人的女儿”这样的称谓，让杨小姐很“受用”，被一个一面之缘的陌生如东人亲切地挽着胳膊，真诚地视为姐妹，这是她进入生意界后得到的一次“最高荣誉”。

“罗先生这样的人，是男子汉，敢作敢为，而且言必行行必果，”说起罗一民和严长俊等人，杨女士说,“那时候觉得他们像大树，可以信赖，可以依靠，他们身上有一种不同一般的气度，纠正了我们对内地官员既往的成见。至于如东的老百姓，我爱死他们了，他们的热情、友善和执着，无所不在，时时刻刻感染着我，激励着我的事业、我的奋斗。这些人怎么不值得我信任呢?”

杨女士举了个例子：2005 年他们投入了 4.8 亿港币——4.8 亿港币是什么概念？相当于五个多亿人民币，当年在上海买写字楼的话，4 万平方米的大楼也就四亿多。这么大一笔巨款进来，一个多星期就剩下一亿多，她一看吓坏了，怎么回事？赶紧找财务询问。原来，合资公司股东单位的南通港，曾让员工集资了 1.8 亿，还不出来，员工们激烈抗议，所以赶紧用投资款先把这笔钱还了。还有一个 1.2 亿的款项，是还一笔到期的银行贷款了。这让杨小姐几乎崩溃了，这是什么样的一个无底洞啊。但是，冷静下来后，杨小姐还是选择了认可，心想既然一起做事了，一起解决这些遗留问题也是应该的，同甘共苦、生死与共啊。毕竟如东当年是一个财政贫困县，政府做这些事无能为力，保华只能帮一把。即便如此，她也没有责怪如东方，更没有在财务管理上追加任何过度的限制。自始至终，她只派了一名财务总监，没有增派其他财务监管人员。如东人也没有辜负她的信任，多年的合作都能守规矩，大事按双方商定的结论办。公司开始盈利后，杨小姐特意叮嘱总经理魏文魁，拿出一部分资金对南通的教育、文化公益事业进行捐助。

每次只要杨小姐从香港飞过来，县委县政府的领导不管多忙，都要纷纷见面问候她，而且一定会重复那句见面必说的话："杨小姐，我们如东人永远不会辜负保华的信任、不会忘记你对如东的好！如东人绝对不会做对不起朋友的事。"

信任，就是这样彼此种植、生长起来的。

说到这里，杨女士示意我看她的脸庞和头发，让我猜想她的年龄。我说出了一个数字，她哈哈大笑，说:“您这是变着法子夸我吧，我领情了，但是我真的跟您是同龄人噢，这半天您了解了我的经历，应该可以推算出我的真实年龄。”

然后，她告诉我，她是染过头发的，她的白头发早在开发建设洋口港的最初几年就开始出现。第一次发现白发，是在阳光岛建设期间:“您知道吧，搞的就像人海战，几百条渔船集结在海上，望过去茫茫一片。大船进不来、靠不近啊，只能用小船作业。每天早上我让魏总报告我，今天出发多少船，晚上回来多少船，数字能不能对上。我每天提心吊胆，几个小时就听一次天气预报，脑子里的画面，全是一个台风过来，就把这些船掀翻了，然后就是多少条生命葬身大海。我几乎天天夜里失眠，不夸张讲，古人说一夜白头，我就是这种感受。有一天早上起来洗漱，突然发现镜子里几根刺眼的白发，用手揪下来，天哪，就是白发啊，我当时才三十多岁的女人啊，那一刻几乎崩溃了。”

有一次，天气预报说有一场特大台风即将从江苏登陆。所有人都吓坏了，因为阳光岛处在建设过程中，尚未合龙，它有一个大缺口，台风很可能会把缺口撕开，瞬间把人工岛吹垮掉。侥幸的是，台风的风向变了，后来从浙江海域登陆，这才避免了一场惨烈的破坏。

杨女士记得当年过于紧张，不知道产生过多少次“逃跑”的念头，有时候就找魏文魁“杀气”，责问他：“魏总，你给我说说，我富贵闲人的好日子不过，跑到这么个香港人以前听都没听说的小地方，来遭这个罪，到底为了什么？”说是责问他，其实在责问自己啊。魏总每次都是打个哈哈，安慰她说：“你后面有保华集团，前面有如东地方政府，身旁有我们这些大男人护驾，怕什么呀？近几个世纪，世界上建设了那么多伟大的工程，都是建成了才伟大的，哪个工程的背后，不是一群人千辛万苦的奋斗和千刀万剐的折磨？你就认命吧，杨小姐，做成了，可以载入史册；做不成，我们和如东人一起栽入屎坑罢了。”

“那我怎么办？事情太多、压力太大了，一句认命就能解决问题吗？”她继续责问魏总。魏文魁思忖了片刻，认真地对她说：“我的建议是，信任，还是信任。选择相信我们最初的眼光，相信我们的合作伙伴，一项事业，不过是一群人结缘的载体，相信洋口港一定有一个灿烂明天，相信命运的安排，无怨无悔。”

经历了这一系列的纠结之后，杨小姐都不记得是哪一天豁然开朗的。后来，她能坦然面对一切了。特别是后来，政府提出要他们零溢价卖掉30平方公里海滩，让国有资本回购，一时间，集团几乎炸窝了，前期投入那么多开展基础建设，不就是为了让土地增值的吗，怎么能零溢价，简直像开玩笑一样。这个时候，她甚至反过来劝解后方董事局和魏总:“要相信他们这样决定有他们的道理，要相信他们这样决定绝对不是随便拍脑袋的，一定对双方有益，至少对我们无害。”

“要不是服从政府的这个决定，我今天出行，坐的就是私人飞机，”杨女士笑着对我说，“我个人收入，因土地的这笔交易，损失很大。我对罗一民先生多次说过这样的话。罗先生每次就夸我，杨小姐爱国啦，精神可嘉啦，他给我灌迷魂汤。”

“所以，我没看错啊，我信任他们呀，”杨女士说，“他们这些领导特别能化繁为简，关键时候，大家僵持不下，市里或县里的主要领导就出来拍胸脯，做承诺，很多问题就迎刃而解。后来我就开玩笑对他们说：‘你们都是大忽悠。’他们也不生气，回答说：‘是不是大忽悠，得看结果。’说实在的，很多事，比如股份变更的事，土地零溢价回购的事，最终都依了如东方面，过程中我们似乎是吃亏的，但最终结果都是好的。这是那些领导非常厉害的地方。”

天色渐晚，大海完全融入暮色，只有远处的掘港县城华灯初放，在澄澈的空气中，闪烁着晶莹。硕大的蚊虫，把我的胳膊叮了几个大包，起了一种钻心的痒，我已经无心再欣赏小洋口的美景。杨女士赶紧带我回到楼内，我们到餐厅边用餐边继续聊。我没想到，她要说的第四个词，竟然是“如愿”。如东如愿，这是如东人挂在嘴上的地方文化标语，杨女士取“如愿”两个字来收尾自己的人生表述，可见她的确是一个地道的“如东人”了。她解释说，她曾经觉得“如东如愿”更大意义上是“如”如东人的愿，而不是如他们这些外来人的愿。渐渐地，他们觉得自己的理解狭隘了，甚至错误了。这些年，因为洋口港的成功开发，如东的外来人急剧增加，大家在一起交流心得，都觉得这是个好地方，天然资源一流，最关键的是，政府没有“衙门”气，服务精神强，如东人敢作敢为敢担当，跟人相处不急功近利，交得长朋友。入驻的数百家企业，基本上都得到了强劲的发展，前景无不看好。说如东没有与企业家一起“如愿”，是昧良心的。

“当然，最重要的还不是物质意义上的如愿，而是精神层面的，”杨女士向我强调，“人到中年之后，才能认识到这一步，物质意义上的如愿，多挣点钱就可以买到，精神意义上的如愿，跟钱没有必然的关系，至少没有对等关系。”

在大上海，杨女士也有几个私人生意项目，效益不错，她完全可以弃如东而一心一意经营上海，这样做个人物质收益会更多，但她还是把几乎全部精力、把整个青春年华都交付给了洋口港。这个精神的意义到底是什么？应该怎么表述？我追问她。她谦虚地说:“我没什么特别高的文化，不会表达，我只想说，如果我没来如东，如果这20年我没有加入洋口港的事业，我一辈子可能就是一个生意人，但我现在对自己的定位，不是一个好的生意人，但是一个好人！您认可不认可？”

我点点头，说:“没有争议。”然后她开心地微笑着说:“这就如愿了，我小学时候迷恋堂·吉诃德，觉得好傻好可爱，少女时代爱上超人，后来还喜欢蜘蛛侠、绿巨人、变形金刚，觉得做人就应该像他们一样有能力，但再大的能耐都是用来成就英雄好人，而不是为自己攫取巨额利润。我没有这些电影人物有能耐，做不了大好人，就做个小好人吧。现在，我自我感觉，我如愿了。我夹在投资方跟如东之间，尽了一切努力把项目做好，同时对集团负责，并造福一方。”

“因感动、磨合、信任和如愿，因这八个字，我这半生，也可以说一生，值得的。啊呀，我又有点激动了，”杨女士用双手托着自己的脸颊，声音里有些颤抖，“二十年前，我踏浪而来，大海挽留了我，让我从一片浮云，变成一朵浪花。我坐的无数趟飞机、火车，颠簸在乡下公路上的汽车，跋涉在荒凉的滩涂，被海风吹黑的皮肤，惊现的白头发，无数失眠的夜与焦躁的白天，彻夜的谈判，声嘶力竭的争执，长期与亲人的分离，苦心竭虑的两头斡旋，抱怨，痛苦，解决无数问题后的欢欣，与对手从势不两立到拥抱相泣，一个工程成功后的狂欢，饮醉后失态的兴奋，受到的误解与信任，得到荣誉的红光满面，遭到指责的灰心丧气，克服困难的踌躇满志，面对大海洋的心潮澎湃，二十年，一切的一切，值得啊!”

第十一章　命运交响部

2023年5—8月，我先后五次访问洋口港管委会，跟相关人员交谈，调阅港口开发建设的相关资料。很不巧，前四次都未能遇到洋口港的主要负责人——县委常委、洋口港经济开发区党工委书记邵锋，他不是在南京开会，就是出差到北京或上海办事去了。第五次，我终于见到了他。他站在大楼的大厅前等我，满头大汗，身上的衬衫湿了一半。负责对接采访工作的港口管委会干部唐小姐告诉我，领导在楼梯口都是小跑着的，现在这边的干部都习惯走路带跑的，所以夏天虽说开着空调，大家身上却经常是湿漉漉的，都见怪不怪了。

看得出来，邵锋是个急脾气的人。坐下来，他连寒暄都省略了，只说了一句“谢谢您关注洋口港”，就切入了正题。他简要介绍了一遍洋口港目前的状态，然后就开始“挑重点”，其间，风趣地跟我说，重要的项目“说三遍”——LNG、LNG、LNG。

“如果说，洋口港开发建设这二十年可以用一个比喻来形容的话，它是一部有点壮烈的音乐篇章——至少我们如东人不觉得这个比方有多夸张——由一组音乐诗篇组成，”他张开双臂，做了一个类似于音乐指挥的动作，“那么，LNG这个项目，从萌发到今天，就是其中可以单独成篇的乐章，我觉得像整个乐章的命运交响部，就这样一个感觉吧。它的起伏跌宕，它的几起几落，它带给开发建设者的喜忧交织，那种过山车一样强烈的情感体验，那种惊涛骇浪式的心理冲击，以及它与整个洋口港命运的巨大关联度，整个儿就是命运交响的强度。”

在南黄海南通如东长沙岸外13公里的地方，有一个3平方公里的人工海岛阳光岛，海岛上傲然屹立着我国第一个自主设计、自主建设的LNG液化天然气接收站——中石油江苏LNG接收站。目前，共有6座LNG储罐，总罐容108万方，近几年始终保持满负荷生产，满库容情况下可储备天然气6.7亿方；冬季用气高峰时期，能够保障2300万户家庭连续1个月的用气量，全年可支持江苏省三分之一的天然气供应。每年有几十亿方天然气从这里源源不断地输向大陆，为国民经济发展和改善人民生活水平提供能源支持，同时每年为国家和地方提供数亿元财政收入。

“自从2018年7月洋口港首次迎来俄罗斯亚马尔的天然气，洋口港就深度嵌入国际能源朋友圈。这个五年，中石油江苏LNG接收站累计接卸北极气源350万吨，成为海上丝绸之路与长三角地区紧密衔接的重要能源门户。7月26日，中石油江苏LNG接收站再次迎来俄罗斯亚马尔的天然气，从极地启航，历时16天通过北极东北航道，穿过白令海峡，下午4点半LNG运输船就靠泊到中石油江苏LNG接收站码头，”邵锋对相关数据十分熟悉，语速很快地向我介绍，“今年是共建‘一带一路’倡议提出10周年，亚马尔LNG项目是中国提出‘一带一路’倡议后在俄罗斯实施的首个特大型能源合作项目，也是冰上丝绸之路的重要支点。目前，接收站正在全力保障迎峰度夏用气。投产12年来，中石油江苏LNG接收站已与25个国家和地区建立了通航关系，累计接卸来自全球各地的LNG约5200万吨，为长三角及周边地区供气超720亿方，其中俄罗斯、卡塔尔等‘一带一路’沿线国家的资源占70%。当前接收站正在推进四期工程，建成后接卸、储存、气化、外输能力达到千万吨级，为服务国家能源战略作出了新贡献。”

交谈结束后，邵书记吩咐我：“关于这个项目的始末，最清楚由来的人是我们南通的老书记罗一民先生，您去跟他谈，他一定会跟您说中国台湾王永庆和印尼陈江和当年来访的事，一定会说‘两个龙眼’的故事。最清楚项目落实具体情况的人，是原港口办的主任袁新安，我估计他跟您聊过不少话题，建议一定要就这个话题专门深聊一次，他比任何人都清楚 LNG 落地的历史。”

罗一民先生的确不止一次跟我提到王永庆和陈江和，他认为尽管后来这两位企业家没有投资洋口港，但他们对洋口港开发的浓厚兴趣，尤其是对 LNG 项目的萌发，起了“先见之明”的作用。20 世纪 90 年代，台湾化工大王王永庆在台湾搞了全世界有名的石化项目，南通想学习这方面的经验，就邀请他来。他一看如东的港口条件很好、可利用土地充裕，比台湾的空间要大很多，就很感兴趣，说:“要搞大型石化项目，需要深水航道，你们的深水航道离岸有十几公里，一定要在近海造一个人工岛。但要有思想准备，人工岛造起来难度很大。”王永庆表示，只要把岛造好了，他可以来这边投资，搞 LNG 项目；如果让他一边投资，一边造岛，投入太大、风险太大，回报期很长，没有这个魄力来干。

“王永庆说到要害处了，靠如东的自身条件，不可能拿得出一大笔资金，建好人工岛，再招商，”罗一民说，“王永庆在商言商，算账算得太精了，最终他还是没有来。但他的建议给了我们启发，我听到这个故事的第一反应，就是要恶补一下 LNG 的知识。LNG 是液化天然气 liquefied natural gas 的简称，主要成分是甲烷，被公认是地球上最干净的化石能源。无色、无味、无毒且无腐蚀性。其体积约为同量气态天然气体积的 1/625，液化天然气的质量仅为同体积水的 45%左右。其制造过程是先将气田生产的天然气净化处理，经一连串超低温液化后，储存在负 161.5 摄氏度、0.1 兆帕左右的低温储存罐内，用专用船或油罐车运输，使用时重新汽化。液化天然气燃烧后对空气污染非常小，而且放出的热量大，所以液化天然气是一种比较先进的能源。20 世纪 70 年代以来，世界液化天然气产量和贸易量迅速增加。当时，这在我们国家，还算是一个新概念，业务涉及得也少，大家还意识不到它汹涌的发展势头。王永庆的提示太重要了，可以说是为洋口港指了一条非常明确的大道。站在今天看，他是多么的有远见。2021 年，中国进口 LNG 达 8140 万吨，超过日本成为全球最大的液化天然气（LNG）进口国，标志着自 20 世纪 70 年代初以来，中国首次成为全球最大的 LNG 进口国。

“王永庆给我们的另一个启发就是，我们必须要找到一个资金充足、眼光长远，不急于回报，愿意做点奉献的企业来。我们历尽周折，找了很多境外投资企业、民营企业来看，都没来，最后找到了香港保华，成了。所以我说洋口港开发，不论在江苏还在全国，有它的独特性，有它的突破性，有它的首创性，回过头来看看，一二十年建成并取得显著的回报，时间真的不算长。可以说，它的经济效益、社会效益立竿见影，它甚至可以成为一种教案型的大型基础建设项目的投资模式。”

王永庆之后，南通想引进的外资，老板是新加坡的陈江和先生。陈先生在印尼，把大规模的棕榈油农场买下来，搞棕榈油开发建设，还搞了油气田。他很有战略眼光，认为将来国际竞争要靠油气。他对罗一民说了一句话，让罗豁然开窍。他说:“我看长江就是一条龙，龙的右眼是上海这边，长得很大很亮，江北南通这边的眼睛还是闭着的，有气无力的，没有精神，没有开发出来。一旦开发了，龙的两只眼睛都亮了，这不仅对南通有意义，对长三角乃至整个中国的发展都很有意义。但开发一定要靠大项目，没有进出口货物不行，特别是天然气（当时是最方便和最廉价的气）。我在印尼有大型的气田，气田是我的，船载是我的，如果港口开发也成功了，那叠加效应就出来了，成本锐减，效率倍升。”罗一民赶紧请教他这个东西用来干什么。他说有两个方面的作用:“一个是产生下游产品，还有为天然气部门供应燃气方便。第二个我要建一个大型的天然气发电厂，发电厂成本很高，但由于我的气和运输便宜，我也能竞争过别人。”可惜，由于发电不能够让外商控制，国家发改委一直没有批准他的项目落进来。但把港口开发与能源挂钩，这个思路启发了罗一民后面的开发思路。后来，发电项目由江苏最大的国有企业省国信集团来投产，而“两只龙眼”的故事，成为罗一民后来游说香港保华集团等大企业的亮点素材。

“他们太喜欢龙眼的故事了，而且，他们喜欢对了！”罗一民说起这件事，忍不住哈哈大笑，“尤其是香港保华集团董事局副主席刘高原先生，他来考察时，我接待他，给他描绘洋口港的前景。他本身普通话不太熟练，可能听不懂我的话，也有可能对我的话不感兴趣，晚上我陪他用餐，我说着说着，他居然坐在桌上睡着了。后来，我讲到两只龙眼的故事，他突然就醒了，说能不能来张地图，我看看为什么是龙眼。我们赶紧找来一张地图，摊在餐桌上。刘高原用手指点住上海和如东海域两个点，丈量距离，比画形状，然后就激动起来，说这个有意思，有意思，太有意思了。他的瞌睡也没有了，端起杯子说干杯，为我们的合作干杯！后来，保华的内地区域代表杨燕对我说，就冲着这个故事，我们也要来抢滩，花几百亿就可以点亮一只龙眼，这是何其了不起的生意啊！”

再说在如东调研期间，袁新安经常陪着我东奔西走，但一直没有时间坐下来，我们两个单独谈一谈——重点谈一谈被邵锋书记喻为洋口港“命运交响”篇章的LNG项目的具体实现情况。一直拖到九月初，才有机会。袁新安听说我对这件事的关注迫切，特意跟我谈了整整一个下午。

“我退休后，这几年经常会到阳光岛上去走一走、看一看，看看那几个大家伙，六个储存罐，矗立在那里，威风凛凛。”在访问如东期间，袁新安先生是陪我最多的人，我们的深谈可以随时展开。说起这个项目，他说他立即被触到了记忆的兴奋点：“每当看到海上 LNG 船挟着海风，乘着海潮安全进入海港时，每当看见一辆辆大型槽罐车从黄海大桥满载着 LNG 驶向祖国的四面八方时，激动的心情就在心中回荡，思想的潮水总是情不自禁地把思绪带向 LNG 项目的过去，带向 LNG 项目走过的风雨路程。”

他用几句诗一样的语言，打开了话匣子。

最早可以说到 1992 年春天，当时袁新安在如东县政府办公室任秘书，主要工作是跟随分管计划、财贸工作的副县长徐琢，参加县里一些重大建设项目的推进和协调。有一天，徐琢副县长通知他和有关同志去南通参加市里一个会议，据说是香港一位商人要在海上搞 30 万吨的原油进口项目，意向落地南通沿海。当时沿海有三个已建或规划中的港口——启东港和规划中的吕四港、洋口港。当时洋口港和吕四港都没开发，市政府和港商会选择谁，大家心中没底，毕竟如东洋口港还只是一个空荡荡的名字，袁新安觉得心中没底。

到了市政府的会场，他才发现这次会议规格很高，且气氛十分紧张，南通市政府除市长、常务副市长，各在家的副市长到场外，退下来的市政府原主要领导悉数到场，市各部门到场的一把手达30余人，如东、启东的与会人员各坐一排。如东方面包括专家在内仅有5人与会，而启东则有20余人到场。启东被会议安排首先开讲。会议室四面墙壁贴满了启东港的图纸，显然大家对启东很感兴趣。

轮到如东讲解时，如东的同志只拿出一张图纸，这张图纸描绘的是当时小洋口外的一个初步方案，很不成熟。更糟糕的是，与其他两家专家组团论证不同，如东方面只带了一位专家，而且该专家一口无锡口音，在场很多人自始至终都没听懂他的话。等到两家讲完，领导立即宣布，如东、启东的同志退场，市里的同志进行无记名投票，结果如东落选。

袁新安一行心情十分低落，觉得有点对不起家乡父老。回来后将情况向时任县委书记汤桑林作了汇报，县委认为这次失败主要是前期工作没有做好，如东深水条件好于吕四港，应通过实实在在的工作来说服上级领导。同志们也一致呼吁，赶快建立专门的港口机构，专项专做，以免再次失去后面的机遇。于是，县委县政府成立洋口港开发办公室，周树立、袁新安、杨镜吾等进入了洋口港办公室，袁新安则作为政府派驻洋口港开发办公室的联络员，参与洋口港开发的前期工作。

洋口港开发办公室成立之后，大家总结了前段时间的前期工作，认为要实现两个转变：一是研究工作要从调查研究阶段向工程可研阶段转变，特别是从过去主要依赖南京大学、河海大学等高等院校开展研究，转向以工程设计单位为主进行工程可行性研究。二是从小洋口地区 5 万～10 万吨港口研究转向在长沙地区寻找 10 万～20 万吨大港口的研究。随着“两个转变”的迅速启动，半年后，前期工作取得了初步的进展，著名港口设计大师、天津一航院总工顾民权教授，发现长沙外海烂沙洋水道边有一片 10 平方公里左右的西太阳沙可构建人工岛，并可以此岛为依托建 10 万吨级的港口。此消息被当时南通市港务局副局长施元廷知道后，他异常兴奋，说：“好啊！正好可以用来中转矿石。”几天后，这位曾长期在冶金战线工作过的如东人，就找到了刚退下来的冶金部副部长李非平，李非平欣然写信给武汉钢铁总公司，建议武钢在如东洋口港建设矿石中转基地。很快，以南通市副市长葛忠康为团长的南通市政府代表团，乘船三天三夜，主动赴武钢邀请，武钢随即派人到如东考察。经过近半年的前期工作，双方签订了武钢—南通洋口港矿石中转基地合作建设协议书，项目向工程建设阶段迅速推进，可惜后来由于交通部力主武钢去宁波建矿石中转码头，项目陷入停滞阶段。

时至来年春天，1993 年 5 月，江苏省电力设计院受江苏省电力局委托，对江苏沿海能否进行燃煤电厂建设进行厂址调查。当时带队的电力设计院的设计总工田海说:“临来时，电力设计院的领导还给我布置了个任务，要找一个 LNG 电厂的厂址，如东的西太阳沙如能建岛，作为 LNG 电厂的厂址，应该是可以的。”一听这话，港口办立即拿出了武钢矿石中转码头基地（含人工岛）的工程方案给田海看，他看了后觉得这个方案可以考虑。

“很可惜，这些项目最终都是昙花一现，没有结果，”袁新安说，“但现在想来，如果当时没有武钢矿石中转码头项目，如果没有我们所推进的‘两个转变’，或许就没有如东今天的 LNG 项目。”

田海总工回去后，将如东可建 LNG 接收站和电厂的情况向省局作了汇报，省局立即和当时的外方投资者美国美孚公司/美国威尔集团作了沟通，威尔集团随即分几批派专家来如东洋口港考察。原来这个项目是由美国伊州中国发展总公司牵线介绍而来的，原能源部部长黄毅诚又把它推荐给了江苏省电力局。时任电力局局长顾智鹏在香港和威尔集团签订了项目意向书。威尔集团考察如东后，结合省电力局介绍的省内沿海几个选址的情况，最后初步确定放在如东。1994 年，中美双方在北京中国大饭店举行了 LNG 项目签约仪式，美国商务部部长布朗、中国电力部部长史大桢参加了签订仪式。9 月 2 日，中外双方领导及专家 40 余人共同聚集如东，大家坐着拖拉机，乘着小舢板，几经周折后转入渔民的小船上，再折腾到西太阳沙考察接收站岛址。令人难忘的是，当时外方的项目经理柯克先生，一个身高近 2 米的外国人，双膝跪在沙滩上，面朝海天一色的大海反复朝拜，祈求项目早日成功。

“在场的人无不为之动容，”袁新安重复了好几遍老外祈祷的细节，“那么大的个儿，扑通一下跪下去，双手扣住坚硬的沙土，难以掩抑的那个激动啊，那样的场面历经 20 多年，我们今天想起来还是心跳加快，太让人惊喜和感动了。”

随后，江苏省电力局委托江苏电力设计院作为该项目的总体牵头设计单位开展工作。省电力设计院主要负责电厂设计，天津一航院主要负责码头的设计，南京水利科学研究院主要负责人工岛和航道的稳定性研究，长江水文局等单位负责潮汐、波浪、水下地形的现场勘测工作。工作抓得很紧，各单位挑灯夜战，不到 6 个月时间，主要报告都基本完成。

事实上如东所要进行的项目，是在前无古人的建港禁区中开展的。报告送到国内外一些专家那里准备审查时，从港口行业到电力行业到天然气行业，甚至于海洋界，全部都炸开了锅。一时间，从上到下议论纷纷，很多人认为这是天方夜谭。辐射沙洲怎么可能建港？变来变去的沙洲怎么可能建岛？关系到国民经济命脉的天然气基地怎么可能安放在一个没有任何建设先例的沙洲上呢？交通部港口专家、中国工程院院士刘济舟责问说，谁能保证储气罐在岛上能长期待得住？为了回答专家们的问题，省电力局和美国美孚公司组织了国内外一流的专家，以十分认真严谨的态度重新勘探、研究、论证。

1996 年，华东电管局组织召开的江苏 LNG 项目审查会结束后，华东电管局即将项目建议书上报电力部，同时江苏省计委即将该项目上报国家计委。从项目上报到国家这个角度来看，如东 LNG 项目是全国几个 LNG 项目中最早的一个。当时，想上 LNG 项目的还有广东和福建。广东是由英荷壳牌公司作为投资者搞前期工作的，如东是由美国美孚公司作为投资者开展前期工作的，这两家公司都是世界著名的石油天然气行业的领军企业。

当时项目上报到北京后，如东方面的工作组随省里的同志到国家计委去汇报如东 LNG 项目的情况，几经周折，终于找到国家计委主管的一名负责同志，但上来就吃了个闭门羹，说是如果如东汇报 LNG 项目这种异想天开的事，就不用见了，赶紧回去吧，不要再跑了，一个沿海小县，做点务实的事不好吗？如东人坚持等候在门外，好说歹说，终于得到一个汇报的机会。该领导说国家还没有考虑好是否需要进口 LNG，即使需要进口也要通盘规划。如东的项目不可能现在批给你们，也不可能马上开工。这位领导还说:“如东这个地方我知道，那里是一片烂泥沙，根本不可能建深水大港，你们不要瞎折腾，如果华东要搞 LNG，也不会在如东那儿搞，浙江沿海条件比如东好的地方多的是。”

“听了他的话，我们这一行人很沮丧，”袁新安语气沉重地说，“回程路上，我们盘点了一下，感到如东 LNG 项目前面有两座大山难以翻越，一是国家 LNG 规划不出来，我们的项目不可能被批准；二是如东的条件够不上，条件比我们好的地方没上之前，估计没有如东的份，国家计委的这一态度让该项目不得不暂时下马。”

这一等，又是半年过去了。国家计委终于启动了 LNG 项目总体规划的编制工作，国家委托某央企代表国家制定 LNG 项目规划，该公司专门建立了 LNG 项目办公室，到如东考察洋口港，并搜集了如东 LNG 项目前期论证的一些资料，这给如东人再次带来了一丝希望。有一次，徐琢老县长专门找他的老部下袁新安，说:“小袁啊，这次你可得抓住机会，如果一点希望不给的话，人家就不会这么大张旗鼓地来考察，我看有戏，就看你们怎么唱了。”

港口办每个人每天都能遇到这样的问询和鼓励，大家感觉压力从未这么大过。前面的周折告诉他们，命若悬弦，一触碰就有可能断了，到头来最多就是空响几声，弹出几缕浮尘罢了。

为了配合国家的规划工作，港口办的人员日夜加班，在原来工作的基础上补充修订了很多文本，特别是对人工岛工程方案进行了修改升级，在原来 11 个版本的基础上做了两次大修改，出了第 13 个版本。但无论如何修改，终究难以改变如东沙滩建岛风险大、港口离岸距离远的客观现状。国家计委专家组认为华东 LNG 项目需要试点先行，长三角只能设一个点，而长三角江苏、上海、浙江三个省市，谁也不肯放弃试点；浙江沿海的港口建设条件显然好于江苏，尽管江苏如东做了大量工作，精神可嘉，但爱莫能助，试点应放在浙江；如东虽然已通过省级层面的论证，但在一片水下沙洲上建岛建接收站，全国乃至世界范围内未有先例，风险太大了，出了事故就是惊天的事故，谁能承担得起啊。

得知专家组这么明确的意见后，如东人并没有一沉到底，他们只沉默了片刻，立即做出不放弃的决定，要继续奔走、争取。在专家组书面方案还没有上报之前，市县领导紧急报告当时的常务副省长季允石。季省长放下手头的公务，专门抽出时间会见了专家组的领导和成员，表达了江苏迫切要将如东洋口港纳入华东地区 LNG 选址的愿望，而且态度非常坚决。省长的意见虽然得到了专家们的高度重视，但最终没有能够改变他们的结论。和江苏情况类似的还有上海市，上海市政府的负责同志也向专家们表达了类似于江苏的意见，即强烈要求把 LNG 接收站放在上海附近的海域，而不同意放在浙江推荐的站址。为了恰当处理江苏和上海在 LNG 试点问题上与专家们的分歧，专家组一方面在总体规划上明确将浙江大榭岛站址作为华东 LNG 的首选站址，将江苏、上海推荐的站址排除在外；另一方面，在规划前言部分专门强调江苏与上海均希望在本省市建立 LNG 接收站的想法。尽管如此，规划方案大局已定，如东没有进入规划，项目再次流产。省电力局和美国威尔集团两家投资主体也觉得希望渺茫，项目不得不再次下马。

单晓鸣女士曾向我回忆那段艰难的日子，眼睛里闪出泪花，说了一个故事。她清楚地记得，国家某部委的一位司长，在听完了如东的一次汇报后，毫不客气地批评如东尽想着建造空中楼阁，做大梦。这位司长当着在座的罗一民书记和丁大卫市长的面，非常严肃地责问:“你们基层政府，为什么不能一心一意为老百姓做实事，发展好农牧渔，搞点水产品深加工，这些贴近老百姓的项目，丝毫不需要兴师动众，为什么不集中精力去做这些?”单晓鸣赶紧解释:“这些基础产业县里也很重视，但是这不能从根本上改变如东的命运，开发洋口港我们觉得也是因地制宜的好事，我们觉得我们有这个天然优势，一旦做成了，百年大计，千年利民。”那位司长一听，生气了，说:“不管你多少年的大计，要立足现实，不能画个葫芦就想着舀尽海水！我把话说白了，如果你们那里都可以建大港的话，全国可以找出条件胜过你们的，少说也有几十个吧。”

那次从会见室出来，罗一民和丁大卫脸都气青了。一行人整整两个小时，没有谁说一句话。后来，吃工作餐时，罗一民书记就打破了沉默，说:“我们不应该生气，人家无意冒犯我们，况且他的话也是站在百姓利益立场上的，是个好干部，我们要反思。开发建设洋口港，我们没有回头路，我们有自信，也早已过了论证讨论期，不用再怀疑和争论了，领导们总有一天会认同和支持的。”

在华东 LNG 项目各省市站址比选失败以后，电力部开始研究电力工业天然气利用规划工作。电力部门利用天然气的主要作用是建设天然气调峰电厂。江苏省作为全国经济大省、用电大省，煤电在江苏电网中所占比例较大，迫切需要建设调峰电厂。如果如东 LNG 电厂在电力部天然气利用规划中占有一席之地，那么 LNG 项目或许会有一丝生机。

抱着这样的想法，港口办工作组找到了电力部，因为原来的项目是华东电管局组织的审查，电力部多少有点了解，所以电力部极力主张让如东 LNG 项目进入规划，但电力部在所确定的规划中没有把如东作为首推站址，而作为备选站址，但在规划内容的表述上，又写上加快推进如东 LNG 项目的意见。这是如东项目首次进入国家规划。

“电力工业部计划司副司长王信茂专门率队，来如东后，他和考察队顶着凛冽的寒风，裹着黄色军大衣御寒，乘船下海到西太阳沙考察。”袁新安的表情里充满了感激，他连说几句，这个人真是太好了，工作责任心太强了。“那天，我们陪他出海，他被冻得话都说不利索了。从海上回来，他突然问我：‘袁主任，你们这样出海，一年得多少趟？’我老实告诉他，起码几十趟，不光是我们这些工作人员，市里的、县里的领导，出海是家常便饭。他显然有些感触，就对我说：‘如东有这样的天然资源，最主要是有你们如东人这种精神，我觉得没有实现不了的愿望，你们不要放弃，要继续推进这个项目。’他的一番话给了徘徊中的我们很大的信心。”

为了继续争取国家对江苏 LNG 项目的支持，在有关部委领导和专家的指点下，如东打算联合上海的力量来推进 LNG 项目。如东 LNG 项目的特点之一就是与上海市距离近，通过过江通道，到上海比从宁波到上海要近 100 多公里，而上海在 LNG 接收站上的主要态度是：只要能为上海服务，距离上海越近越好。这一点浙江宁波站址很难满足。经过省计委相关处室的牵线，如东成功邀请了上海计委分管 LNG 项目的领导以及上海申能集团的领导到如东考察。双方初步达成了合作意向。可惜的是，当时苏通大桥未通，上海访问团通过海太汽渡过江，等了将近 5 个小时，如东方面当时就感觉他们情绪低落，好在这并没有影响他们对如东 LNG 的肯定态度。上海对如东 LNG 项目的初步认可，从另一个方面证实了如东 LNG 项目的可行性，也让国家有关部委感到如东 LNG 项目在市场上是有一定优势的。这对有关部门仅仅推荐浙江站址，而不采纳江苏、上海的意见，构成了很大的挑战和压力。此后，在北京多次 LNG 项目研讨会上直接否定和反对如东 LNG 项目的声音少了很多，如东 LNG 项目的外部环境已有所改善。

为了从更高层面和更深层次上把如东 LNG 项目研究清楚，使之能在国家层面和长三角经济发展大局中站得住脚，如东考虑需要委托权威机构给出研究报告。于是，美国威尔集团出面，委托国家重大项目的重要研究评估机构——中国国际工程咨询公司开展研究。中咨公司组织了国内电力、天然气、港口、经济、运输等行业的一流专家对如东 LNG 项目进行咨询评估，特别是对影响如东 LNG 项目的关键问题进行了深入研究。一是关于洋口港航道的稳定性和人工岛的稳定性问题。在前几年论证的基础上，中咨公司又聘请了国内外一流的港口专家进行再论证、再研究、再评估。专家们总体认为，尽管洋口港还有这样那样的复杂问题，但总体上航道是稳定的，并且不需要疏浚。人工岛是靠得住的，在人工岛上建设LNG接收站不存在颠覆性的问题。二是关于长三角LNG接收站布点的合理性问题，专家们沿用了城市燃气布点的对称性原理，认为从以上海为中心，浙江、江苏为两翼的长三角地理特点来看，南侧浙江沿海已经开采东海气，西部将引进新疆天然气供长三角应用，因而在北侧布置江苏如东LNG接收站，可以实现南北两侧加西气引进，共同满足以上海为中心的长三角城市带天然气的供应。这一研究成果为如东LNG接收站在长三角地位的确立提供了可靠的理论依据。三是关于项目的可操作性问题。专家们认为，从如东LNG接收站输出天然气管道过长江，在理论上是可行的；江苏省作为经济大省，市场需求量大，沿江八个城市互相比邻，且紧靠上海，供气集中，行政关系单一，经济可靠性强，不必跨省即可首先启动，这是长三角其他省市难以做到的。中咨公司在完成评估报告后组织了专家审查，并将报告送给了国家计委。当时负责国家LNG项目引进的国家计委有关司的负责人考察并认真听取了以一航院杨希宏总工为主的专家们的汇报，对如东LNG项目前一阶段的工作表示了肯定，并对今后的工作提出了指导意见。这意味着如东LNG项目重新进入了国家考虑范围，如东LNG项目又起死回生。

正当如东积极推进，项目即将得到国家计委批准之时，国家又确定把西气东输作为西部大开发的标志性项目马上启动。由于担心新疆天然气进入长三角后市场一时难以消化，所以LNG需要暂停进口，以防冲击市场。当时国家计委的负责人在北京太阳岛宾馆专门召开了天然气利用工作会议，会上明确各地LNG项目暂缓上马，如东LNG项目又不得不再次下马。

随着西气东输项目的上马，长三角天然气的安全供应问题又被提到议事日程。有很多专家提出质疑，长达4000多公里的西气管道是否能全线安全，拥有1亿多人口的长三角市场仅靠西气工程提供的120亿方天然气能否满足。当西气东输工程在2002年真正开始输气时，人们的这些担忧更加强烈。西气需要LNG的补充，西气东输的投资实施主体——中国石油天然气股份总公司对这一点有更切身的体会和更现实的压力。在此条件下，2001年11月1日，中国石油天然气股份公司与江苏省人民政府签订了合作建设LNG项目的谅解备忘录，时任中石油股份公司的总裁黄炎与时任江苏省省长的季允石分别签字。项目签订协议后，原以为会很快实施的如东LNG项目，由于种种原因推进进度不快，省里很着急。恰逢新加坡金鹰集团有意投资LNG项目，省有关方面就向如东推荐由新加坡金鹰集团投资建设。江苏省计委也很快重新上报了如东LNG项目建议书。但由于LNG

进口问题事关国家能源大局，由外商控股建设 LNG 接收站，国内没有先例，上面也没有相关政策，如东 LNG 项目陷入僵持不下、停顿不前的困难境地。市县政府有关领导为此多次跑部跑省，向上争取。当时上海、福建、浙江等地的 LNG 项目纷纷重新启动，快速推进，如果如东 LNG 项目不能获准，很有可能再次丧失机会。后经多方共同努力，终于在 2004 年，国家计委、江苏省政府、中国石油及新加坡金鹰集团达成了一致意见，将如东 LNG 项目作为西气东输的配套项目，由中国石油控股投资建设，新加坡金鹰集团和江苏省国信集团分别参股。

至此，如东 LNG 项目遇到了有史以来的根本性转变。一是投资主体有了根本性变化，由原先的美国威尔集团和后来的新加坡金鹰集团投资，转变为由国家石油专业公司投资。二是项目性质发生了质的飞跃，过去是仅为服务江苏省经济发展建设而投资的项目，后来上升成为国家能源骨干工程西气东输的配套项目，地方项目变成了国家项目。如东 LNG 项目掀开了历史的新篇章。

中石油确定投资如东 LNG 项目后，为项目的快速推进做了大量工作。可当中石油要把如东 LNG 项目重新上报国家时，又出现了新的麻烦。此时，在江苏省内出现了新的 LNG 项目投资热，另外两个石油天然气行业的央企，在江苏沿海其他两处也要投资 LNG 项目，并且开展了大量的前期工作。一个省同时要上报 3 个 LNG 项目，这显然是不现实的，究竟谁先上报，谁先投资启动，各央企、各地市之间一时竞争非常激烈。如东 LNG 项目又将面临错失良机的险境，好在省政府及有关方面给予协调，考虑到如东 LNG 项目开展时间早、项目成熟度高，又是国家西气东输的配套项目，因此确定先报如东 LNG 项目，其他两个项目暂时缓报。至此，省内各 LNG 项目之间，谁先上谁后上的竞争告一段落。

2005 年，国家计委委托中国国际咨询公司对如东 LNG 项目进行最终审查。由于如东 LNG 项目建在一个没有建港先例的辐射沙洲上，比起其他项目，问题多，争议也大，能否通过审查会，成为该项目最后是否成功的决定因素。大家心里十分紧张，为了开好审查会，市县领导事先专门多次召开准备会议，分门别类梳理各项问题，按块按条落实各项工作。

“当时，有一个非常棘手的问题让我至今记忆犹新，”袁新安回忆道，“一航院负责本项目十多年的原总工杨希宏，有重要家事在国外探亲，刚去没几天，如果要他参会，他须放下家事提前返回，这对谁来讲都是一件痛苦的事情。但如果没有他参加本次会议，项目设计就没有合适的人能讲清楚。万般无奈之下，我硬着头皮和在国外度假的杨总工通了电话，没想到，杨先生毅然决定，放下家事，提前回国。事后看来，如果没有杨总工在审查会上准确而坚定的陈词，项目能不能通过，恐怕很悬!”

审查会上，有三个颠覆性问题，专家们总是揪住不放。一是人工岛和航道的稳定性问题。这是多年来的老问题，很多专家放心不下，好在设计研究单位资料充实、工作深入、论证周密，以无懈可击的方案确保航道是稳定的、人工岛是稳定的。专家们最后形成了烂沙洋的深水航道是稳定的，在西太阳沙建设人工岛是稳定的，在洋口港建设深水海港和LNG接收站没有颠覆性问题的“两个稳定，一个没有”的结论。二是LNG的乘潮问题。根据国内规范，LNG是不能乘潮进港的，但如东洋口港的海洋特征就是潮差大，各种技术数据论证了乘潮通航在安全上是可以保证的。专业人士认为，尽管有国内规范限制，但是结合如东洋口港的实际情况利用洋口港的潮差乘潮，可以更好地挖掘洋口港的潮差资源，为LNG大型船舶的通行提供条件，后来LNG在乘潮条件下安全通行的实践也证实了当时突破国内规范的创举，是科学的。三是码头栈桥过长的问题，如东LNG接收站与码头之间的距离达2公里。根据国内相关规范，LNG管道至接收站距离不能超过1公里，专家们对如东LNG管道过长是否可以操作表示担忧。但国外已经有LNG管道达3～4公里的运行经验，如果借鉴得当，如东LNG管道的安全操作运行也是有把握的。

项目建议书报前最后一次审查会，江苏省副省长陈必亭到会讲话。他代表当时的省委书记陈焕友表明江苏省非常重视如东LNG项目推进工作，并希望尽快促成国务院批准开工。专家审查通过后，2005年4月29日，时任国家发展和改革委员会副主任的张国宝在江苏LNG项目前期工作办文单上郑重地签下了自己的名字。至此，历经长达13年基础工作的江苏LNG接收站项目终于获得了国家发改委的批准，进入核准前的准备工作。

项目落户后，为能顺利推进，健康发展，如东又负重奋进，付出巨大的代价确保LNG项目建设成功。先是引进香港保华集团投资如东港口基础设施建设，为LNG项目落户创建基本条件；后是斥巨资建设长达13公里的陆岛通道——黄海大桥，以打通LNG项目海陆之间的通道；接着建设人工岛以满足LNG海上接收站建设运行；最后为LNG管道登陆铺设了一条长达13公里的管线桥，前后投资几十亿元，最终确保了LNG项目建设有依托、运行有保障。2019年4月，洋口港4个LNG接卸码头建设被纳入国家有关规划。2019年12月1日，如东LNG接收站扩建被列入《长江三角洲区域一体化发展规划纲要》，这也是如东的产业第一次被写入中共中央、国务院的文件。2021年6月7日，国务院推动长三角一体化发展领导小组办公室印发《长三角一体化发展规划“十四五”实施方案》，将如东LNG接收站及扩建项目、江苏省天然气交易集散中心列入其中。洋口港确立了依托阳光岛，建设具备2000万～3000万吨LNG接卸、仓储、气化、保税、转运能力的能源岛，打造全国重要的LNG接卸基地、供应基地、储备基地和交易中心，并以此为基础，发展冷能利用、分布式能源、燃气发电、液氢生产、低温设备制造等产业，打造LNG产业链集群的目标。到“十五五”期末，洋口港LNG产业预计将会实现投资超400亿元、销售达1200亿元、全口径税收45亿元的规模。

沈峻峰先生曾在如东县委、县政府领导的位置上干了九年多，他正是那段时间提出了能源岛这一概念，决定把LNG作为主导的特色产业，这个方向得到了国家和省发改委的支持。当时国家为了解决煤电压缩后造成的电荒，正在谋划如何扩大LNG的储备，这就需要相应配套的储备基地，如东抓住了机会。中石油、国信、协鑫、华润4个LNG接收站以及金光、桐昆的相继落户，使洋口港真正成为能源产业港。沈峻峰又提出一个响亮的口号:“打造全国绿色能源基地，成为江苏发展的先导区”。事实证明，正确的定位使港区发展有了持续后力。

洋口港LNG能源岛的建设，将成为我国海气登陆的重要节点，将为改善我国能源结构，形成丰富我国多气源供给格局，也为天然气地方政府3天、上游油气企业10%、城燃企业5%的储备任务的实现提供了一个重要载体，更为我国碳达峰、碳中和目标的实现，做出重要贡献。

值此洋口港建设二十周年庆典之际，港口党工委也向全社会公布了正在实施中的 4 个 LNG 接收站进展情况。中石油 LNG 接收站是依托 A1 码头建设的接收站，总投资 100 亿元，占地 450 亩，目前一期、二期工程 3 个 16 万方储罐、1 个 20 万方储罐和 A1 码头已经建成，年接卸能力 650 万吨。三期工程 2 个 20 万方储罐正在验收，准备投入运营。这两个储罐的投运增加了接收站的调峰储备能力，但受限于 A1 码头接卸能力和外输管道输气能力，中石油接收站的年接卸能力仍为 650 万吨。四期工程计划新增 1 个 20 万方以上储罐，目前正在确定项目红线，预计 2025 年投入使用，届时，配套与协鑫汇东共建的 A2 码头，中石油 LNG 接收站年接卸能力将达到 1000 万吨。协鑫汇东 LNG 接收站与中石油 LNG 接收站共用 A2 码头，总投资 75 亿元，占地 388 亩，建设内容包括 5 座 20 万方的 LNG 储罐及配套设施。其中第一阶段总投资 50 亿元，建设 2 座 20 万方的 LNG 储罐、A2 码头以及 2 个 LNG 装船泊位 E1、E2，年接卸能力 325 万吨，装船能力 140 万吨，目前项目已经开工。第二阶段建设 3 个 20 万方储罐，将在第一阶段工程开工后适时推进，总接卸能力增加到 650 万吨/年。江苏国信 LNG 接收站（江苏省液化天然气调峰储运项目）依托 B2 码头建设，由江苏国信集团、振华石油、江苏洋口港股份有限公司成立的合资公司——江苏国信液化天然气有限公司建设。项目总投资72亿元，占地364亩，其中一期总投资52亿元，为江苏省液化天然气调峰储运项目，计划建设3个20万方储罐，规模为295万吨/年；二期项目包括1个20万方LNG储罐及B2码头，总接卸能力增加到650万吨/年。目前，一期项目正在进行内罐施工，二期项目正在报批。华润燃气如东洋口港LNG接收站（江苏如东LNG接收站扩建项目）依托B1码头建设，华润燃气占股40%、江苏星旗原股东占股40%、洋口港建设发展集团占股20%，总投资77亿元，占地410亩，计划建设6个20万方储罐，总接卸能力增加到650万吨/年。目前，项目已开工建设。

LNG集疏运体系加快形成。天然气管道运输方面，目前，洋口港接卸的LNG 90%是通过长输管道气化外输，已建的有国家管网如东—江都的DN1016管道、江苏如东联合管道公司（国家管网50%、上海申能40%、洋口港股份10%）投资建设的如东—崇明DN610管道；正在建设江苏省沿海管道公司的DN1219管道。这三条管道全部建成后，年LNG输气能力将达到350亿方，可满足阳光岛4个接收站LNG气化外输需求。同时，管线桥上还预留了1条DN1219管道，用于未来LNG的发展。

在阳光岛上，为了实现 4 个 LNG 接收站的互联互通和解决岛上 LNG 的输出问题，洋口港公司已经在国信 LNG 接收站里建设了汇流站，同时将由国有公司在岛上统一建设其他 3 个站的汇流管网，使得气能够运得出。同时也在探索 4 个站码头之间的互联互通，由于 LNG 码头是个循环独立的整体，且有运输距离的要求，正在与 4 个站和相关设计院对接，使得岛上资源利用最大化。

LNG 槽车运输，是目前“液来液走”的最主要方式。通过已建成的黄海大桥及未来的黄海二桥，连接公路网，向长三角地区辐射。

LNG 装船码头运输方面，规划建设 3 个 4 万方 LNG 装船泊位，此次核准的协鑫汇东 LNG 接收站规划了 2 个装船泊位，可以通过大船转小船的方式转运，待长江 LNG 禁运政策解除后，以“液来液出”的方式，将洋口港 LNG 辐射到整个长江流域，同时，还可以实现进口 LNG 的反装出口，利用进出口价格差，获得最大经济效益。

LNG 罐箱运输方面，计划充分利用 LNG 罐箱“宜储宜运”的特点，开展 LNG 罐箱海江转运、海陆转运和海铁转运，实现 LNG 罐箱多式联运。目前 LNG 罐箱储备中心项目正在编制可研报告，LNG 铁路集散中心、罐箱码头等工程正在根据国家政策导向和市场导向开展前期论证工作。

洋口港 4 个 LNG 接收站的建设，无疑会使得洋口港成为现货 LNG 交割最大的港口。如何利用这一资源，增加洋口港天然气的贸易结算量，提升洋口港在全国 LNG 行业的影响力，对打造人民币定价的具有国际影响力和市场参考价值的天然气洋口港指数具有重要的意义。2020 年，省发改委同意洋口港开展江苏省（南通）天然气市场（交易）中心筹建的前期研究工作。《江苏省“十四五”能源发展规划（征求意见稿）》明确指出“打造沿海管网通海陆、贯南北的区域性战略节点，推动成立江苏（南通）天然气交易中心，力争将其建设成为东部沿海 LNG 的重要贸易区、储备库和交割地”。《长三角一体化发展规划“十四五”实施方案》也将江苏省天然气交易集散中心列入。目前，江苏（南通）交易中心预可研报告已完成编制，洋口港计划以 LNG 现货交易作为起步，拟邀请国信、华润、协鑫、中石油和洋口港能源公司作为发起方。

LNG 产业链也在蓬勃发展中。其冷能利用方面，洋口港目前已建成杭氧冷能空分项目，年产 10 万吨氧气和 10 万吨氮气，较传统空分装置，耗电降低约 60%，耗水降低约 70%，节能效果显著。同时，正在对冷能发电、冷能制液氢等用地量较小，可以布局在阳光岛的冷能利用项目进行经济性和技术性分析。港口也在开展风光电制氢、冷能制液氢、液氢装备、加氢站布置等液氢产业链的前期工作，并通过换冷站将冷能输送至陆地上，开展冷库、空调系统、轻烃分离、数据中心、冰雪世界的研究。在低温设备制造方面，计划发展的低温设备制造业主要是三块：一是保温保冷材料、泡沫玻璃砖等产品生产项目的引进，目前已经成功引进中圣集团保温材料；二是低温阀门、装车撬等国内需求量较大的低温装备生产项目的引进；三是 LNG 金属储罐的生产制造。天然气下游应用拟开展的项目有两个：一是燃气轮机电厂，洋口港燃气轮机电厂规划装机规模 240 万千瓦，是国家当年批复的江苏 LNG 项目里明确的重要配套项目，在积极争取省里支持；二是利用接收站的蒸发气作为燃料，在岛上建设分布式电站，满足岛上部分的供电、供热需求。

回顾如东 LNG 项目的落户过程，如今满头花白发的袁新安感慨万千。他说，天道酬勤，很多事情除了客观条件外，主观努力往往是事情成功的关键因素。在洋口港开发漫长曲折的历程中，国家、省、市对洋口港的开发建设予以高度重视。省委省政府明确提出把洋口港建设成为连云港与上海之间重要的深水大港，将其摆上了更为重要的战略位置，并下发了《关于支持洋口港加快发展有关问题的函》，从省级层面进一步加大对洋口港开发建设的政策支持力度。南通市委、市政府更是全力以赴，专门成立了洋口港开发建设领导小组，由市委书记和市长亲任组长，对洋口港开发建设靠前指挥、靠前服务。中央首长和上级各级领导陆续到如东考察，对洋口港倾注了关爱之情。历届县委、县政府正确领导，不屈不挠，始终不懈地鼓励推进，对洋口港开发充满信心，并作出了举全县之力、集全民之智，推进洋口港开发的重大决策。全县人民大力支持，上级与方方面面及各有关单位和企业领导、专家鼎力支持，关键时刻给予帮助和指导，项目终于落地开花，结出丰硕的果实。

第十二章　日出南黄海

翻开洋口港开发建设的历史，2005 年是从图纸走向工地的飞跃之年，这一年港口 30 平方公里滩涂的围堤工程收官，洋口港码头、人工岛、陆岛通道和临港工业区四大基础设施工程，临港工业区“三通一平”工程全面启动。规划审批、工程建设、招商引资也名副其实形成“三头并举”。大海线两侧，车水马龙，人声鼎沸，劳动的号角响彻云霄。

在此期间，南通市委书记罗一民先生觉得为洋口港喝彩的时机已经成熟，决定召开一次隆重的开工典礼，邀请国家部委和省有关领导亲临指导，为洋口港打响奔跑的发令枪。然而，事情并未如南通市和如东县的领导想象的那么乐观，以至于开工典礼举办期间，依然有学者和领导质疑项目的安全性。一位省领导忧心忡忡地问罗一民:“洋口港建设到底有没有风险，你能不能作个承诺，给个确切的话?”罗一民实事求是地说:“要说一点风险没有，不太可能，但我可以保证，没有颠覆性风险。这是权威海洋研究科学家王颖院士论证过的。”省领导一听，还是放心不下，说:“还有一个同一级别的专家，水科所的王院士，说了跟王颖院士相反的意见，认为洋口港的开发布局需要调整，有颠覆性风险。淤沙，以及无遮挡海面，这里面的施工难度是世界性的。我劝你慎重考虑，不要急于开工。”

罗一民当时一听，很着急，心想一旦叫停，又不知道拖到什么时候，此事很可能因此永久搁浅。他想起另一位省领导对他的勉励:“古人说，三思而行，在我们这个抢抓机遇的时代，三思而不行！瞻前顾后、左右权衡、上下拿捏，几个套路走下来，机遇早就跑得远远的，消失得无影无踪了。”想到这里，罗一民对省领导拍胸承诺说:“您放心，洋口港开发建设，我们是经过反反复复论证的，是比较靠谱的，希望省里能支持我们，如果做砸了，我这个市委书记负全部责任!”省领导愣了片刻，看得出心里很不平静。然后，他关切地说:“有担当很好，但做事，还是要稳中求快、稳中求成。好吧，我支持你，你拿着我的签字意见，去找发改委吧。”后来，在省这个层面的审批，就顺畅多了。

“现在想起来，还真有点后怕，一旦搞不成肯定完蛋，搞成了大家又会说这是应该的，早就该开发了，”罗一民说，“不过，个人得失在万民利益的大事面前不值得计较，如果计较的话，谁敢拍这个胸脯，冒这个风险？明哲保身、没有作为，把官做得安安稳稳的人多着呢。”

自此，南通市和如东县放下了思想包袱，快步推进各项基础工程的建设。

这年 5 月 16 日，南通市委、市政府在如东召开洋口港开发建设推进会，提出洋口港开发建设分两个阶段推进：第一阶段，至 2008 年，建设洋口港码头、人工岛、陆岛通道和临港工业区四大基础设施工程和洋口港集疏运连接通道，形成初步框架，与苏通大桥竣工通车同步，打通南通出海通道。第二阶段，从 2009 年起，力争再通过数年努力，将洋口港基本建成现代深水海港，最终成为长三角地区大宗物资的中转基地，具备完善的国际航运软环境和畅通的集疏运系统，形成集港、工、贸于一体的新型沿海港口城市。成立洋口港开发前线指挥部，将前期建立的洋口港开发办公室升格为洋口港经济开发区党工委、管委会，主要负责港口建设推进工作。2005 年 6 月 30 日，为加快洋口港开发建设，决定设立洋口港经济开发区。2006 年，借助省市各级领导、专家学者的重视支持，如东果断作出了以港兴县、产业兴港的战略决策，把洋口港定位为“为我国东部沿海地区和长江中下游流域服务的亿吨级深水大港和石化基地、新能源基地、物流基地，现代化、国际化、生态化的新型港城”。由小到大，由近到远，是常规的传统的规划理念。有上级规划部门的专家曾建议他们先做一个两平方公里的启动区规划。他们拜访了国内外知名的规划设计院所和规划设计大师，决定吸收国内外最现代、最先进的规划理念——由大到小，由远到近，先搞一个立足全局和长远的纲领性、战略性的概念规划，再在科学确定空间布局与产业布局的概念规划的统领和指导下，搞总体规划和控制详规。经过几年的不懈努力，具有科学性、前瞻性和可行性的65平方公里的《江苏省洋口港经济开发区总体规划》在苏州新加坡工业园区总设计师的指导下完成，并获得南通市政府的批准。按照这个总体规划，30平方公里海域对深水大港的建设有了更大的开发空间和回旋余地，可以承载更多更大的项目。临港工业区和港口新城的开发建设也有了更大的空间和更科学更合理的布局。

2007年7月，几项基础建设项目同时推开的紧要关头，在南通市委市政府的热诚邀请下，香港前任特首、全国政协副主席董建华先生特意来到洋口港建设现场。那天大海平静，天高云淡，跟火热的建设工地形成反差，好像故意为建设营造出一种“天时地利”的美好场景。董先生站在黄海大桥已经修成的栈桥上，拿起望远镜对着远处的人工岛瞭望，得知目前黄海大桥已完成钢板桩沉桩2081根、软体铺排2张、预制构件4895块时，他连连惊叹："很伟大，很伟大!"香港保华集团公司主席周明权与董先生相识多年，几年前就向董建华汇报过在洋口港的投资项目，此后每次遇到周明权，董建华都要问起进展情况。此行周明权终于可以对着现场介绍保华集团参与建设的进展情况。董先生叮嘱，一定要再接再厉，做实基础设施，建好洋口港，为祖国争光，为香港争光。县委县政府代表108万如东人民对董建华的到来表示热烈的欢迎，就洋口港是什么样的港口、洋口港的优势及港口建设目标定位作了详细介绍。洋口港是中国东部沿海地区、江苏唯一的大规模的深水海港，可建成30万吨级码头。洋口港与上海洋山港相对应，如果说长江是一条龙，那么洋口港和洋山港就是龙的两只眼睛，而且洋口港的自然条件与河北曹妃甸十分相似。同时洋口港有着靠长江、靠上海、靠市场、靠土地的独特优势，可建成能源基地、重化工基地、炼化一体化基地、冶金及造船基地，以及物流中心。如东还向董先生保证，来年将实现港口初步通航，全面建成集疏运体系，吸引一批重大项目落户。

罗一民就南通市围绕沿海开发和船舶修造，打造大港口、建设大通道、构建大园区、集聚大项目的成功经验以及南通与香港经贸合作等情况向董建华作了介绍。董先生说他第一次到南通来，来之前只是从媒体中知道南通这几年发展很快，成就喜人，百闻不如一见，这次看到的是一个朝气蓬勃的南通。南通在改革开放中的变化是翻天覆地的。南通人抢抓机遇，经济和社会发展取得了令人瞩目的成就，特别是南通的航运和港口建设，带动了经济的发展。港口建设对于一个地方的发展至关重要，在内地，港口建设不会过多，目前全国的经济建设正以每 5 年一倍的速度在增长，就一定会带动一倍的内需，没有足够的港口势必会制约经济的发展。临江临海的地方都是发展经济的热土，南通依托航运、港口的优势，积极发展临港产业，定位准；融入苏南、接轨上海的发展思路，体现了很好的执政智慧。如东人目光高远，洋口港濒江临海，是不可多得的深水大港，洋口港建设对江苏、对华东、对长江流域的发展都很重要，是件大好事。

董建华先生发自内心的褒奖之词，经新闻媒体报道后，在海内外引起热烈反响。尽管开建中的洋口港还无法开放参观，但每天都有数条来自海内外的参观考察诉求信息，洋口港开始有热度了。南通市和如东县有了一个大好的建设氛围，决心戒骄戒躁，埋头苦干，筑牢大港的每一块基础。

早在 2004 年初，洋口港一期围堤工程最后一个龙口已胜利合龙。港口具体位置处于如东县海域的古长江入海口、烂沙洋深槽潮汐通道，其一般水深在负 17 米以上，宽 2.2～2.4 公里，航道两侧有天然沙洲掩护，且地处强潮流海域，水道、沙洲方向一致，航道顺直，底质稳定，直通外海，贯通太平洋。洋口港临港工业区选址临港滩涂，以岛陆连接通道为准线，向东至北坎新垦区东北中心路东端与海堤相交处，向西至原苴镇盐场退堤海堤西端，东西长约 10 公里。围堤向外垂直于东西老堤距离约 3 公里，围区规划总面积约 30 平方公里。根据南通市国土开发规划、南通港总体布局规划和如东县城镇规划设想，按照高起点规划、分阶段推进的工作思路，围区建成后如东县将在洋口港规划建设一个拥有 30～45 平方公里的临港工业开发区，1.8 平方公里的人工岛港口仓储区，10 万吨以上不同吨级的通用、专用码头，13 公里的岛陆连接通道，30 公里的疏港高速公路，为建成集航运、仓储、工业、商贸、旅游为一体的多功能、综合型海港及港口新城奠定基础。

围堤只用了三个月就合龙，用了半年的时间就完成了一期全部工程。可以说，围堤是洋口港建设漂亮的起步工程，也是如东人围垦精神的再次亮相。围堤再次书写了无数可歌可泣的拼搏故事。

这年，洋口大道、洋口运河等集疏运体系工程相继开工建设。2005 年 12 月 30 日洋口运河开工建设。洋口运河工程是南通沿海开发的重大基础设施项目，总投资6亿多元，南从高新区陈高村大草港桥连接如泰运河，向北进入如东经济开发区境内，向东直达洋口港临港工业区，全长25.2公里，口宽66米，底高程负1.5米。洋口运河是洋口港集疏运体系的重要工程之一，主要承担临港工业区每天60万方引江供水和航运功能，提升了沿线灌排能力。该工程开工后进展迅速，60天水系贯通，后期实现河坝清淤，2006年底工程竣工，实现了洋口港水中转运输和工业区工业用水的保障。

2005年秋天，陆岛连接工程启动，黄海大桥正式开工建设。黄海大桥是洋口港建设的重点基础工程之一，是洋口港的陆岛——阳光岛至海岸的跨海通道，位于如东县东北角长沙镇境内的海边与阳光岛之间，由三部分组成。第一段是长1.1公里、顶面内侧高39米的接岸引堤；第二段是长10.1公里、桥面净宽11米的跨海大桥；第三段是长1.4公里的接岛引堤。主桥由浅水区和深水区两部分组成，浅水区6公里，跨度30米，采用灌注桩基础；深水区4.1公里，跨度40米，采用PHC桩基础，每榀厢梁重达200吨，桥面净宽11.5米，双向两车道。整个黄海大桥总投资为9.69亿元。

黄海大桥于2005年9月25日开工建设，2008年10月建成通车，长度为12.6公里。它是我国外海第二大型桥梁、第三座跨海大桥，直通大海深处。今天，我们驾车行驶在大桥上，脚下是无垠大海，浪潮迭涌，水韵澎湃，头顶是蔚蓝天空，海鸥盘旋。与黄海大桥相连的是2.5平方公里的阳光岛，该岛建成后是我国在沿海沙洲上建设的第一座人工岛。该岛的建设亦可以称为工程史上的奇迹之作。工程由钢板桩施打、软体排铺设、岛壁抛石施工、充填管袋施工、内隔堤施工、吹填施工和胸墙施工等组成。通俗地说，就是首先在沙洲上打下四千多根40米长的钢板桩，在沙洲地下组成一个周长近5公里的巨大的桶形钢壁，在此基础上做高出海平面八九米的内隔堤和胸墙，形成可抵御狂风巨浪的铜墙铁壁。随后吹沙填土，形成一个被沙土包裹、钢筋铁骨的坚实岛体。黄海大桥和阳光岛两项工程的施工技术难度都很高，而且施工现场都在海上，主要依靠船舶作业，受风浪潮汐影响大，是一场真正的人与自然、人与大海的合作与博弈。

正当此时，罗一民书记及时接受媒体的采访，他对中外记者进一步阐述围堤的意义，描绘了即将出现的30平方公里滩涂上的美好前景：通过洋口港区临港工业用地围垦一期工程及即将围垦30平方公里的临港工业用地，为港区提供便利的工业用地，给中外投资者带来极大的商机，以促进南通市社会经济的可持续发展。陆岛相连，四通八达，依托洋口港的深水优势，便捷的集疏运条件，灵活的联运体系，建设各类集装箱泊位、大宗散货泊位、原油进口泊位、矿石中转泊位及 LNG 专用泊位等。利用港区丰富的土地资源和淡水资源，兴办各类大型石化、冶金、船舶修造等项目，大力发展临港工业。他还多次面对媒体和在会议场合，表扬如东县在开发建设中的奋斗精神："如东县开发建设前线指挥部的干部和技术人员，勇于拼搏、舍身投入，把办公室设到紧靠海边的长沙镇旅游公司的两层简易工棚里，让工地近在眼前，让风浪涌在身边，党员干部率先垂范，全体人员坚持每天工作不少于十个小时，坚守在施工建设的第一线，和施工单位中交二航局的干部职工并肩战斗，一起在海上度过了一千多个难忘的日日夜夜，为洋口港建设第一役大功告成立下了汗马功劳。"

"施工建设中有一位重要的干将，他叫魏文魁。"今年我正式接受如东方面委托，写作这部纪实作品时，数次拜访罗一民先生，他给我开了一个长长的洋口港开发建设功臣名单，其中魏文魁的名字很靠前。

2023 年 7 月的一天，我在小洋口见到了江苏洋口港投资开发有限公司总经理魏文魁——在查阅资料时，我发现他曾被媒体誉为"洋口港建设者的智慧代表人之一"。央视这样赞誉他："这位投资公司第四任总经理，为几大基础建设项目的成功增添了好几分胜算。"

干练中带着一丝斯文的魏文魁，早年毕业于中国石油大学，有十年的部队服役和七年担任央企中国中化集团公司大项目经理的不凡经历。新十年中期，洋口港与香港保华集团物色合资公司总经理人选，盯上了他。“可能看重我身上的部队作风和央企管理经验，我的作风比较硬，在中化集团独当一面、执掌格力码头帅印，评价应该不算差，他们了解了情况后，开始向我抛绣球，”魏文魁向我描述他被“五顾茅庐”的情景，“他们找了我好几次，我都没有答应，因为我在中化集团的事业也很不错，主管着中化与格力集团合资的几十亿的大项目，事业心、成就感都得到满足。我也知道洋口港这边的建设，绝对是苦差事，可以预想到，海中建岛建桥有足够多的困难和风险。最后两次，杨燕老总和罗一民先生分别跟我谈心，是他们的话打动了我，让我下了跳槽的决心。”

“像杨燕这样代表境外投资方的职业女强人，在我们的认知里，是不可接近的，应该是十分理性的，如同一个高级管理机器人，”魏文魁想了片刻，用一个比方来说，“如果你单看她的身份和阅历，去构想她的形象，那她应该是——对了，有一部好莱坞电影《穿普拉达的女王》，就是梅里尔·斯特里普扮演的那个时尚女魔头，就是那样的。可你跟她见面一聊，她也是一位生动的小女子啊，她是女王、白雪公主和灰姑娘的合体，她们的特点在她身上似乎都能找见。所以，她有领导者的强势和智慧，也有公主的清高与单纯，还有邻家女孩的善良与亲切。”

打动魏文魁的是杨燕这样一句话：“我再强，可我终究是个女人，洋口港已经进入钢筋水泥时代，我感觉自己快撑不住了，需要一个汉子来帮一把。事情到这一步，我们说不上是为自己，甚至不是为资本了，我们所有的人，跟如东人、南通人甚至江苏人、内地人捆在一起，背着这个大港向前跑，我们不能摔倒啊，责任太大了。所以，我们了解了你的背景和履历，拽你加入我们，就是来一起负重前进的。”

她自始至终没有开价、谈待遇，就用这番实在的、几乎是哭鼻子的焦躁的话，撼动了魏文魁的心。

“我更没有想到，市委书记罗一民会亲自找我谈，而谈话的内容，也让我有太多没想到，”魏先生回忆当时罗一民的话，说句句犹在耳边，“他这个人，思路非常开阔，思维方式跟一般人也不一样。比如，他跟我谈南通，然后聚焦到张謇的品格；他向我介绍如东，然后聚焦到如东人的性格；他说到洋口港，就对杨小姐赞不绝口。他总是能把事情的价值在人身上解析出来。他不是一个功利主义者，看问题很少有政绩视角，而是人的视角、个人的社会角色视角。他言语间，经常流露出对保华集团的感恩之心，他有一句话几乎成了口头禅：不管哪一天，不管洋口港的未来能做到多大，都不能忘了保华，是保华在洋口港最困难的时期，众人观望，他们却毅然投资，这里面不是小冲动，不是图眼前利益，而是有一种大格局、大感情，这就是保华人爱国，犹如飞蛾扑火般不顾一切。罗先生说这些话的时候，发自肺腑，自己都很激动。这一点使得罗先生更像一个学者而不是官员，让我感到意外，也有几分惊喜。说实话，并不是他的大桥、大港、大学的三大梦，并不是他的江海联动战略宏论征服了我，而是他的思想魅力和人文精神征服了我。我觉得有幸在这样的官员主政的地区做事，未尝不是一次人生中彩。后面遇到什么困难，接受什么挑战，就没那么可怕了，心理上一点都不在乎了。于是，我放弃了央企的工作，来到如东。”

说起来容易，但魏文魁担任的这个角色，做起来却如同负重登山。他是洋口港基础建设“大会战”的一线指挥官，每天，所有的难题、矛盾和进展都会汇总到他面前，该解决的需要尽快解决，该化解的需要尽快化解，该庆祝的需要总结，需要再接再厉。

魏文魁指挥的第一场硬仗，是全国第二长的外海深水桥梁——洋口港黄海大桥建设。黄海大桥是连接临港工业区和阳光岛的“主动脉”，来不得半点马虎，技术安全性必须百分之百可靠。跨海大桥建设难度，是全世界公认的。海水是一种高腐蚀性液体，海水中含有大量的腐蚀性离子，如钠离子、氯离子、硫酸根离子等。当它们作用在混凝土结构上时，表面的混凝土会变质。海水中的硫酸盐甚至可能在混凝土中产生晶体，晶体的生长会使混凝土开裂，钢筋暴露。钢本身就是一种很容易被腐蚀的材料。混凝土一旦失去保护，带有离子和溶解氧的水就会接触钢筋表面形成原电池，钢筋会迅速腐蚀甚至断裂。到这个时候，整个结构就要被打破了。桥梁在建造的时候考虑的因素除了海水腐蚀，还有很多，比如恶劣天气时，台风摧毁力、海浪冲击力、海水流动拉拽力，以及汽车共振影响等等，这些因素都必须要考虑到，否则极易导致桥梁毁坏。当然，海上建桥难度太大，其原因也比较清楚，比如跨度大、造价高；为了减少海水对桥梁本体的腐蚀，对建筑材料的要求较高，导致建筑材料的选择难度大和成本较高。所以，除了技术有高度外，资金投入也相应庞大。

对于大桥建设，魏文魁与施工单位中交二航局等参建各方制定了一套全新理念、全新标准和精准措施，推动工程建设。他们优化深水区 40 米箱梁架设施工方案，采用 250 吨提梁门架结合 205 吨架桥机对 40 米箱梁进行架设安装，代替用悬浮法架设 40 米箱梁，避免了浮吊受潮水影响无法架设安装，为 40 米箱梁架设赢得了宝贵的时间。冬季气候复杂多变，施工现场寒风凛冽。常驻工地的有 500 多名工人和工程技术人员，每天 24 小时轮班作业，以每天 30 米的速度向前推进。台风季节海上风浪大，建设者们起早摸黑，披风裹雨，日夜作战，保持工地上的“零歇息”。2006 年 10 月，全体参建人员经过 627 天的共同奋战，全长 12.6 公里的洋口港黄海大桥比原总体计划提前一个月贯通。10.7 公里长管线桥也只用了一年半就建成。大桥建设期间，他们克服施工区域环境恶劣等不利因素，加强工程质量、安全和环保管理，使整个施工阶段的进度、质量、工程造价和安全均处于受控状态，实现了工程零死亡、零污染的既定目标，填补了多项国内大桥建设史上的空白。

洋口港区管线桥工程于 2009 年 3 月开工，2011 年 7 月完工。2011 年 11 月 22 日，工程顺利通过交工验收。洋口港区管线桥位于黄海大桥西侧约 230 米处，与黄海大桥共同连接着太阳沙人工岛和洋口港开发区。与壮观的黄海大桥不同的是，管线桥是为输油气管线、散货传送带安置建设的专用通道。建成时该管线桥上已安装有中石油 LNG 管道。此后，为 10 万吨级石化码头、5000 吨级液化天然气码头、5 万吨级木片码头等项目提供服务。桥总长 10.76 公里，全宽 13.0 米。其中检修车道 5.0 米，净宽 4.0 米，管廊带宽 7.8 米。该工程获得人工岛岛堤建造的定位抛石方法、人工岛钢板桩和软体排复合护底的建造方法、人工岛抛石堤岛壁内侧倒滤层的建造方法等 5 项发明专利。形成的书面成果《江苏洋口港人工岛港口工程专项质量检验评定标准》填补了我国海港人工岛建设无完善专项质量检验评定标准的空白，被交通运输部评为交通系统平安示范工程，为江苏省入选的交通建设项目中唯一一个港口工程项目。

“洋口港区管线桥贯通有效解决了人工岛建港模式后方陆域不足的矛盾，港区深水泊位建设优势进一步凸显，同时也为港区项目落户创造了条件。转眼，到了 2021 年，因阳光岛码头车流增多，黄海大桥原先的规模已经不能满足发展需求，所以我们又实施了一次大桥双向道扩建工程，”魏文魁有些得意地告诉我，“这次就简单多了，并非工程本身简单，而是十几年前创新的技术，积累的经验，以及战斗精神的传承，为后面垫了个厚实的底。”

“其实，扩建桥与原来的有很大区别，所以，技术和施工难度，并没有能抄作业，”魏文魁又告诉我，“2021 年的工程，我们花费的心血也很多，形成的技术创新和突破，依然写满了一张漂亮的成绩单。”

2021 年 7 月，总投资额约为 17.7 亿元的扩建项目启动。项目需要搭建的钢便桥长达 10 公里，是截至目前国内最长的钢便桥项目。钢便桥又称装配式钢桥，由钢管桩、贝雷片、H 型钢、桥面板等设备组装而成，因其承载能力大、拆装速度快等特点，最早用于军事，后广泛用于桥梁建设、高架建设、抢险救灾、危桥加固等领域。施工单位华铁应急控股江苏瑞成科技公司凭借丰富的桥梁建设经验，成为该项目唯一外部合作方，负责其中 2.5 公里的钢便桥搭建工作。江苏瑞成累计投入超过 10000 吨周转材料，并顺利克服疾风、暴雨、潮汐等不利因素，于 2022 年 1 月提前完成钢便桥搭建任务，保障项目持续推进。本项目完成后，黄海大桥整体通行能力预计将增加一倍，极大减轻了大港陆岛物流的压力。

与大桥等同步建设的人工岛，给了他们更高级别的考验。

“就像台风可以分级一样，如果把洋口港建设的系列工程分个级，人工岛建设恐怕是顶级的，”魏先生向我竖起大拇指说，“它是洋口港的龙头工程，在大港里的重要性和建设难度，都是顶级的！由于人工岛远离陆域，海上气候变化无常，有时候十分恶劣，施工环境相当复杂。据统计，在世界范围内人工岛建设的成功率也只有一半。后来，洋口港人工岛工程施工难度之罕见，得到世界范围的公认。全世界已建成的六百多座人工岛，难度系数上如东阳光岛可以排第一。”

洋口港人工岛——阳光岛，建于离岸约 13 公里处的一座名为西太阳沙的海中沙洲上，通过接岛引堤、黄海大桥、接岸引堤组成的“蛟龙”连通到如东县陆域，是洋口港区航道—码头栈桥—人工岛—陆岛通道系统项目的最重要组成部分。人工岛围填面积为1.44平方公里，为国内首座无遮掩外海人工岛。工程范围包括：岛壁结构，Ⅰ区、Ⅱ区、Ⅲ区先期回填区陆域形成，内隔堤，LNG接收站排水口构筑物，LNG栈桥与人工岛相接的连接通道，工作船码头栈桥与人工岛相接的连接通道。项目于2006年12月1日开工，2008年11月28日竣工，历经钢板桩打设、软体排铺设、岛壁抛石及沙袋堤施工、岛壁合龙、陆域吹填，直至挡浪墙浇筑完成。

“工程历时两年，七百天天天无眠，千万步步步惊心，”魏先生拿过我的笔记本，借笔在本子上写了几十个名字，然后介绍道，“说到这里，我要强调一下，洋口港建设中的英雄很多，但绝对不是我，他们是几次登岛、差点掉入大海的罗一民先生；女汉子单晓鸣虽然后来调走了，但前期她一个星期至少两三次出现在现场，年轻的女士谁不爱美啊，女人们出门逛个街都要包裹得严严实实，可她晒得黑黑的，一把头发凌乱不堪，全然不顾；县委县政府的领导一得空就跑到指挥部来，了解工程情况，为我们解困解忧。县领导周建飞，港口建设局的陈国华局长，港口办的袁新安、杨镜吾、陈纲等，几乎无时无刻不跟我们战斗在一起；再有，洋口港公司的常务副总周建和、工程总监何永康，施工单位中交二航三公司总经理席明军等等，他们都是真正的一线拼搏者；船老大徐建泉、于八银和他们的兄弟们作出了巨大的奉献；

当然，更不能忽略的是一万多名施工人员，我无法列出他们的名字，但他们搏击过每一朵浪花，抵御过每一日的酷暑、每一夜的寒流、每一轮的狂风、每一次的暴雨，阳光岛是用他们的钢铁意志构筑出来的。”

我赶忙解释说：“一本书能记述的人物有限，但他们已经嵌入在洋口港的艰苦与辉煌中，绝对不会被忘记。”

魏文魁点点头，表示理解。

在气候恶劣、无遮掩的外海沙洲上建造人工岛，在国内尚属首次，所以在工程技术上无成熟的经验可借鉴，科技攻关成了阳光岛建设的首要任务。人工岛项目启动后，他们先后组织了29次专家论证会，高技术含量的模拟试验达20多项。为了执行到位，项目部每周不间断召开技术研讨会，有时一天就有几次碰头会，应对施工中需要解决的问题，特别是8项新技术的付诸实施，破解了世界级的工程难题。比如，稳定海底面的钢板桩打设，它是人工岛的首道工序，首道不成，没有后来。这种工艺在国内是首次采用，钢板桩也要从国外进口。国内缺乏专业打桩船，他们只好自力更生，尝试组装了打桩船；经过反复实验后投入施工，取得成功，而且惊喜地发现作业效率极高。传统意义上的钢板桩沉桩是采用一条船拼组，一条船沉桩，而人工岛工程钢板桩沉桩主力船型是一条双吊机船，配备65吨、120吨履带吊各一台，集拼组、沉桩于一身。整个施工过程全部在一条船上完成。钢板桩打设采取根根联锁，最后通过钢导梁加固连成整体，形成立体防护，因此沉桩的精度要求精确到厘米。他们借助GPS卫星定位系统，将每根长12～14米、重1吨多的4861根钢板桩精准地施打到预定位置，保证了岛壁结构的稳定。由于施工区域狭小，打桩船移位抛锚困难，施工人员优化施工方案，把原来1根拼装改为2根1组，将原船头施工每插桩5组共13根就送桩一次改为船体侧面打桩，可一次性插桩6组共48根桩再送桩，大大节省了在打送桩过程中的两次调换振动锤的时间，加快了打桩进度。

人工岛工程岛壁结构采用的是斜坡式防波堤结构，以前外海防波堤堤心施工主要以抛石为主，但由于人工岛西面和南面岛壁原始泥面相对较高，受风浪影响小，堤心均采用大型充填袋结构，整个堤身主体采用机织复合土工布袋体打设。堤心充填袋的应用，在保证工程质量的前提下，既加快了岛壁的施工进度，相对于堤身抛石而言，又大大降低了工程成本，减少了石料资源的消耗。为保证岛壁结构的稳定，在现场严禁就地取砂的背景下，考虑到施工水域潮差大、无掩护、辐射沙洲滩面较高，大型挖泥船不具备作业条件，同时现场也不具备建设临时砂库的条件，项目部果断提出用吸运吹工艺进行吹填施工。该工艺管线采用直径为 35 厘米的高密管，抗风浪能力强，同时吹填施工不受涨落潮影响，可全天候作业，极大地提高了工作效率，节省了工期。

在人工岛施工区域，气候恶劣和海况复杂程度远远超出了想象。7～8 级阵风时常光顾，台风影响一年有 5～6 次；潮差最大 8 米多，流速可达到每秒 2 米。依靠船舶作业的人工岛工程，每月有效作业时间平均仅有 12 天左右，24 个月的总工期，竟然要打一半折扣，工期风险不言而喻。2007 年夏季，先后有 6 次强台风影响人工岛所在洋面。每次台风来临，现场的施工全部中断，所有施工人员撤离回到岸上，船舶全部进锚地避风，现场移船、拆管线花费了大量人力物力，致使两个月几乎没有形成有效的连续作业时间。粗略统计，为了确保安全，人工岛项目施工的第一年内，项目部就组织了 2 万人次以上的人员撤离和 2000 船次撤离，每次撤离造成 3～4 天的误工还必须抢回来，因为合同工期没有变动的余地。

“这是一个残暴的夏季，”魏先生用了“残暴”这样一个形容词，并解释说，“真是虐人虐心啊！杨小姐那段时间，几乎天天失眠。她跑过来对我说，她的白头发一缕一缕地生，自己才多大的人啊，老天为什么要让她受这个罪。女人是爱美的，天性，什么事开始虐她的身体，就说明她承受的压力已经到了极限。”

那一年夏天的台风，其中一场摧坏了数百只施工船，掀起的海浪冲走石块 20 多万方、充填袋 14 万方，总损失超过 2400 多万元。

“接下来还会有多少场风暴？造成多少安全灾难和经济损失？”杨小姐焦急万分，要魏文魁给她算个账。魏文魁想了想，咬咬牙狠下心说：“洋口港这个项目，本来我们的初心就不是稳打稳赚，要是从风险和利润角度评估，就不应该选择这个项目；要是必须从风险和利润角度精打细算，现在立即中止，及时止损，不过就是几个亿啊，不会对保华形成重创。”

杨小姐就沉默了，眼泪吧嗒吧嗒掉下来。魏文魁就换了个角度，拿话反过来激她：“如东这个小地方的人，没一个怕的，我来这么久了，就没发现他们字典里有‘放弃’二字。”

杨小姐破涕为笑了，拿眼睛瞪瞪他，说：“魏总，你能，反正天塌下来，你大男人得先顶着！”

人工岛是一个用砂石料堆起来的项目，工程量大，仅抛石料就需要 200 万方。而如东本地偏偏石料缺乏，所需的石料必须从 190 海里外的浙江舟山经长江口运来现场。但适合运输石料的平底船舶严重偏少，而且装船、运输和卸船三个环节都受到了天气状况的制约，跟不上现场施工的需要。总经理席明军带领公司工作组，连续三个多月坐镇项目部指挥。全部一线人员吃住在海上，投资 800 万元搭建的海上平台，集装箱往上面一摆，就成了职工的家，十几个人挤在一只集装箱里生活。夏天海上气温高达40多摄氏度，集装箱铁板内侧手摸上去比开水还烫。大家都开玩笑，说自己是微波炉里的“熟人”。每天凌晨两三点钟项目部人员就起来抢潮组织施工。不管是白天赤日炎炎当空照，汗水浸透衣衫，还是夜晚海风沁凉透心骨，他们都穿着厚厚的救生衣、戴着安全帽，不分昼夜地奋战在施工现场。抢工最高潮时，二三百条船来回运输，项目部十几位物资工作人员不分昼夜地量验石料。他们通过采用打桩靠平板驳抛石、海吊船抛卸、定位驳靠船直接抛卸、7000吨方驳陆上推进以及南侧露滩区高潮运石船乘潮抛卸于露滩区，低潮采用汽车运输等方法联合作业，保证了抛石进度，高峰期日抛填能力达到3万方以上，月抛填总量近60万方，保证了工程的进度。

港口建设者们迎难而上，坚守在海上，潮来我退，潮退我上，不分昼夜，不间断趁潮作业，抢抓一切可用时效，创造了党员干部带头在海上连续作业76天的施工“神话”，并创造出日抛石超3万方的二航水工记录，仅用不到2年时间，就完成1.44平方公里人工岛的建设。洋口港的勇士们在中国南黄海之畔创造了令世界瞩目的“洋口速度”。2008年8月14日晚，随着最后四艘吹运砂船完成卸砂任务，这座由4861根钢板桩和1000多万方砂石料以及软体排、联锁块等物料精心构筑的人工岛主体工程大功告成。屹立在汹涌大海中的人工岛向世人宣告：国内第一个外海无遮掩施工的人工岛在南黄海之滨的洋口港诞生。人工岛施工极限世界级难题的洋口港破解方案，让世界范围内的业界专家振奋不已，连呼“奇迹”。中交二航三公司的高级工程师钱华伟和荣万岭、王峰、何磊等参建的专家，事后根据实践积累撰写的《洋口港人工岛围堤钢板桩附近海床冲刷问题的处理》等研究报告成为业界的“教案”，为推动我国乃至世界海洋围岛技术的进步贡献了智慧。据悉，后来国家在南海填岛的技术，就是在洋口港岛桥施工技术和经验基础上发展而来的。

在阳光岛建设顺利推进的同时，位于岛上的江苏 LNG 项目也进入推进和实施阶段。该项目是中国石油落实国家能源战略，满足长三角地区对清洁高效能源的需求，优化能源消费结构，减少环境污染，推动地方经济可持续发展的重要能源工程，也是中国石油发展液化天然气产业、建立海上油气通道、加快国际化步伐、增强能源保障能力的战略工程。项目投产运营后，主要负责接收、储存和气化来自海外的 LNG，通过外输管道与冀宁联络线和西气东输一线联网，为江苏省用户和西气东输调峰供气。项目于 2005 年 5 月启动，2007 年 2 月获国家发改委核准。一期工程总投资 63.3 亿元，建设规模 350 万吨/年，年均供气 48 亿方；二期增至 650 万吨/年，年均供气 87 亿方。远期达 1000 万吨/

年，年均供气135亿方。主要建设内容包括人工岛、接收站、码头栈桥、外输跨海管道四部分。2006年7月8日至9日，中国石油天然气股份有限公司LNG项目经理部在北京主持召开了《南通港洋口港区人工岛工程整体稳定性综合研究》成果评审会，参加会议的有中国石油天然气股份有限公司LNG项目经理部等十余家单位的领导、工程技术人员和特邀专家。会议对阳光岛建设的成功充分肯定，并落实了开工建设的相关程序。接收站工程于2008年1月正式开工建设，由中国石油寰球工程公司EPC总承包，计划2011年4月接卸第一艘LNG船。一期工程投产后，可为西气东输保安供气10天。

江苏LNG项目是中国石油第一个LNG项目，其不但具有其他LNG项目所共有的技术特点难点，而且因站址建设条件极为特殊，使其工程特点更为显著，被国内外业界专家誉为“世界上建设难度最大的LNG项目”。其特点难点是：站址远离大陆，为典型外海建设工程；为沙洲上首项工程，无社会依托条件；软土地质条件罕见，施工技术难题多；须浅滩潮间带作业，海工工程施工困难；台风、潮差较大，防风抗浪问题突出；项目建设涉及面广，协调关系复杂。

此项目是否真正落户阳光岛，中石油也有过相当长时间的举棋不定。南通方面积极地向中石油集团高层游说。罗一民书记通过国家相关部委和省政府的工作渠道，多次向中石油高管发出邀请，诚恳希望他们亲临阳光岛考察。建岛期间，罗一民终于有机会在现场接待了中石油的领导，通过带领他们实地考察和不遗余力地推介，取得了中石油领导的充分信任。此后，落户工作在双方都得到了积极的推进。

项目开工建设后，中石油江苏公司充分发挥“业主＋PMC＋EPC”项目管理模式优势，将“建设一项精品工程，总结一套成熟经验，集成一套自有技术，培养和储备一批 LNG 专业人才，实现一次试车投产成功”作为工作指导思想，大力实施技术创新和管理创新，积极开展设计优化，创新项目建设模式，严格安全、质量、进度、投资控制，实现了国内 LNG 项目第一个自主设计、自主采办、自主施工、自主管理工作目标，并将向自主开车这一目标迈进。

项目选址阶段，对能否在如东外海西太阳沙海域建设 LNG 港口和接收站人工岛，国内海洋工程界分成赞成和反对两种意见。中石油江苏公司耗时近三年，投入 5000 多万元，组织十几家国内外顶级科研机构、六位院士、三位国家设计大师和百余名专家学者，运用国际最先进的研究手段，开展了潮流型沙洲长周期冲淤演化规律、潮流型泥沙物理模型试验和数学模型研究、辐射沙洲建设人工岛工程稳定性实验等三十多项专项研究，得出了

“两个基本，一个没有”的重要结论，即“烂沙洋水道基本稳定，西太阳沙核心部位基本稳定；LNG 接收站人工岛工程没有颠覆性的意见”，系统解决了质疑。其中，利用大型数学、物理模型试验进行海洋工程抗震液化试验研究填补了该领域的国内空白，被业界誉为迄今为止国内海洋工程建设项目中，前期研究工作最充分、试验规模最大的海洋工程。这些富有创新的前期研究成果，有力保证了江苏 LNG 项目率先顺利通过核准、按计划开工建设，同时为国际上在这种特殊海洋和地质条件下建设港口、LNG 接收站提供了宝贵的借鉴经验。

LNG 建设在技术创新和节能增效上取得重大突破。

在基础设计阶段，中石油江苏液化天然气有限公司与中国寰球工程公司通过深入研究，引入船岸衔接管道水力学联算技术进行精确计算，在保证卸载能力的前提下，将 LNG 卸料管线管径由卸料管道单算的 44 寸降至 40 寸，降低管道材料费近 8000 万元；优化接收站取排水口设计方案，将站外取水改为站内取水，解决了冲淤变化剧烈的海域离岸取水的技术难题，有效降低了工程投资和运行成本，降低投资近 3000 万元。在广泛调研、全面评估和权威专家评审基础上，优化 LNG 码头栈桥设计方案，第一次采用下承式简支桁架拱形 LNG 钢栈桥，解决了技术和施工难题，同时降低投资 7000 多万元；优化外输管道建设方案，将管道海底敷设改为跨海管线桥架设，规避了各类安全环保风险，降低工程投资达1亿元。

公司牵头组织寰球公司、西安管材研究所等多家单位，与太钢集团合作，利用两年时间，投入研究经费500余万元，成功研发出LNG储罐建设关键材料——国产低温Ni9钢，使在欧钢联价格居高不下、供货时间难以保证的Ni9钢价格一夜间下调30%，打破了国际垄断局面；与国内低温保冷材料制造商合作研发出LNG储罐国产低温保冷材料并率先使用，推动国内低温保冷材料迅速打入国际市场，中国一举成为世界第二个可生产此种材料的国家，并成为亚洲最大生产基地；在大口径低温不锈钢管材使用上全部实现国产化，江苏LNG项目成为国内国产化率最高的LNG项目。这些关键技术取得的重大突破，使每座储罐降低投资达2000万元以上，主要材料供货周期平均缩短53天，而且有力促进了民族工业自主知识产权水平的提高。

项目还在全球首次采用三岔液压挤扩技术进行储罐超密集型群桩施工，获得成功。通过对储罐桩基技术方案进行反复研究比选，确定采用三岔托盘挤扩灌注桩作为储罐的基础工程桩，并针对此种桩基施工在世界上首次采用了“超密集型群桩三岔双向液压挤扩施工技术”，解决了辐射沙洲特殊软土地质条件下储罐桩基承载力弱的重大难题，并使桩基原计算桩长由80米降至60

米，每座储罐桩基础降低造价2000多万元，施工周期也大大缩短。储罐水压试验检测，最大沉降差均不超9毫米，远远低于设计允许25毫米范围，成为一项新的世界土木工程技术之最。另外，采用高含沙海水条件下ORV（开架式汽化器）安全使用技术，取消海水除砂器，采用喷涂工艺保证ORV安全运行，使取水工艺也得到进一步优化，降低工程投资1200多万元，运营期维护费用也将得到有效降低。

最有意义的是，这个项目充分体现了政府与企业合作上的“创新双赢”，建设模式创新开创业界先例。主体方中石油以合建回购方式与政府和港口基础设施投资商合作，借势借力提前建成人工岛，规避了人工岛建设的各类风险，为项目建设争取主动权，解决了项目核准前提前开工难题，同时降低了建设投资。另外，项目还开创世界首例以购买路权的方式，达成政府与企业合作建设世界最长的LNG跨海外输管线桥，将LNG外输管海底敷设施工改为陆上施工，彻底规避了在不稳定海床地质与环境下管道海底敷设面临的大量技术难题、施工风险和未来投产运营风险，有效保护了海洋环境，建设期避免渔业补偿近4亿元，降低工程投资1亿元，运营期的维护成本和难度也大大降低。此外，中石油与政府、港口基础设施投资商合作建设重大件及工作船码头，保证大型设备、重要物资上岛，同时为港口提前通航、拖轮靠泊和海巡艇码头建设提供了支撑平台，在港口功能实现多元化的同时，降低了基础设施投资费用。

当年8月31日，人工岛上0.3平方公里的中石油LNG接收站区全面交付。这是支撑建设洋口港这样一个巨大工程关键性的第一个大项目。中石油江苏LNG项目部经理张成伟倍感振奋地说，人工岛围填成功，为建设总投资60多亿元的江苏LNG项目铺平了道路。省市有关领导赞叹说:“LNG接收站区吹填顺利达到10米标高，创造了多个国内甚至国际领先，这是一个伟大的创举!”项目建设创造多项国际国内纪录。历时10个月，2007年11月人工岛一次吹填成功，刷新世界无遮掩外海人工岛吹填仅有49%成功率的纪录，日打桩和抛石量创造国内同类海工工程和水运工程建设史上两个第一。大型LNG储罐桩基成为世界上规模和密度最大的挤扩灌注桩群（直径82米范围内，均布360根直径1.2米、长60米的三岔挤扩灌注桩）。大型LNG卸载钢栈桥施工开创了外海无掩护大潮差环境下吊装技术成功应用先例（钢栈桥单跨长86.8米，宽12.5米，桁高11.6米，重350吨），LNG栈桥长度居国内第一、世界第二（1970米）。LNG码头接卸能力世界最大。LNG跨海外输管线桥世界最长（10.762公里）。供电工程20千伏市电电缆单回长度创江苏省电力工程之最（单回14公里），在国内排在前列。

2009年5月，人工岛工程顺利通过验收，这也标志着二航人在我国施工条件最复杂的海域之一的南黄海创造了中国港口建设的奇迹，成功建造了国内首座无遮掩外海人工岛，并创下了人工岛建设的多个“中国第一”和在复杂的施工环境下人员零伤亡、环境零污染、水上交通零事故的“三零”纪录，开创了外海建设人工岛的先河。凭借着技术攻关和工艺创新，洋口港无掩护大潮差外海人工岛施工技术获航海协会科技进步二等奖；“洋口港人工岛钢板桩沉桩QC”“洋口港人工岛软体排铺设QC”获全国工程建设质量管理小组二等奖，工程获江苏省“扬子杯”优质工程奖，并获全国优秀项目管理成果二等奖；中石油江苏LNG码头及栈桥工程“86米钢栈桥防腐外观质量控制QC”获江苏省工程建设质量管理小组活动成果优秀奖，工程获江苏省“扬子杯”优质工程奖，“钢栈桥制作安装班组”获“江苏省工人先锋号”；洋口港区陆岛通道管线桥工程获交通部“平安工地”称号。

第十三章　大浪淘尽

在我访问如东期间，满脸海风黑、中等身材、朴实敦厚的陈国华是陪我时间比较多的人，因为他是洋口港建设的“记忆库”，他一直担任洋口港建设局的负责人，兼任港口施工的总协调员。他心直口快，性格里有着典型的海洋特质，坚韧、勇敢、踏实而又正直。他说话语速很快，激动起来，脱口而出的全是方言，我不得不经常打断他，恳求他放慢语速。他哈哈大笑，似乎还有一点“捉弄”了我的小顽皮、小快乐。

好像在高处，我们更容易拉开话幕。有一次是在阳光岛，有一次是在洋口商务大厦，我们在塔顶展望大海，在高层鸟瞰开发园区，一聊就是几个小时。晚霞洒满大海，白天灰蓝色的海潮，变成了厚重的金浪；华灯初放，那些高大的储气罐，错综的楼群，在晚霞与灯火的交织中，闪烁着缤纷灿烂。

“太美了，每次看到这么美的景象，想想以前的荒芜，就有一种自豪感，”他有些骄傲地对我说，“我们看这一切，跟来观光的客人感受完全不一样。我们有亲身的经历，有青春热血，有无数夜以继日的奋斗细节，在这些景色里。”

他向我讲来洋口港建设二十多年来的很多故事，每次都是滔滔不绝，一两个小时后，他突然发现哪里不妥，停下来问我是不是太乱了、太琐碎了，然后又开始努力地梳理这些故事，试图进行分类。我就安慰他，说不用考虑这些，放开讲，想到哪儿就讲到哪儿，想讲什么就尽情地讲什么，不要有顾忌。

时间是最好的研判师，不管他的讲述有多凌乱，但不知不觉就是几个小时一晃而过，然后久久难以忘怀，这就是时间给他的故事打出的高分。

最后一次他跟我交谈时，可能预先做了一些准备，用了一组词来描绘他对洋口港建设人的评价，他说他能想到的精神，至少有四个：吃苦耐劳，敢想敢干，勠力同心，求真奉献。

我记下这四个词，回来后在录音和笔记里，反复查找他讲述的故事，然后一一找到了对应。我觉得他这位工科大学的毕业生，还是挺善于对庞杂的内容作概括总结的。吃苦耐劳这一点，他提到这是如东人最大的精神遗产，几千年的向海求生，几百年的围垦，几十年的建港，依靠的首要精神都是吃苦耐劳。如东是一个农业大县，财政本来就十分拮据。而要为洋口港开发作前期准备，一动就需要钱。穷也有穷的办法，就是少花钱，能用土办法尽量用土办法。比如，最初测潮汐，是请渔老大在太阳沙上插一根粗毛竹。后来把一根钢管竖在太阳沙上，用三根钢丝绳固定，潮起潮落时都要到海上去观察，取得初步的数据。而为了向前来考察的客户介绍洋口港，最初就是港口办的副主任袁新安在四开白纸上画一个示意图。后来，他从如东高级中学请来美术教师，根据他的想象和描述，做了一个沙盘，用来直观地向外推介洋口港建设构想。

最近的一次大围海工程，是 20 年前为洋口港开发园区围堤。陈国华在围垦指挥部工作。当时投资款还没落实，县财政也无法垫资，为了赶时间让洋口港园区有个雏形，工程只能白手上马，先干起来再说。县政府刚性规定是必须在规定的时间完成规定的工程量，沿途所有的乡村各承包一段。

陈国华记得当年的冬天特别冷，一个寒潮过来，一夜之间把施工中的海堤全部冲垮了。在那么艰苦又不给分文工程款的情况下，前功尽弃，好几个乡镇长到指挥部来哭。指挥部也很着急，指挥长顾晓武就带着陈国华他们一班人，沿着海堤巡查。外面下着大雨，地上结着冰，又潮又冷，几个人一路摔个不停。大家穿着连裤的那种雨衣，浑身都冻僵了，机械性地往前走，东西四公里，南北两公里，南北再两公里，一天走两趟，整整要跑十六公里。顾指挥长个子不高，步子不小，陈国华和其他几个年轻人跟在后面，跌跌爬爬，勉强能跟上，每天下来，鼻青眼肿。而且路上身体散热太多，一会儿就饿了。于是，他们就偷偷揣几个饼子在口袋里，饿了就拿出来啃几口，饼子被冻得像铁疙瘩一样，在嘴里嚼半天才化开，再费力气吞下去。就这，还是被领导劈头盖脸批评了一通，说:“你们也不想想，工地上的民工比你们苦得多，他们不冷不饿吗？他们不到下工时间，都在闷头干活，水都难喝到一口，你们这些干部却嚼着饼子在这堤上晃悠，这是什么形象、什么作风啊!”

他们很惭愧，从此也不再带着零食跑了。

围垦民工确实太苦了。大家都是住在靠近工地的工棚里面。他们不能带任何零食，不能在工棚里储存干粮。有几个民工带了一点炒花生下酒，在工棚里喝点二锅头御寒，结果引来了很多海老鼠。海老鼠是吃海鲜长大的，有的体形跟猫差不多大，敏捷而又强壮，把工棚里搅翻了天。它们天天光顾，要逮住它们却比登天都难。后来，指挥部只好求助南通的一个专业灭鼠公司，才控制住了这场鼠灾。

那个时候，即使是娇生惯养的人，都不好意思喊苦。为什么？因为市县领导、参与建设的专家，都是把自己当“苦力”的。比如，只要有大的投资商和国家部委、省里的领导过来考察洋口港，罗一民书记就陪着出海。那时出海相当艰苦而又危险，比如到人工岛去，要凌晨就出发，坐手扶拖拉机从浅滩进去，到了深水区有铁壳渔船接应，但渔船停泊区与拖拉机能到达区还有一段水路，拖拉机走，太深了，船走，太浅了，必须从水里蹚过去。但没海上经验的人摸不准安全路线，很容易崴到水里去，被大海吞噬。所以，这段路只能靠那些经验丰富的渔民志愿者背过去，再上渔政船，开到岛边。可以想象一路的艰险。罗一民有一次从小船往大船跨，正好一个浪头过来，把两条船迅速地推开，他直接就掉向海里，幸好身旁的市委秘书长黄巍东反应快、力气大，上去一把拽住他一条胳膊。他脱险了，但是胳膊肌肉被严重拉伤，一直到现在，那条伤痕还在呢。

陈国华记得，最早在港口工作的那批人，周树立、袁新安、杨镜吾、陈纲……他们吃的苦，哪个不是一大把故事一大把辛酸泪。陈纲是他们中唯一一个专业技术干部，早年为了省钱，许多勘察工作、数据搜集和确认工作都必须亲自到现场去做。陈国华记得陈纲爬过无数次风电机的杆子，爬到高处时，海风嗖嗖地刮在身上，随时能把人刮跑。杆子的晃动幅度很大。每次上去，陈纲都会想，啊呀，怎么没有提前写好遗书。有一次回去，把这个想法跟媳妇一说，她立即哭了，说为什么你要去拿命拼这份小工作，换个其他事干，难道我们就过不下去日子吗？陈纲回答媳妇，在洋口港这件事上退缩是可耻的，只能勇往直前。

如果溯源身世，周树立和袁新安都算是“上海人”，也是有机会回上海的。可是，他们都选择了留在如东，做地地道道的如东人，为家乡奋斗一辈子。因为有洋口港，他们的生活变得非常辛苦，长期处在高强度工作状态和太紧张的心理压力中，但他们陈述“为什么没有逃离如东回上海”时，理由竟然是“因为有洋口港，我们才与如东难舍难分”。开发初期，袁新安、杨镜吾跟陈纲一样，三天两头在海上奔，爬杆子爬得像猴子一样灵活。但爬杆子并非他们的主要工作，他们是文职干部，整资料、搞材料、跑审批才是主业。但是他们白天不是出差就是出海，所以夜里大都要伏案加班。当时的县领导曾这样表扬他们：“一群夜里能爬格子、白天能爬杆子，能文能武的才子、勇士。”

如东县政府常务副县长单晓鸣具体负责洋口港的工作，她直接就将办公室搬到前沿指挥部，亲自担任洋口港海上工程建设组组长。她白天在现场奔走，晚上开会盘点一天的工作，睡觉前还要抓紧时间阅读海上工程书籍，填补专业知识缺陷。为获得更多的港口知识，单晓鸣前往全国港口建设科研单位进行调研，尤其是与天津一航院保持着热线联系。她组织大家向专家们请教，到全国各相关港口考察，了解兄弟港口的开发建设经验。为节约费用，他们坐公共汽车，吃路边小店，每次出差回来，大家都面黄肌瘦，精疲力竭。

她组织大家走访渔民，请教南黄海潮汛知识、出海的注意事项要领。她是出海最多的领导干部之一。出海多了，烂沙洋整个情况都在她心里了，航道、岛、沙、潮流，她烂熟于心，专家们称她为“烂沙洋港口专家”。那时去烂沙洋一次要 4 个多小时。她第一次出海就很不顺利，遇上了 8 级大风。渔民告诉她，烂沙洋海阔浪高，有时，晴天也会有涌潮，在这里的海上施工，只能是人适应海，海是不会去关照人而改变自己的任性的。她第一次领略了晕船的滋味，趴在甲板上，吐得眼冒金星。有渔民就调侃她，大县长啊大县长，你再泼辣也泼辣不过大海，能少来就少来吧。她却暗下决心，一定要闯过这一关。从那以后，她有时间就会来到海船上，让船带着自己在浪尖上荡颠。不少友人劝她不要去冒这个风险，南黄海烂沙洋潮差大，不小心掉下去，就没命了。尤其是烂沙洋，过去人称这里是死人屯，水深浪急，刚刚还风平浪静，一眨眼突然就巨浪袭来，无法预料，特别危险。单晓鸣却顾不了这么多，身先士卒组织大家投入了烂沙洋海上工程的前期工作，直到调离如东的那一天。

进入新时代以来，洋口港人继续发扬拼搏精神，在困难面前不畏难，在竞争面前不退缩。这里面比较突出的是洋口港的招商团队。招商部的每名同志都有一只装满生活用品的双肩包，随时准备好外出招商、为项目协调相关事项。他们仅用15个月，就拿下了金光纸业集团入驻项目215个审批事项的193个批文，让项目以最快的速度落地。当时的县委表彰时，称之为洋口港人的“背包客精神”。“背包客精神”再一次丰富了洋口港精神的内涵。

“港口办有位同志，连续在外地奔波，有一次在南京的街上，把一只鞋的鞋底突然跑掉下来，挂着的鞋底把他绊住了，摔了一个大跟头。同事去扶他起来，他却躺在地上一动不动，把同事吓坏了，以为他摔坏了。过了一会儿，他自己一骨碌爬起来，说能这样躺着真是太享受了，我趁机小眯了一把，”陈国华说，“这样的事真是太多了，您一定也听说了，杨镜吾在外面跑，老婆和她的闺蜜们到机场去接他，因疲劳过度，他昏头涨脑中竟然没有认出老婆，握着老婆的手说感谢。还有，我们县办事处的王正龙主任，为了项目，起早贪黑在北京某国家部委的大门口守着，以便等到相关领导。功夫不负有心人，一天傍晚他终于发现领导的车来了，赶紧拿着文件上去自我介绍，把领导吓了一跳，以为是拦车告状的。门卫见了，上前一个猛推，差点把他推倒了。他站稳身子，笑着上前继续解释。领导终于发现是误会，也很感动，立即道歉，并把他请到自己的办公室，为他泡上一壶热茶。”

在建设施工现场的艰苦程度，就更惊人了。比如修桥过程中，为了赶时间，抛石方的那些日子，施工人员就直接住在海上的铁皮工棚里，太阳一暴晒，那里面跟蒸笼没有任何区别，人靠上朝阳的一面，肯定会被烫伤。在那种环境里睡觉，可以想象睡眠质量有多差。那时候中交二航局和三航局两家承办单位铆着劲，比拼看谁干得快，结果船开进去的时候发生事故，把 1.1 公里位置的桥段撞坏了 100 米。海上潮汐非常大，本身就影响工期，现在撞了 100 米，又得多出 100 米的维修工程，大家只能不分昼夜不停地打桩。打桩基本还算比较顺利的，上面铺玻璃架搭面板，这样就不受潮汐影响。但是最大的问题是人员不够，作业面拓展不开。当时需要找有经验的焊工，中交二航局、三航局把其他工地都停掉了，三航局派了老总坐镇在现场。陈国华看到老总上去几天后，人整个黑下去，憔悴不堪，担心他的身体吃不消。可这位老总坚决不肯离开，直到问题全部解决。最终桥做完后，中交集团包括国家发改委开现场办公会，准备验收交付，移交给中石油的前一天晚上，发现固定的一千多个卡子没有焊接到位，没有人敢签字移交。会上建设指挥部就商量，白天才能便于观察管道，所以必须连夜调工人来补，完成这个卡点的焊接。然后发动各种关系，利用私人关系把一个船厂的电焊工全部调过来赶工。中交集团的总裁徐航力带着矿泉水和面包在那个桥上面慰问工人。不管是领导还是专家、工人，大家干了整整一夜，没有一个人坐在那里，哪怕偷懒一分钟。工程被连夜抢修出来，顺利完成了验收，实现了阶段目标。

敢想敢干是洋口港建设施工中的一大特点，当然，这是有前提条件的，一两个人果敢没有用，集体性的果敢才能形成气候，才能决胜千里，所以，勠力同心这一建设人的精神特点，是“敢想敢干”的强大辅佐。陈国华举了个例子，就是建设过程中发生和处理的一起事故险情，它的表现很有代表性。

被称为“9·22”事故的这次险情，来得比较突然。华能国际电力的海上风电项目所属浮吊船“稳强 8”受台风影响，夜间撞坏洋口港管线桥，致使 1 公里桥面损毁。管线桥上敷设有中石油天然气外输管道，最终连接到“西气东输”国家管网，涉及整个国家冬季保供。管线桥事故发生在 2019 年 9 月 22 日，如果洋口港 2019 年 11 月 15 日之前无法恢复供气，将会造成全国气荒。事故发生后，国家发展改革委非常重视，给洋口港下发交办单，要求每天报送管线桥抢险进展情况，每天打了多少桩，干了多少活，有多少人，用了多少设备等，进展到哪一步，安全性多少，等等，事无巨细。

管线桥抢险的最大难处在于损毁管线桥清障，清障完成后才能进行原位修复。险情发生后，所有在洋口港的设计、施工单位，只要需要用到他们的，不管与自己有没有关系，都无条件服从调遣，出人出力出智慧。中交一航院第一时间派驻以赵冬梅同志为组长的工作组，一周之内提交施工图并通过专家审查，而且不要一分钱报酬。管线桥抢险涉及施工监理，包括物资筹备、队伍落实、审核审查、用海手续、第三方检测等。在来不及招投标且没有筹措到资金的情况下，许多长期合作单位主动承担抢险工作，包括中铁大桥院、武汉港湾院、中交二航局等（至今合同都没有签，工程款也没有付）。中交三航局积极抢险，总工程师叶中海同志现场指挥。总之，当时涌入一大批单位和人员，进行全过程支持和帮助。

当时中交集团找来了国内最先进的打捞船，但被一块 300 多吨的箱梁挡住了入口。必须要把这块箱梁清掉，打桩船才能进入指定区域打桩。中交三航局采用了国内最先进的抓斗船进行清障，但是遇到了很大的困难。船舶退潮时吃水深度为 6 米多且不能搁浅，但洋口港施工区域退潮后随即露滩。换言之，退潮后船舶无法继续工作。自事故发生后 20 天内，发生了两次台风和一次寒潮。在这期间，由于天气和潮水影响，中交集团清障工作毫无进展。当时成立了专家组，研究后想放弃清障，改为从管线桥西侧选线。但是洋口港地质比较复杂，若不进行原位修复，会产生一系列问题，如改线区域没有地质报告，设计院无法确定桩长；改线区域没有办理用海手续，若强行占用将会面临严重处罚；改线后管线桥不再保持顺直状态，影响桥梁美学；等等。根据陈国华的判断，打桩船吃水深度为 3～4 米，假如把箱梁沉下去，趁着高潮位的时候，打桩船可以进入指定区域施工。当时中交三航局现场总指挥叶中海对他说："陈局，假如我死在这里，你们能够解决问题，我愿意死在这里。"陈国华听了他的话，特别震惊和感动。这也激励了他，大胆说出了自己的建议，就是采用最土的办法，趁着最低潮的时候把箱梁沉下去，高潮位时打桩船可以进入施工。叶总指挥虽然急于解决问题，但对这个土方案还是感到不稳妥。他思索了一会儿，最后对陈国华说："我们就按能想到的办法办，现在最好的办法，其实就是想怎么办就怎么办，我们已经没有时间再去研究和论证了，只能拼一拼再说。"陈国华向他表态："我们一起用全部的脑子、名誉甚至小命，一起来扛吧。"

于是，陈国华找到两个本地人，一个叫作程晓华，另一个叫作于八银。于八银是本地渔民，他有个亲戚原来是北京城建老总，历史上为洋口港作出过贡献。于八银觉得事情比较复杂且不安全，不敢承接这个任务。陈国华对他讲："现在大家走投无路，如果不能如期修复，影响了国家层面的供气，洋口港会从'地方荣耀’变成‘国家耻辱’，靠你们渔民兄弟搞土办法，是没办法的办法，也是目前能想到的唯一办法，你能不能动员渔民兄弟们一起，帮洋口港去做这次抗险的尝试。”

于八银一听，事情有这么重要啊！他瞪大了眼睛。当天夜里，他就去召集渔民，但是渔民不愿意干，因为按照规定，在禁捕期渔船是不允许出海的。最后政府出面，协调允许渔船出海。施工队把泥浆泵设备、发电机组从桥上用吊机吊到渔船上面，再趁低潮的时候把梁沉掉。后来也是比较顺利，夜里把那个梁沉到下面，把下面那个沙吸掉了以后，施工单位的打桩船趁着潮水进来打桩。

中交集团对如东当地的地质和潮汐情况不完全了解，按照常规的方法是用锤子砸，砸坏了以后用桩去砸，外地的施工船在这种操作过程中若遇潮水退潮很容易搁浅，发生更大的安全事故。一条船五六个亿就赔进去了。所以，中交集团对这种“没有办法的办法”采取了接纳态度，放手让“小米步枪”投入抢险战斗。当地渔民再次表现出他们的情怀和格局，抛开个人任何名利，没有跟政府谈任何条件，带着人和设备投入洋口港的抢险。一个团队的第一战斗力就是它的凝聚力，大家心往一处想力往一处使，互相鼓励互相帮衬互相担当，形成了“泰山移”的强大力量。

“当时开发区的蔡书记每天早上给我发信息，不是安排我做什么，而是问今天需要他做什么，如此豁达。他其实心里也很焦急，但他信任我们，充分地放权，不给我们添压力，所以他每天都不催促我们做什么，但每天到现场去看，去盯这个事情。很多年过去了，他当时给我发的信息，我都没舍得删掉，把它拷贝在电脑里做纪念，”陈国华说到这里，感慨万分，“当时参与的老专家十几个，县里的、市里的、施工单位的，一天最多的时候要开五六个专家碰头会，没有一个专家发牢骚、不情愿的。还有当时参与的党员，发挥了党员模范作用。大家参加了一个集中宣誓仪式，然后把宣誓词粘贴在指挥部办公室的墙上，头一抬，就看见自己的誓言了。”

其间老天并没有帮忙，而是恶劣天气不断。前面二十几天，就发生了 1 次台风和 2 次寒潮，给抢险造成了巨大的阻力，进一步加剧了任务时间的紧张。后来只能每天策划一些奇招，采取一些特殊的措施，加速推进维修抢险。最终有 700 多人参与了这次抢修。当年参与过抢险的一航院专家周明权现在已经八十几岁了，打胜这一仗，他立下了汗马功劳。一航院当时给他的奖励，就是发了一张奖状，其他什么都没有。陈国华说:“当时有位中铁大桥院的老专家徐光史，已经 90 岁高龄了，方案确定审核的时候，设计方案要请他把关，我们白天和他联系好，下午 5 点开车去武汉，夜里去他家敲门，老人家半夜三更从床上爬起来，给我们审核材料，认认真真逐字逐句看，每一个图标都细细看，一直忙到凌晨，他才签了字，然后我们连夜赶回来。我们很心疼他，一直说着谢谢，老专家却说：‘你们这种精神才是真正的了不起，活到老学到老，我要向你们如东人学习。’”

这里面有太多的感人点滴。陈国华回忆说，他有个朋友在南通市交通局当领导，知道这个事，劝他说，要尊重科学，不要蛮干，不应该去冒险，万一失败了，后果不堪设想，最后的责任扛不起啊。但陈国华觉得，问题总归要解决，这是一个迫在眉睫的事，不能延误。至于方案，哪里有时间来等到一个周全的呢？所以还是要铤而走险。所有参与抢险的单位和个人，几乎完全没有考虑个人利益，自己作为施工总协调角色，有什么好瞻前顾后的呢？那位朋友后来说：“既然这样，我支持你，需要我做什么，随时吩咐，这段时间我 24 小时，为你、为洋口港，不关手机！”

很不巧的是，那期间陈国华的妻子生病开刀，陈国华天天在工地上，难得回去照顾妻子。但他偶尔回去一次，看到躺在病床上的老婆，总是笑眯眯地看着自己，一点也没有生气责怪的意思。他有点奇怪，忐忑不安地试探老婆，为什么这么淡定。原来，他不在家的日子，海事处的姚处长夫妇每天都来陪伴，并且天天为病人烧一碗鱼汤。他们对她说，陈国华是个好男人，但现在洋口港处在非常时期，他顾全大局，无法分身，请她体谅。

“这才是一个我，背后就有这么多感人的点滴，我不过是洋口港战斗中的千分之一、万分之一员，”陈国华笑着对我说，“如果每一个建设者，哪怕一百个里面挑一个，你来采访一下，你这本书恐怕要增加五到十倍的厚度。里面的好故事，真是太多太多了。”

谈到“求真奉献”这个词，陈国华更有说不完的话。他说专家、领导们固然有这种精神，但在老百姓身上，似乎体现得更具体、更生动。

2008 年洋口港尝试通航的时候，勘察发现在航道里面有好多渔网。第三天试航的大船要进来，必须赶在前面把航道里面的渔网全部清掉。当时县海洋渔业局缪贵带队处理，觉得这件事还是要依靠有经验的渔民才行。然后，政府就找到船老大徐建泉——很多年以来，大家似乎都有了一个共识，有麻烦找老徐，徐老大成了民间智慧和能量的代言人。最关键的一点是，徐老大从来不跟政府坐地谈价，而是接到通知就上，小到亲自背人去岛上，大到组织队伍轰轰烈烈执行海上任务，任劳任怨，默默奉献。此次行动，徐老大带着渔船队出海清网，因为不能选择时间，只能遇什么天气就经什么风浪。那几天偏偏有九到十级的大风，巨浪滔天。渔政船在前面开道，徐老大带着渔民开着小船跟在后面，看见渔网直接用刀砍掉。

那次，陈国华觉得自己要以身作则，就陪着从小洋口上船，结果小船在浪中剧烈跳荡，他在徐老大船上晕船，把胃酸都吐光了。而且，到了船上他才知道这次有多危险，这么多年他没少跟着徐老大出海，唯有这一次，看见徐老大竟然一丝不苟地穿上了救生衣。徐老大把自己用绳子吊在大船上面，拉着，然后下去把渔网砍掉。陈国华也是一个在海边长大、生活的人，出海经历不少，但那种情景还是让他触目惊心。回到家躺在床上头脑都在转，做了一夜噩梦。事后，徐老大笑话他，说:“陈局啊，你到底是来给我们打气的，还是来恐吓我们的呀?”

徐老大这一代渔民，可能是如东传统意义上的最后一代渔民，他们知道洋口港开发其实是在砸他们的传统饭碗，但对更多的人来说，是换大饭碗、换金饭碗的机会。于是他们就选择不计个人得失，紧紧拥抱这个时代，并成为这个时代的摆渡者、奉献者、牺牲者。曾负责洋口港开发工作的县委原常委周建飞告诉我，那时候，只要有工作直接涉及老百姓层面，他首先就想到跟徐老大商量。徐老大这个人的境界，真是令人仰视。比如，到了捕鱼的旺季，特别是搞鳗鱼苗或者搞鲳鱼最赚钱的季节，出海前是需要预先做计划的，要花好长时间准备器具。每次出海之前，他都会到港口办公室来跟政府人员聊一聊，了解今年有没有工程上的计划，如果有工程上需要帮忙的计划，他暂时就不出海了。当时他配合做工程，一个月才出一趟海，政府也就象征性地付二千块钱。在如东港口建设过程中，他们付出很多。渔民们能有这样的格局，为了洋口港做出这么多的利益牺牲，对全县干群的鞭策意义太大了。

再说到渔民于八银，请他出来帮忙搞抢险，他甚至没有谈任何条件，就组织船队上马了。后来几天，有同伴问他，这报酬怎么说的？他就来问陈国华，表情里居然有些羞愧。

“我当时也没谱，只想到抢险，根本没有来得及考虑这些，就信口对他说，你放心，干成了报酬多多的，至少按规矩给大家，干失败了，至少政府要付你们的油钱和工钱，不会亏待你们。于八银就很满足地点点头，继续干活儿，”陈国华说，“可是，我承诺这些，完全是一已之念，脱口而出的，所谓按规矩付报酬，可这个规矩是什么、在哪里，根本就是没影子的事。但老百姓信任我们，我们之间没有合同，只有信用。洋口港建设期间，百姓与政府之间，政府与科研机构、与企业之间，这样暖心的事很多，我们应该铭恩。”

我对陈国华所说的“求真”有些好奇，请教他如何理解。他说，那就说一个跟自己关系最密切的事例。那次，港口办的袁主任安排他去管管线桥。原先，这个桥是交给保华方面管的，需要给一千多万的管理费，后来招标，价格比较高，就决定还是如东方面自己管吧，这就把陈国华拉过来管管线桥。他觉得管线桥工程责任太大，他一个人力量比较弱，没有合适的帮手，就想到洋口港建设前期的两个“老爷子”，周树立和陈坚，他们人很正直，也很专业。陈国华提出把两个老爷子拉过来做顾问，上面就同意了。本来以为，老爷子的加入会让自己的工作决策更顺畅，可没想到，竟然惹来两个“麻烦”。对陈国华提出的任何方案，两个人都不是第一时间表示支持，而是埋头研究后，才表示赞成或者坚决反对。在处理管线桥事故的事后，老爷子就不认可他提出的土方法，周树立凌晨三点给他发信息，认为要由专家团队出方案，不能搞土方法，否则出事的概率极高。后来，陈国华他们为了赶时间，还是毫不犹豫把渔民队伍开进去。周老爷子就冲进指挥部办公室，当着一屋子人训斥他，骂他是河海大学出来的大胆狗熊，非要砸河海大学的牌子不可！这样的吵架，不知道发生过多少起，可奇怪的是，他们越吵关系越亲密，越吵走得越近。直到现在，尚在工作岗位的陈国华，还每月都把80多岁的周先生请到办公室来讨论一些棘手的问题。有时候，讨论得很合拍，兴致勃勃，陈国华就说“老爷子，晚上请你喝小酒”，老爷子就说“好，乐意”。有时候吵了起来，老爷子摔门就走，陈国华就挽留，说“老爷子别生气，请您喝小酒”，老爷子就推开陈国华，那手劲儿还挺大的，气呼呼地说：“不喝你的狗屁酒，道不同而不相为谋。”

办公室同事见了，全都忍不住哈哈笑起来。

周先生被人戏称为“洋口港免费的高级工程顾问”，直到现在，他仍然每日围绕在洋口港的身旁，仍然在最需要他的时候准时出现在施工的第一现场。他说：“就像要照顾得了尿毒症的妻子，要照顾得了精神分裂症的外孙女一样，我也得照顾一手带大的洋口港。对于我来说，洋口港是我的女儿，是一个茁壮成长、大有出息的女儿，这也是献给自己的一个得意作品，是给自己人生的一个高分答卷。我很庆幸，我这辈子可以结缘海洋。”

“他绝对有一种了不起的大情怀。”陈国华的言语间，毫不掩饰他对老先生的敬仰。他说老先生不止一次对他说过掏心掏肺的话：“我是把洋口港当成女儿的，女儿是要保护的，谁也不许把它当成过家家，游戏一场就拍屁股走人。在洋口港开发建设上留不下一点成绩，就不配在如东当干部，因为那都抵不上任何一位如东小老百姓的境界。”他还说：“我们虽然是两代人，但我们见证的是同一个时代，这个时代国家机遇很多，个人机遇也不少，我的同学、朋友发大财的人很多，请我出山的也不少，拿年薪、配专车，各种待遇都开给我，谁不心动呢，谁不喜欢这些呢！最终我还是放弃了，洋口港是如东的大机遇，是更多如东人奔向幸福的梦想，我把洋口港当女儿，我怎么舍得不先把她养好，我所做的一切是值得的，也是认真的。所以，只要涉及洋口港的事，我就是一个顽固不化的斗士。”

“我想，我死后，就在洋口港附近立一块墓碑，碑上写六个字——风里来，浪里去。”周先生跟家里人留了这句话。作为他的晚辈、徒弟，陈国华听说后，感动不已。所以，跟这样的老爷子在一起，不可能产生任何私人恩怨。大情大义的友谊，才经得起大浪淘沙，才能见真金。

“洋口港开发建设的几十年历史，很有意思，”陈国华这样总结，“有意思在于，它的成功是勠力同心的结果，也是一大批仁人志士顶真求真，从争议、争辩、争吵出发，走向共识、大同的结果。”

咏叹篇

题记

生命的意义在于精神的延续，赞美生命的价值，就要尽情地歌咏她的传承。一港崛起，如东如愿；江海万古，文脉流长。

——罗一民

第十四章　生活的邀约

坐在我面前的小伙子姓陈，今年 33 岁，跟王思聪同名不同姓，也有着差不多的“好命”，是一位典型的江南“富三代”。他是 2016 年从无锡迁移到洋口港工业区落户的万博新材料公司的年轻总裁。年轻人穿着雪白的衬衫，头发梳理得整整齐齐，定型胶定格着的是一款时尚得有点前卫的发型，雪白的面容，自信的神情，目光里流露着一股英气，也有那么一点风流与不羁。

“我曾经是一个花花公子，差点把祖辈的家产败光。”陈思聪毫不忌讳说自己的过去，他发现我对他的故事感兴趣，便坦率地回答我想了解的一切。他丝毫不掩饰自己曾是一个多么不学好的人，也由衷地表达出对洋口港、对如东这片土地的好感：“我少年时代做梦也没有想到会来这么个偏僻的地方，青年时代绝对不会把事业的发展定位到长江以北，我是败了一笔家业后，被父亲赶到这里来的，于是，最大的‘没想到’发生了，我居然扎根下来了，而且把我的家族企业带上了一条新路，我的人生被改写了。”

在无锡，陈家是颇有名气的“涂料世家”，爷爷曾担任兰州化学的总工程师，获得过新中国化工部颁发的涂料行业的终身成就奖。到了第二代父亲这一辈，学的也是化学，并在改革开放后自主创业，在无锡开办了一个涂料厂。父亲经营企业有一套独特的理念，首先是做强不做大，做高端不做低端。他认为涂料的化学性质决定了它的前途，所以科技创新、降低污染、拥有自己的优质产品是王道，而不是做量、做规模。所以，父亲的企业始终控制在200个用工之内，产值五六个亿，每年能保持几千万的利润，小日子过得很滋润。

像许多富家子弟一样，陈思聪大学毕业后，既瞧不起上辈的产业，又不愿意到体制里就业，受单位管束，更不愿意到别人手下打工，受那个穷罪，只能在家里躺平，寂寞时在社会上荡一荡，慵懒，散漫，奢侈，随心所欲。他每天可以做的事，就是跟朋友们一起喝酒，从酒店喝到酒吧，从白场喝到夜场。一般都是夜里两三点才回家，中午十一点才起床，下午又出去玩了。万一哪天下午在家，父亲就很奇怪，就说:“小子你今天没约会吗？不出去吃饭吗？不出去玩嗨皮？”

“我一直觉得奇怪，父亲不骂我，那时候基本上由着我，只要我不去犯罪，他都若无其事的样子，对我好言好语，要钱给钱，”陈思聪说，“后来我懂了，他有他的一套教育男孩的方式，你爱玩，无非是对花花世界的好奇心没有满足，玩一阵子，你就空虚了，总有回头的那一天。浪子回头金不换，自回头的人，跟被逼回头的人，完全不一样，走着瞧就是了。”

有一天，估计父亲看到了儿子对自己处境的那种厌倦，就对陈思聪说：“你有没有想过，你希望以后我一直养你，还是你要自己工作？”陈思聪就问父亲，养，怎么个说法，工作，又是怎么个说法。父亲慷慨地说：“养，就是给你一套房子，每年再给你50万块钱，你独立生活去。”陈思聪觉得50万块钱根本不够他花的。父亲就说：“你可以出去了解一下、体验一下，50万对普通人是什么概念，可以跟你的同学，跟你一起长大的小伙伴们一起谈一谈他们的生活、他们的开销，尤其是那些靠自己工作养活自己，还上有老下有小的人，你去体验一下他们的生活。”

陈思聪想了几天后，跟父亲宣布自己要创业。父亲说，可以。后来的两年，陈思聪觉得自己大把花钱的行业自己熟悉，应该可以作为创业的基点。于是他开饭店，倒了；又开酒吧，又倒了。父亲陆续给他提供了一个亿，全给亏光了。父亲跟他谈了一次心，说：“儿子啊，这个钱亏了，我不怪你，本来这钱也是用来给你生活，养你和你的后代二百年，每年 50 万的那笔账，你提前花完了，我也不能再接济你了。毕竟，做生意是为了赚钱，而不是花钱，生活上花钱有限，做生意败钱无底，一个亿是我做这么多年全部的积蓄，我再给你供血我这企业也要完蛋了。所以，你帮我、也帮你自己想想，今后怎么办。”

“我当场就飙泪了。”陈思聪说，父亲跟他谈心的时候，那种语气好像还是求着他似的。他看着父亲脑袋上大把的白发，在灯光下忽闪着，他突然悔恨万分，一瞬间开始掉头审视自己到底是个什么东西。父亲看到他哭，露出了欣慰的表情，然后对他说：“你好好想想，今后的路怎么走。”

几天后，陈思聪告诉父亲，说想好了，想到父亲厂里去上班，以后能跟父亲一起做家传的产业，永远做下去。父亲并没有马上答应，而是让他回家再想一段时间。父亲说：“如果你来了之后坚持不下去，又反悔了，这就危及家族信誉了，因为你的浪荡名声不小，跟我干的这些兄弟都知道，如果加入到厂子里，把你的玩性带进来，把你的颓废带进来，这对企业不负责，我没法向他们交代。你在家一天，玩到任何时候都是个孩子，别人也会这样看，加入企业，你的角色就变了，毕竟是家族企业，你来了意味着什么，对企业来说，是一场有没有未来的赌博啊。”

陈思聪第一次听父亲这么严肃地跟他讲道理，就沉默了。他在家想了一个月，几乎没出门，然后才跟父亲说:“想好了，跟着您做工厂。”父亲说:“好的，那就从最基本的日常习惯改起，必须准时上下班，遵守公司的一切规章制度，不能搞特殊化。”陈思聪果然做到了，每天坚持在父亲前面十分钟左右到厂里；晚上，父亲不离开，他也不下班，就这样坚持了几年。

“我父亲自从自己创业，每天六点钟起床，七点钟到公司，三四十年如一日，”陈思聪说，“跟着父亲，从第一天起，就六点前起床，七点前到公司，这一坚持就是三四年，其间我结婚成家，从父母身边搬出去住了，新婚期间都没有耽误过一天，所有的吃喝玩乐坏习惯全戒了。有一个星期天，父亲突然跑到我家里，对我说，他有个决定，跟我商量。我受宠若惊，连忙跟父亲说，任何决定我都听他的。父亲说：‘你不必过早表态，下周你跟我去一趟如东，我打算把工厂搬迁到那里去，然后交给你独立管理，你先考察，然后再做决定。’”

在无锡，万博的工厂随着发展也已经搬迁过好几次了。如父亲的预料一样，化工这个行业始终因环保问题饱受诟病，前景变幻莫测，后来在无锡遇到了硬件配套发展的瓶颈，留在原地已经不是长久之计。2016 年前后，江苏正在压缩化工园区的数量，全省 50 多个园区要在一两年之内，削减为 23 个，正式的保留 15 家，另外的是监测生产点。像洋口港这样的地方，是离苏锡常地区最近的一个，也是政策风险最小的一个化工园区了。陈思聪跟着父亲到如东洋口港开发区考察后，发现港区还为入驻企业在设计产能上面预留空地，能够满足企业常态下五到十年的发展空间需要。洋口港本身也有宏大的发展规划，有金光、桐昆、爱森、LNG 等大企业和大项目入驻，带来了园区政策的稳定性。特别是管委会对企业不管大小、不管公私，一视同仁，极大地消除了入驻的中小型企业对政策变化无常之忧。中小企业也才能跟着他们“抱大腿”，跟“航空母舰”绑在一起同行，小舢板省力又安全。

他们决定拿 127 亩的化工用地，另拿 30 亩的非化工用地。在确认签字之前，父亲再次跟儿子深谈了一次，说:“这里的生产条件是很好的，但这毕竟是一个新开发区，港区生活环境还没有来得及改善起来，比较寒碜，你们过来是要吃一段时间苦的，要耐得住寂寞才行。另外，在这个环境里，你要独当一面，成败就在于你了。”父亲告诉他，自己不再跟到如东来，他有新的创业计划要去做，所以，别指望有贴身的“靠山”了。

2018 年 7 月的最后一天，28 岁的陈思聪带着无锡基地的 130 位老员工，租用两辆大巴，来到洋口港。第二天一大早，到处响着庆祝建军节的小号声，万博如东新厂在这冲锋号声中正式启动。陈思聪踉踉跄跄，走上了“司令员”的位子，开始撰写他全新的创业史和生活史。

陈思聪记得，来如东首先要克服的并不是工作上的困难，而是生活条件的简陋和不便。2016 年万博厂区开始施工建设，他就带着几个管理人员住进来监工，好容易租到两间房子。在园区附近的小镇上，想找一家像样的饭店，都很难。他说，好容易找到两家饭店，里面全是大圆桌，没有供两三个散客点餐的餐位。他们要吃饭，只能拿着饭盒去点几个菜，站在门口等着，厨师弄好了装进他们的饭盒，他们再提着回宿舍吃。早上，想买个像样的早餐，得开三四十分钟的车程，到掘港去。一到晚上，黑灯瞎火的，街道上空荡荡的，如同鬼镇。每天都有从无锡跟过来的年轻人向他辞职，说:“老板啊，我们在这里挣再多钱也没意义啊，连个女鬼都看不到，我们到哪里去找媳妇啊？厂里能不能安排配发媳妇的福利啊?”

“我在无锡的闹市区长大，从小养尊处优惯了，生活环境到了这个程度，还是有点招架不住。我老婆过来陪我，一看这地方，不知道哭了多少鼻子，”陈思聪说，“有几次也忍不住跟父亲‘吐槽’，父亲冷冷地对我说‘现在反悔，迟了，是不是个男人啊?’后来就不好意思再抱怨了。而且，我确实不能抱怨，我带着一个团队，我带头叫苦，后面的人还受得了吗?”

“你要相信我，小子，四十岁之前，你就会真正长大，”父亲语重心长地对陈思聪说，“你需要一个跟你个人一起成长的环境，这里最合适。先苦后甜，从荒芜到繁荣，才是最正常、最健康也是最强大的成长壮大。”

陈思聪说自己有两个佩服，佩服父亲，佩服洋口港人。他感觉自己用不着到四十岁，现在三十三四岁，也就差不多懂事了。如今，万博在他的领导下，已经步入正轨，并快速发展，成为园区关注的成长企业。父亲说他长大了，真正成熟了，然后把自己保留的最后一个职务——公司董事长的位置转让给了他。父亲跟他说:“你现在还没有资格算成功，只是成人了，等你把亏掉的一个亿挣回来，就算取得初步成功了，就看你小子的了!”

“而且，人家洋口港的成长走在你前面，你服不服?”陈思聪真心对父亲说，这一点还真是不得不服。2023 年，如东县政府为了庆祝洋口港建成二十周年，特意组织方方面面的人士参观洋口港。陈思聪特意把父亲请过来，陪他转了转。父亲很兴奋，说跟当年入驻，完全是两个世界了，六七年的时间，老天一眨眼，人家万象新啊。

“刚来的时候，我感觉这个环境配不上我，”陈思聪把对父亲说的话，也对我说了一遍，“如今吧，我配不上环境了!”

“也不要自卑啊，”我安慰他说，“总归还是一起成长的啊，听说你的企业跟园区几百家企业一样，发展得很好，这不就是你个人成长的最好见证吗!”

我这样一说，陈思聪有些自豪了，他举了个例子，说他当时带来130号人，天天有人因不堪环境艰苦而辞职，现在呢，他的企业200多号人，员工们在港城购买了50多套商品房，在这里常住下来。不少人是举家搬过来，也有的是就地娶妻生子的。这里还有教育优势，如东的基础教育全国有名，他们好多员工把孩子从老家带过来，到这里来上学，从幼儿园到县中，什么年龄段的孩子都有。洋口港经济开发区管委会投资3亿元新建了如东首家九年一贯制学校。学校占地面积约140亩，拥有24小时恒温游泳池、智能体育馆、200米运动操场和400米标准田径场等一流硬件设施，可容纳3000多名学生。投用6年多来，该学校招录的学生中，外来务工人员子女占比常年在30%左右。优质的教育资源，为洋口港吸引人才、留住人才提供了保障。陈思聪现在经常为了孩子们的事，找开发区管委会领导帮忙。“今非昔比，这里已经是一块创业、生活以及成长兼备的魅力之城。”他由衷地说。

落户企业员工赖以生活的新城区，是洋口港“港产城”三大功能区之一，主要为洋口港港区和临港工业区落户企业提供生活、休闲、娱乐、商务等配套服务。曾有相当长一段时间，县领导张蓉蓉、于立忠、蔡东先后负责这项工作。“这是一个复杂的系统工程，”张蓉蓉告诉我说，“但不管多复杂，建设进度必须放在首位，拖一天，落户企业员工的生活保障，就耽误一天。”从一两条老街、几个店铺、几千人，到如今这般光景，只用了十几年的时间。新城区基础设施、公共服务配套、生态环境提升工程陆续建设。作为如东县城市发展的副中心，洋口港新城区西距县城中心区 8 公里，北距临港工业区 3.5 公里，通过洋口大道、港城大道、洋口港大道等快速通道与县城和临港工业区相连，总规划面积为 6.38 平方公里。现已建成 2 平方公里，远期预留扩展区面积为 7.6 平方公里，规划可容纳总人口约 8 万至 15 万。目前，启动区内已完工投用海逸国际、港城花园、天瑞海棠文苑、锦湖绿苑等 15 个住宅小区，“四横四纵”主干路网体系基本建成，城市管网同步配套到位，综合商务大厦、港口学校、港城幼儿园、客运站、海鲜商贸城等配套功能性设施均已建成投运，基本能够满足居民日常生活需要。核心商业区历经从无到有，从荒芜到繁华。大型商超、精品酒店、5A 商务办公写字楼、电影院、海鲜酒店、大型宴会厅、酒店式公寓等功能性场所应有尽有。围绕打造生态宜居、魅力港城的总体目标，“十四五”期间，洋口港将加快启动新城核心区和东南新片区的开发，重点推进星级酒店、商业综合体和职工宿舍项目，进一步满足不断增加的职工生活配套需求，全力提升新城区城市品质及功能。

“当年那种小吃小喝都不能保障的窘迫，得到了高效而彻底的改变，”陈思聪说，“中国人嘛，晚上就喜欢聚一聚，喝一点，可当初我们来的时候，口袋里有钱也没地方消费。现在不同了，各种餐饮店少说有一两百家了，像模像样的宾馆也有二十多家了吧。我无锡那边的兄弟哥们来，总是慨叹，说这条件跟无锡也没啥区别啊，夸我有远见。”

陈思聪的经历激起了我强烈的好奇，我不禁问道:“这些总归还是物质层面的资源，你有没有想过，到底是什么样的魅力，从深处吸引了你?”陈思聪不假思索地说:“能够抓住我这样的人，最根本的还需要精神上的东西，我曾是个享乐主义的公子哥，我出来就是想摆脱过去，所以，再好的物质条件，也不足以让我陶醉。我需要寻找到过去生活里没有的那种感受。比如自尊，比如贴心，比如平等，比如个人和企业团队的成长空间……说到底，就是人与人相处的质量，以及个人和企业的前景，这两个大考量。”

接着，他讲了几件事。他说，园区的企业家有个共同的感受，就是县政府和园区的领导对他们特别热情和友好。县委县政府有一次跟园区企业家座谈，所有与会领导的发言都没有什么大话、空话，县长陈雷要求各部门领导带上服务清单，与为解决企业的实际问题情况进行对照检查。陈慧宇书记则打了一个生动的比方，说:“如果我们的企业家在如东感觉到自己不需要讨好官员，企业反而有一种被巴结的感觉，说明我们的服务才到位了。”所以，如东这个地方，政商关系特别好，做生意的不光要有面子，有里子，心理上也守得住自尊。

还有，有些收获是意料之外的，超出了预期。陈思聪说自己其实是一个比较内向的人，面皮子很薄，遇事不喜欢求人，低不下头。公司里有一个男孩子是技术骨干，是他从无锡带来的，一直用得十分顺手。可是第二年，男孩跟如东当地的一个姑娘恋爱结婚了。那个姑娘是下面某乡镇的工作人员，单位离开发区挺远的。而男孩做的又是软件管理方面的工作，经常加班，小两口的生活过成了“分居”状态。女孩急了，就要求男孩辞职，或者跳槽到她所在乡镇附近的企业去。男孩就过来辞职，陈思聪说:“难道就不能解决？比如，把女方调到离你近的地方工作？”那男孩说，那怎么可能呢，他岳父是个普通人，又不是县官，哪里有这么大的能耐。陈思聪一筹莫展。后来有一天，到开发区管委会去开会，就向一位领导随口把这个苦诉出来，说企业好不容易培养出的成熟人才，可能因为生活上的困难就流失掉了。没想到，领导很重视，后来协调县有关部门，把女孩从乡镇调到了靠近的县城。小两口特别感激，专门请陈思聪吃饭，检讨自己太自私了，给公司添麻烦，公司却如此重视，解决了凭个人根本没法解决的大问题，还一再表态一定要把全部精力和才华用在企业发展上，作为回报。

“园区有几百家企业，我们在里面是小规模企业，”陈思聪扳着手指说，“可政府的阳光一直能照到我们身上，我们跟金光、桐昆这些百亿级大企业一起，享受到平等的关照。这种感觉多好。”

跟陈思聪交谈的时候，金光纸业如东公司的总裁办经理林威助和法国爱森如东公司总经理董晨光同时在场，他们代表洋口港区大型境外投资企业集团，我特别好奇，他们跟陈思聪这样的中小型企业主，感受有什么异同呢？

林威助是台湾人，入职金光后被派往洋口港基地做管理工作。他向我介绍，印尼金光集团在洋口港投资建设金光产业基地，曾引起业界轰动。金光集团是爱国华侨黄奕聪先生于 80 多年前在印尼建立，是世界知名跨国企业，也是印尼第一大财团，在全世界拥有员工超 25 万名，总资产 860 多亿美元。旗下纸业集团 APP（中国）是我国生活用纸重点龙头企业，拥有 20 多家全资或控股浆纸企业并拥有近 20 家林业公司，是国内最大的综合性造纸企业。该项目是金光集团响应“一带一路”倡议进行中国布局和建设江苏主基地的重要一环，是世界上最大的单一生活用纸造纸工厂，其生产工艺、装备能力、环境保护、单位能耗等方面均瞄准全球最先进水平，建成后将领先国内同行业 10 年，成为全球最大的智能化、环保型生活用纸生产基地。项目计划总投资 450 亿元，总规划面积 8500 亩，其中 6500 亩作为年产 396 万吨高档生活用纸项目用地，主要生产“清风”“唯洁雅”“铂丽雅”等享誉国内外的生活用纸产品；另外 2000 亩作为下游产业链纸产品深加工园区，发展相关产业项目。

林先生曾带我参观了如东基地，一眼望不到尽头的车间里，几乎看不到人影，生产、包装、装卸，全流程自动化。

“入驻洋口港之前，老板做了很多功课，”林威助坦诚地告诉我，“金光国内项目基地原先在苏州，因土地限制，发展受到制约，于是决定转移。跟洋口港正式洽谈前，公司管理层不断微服私访，总裁黄志源先生专门悄悄来过两次，没有惊动官方。金光这样的国际企业，做事很务实，我们不在乎鲜花美酒红地毯，那些东西跟企业的前景关系不大，有时候还会让决策者头脑发热。”

按照金光的实际需要，首先是厂区庞大，需要足够的预留土地，再有，物流巨量，必须临江或者临海。金光当时选了三个地方，镇江、启东和如东，这些硬件应该说都是具备的。最终确定在如东，根本原因还是洋口港是深水港，可让金光的物流高枕无忧。还有，在接洽谈判中，如东人的担当精神和豪爽吸引了总裁黄志源先生。林先生举了个例子，说他们提出建设配套的区域燃煤电厂，这件事其实难度很大，牵涉到的政策限制太多，但如东方面一旦答应，就由政府出面，积极推进。金光同时在苏北某市也签订了一个通用的项目，2019年两家几乎是同时奠基开工，如东的项目在2021年正式投入使用，而某市的项目至今还在建设过程中。

“我们觉得这里的政府领导，很用心在这块土地上耕耘，他们身上有一种土地情怀，有很深的传统的故土感情，让我这个台湾人看了，很感动，”林先生动情地说，“我在来大陆工作之前，有台湾朋友提醒我，说在大陆不好干，因为大陆人现在处在文化的混乱中，既不尊重中华民族的传统文化，又看不起西方现代文化，只看重利益，所以捉摸不定，很难相处。但来了之后，跟很多大陆朋友相处，发现并非如此。特别是到了如东，发现这个地方虽然偏，但文化上却大道无边，他们执着、守信，开拓进取，表现出来的是厚道的品德和坚韧的品性。对我们做企业的来讲，我们更实际，会看重他的承诺跟他行动的结果，进行对比，看是否一致，我想目前为止，他们都逐步实现了他们的承诺。这让我们感到顺心，也由衷地敬佩这里的官员，喜欢这里的老百姓。虽然后面的路还很长，但我们现在可以得出一个结论，金光选对了洋口港。”

2022年1月，总投资10亿元的金光卫品项目开工，建3个交通出口需要迁移路灯、绿化带以及配套建设雨污分流管道，洋口港经济开发区服务专班与相关部门现场会商，半个小时拿出实施方案。该项目环评缺少 4000 多吨当量的煤耗指标，洋口港经济开发区负责人当场协调解决。

林先生说，他一开始也有点奇怪，觉得如东政府部门的这些官员不像传说中的“官老爷”啊，后来相处熟了，很随意地交心，发现他们有一个惊人相似的心理——感恩投资商来帮助我的家乡，如东发生了翻天覆地的变化，这是千百年来老祖宗期盼的，却不敢想象实现得如此之快。

作为每天必须在这片土地上日出而作日落而入的一名台湾游子，林威助对生活变化的感知也是很深的。他说他 2020 年 6 月从苏州的金光基地，到如东任职，正式过来定居，三年来看到了长沙镇地区的一个惊人的发展变化。最初要买点生活用品，要到居住的人才公寓对面天瑞广场旁的一家小超市去，里面的商品很单调，档次不高。而在苏州的时候，一出门楼下就是星巴克，就是一些品牌连锁超市，生活很方便。于是，林先生特意买了一辆电瓶车，骑着勘探这边的小县城生活，坑坑洼洼的路边，经常蹿出来一头猪一只羊什么的。可没过多久，这里从五湖四海，全国各地甚至世界各地聚拢过来的创业者激增，街道大变样，越来越繁华。特别是金光和桐昆这样的大企业进来后，带来了上万人的人口激增，倒逼生活设施、配套基础建设的迅猛发展。

“如果一个人三年前出走，现在回来肯定认不得路了，”林先生说，“一个地方的发展变化幅度，可以用房价来衡量，我也听我们同事在讲，他们是 2019 年进来的，进来的时候这边房价大概就 3000 多元，然后在我们 2020 年进来时候已经是 6000 多元，到 2021 年的时候开盘就是 8000 元，半个小时就卖完了。这说明了什么呢？新港城人多了，有钱人多了，让人看到好的前景，下决心留下来长住的人多了。”

爱森公司是一家纯法资企业，董先生 2014 年进入该企业。他说刚来如东的时候，爱森处在一片空旷中，孤零零的。他开玩笑说，那时候脑子里就想，这里可以搞核爆试验了。可如今，爱森已经淹没在成群成片的楼群里，在航拍图上，都不那么容易被找到。不到十年的时间，董先生跟企业和园区一起成长，从安全部门负责人升职为总经理。我对他说，一般来说，中国人在外商投资企业里任高管不稀奇，但任 CEO 的不多，这得是多大的信任啊！

董先生笑了，他说：“如果要简单分析我所谓的成功，两点：文化和成长。先说成长，个人的成长得益于企业的成长，企业的成长得益于企业群的成长，企业群的成长得益于大环境，在我们这里也就是洋口港开发区的整体成长。爱森是做化工的，最早我们在考察投资的时候，发现了一些有利条件。一个是这里有专门的化工园区，其次是这边当时有中石化，有能源岛，后来招商引资有金光、桐昆，然后还有小洋口那边的化工园区。爱森会使用到一些原料，有一大部分是海外进口的，必须要有港口运输，有中转仓储。包括我们的客户，比如金光造纸，我们的产品就是造纸工艺和精装配套的。所以说我们选择在这投资建厂，是看中地理优势，水源啊，运输便利啊，包括园区的整体规划、产业链等等，都像是为我们定制的一样！在这样的环境里，爱森得到了一个企业想要的一切条件，没有理由不成长。那么，园区其他企业与爱森一起成长了，整个产业链就越来越优秀。爱森成长，法国后方集团看得见，所以才有我们这些管理者的成长。所以，我个人的成长不是我一个人努力的结果，是合力结果。再说文化，您可能费解，中国人在法资企业里有文化优势吗？我的亲身体会是，有。这些年，我跟法国员工也多有冲突，跟后方也有分歧，也经常争论。但我了解中国文化也略知法国文化，我懂法国人更了解中国人，我站在中间，坚持对事不对人，坚持与人为善，坚持和为贵，坚持生意不成仁义在，坚持利人利己的事坚决干、利人不利己的事尽力干、利己不利人的事坚决不干的原则。一些事吵得面红耳赤，结果在我的主持下，处理结果至少没有形成互损。老外有时候很费解，追着问为什么董先生有这样的本领，有这么高的智慧。我就告诉他们，这不是本领，不是智慧，这是中国文化，您看，做人处事的那些原则，那些方法，哪一条不是从中国传统文化里提炼出来的？他们就服了。这样，也就没有交往障碍了，管理就上了几个台阶。”

站在如东方面，不同的视角有了不同的理念。县委书记陈慧宇这样跟我说：“企业对政府，是千百对一，政府对企业，是一对千百。任何一个企业，政府是它几乎全部的‘公婆’，而政府这边，需要面对的服务对象众多。所以，政府要从体制上做好保障，要有一套适用性广、平等原则强的管理和服务政策，让企业来遵守和依赖。如果企业要考虑政府里某一些人的好恶，那企业就无所适从。企业的心散了，我们也就没法带队伍了。”

“按照县委的精神，我们一直在打造服务型政府。”陈雷县长向我详细介绍了洋口港服务于入驻企业的一些举措与案例。

金光如东产业基地、桐昆（洋口港）聚酯一体化项目的招引和推进过程中，在时任如东县委书记潘建华的关心支持下，这两个重点项目先后取得了省发改委、省生态环境厅等审批部门的支持，被成功纳入江苏省重大项目，县政府还解决了热电联产项目、能耗指标、煤炭等量替代指标等重大难点问题，顺利推动实现项目开工达产。

桐昆（洋口港）聚酯一体化项目是继金光如东产业基地项目

之后，落户洋口港的第二个百亿级旗舰型产业项目。桐昆（洋口港）聚酯一体化基地项目，总投资480亿元，用地约5000亩，项目分三期建设，建成投产后年产值达800亿元，年利税95亿元。其中：项目一期投资250亿元，用地约2300亩，建设年产500万吨PTA、240万吨新型功能性纤维项目，投产后年产值约350亿元；项目二期投资120亿元，用地约1033亩，建设年产250万吨PTA、180万吨多功能片材、120万吨聚纺一体化功能性短纤维项目，投产后年产值约250亿元；项目三期投资约110亿元，用地约1600亩，建设年产99万吨加弹丝、10亿米纺织印染、8亿米纺织面料，投产后年产值约200亿元。项目采用世界上最先进的英威达公司杜邦P8＋技术，在全球范围内首次实现了PTA、聚酯、纺丝连续生产的产业链一体化整合，是真正意义上的绿色、低碳、环保、智能的先进工厂。该项目是江苏省重大项目，历经一年多的建设，首条聚酯生产线于2021年12月22日试生产，2023年一期项目将全部达产投运；项目二期已获得南通市行政审批局备案批复；项目三期正在开展前期工作。

桐昆一期已进入扫尾阶段，6套聚酯纺丝装置、2套PTA装置全部投运，2023年年底全面投产后，销售额有望突破250亿元。这样的大项目，应该算是招商引资的香饽饽，桐昆为什么选择在如东洋口港落地呢？面对我的问题，桐昆集团执行总裁李圣军不假思索地说："为做强主业、拓展行业、延伸优化产业链，打造全产业链，实现'打造百年桐昆'的高质量发展目标，我们厚植新的增长点，在全国范围内寻找合作之地，数次考察调研，最终选择洋口港。洋口港地处以上海为中心的长三角经济圈核心区，集'一带一路'倡议、长江经济带高质量发展和长三角一体化发展国家战略于一身，是江苏乃至长三角的新增长极。随着'一带一路'建设不断加快，南通已经成为大项目转移升级的优选之地和产业战略布局的首选之地。这里通江达海连内河，既有海运、江运通道，又有内河航运，陆路交通发达，集疏运体系健全。南通又是国际纺织城、百公里内覆盖诸多城市的纺织市场，运输成本低，所以，不是如东'招引'了我们，是我们抢滩登陆了这块风水宝地。"

"桐昆落户如东，掀起了当地招商服务的一场'革命'，催生了'跨省通办'这一特色品牌，"时任如东县委副书记、洋口港经济开发区党工委书记的张兴国先生向我介绍，"如东县委县政府成立了项目推进领导小组，洋口港开发区管委会成立了建设推进指挥部，全力推进港口和新城建设规划落地；也专门成立了桐昆项目服务专班全程保姆式服务，开发区还同步启动了道路、管廊、输送系统等 20 多个配套子项目建设，确保全部提前完工，不误投产节点。一期项目总投资 250 亿元的桐昆聚酯一体化项目 4 条聚酯产线投产，源源不断地吐出合格产品，全年实现应税销售过百亿元。”“百亿级项目快速基建、早日达产，这是洋口港经济开发区‘项目管家’在第一时间排除障碍的结果。”桐昆集团副总裁兼江苏嘉通能源项目总指挥沈富强说起一期项目落地完成的情况，满怀感激。

2022 年 2 月 25 日上午 9 点，一场大雨突然降临，桐昆聚酯一体化项目组紧急向开发区管委会提出道路、管廊、输送系统施工遇到的 22 个问题。洋口港经济开发区纪工委副书记、服务专班负责人徐巍一对一交办，限时解决。配套工程项目难题交办结束已是 11 点 30 分，6 级的风还在刮，雨没停。徐巍赶到现场，迎着风雨介绍之前选择的 4 条路线运输方案，南京大件运输公司负责人看了后选定“水运＋汽运”的方案。一艘艘装载工业原料的货轮从长江进入洋口运河，直奔桐昆专用码头。这座内河码头，是洋口港经济开发区专门为桐昆和金光两个省重大产业项目配套的 34 项基础工程之一，在服务专班日夜协调下，全部赶在一期项目投产前投运。

在洋口港经济开发区，党员干部冲在前，用“实干指数”“辛苦指数”换取项目突破、向海图强的“成功指数”“绩效指数”。2023 年 2 月，洋口港经济开发区重大项目服务专班保障重大项目成绩突出，被如东县委县政府授予“战狼奖”。

江苏九九久科技公司董事长周新基曾告诉我一件港口开发区管委会为他们办理的“神速”审批事件。如东提出的“拿地即开工”、打造高效率营商环境的政策，之前他将信将疑。没想到，投资合同签订后，九州星际年产两万吨超高分子量聚乙烯纤维项目，在4个多小时后，不动产权证、施工图审查合格证、用地规划许可证、工程规划许可证和施工许可证五证齐发，立即交到了他手上。他简直不敢相信，不断问工作人员，这是在做梦吗?

桐昆石化一体化基地三期项目、金光纸业二期项目节能审查的权限在省里，从5月19日开始，开发区党工委副书记许姚军与县领导每周一次赴南京，与相关部门沟通，虽然项目单位能耗大于0.5，但作为全国领先、世界一流的能耗水平，得到相关部门的支持，拿到能评批复，两个累计投资均超400亿元的重大产业项目领到了做大做强的通行证，吃上定心丸。

建立项目审批“前延”服务、帮办代办制度，实现非化工业项目百分百“拿地即开工”，建立银企金融服务机制，人才资源引进服务机制、惠企政策快捷通道、诚信企业差异化监管机制、严格规范公正文明执法机制，实现服务“0”障碍……洋口港经济开发区党工委把打造最优营商环境作为党建的重要内容，推出服务企业“360计划”，锻强基础设施“硬件”，做优营商环境

“软件”，贯彻落实南通市委市政府“营商环境提升年”决策部署。洋口港经济开发区精心打造服务企业“360 计划”:“3”即 3 项重点服务内容，“6”即 6 个服务机制，“0”即服务零距离、零障碍，为各类市场主体蓬勃发展营造稳定、公平、透明、高效的良好投资环境。疫情期间，为帮助 100 多家企业、12 个在建项目解决原料进不来、产品销不出去问题，园区党工委抽调骨干力量，成立 60 个护送组，为企业生产经营提供特护服务，累计接送外来货车 8000 余车次，保障了企业、项目工地原材料和设备供应，实现产品交货零延误。

随着百亿级重大项目的不断落户和开工，洋口港经济开发区进入了大配套、大建设、大投入的新时期，需要区、集团公司等跨单位、跨部门协作的事项逐渐增多，为遏制信息不畅通、工作不协调、工作效率下降的苗头，打破协作“壁垒”，洋口港经济开发区纪工委结合“两在两同”建新功、“双聚双高”作风效能优化年等相关要求，建立“工作联系单”制度，加速推进重点工作，形成工作开展同步跟进、事中监督全程进行的全新运行模式，同时将督办结果作为考核等次评定、“战狼奖”“陀螺奖”评选认定的依据。工作联系单制度实行以来，洋口港纪工委及时跟进督办重大事项 17 件，大大提升了办事效率，确保区党工委、管委会各项重大决策和重要部署迅速实施、落地见效。

“党建赋能发展，助力产业强区，全力争当打造向海发展先导区的核心区、耕海图强排头兵的第一名，奋力推进‘党建领航、助企扬帆’工程，党旗飘扬在一线、堡垒构筑在一线、党员冲锋在一线，助推招大引强，大上项目、上大项目、快上项目，以大项目引领产业迭代大发展，千亿级新能源产业、纤维新材料产业快速崛起，让全国先进基层党组织的金字招牌闪闪发光。”如东县委常委、洋口港经济开发区党工委书记邵锋说。

一个个重大项目落户，一栋栋厂房拔地而起，一家家企业开工投产，一个个产业新地标相继诞生，一只只吞吐世界天然气的大型储罐持续增加……金秋时节，踏上洋口港经济开发区这片投资热土、兴业高地，处处感受到的是魅力、动力、活力和创新力，一派生机勃勃……这一切的一切，繁荣景象的背后其实都是人。与其说它描绘的是经济社会发展的“清明上河图”，不如说这是盛世图景里人的情感汇聚、人的理想碰撞、人的信念交融、人的众志成城，是人类有情有义、有声有色的幸福生活场。

生活是人们自己创造的，优质生活场是一群高质量生命的结缘与聚集，需要一场赤诚而伟大的邀约。洋口港，不正是这样的生活邀约者吗？

就在我写作这本书的过程中，一个秋高气爽的早晨，我收到万博年轻总裁发给我的微信。他说，总觉得上次访谈时还有没有说完的话，回到公司，看到门厅里的背景墙，才想到要说的是什么。公司背景墙刻着他父亲推荐给他的一首诗。这首名为《生活的邀请函》的诗，是加拿大著名女诗人奥里亚·蒙顿·德里默在参加完一场聚会回到家，沉入万籁俱寂后的感思。

我不在乎你如何谋生，
只想知道你有何渴望，
是否敢追逐心中梦想。
我不关心你年方几何，
只想知道面对爱情和梦想，
你是否会无所保留，
像个傻瓜般投入得透彻。

我想知道，
你能否和快乐共舞，
翩翩起舞，无拘无束，
从嘴唇，到指尖，
到脚趾头都把热情倾注。

这一刻，

忘记谨小慎微，现实残酷，
忘记生命的束缚。
我想知道，
你能否从每天平淡的点滴中
发现美丽，
能否从生命的迹象中
寻找到自己生命的意义。

我想知道，
你能否坦然面对失败，
——你的或者我的，
即使失败，也能屹立湖畔，
对着一轮银色满月呼喊：
“我可以！”
…………

父亲对陈思聪说，一个人配不配接受生活的邀约，就要看他自己拥有了多少为生活奋斗、对生活感恩的资历，就要看他成长和成熟到哪一步了。现在，陈思聪胜任了他的企业老总角色，尽管他个人的收入还没能抵上他年少时败掉的那些父辈的积蓄，但父亲认为他已经昂首挺胸，去接受生活的邀约了。所以，他才把这首诗送给儿子。陈思聪非常感恩父亲在自己身上的良苦用心。同时，他告诉我："洋口港，也是我们这些人、我们这些企业成长道路上的'父亲'，对我们有知遇之恩。这一点，人生难得。"

第十五章　快乐老家

洋口港经济开发区管委会主任周梁和长沙镇的领导，专门抽空陪我到新城区兜了一天风。他们先带我到洋口港展览馆看了长沙镇的老图片，特别是建港前 30 平方公里大滩涂的破旧景象。周梁善解人意地对我说："您从大城市来，如果直接看我们港城，那感觉不过类似于大城市的一个角落，但看看 20 年前的面貌，再看今天，对比着看，应该能体会到什么是翻天覆地的变化。"

然后，我们再去新城的洋口港商务大厦，从那里出发，去看新长沙镇。这栋 2004 年开工建成的大楼，是新城区标志性建筑。20 年来，在新城区 4 平方公里核心区内，已经完成了满足工作、生活和商务休闲的几乎一切基础建设。6 条区间街道纵横交错，水、电、通信、排水、绿化、路灯、汽车站台等各项基础设施建设到位。新城区新建法院，国家海关、海事、联检机关等政府机关大楼，天瑞海港城、海鲜商贸城等商务大楼，幼儿园、学校、医院等公益机构大楼，以及汽车站等；新建海逸国际港城花园、居民安置公寓、人才公寓、锦湖绿苑、海景风情、中天广场、天瑞海港城、海棠文苑、海悦花苑居民区等十多个楼群，百幢楼房在新城区内拔地而起，气势恢宏。占地1.3万平方米，集音乐喷泉、景观、绿化、灯光于一体的市民广场点缀其间，美不胜收。伴随新城区建设的快速推进，建镇300年左右的长沙老镇区，经过政府和有关部门的精心设计与改造，增添了绿化面积和休闲场所，通过环境整治，沟、桥、路面目一新，老街街巷整洁，店铺人气更旺，环境优美，交通便捷，老镇区老树发新芽，青春焕发。

随着洋口港开发建设的步伐加快，长沙镇交通运输体系得到了飞跃发展，沿海高等级公路、洋口大道、港城中通道通达，连同境内原有的海防公路、掘坎公路与长兵公路，从境内穿过，直通洋口港。

“自从百姓可以来登高望远，他们的视野就不一样了，连语言都跟着丰富了不少，”长沙镇的领导自豪地说，“比如，这交通，他们说这是‘五龙闹海’‘龙舞宏图（涂）’，您听听，生动吧。”

洋口运河的贯通和海洋铁路修成通车，使长沙镇形成“水陆并举，四管（含管网）齐下”的集疏运体系，进入前所未有的立体交通运输最便捷的状态。2016 年，占地 8000 平方米的洋口港汽车客运站建成投入使用，“118”线、“206”线、“207”线及镇内富盐—卫海等公交线路投入运营，一个与经济社会发展相适应的城乡公共交通网络体系在这片古老的土地上形成。

大交通方面，临海高等级公路、洋口大道、洋通高速一期建成通车；洋通高速二期启动建设，作为连通洋口港与市区的快速通道，该工程通车后，将彻底打通江苏高速公路网末梢，使洋口港快速接入 G15、G40 等国家干线高速，有效改善洋口港港区集疏运条件。同时，以货运为主、兼顾客运的洋吕铁路工程也在紧锣密鼓建设中，该工程建成后，将实现洋口港与南通沿海各港区互联互通，打通铁路进港“最后一公里”。

在黄海村行政服务中心，我见到了 78 岁的老渔民老郭。他对我说:“从我们这一代人开始，渔民脱骨换胎了，即使还有做渔业的，也是养殖、生产加工、包装运输、营销等产业链上的一个工人而已，不再是过去的那种传统渔民。”老郭住在长沙镇城建设规划区内的“产权置换”房内，他的子女则住在新型小区的高楼内。他说，年轻人喜欢高楼，说站在楼上可以望到大海，而他这样的老渔民，还是习惯住得低一点:“接地气，至于大海，我们进出了大半辈子，熟悉它的每一个毛孔，也不稀奇。”

在长沙新城区的东北、东南和西侧，建有数个规模较大的农民集居点。农民、渔民因洋口港建设、城区建设等需要，住房被拆除，被安置到农民集居点居住。农民集居点的水、电、通信、绿化、道路、路灯、排污等各项基础设施齐全，居民享受着城里人的生活。城区有一片地理位置好、环境优美、建筑精美、交通方便的居民小区，供城乡居民、干部职工、教师及各类技术人员居住。非规划区的农村居民可在当地的规划区内经政府批准自主建房。2018 年，长沙镇获评“美丽乡村建设示范镇”。

现任南通市交通局局长的周建飞，在洋口港开发初年担任如东县委常委，洋口港经济开发区党工委书记、管委会主任，并兼任长沙镇党委书记。他回忆说，当年南通市委罗一民书记要如东列出洋口港开发的难题，县委县政府花了两天时间，梳理出的大大小小难题不下百条。常委会讨论的时候，大家认为，如果这样列举问题，无异于告诉罗书记，洋口港开发建设难题巨多，搞不起来。所以，又花了一天，砍问题条款，或者把问题压缩、并拢，只把那些实在无法在县这个层面上解决的问题保留下来。最后剩下四大问题。周建飞记得四大问题里就有事关自己职责内的这一块——拆迁，要把那么多靠海吃海的传统渔民、村民的饭碗撤掉，把他们从生活了多少代的土地上迁移，谈何容易。周建飞既是洋口港的负责人，又是长沙镇的一把手，左手拆，右手建，他觉得压力太大了。他曾指望县委和南通市委能给一些政策和资金上的明确支持，以减少拆迁阻力。可罗书记只给了他一张写着张謇创业故事的纸片，然后对他说："这样的事太具体了，不要上升到市委市政府的层面，甚至都不要上升到你们县委县政府层面，你是开发区和长沙镇的双重负责人，那就是你的'家务事'，你这个家长全权负责解决，我相信你能办成！"

周建飞就把这张纸片揣在口袋里，回来一头扎进拆迁的"猛子"。令他没想到的是，大量的征用和拆迁工作，在短短几十天时间内就完成了。为了让路于洋口港一期工程建设，长沙镇三民村渔民共有 1 万亩的海边养殖场、1.5 万多亩紫菜和文蛤养殖滩涂必须立即让出来。当时村党支部书记陈建患大病刚从上海治疗出院，周建飞以看望他的名义去他家，实际上是为了跟他商量征地的事。陈建二话没说，等周建飞一离开他家，就立即下床，召开全村党员干部会部署"清场工作"。他拖着带病的身子，一家一家上门，做养殖户的思想工作。党员、村妇女主任陆灵娟是紫菜养殖大户，她第一个表态："碰到我家多少滩涂，毫无条件地让多少。"陈建遇到的最大"刁难"，也不过是一位年过七旬的文蛤养殖老人，瞪大眼睛看着他，半天没有说话。陈建以为老人家要发作了，就做好迎接"劈头盖脑"一顿骂的准备。没想到老人憋了半天，流下了两行浊泪，说:“国家需要，心再疼也要配合，请放心。”那一刻陈建也忍不住泪水了。

三民村的让滩工作顺利完成，为长沙镇又带了个好头。在洋口港开发建设进程中，洋口港所在的三民村、黄海村的750多户渔民，主动让出自家的养殖场共9.3万多亩。长沙镇四桥、陆河、卫海、长堤、北坎、富盐、港城社区等村的村民住房被拆迁，承包地被政府征用，村民们毫无怨言，同心同德，保证了洋口港开发建设的顺利推进，为洋口港建设作出了很大的奉献。

“长沙镇的老百姓，都显示了高尚的奉献精神和质朴的大港情结。”现任海安县委书记的于立忠，曾在担任如东县委常委、常务副县长、洋口港经济开发区党工委书记期间，加快推进港产城建设，促进区域经济转型升级，尤其是完成了黄海村、三民村滩涂征收和渔民补偿安置等工作，他的体会特别深刻。于立忠念念不忘故乡百姓的奉献，以及这种品格的精神基础。他说:“从做工作的角度，我们充分发挥了基层党组织的战斗堡垒作用和广大党员的先锋模范作用，我们也反复宣讲大道理：牺牲小家为大家，大家建设好了，小家会更好。但我们能做到的也就这些，当时时间紧任务重，拆迁补偿就靠一纸协议，很多补偿来不及到位，但老百姓的配合之好、风格之高，是超出我们预期的，这让我们惊喜、感动。所以，我们事后总结这件事时，从人民群众的角度分析，看到一个现实，就是如东的传统精神十分强大：古有三兄弟的传说、智女掘港的故事；近有新四军、解放军在前方打仗流血牺牲，老百姓不顾一切支前的事迹；今有几十次围垦，几十万民工燃血烧汗，谱写的壮丽诗篇。因此，也才有了洋口港建设的‘开局红’。”

据周梁主任介绍，洋口港经济开发区工作委员会带领开发区全体干部、技术人员和广大职工，带领长沙镇的全体干部、群众，坚定信念、发扬“科学开拓、拼搏奉献”的洋口港精神，排除万难、开拓前进，创造多个国内第一和建港史上的奇迹，为洋口港的胜利建成和顺利投产，为提升国家和地区社会效益和经济效益，为长沙镇建设和发展作出巨大贡献。从 2012 年获中共中央组织部颁发的“全国先进基层党组织”奖牌这一国家级荣誉后，管委会和长沙镇各级党组织再接再厉，带领本地百姓和来自各方的建设者、经营者，创造了奇迹不断、载誉无数的奋斗佳话。

人民的伟大还在于，他们没有居功自傲，也没有躺在补偿资金和置换房屋里吃喝。建设洋口大道、洋口运河、通洋高速公路、海洋铁路等工程，在承包的滩涂和土地被征用、房屋被拆迁后，老百姓的就业和生活一度遇到不少困难。在镇职能部门和各村全力帮助下，老百姓找到了解决这些困难和问题的新思路、新办法。有的村采取相互调剂承包滩涂的办法，有的村组织村民办起饭店、超市、旅馆等三产为洋口港开发服务，有的村组织渔船为施工单位搞材料运输和后勤服务。大批青壮劳力成为洋口港施工单位的合同工。在洋口港招商的企业纷纷入驻并启动生产后，用工需求量上升，一些人找到了受聘机会，特别是年轻人和大学生，学成后多了一种选择，就是回乡发展，不再像以前那样，一定要远离家乡才能找到作为高级人才的合适出路。随着洋口港开发建设的推进，丰富的世界信息和先进的观念也在重塑本土百姓，使他们迅速成长为“现代人”，素质的提高，大大地拓宽了他们就业和致富的路子。

十多年前，从黄海村走出的大学生小陈从无锡的一所院校毕业，顺利进入南通某高科技企业，有了一份很不错的行政秘书工作。第二年，老家村里招聘村干，动员年轻人才加入基层政府的工作岗位。小陈突然动了心。她动心的原因，一开始倒不是认为自己的家乡比南通这样的中等城市好，也不是认为软件公司的行政秘书比不上村干工作，而是考虑到自己是独女，父母的年纪大了，身体一天不比一天，而言谈间得知他们绝对不想离开老家到城里生活，这实在让她放心不下。就这样，小陈回到家乡，做起了村干工作，从团委和财务干起，一干就是十年。

回到家乡工作的第二年，她原先所在的南通软件公司的老总还有点不服气，就组织了几个人，到如东来看小陈，其实是问究，到底小陈为什么放弃南通的工作回老家，她的老家就那么香吗？老总来看了一圈后，对小陈说：“你的选择不坏，这地方生机勃勃，充满了希望，洋口港让你们连通了世界，诗和远方就在眼前啊，等我规模再大一点，我也到这里来投资，搞一个实业。”

小陈回来后，并没有感到孤独。自从有了洋口港，如东农村再也不是“一群老人坐村头，旧宅紧闭水自流”的景象。越来越多的年轻人选择留在家乡打工或者创业。“如果能在自己的家乡吃上馒头，绝不会选择到他乡吃肉包，”小陈对我说，这是他们这一代年轻人常说的一句话。家乡的吸引力在提升，原因当然不只是留恋故土，也是有很多很现实的诱惑的。比如，随着洋口港的发展和开发区新城的扩展，就业和创业机会不断增加，年轻人不会被局限在祖辈的劳作里；子女在家乡，父母就少受折腾，可以安度晚年；还有，家乡的基础教育全国领先，对下一代的培养可以“近水楼台先得月”，这一点太实惠了。现在的年轻人，并不希望自己外出打工，让孩子成为“留守儿童”。大家追求生活的品质，如果背井离乡，妻离子散，老人孤苦伶仃，即使挣了很多的钱，一年才能跟家人团聚一次，这有什么生活质量可言呢？

对小陈来说，可能她的一次选择，带给她人生的东西，比想象的还要多。她告诉我，因为她的回乡，一个长期暗恋她、大学毕业后已经在大城市工作的中学同学，为了追她，也选择了回乡创业，后来，他们结婚了。现在丈夫成了“新渔民”，成立公司，组织船队，从事海上捕捞。夫妻俩的家族里，如今有五个年轻人受他们影响，读完书都回到家乡，有一个进了洋口港开发区的外企，有一个考上了公务员，还有三个堂兄妹、表兄妹一起做电商，营销如东海产品，搞得风生水起。

小陈边讲自己的故事，边陪我到黄海村行政中心看他们的直播间。直播间里的音像设备琳琅满目，一群年轻人正在忙乎着。隔壁有一个大展厅，陈列、展示着各种海产品的图片、样品模具和包装艺术。院子里则停满了物流车。品质还是那个品质，鲜美还是那样的鲜美，但如东海产品的形象在新一代人的操持下，已经焕然一新，有了时尚的“穿戴”，有了敏捷的“腿脚”，有了八方传播的品牌。

从行政中心走出去，沿着公路几分钟的车程后，我们来到村里的大礼堂。一眼望去，红色的靠背椅，高大的舞台，现代化的灯光设备，很难想象这是一个行政村的活动场所。此时，正在排演一场晚会。我进去看了一会儿，清一色的年轻人穿着演出服，台上的正认真表演，台下的三个一群五个一档，谈笑风生。我随便拉住一个年轻人，跟她搭话，问她是不是本地人，她笑起来，说他们大部分都是本村人、本地人，如果是指长沙或者如东的话，那就更不用说了。

他们看到小陈，立即簇拥了上来。年轻人叽叽嘎嘎，拉呱起来。

洋口港开发建设和经营带来的“红利”惠及长沙镇城乡，居民生活质量进一步提高。至2022年，长沙镇人均GDP达到25.4万元。80%以上居民拥有自己的二至三层小洋房，有的居民户既有农村住房，还有城市的商品房、别墅等，全镇人均居住面积达40平方米以上。30%～40%的家庭拥有小汽车。全镇60岁以上的城乡居民都享有社会养老保险，贫困家庭享有“低保”，符合“五保”条件的居民由政府供养。长沙镇2022年实施“公建民营”，挂牌九如城康养中心。所有居民均参加新型农村合作医疗保险和城镇职工医疗保险。0～7岁的婴幼儿全部实行免费的计划免疫。65岁以上的老人定期免费进行健康体检，35～64岁的妇女定期进行乳腺癌和宫颈癌“两癌”筛查。4～7岁的幼儿全部进入幼儿园，接受老师的培养和教育，享受快乐的童年。所有学龄儿童全部进入学校，免费接受九年制义务教育。子女拥有大专以上学历的家庭越来越多。长沙镇居民的生活水平、文化水平和健康水平普遍提高，幸福指数大幅提升。2019年9月22日，洋口港经济开发区正式获批“省级经济开发区”，临港工业区获得“中国绿色新材料产业园”授牌。2019年，长沙镇获得“国家级卫生镇”称号。

“这里成了真正意义上的热土。”县委常委、宣传部部长吴海军告诉我，这片土地，说是有魅力好像词义都不够，应该说有一种魔力。吴海军给我列了一长串名单，都是那些本来在县里面有很好的工作岗位，后来调到洋口港，就再也没有离开港口的干部名单。十几年前，谁都知道到洋口港工作就意味着接受人生挑战，吃苦事小，前途的不确定性事大。但大家看重的正是洋口港工作有挑战性，坚决地去了。开发区管委会曾经在港口建设初期，做了一个介绍洋口港的三维动画片，试图模拟出建成后的洋口港美妙的景象。单晓鸣带着周树立、袁新安、杨镜吾、陈国华、陈纲这些人出去招商，就给人家送一张这部片子的光碟。很多老板回去一看，就有兴趣带着投资意向过来考察。有的老板一看，天哪，这还是一片荒滩野水呢，哪里有半点动画片里的天堂盛象。接待者就说，等他们加入了，就成动画片里的景象了。同仁们一点一点地努力，一天一天地共同见证了洋口港从图纸模型与影像模拟，变成大地上的实景。

“来过，便留住。留不住自己的人，哪里留得住别人?”吴海军分析为什么越来越多的人舍不得洋口港。他说，大家感觉洋口港那片热土是大家自己“创作”出来的，住在自己创作的环境里，那感觉是不是很奇妙?“再说，现在建成的洋口港，与动画片里描绘的没有多大差距！甚至还有一些美，是当时的动画里没有想象到的，看一两眼不行，长住在这里才能感受出来，那就是工业气象里的自然呵护，是生态环境美，是人精神世界的美。”

吴海军说这话是有底气的，如果不能回答好几个问题，他就没有那么大的自信来赞美洋口港开发区——作为临海的经济开发区，厂房林立，且有大型化工企业入园，长沙还是宜居的“家园”吗？这是长沙老百姓也曾担心过的问题；经济上的快速崛起，会改变这片红色土壤的底色吗？当地老百姓会不会丢失传统的质朴，丢弃那些艰苦奋斗的精神，成为拜金主义者？这也是许多官员和学者担心的问题。

“人有时候会作假，但万物生灵不会乱说，它们用自己的行动来表达自己对环境的认可。”吴海军打开手机，向我展示如东本土摄影家所拍摄的洋口港作品图片。其中，一张俯瞰长沙的图片显示，蔚蓝的天空下，田园、水塘与厂房交错分布，天地之间，竟然有无数星星点点的飞鸟。我问，这是海鸥吗？他笑着告诉我，这不是海鸥，海鸥不会成群结队跑到城镇上空来，这是白鹭。

近年来，每到春天，除了一些常见鸟类，稀有的勺嘴鹬、小青脚鹬等“贵客”也都会出现在如东沿海滩涂湿地。这得益于县委、县政府对生态环境和生物多样性的高度重视和保护，如东沿海一百多万亩生态湿地滩涂已成为各类珍稀鸟类栖息的幸福港湾。县里有关部门统计到的鸟类有 118 种，黄海滩涂“来客”多，候鸟翩飞入画来，勺嘴鹬、黄眉姬鹟、斑尾塍鹬、紫寿带鸟、日本歌鸲、白喉矶鸫、东方角鸮以及黑脸琵鹭、白琵鹭、东方白鹳……更多的鸟儿在南黄海滩涂上栖歇、生活，尤其是被称为“鸟中熊猫”的勺嘴鹬，从西伯利亚漂洋过海，来到这里。它最为珍稀罕见，目前全世界仅有 700 只左右。作为湿地生态敏感的指示性物种，勺嘴鹬的连番光临成为如东沿海生态系统健康循环的有力证明。

有了洋口港之后，如东县的生态之弦绷得更紧了。全县秉持“绿水青山就是金山银山”的理念，严格落实海洋生态红线和自然岸线管控要求，强化近岸海域污染防治，加大海洋生物资源、湿地生态系统的保护恢复力度，规范沿海滩涂养殖，建立健全海洋生态监测体系和补偿机制。县里还联手保华集团等投资商，加强滨海景观环境建设，逐步打造出一条人海和谐的生态风光带。如今，在如东县小洋口海洋公园湿地等较为典型的候鸟栖息地，可以观赏到有 300 多年树龄的“南黄海第一树”蓬蓬树，能够品尝泥螺、海蟹、海葵等各色海鲜，可以享受到富含矿物质的天然温泉。

“我们将向着水清、岸绿、滩净、湾美、物丰的蓝色海湾治理目标，继续攻坚污染防治、水环境治理工作。”吴海军表示，全县正加快如泰运河等入海河道的治理和农村水污染防治，以不断向好的地表水水质保障海洋水质稳定向好；加强对海洋工程、海岸工程和船舶污染的环境监管，减少向海的直接排放源；持续推进入海排污口溯源整治，年底前，就一口气完成了全县 512 个入海排污口监测溯源整治工作。

洋口港本身，也是名副其实的环保大师，要论它的贡献，可以说是“地球级”的。南通海事局数据显示，自 2011 年 5 月 24 日中石油江苏 LNG 接收站正式投运以来，共有来自 25 个国家和地区、614 艘次 LNG 船舶安全靠站，累计外输天然气 700 多亿方。作为江苏省最先投产的 LNG 接收站，也是最大的 LNG 接卸基地，十几年来，该站惠及华东、长三角地区 2 亿人口，为国家绿色低碳发展注入了安全清洁的能源动力。经估算，700 多亿方天然气产生的环保效益相当于植树近 4 亿棵，可为国家减排二氧化碳近 2 亿吨、二氧化硫 150 多万吨，在保障区域能源安全稳定供应的同时，有效助力区域经济绿色发展。

为了保障洋口港的可持续发展，将开发港口对环境的损害降到最低，从规划选址开始，洋口港建设始终秉持科学的态度，坚持做好“环保账”；先后邀请王颖等 10 多位两院院士、王汝凯等 3 位国家港口设计大师、20 多家国内顶尖研究机构以及 100 余名专家学者参与研究，形成科研成果近 2000 万字。科学为洋口港插上了“绿色之翼”，使得港口开发建设与环境保护有机结合起来，走出了一条能源消耗少、环境污染小、破坏生态少的可持续发展之路。

“经济发展不是掠夺自然的‘竭泽而渔’，生态环境保护也不是困守青山的‘缘木求鱼’。”为了实现更好更快更持续的发展，洋口港坚持自我加压，坚持资源集约节约利用，为后续发展留足空间。比如，园区的一家企业——金光集团，其如东产业基地是南通历史上投资规模最大的现代化产业项目之一，致力于成为全国乃至全世界最大的生活用纸生产基地。可能大家一听到造纸，就会联想到“环境污染”，但是如东金光项目的上游纸浆并不是在基地生产，而是依托港口运输而来。同时项目紧跟国家双碳战略，坚持“林浆纸一体化”发展，通过开展可持续森林管理，不断扩大自营林范围，已实现造纸工业的绿色循环。目前金光自营林通过 CFCC/PEFC-FM 森林认证的总面积达 244382 公顷，累计固碳量 4239.51 万吨。

如今，站在洋口港规划展示馆的观景台上向远处瞭望，一幅动人的图景映入眼帘：海上，一排排巨大的风车形成的“海上森林”蔚为壮观，一艘艘 LNG 船从世界各地满载而来；岛上，液态天然气通过管道源源不断输入西气东输“主动脉”，LNG 冷能发电、制冰、制氢、分布式能源、燃气发电等能源综合利用项目纷纷落地；岸上，重大项目纷纷抢滩，新能源、新材料项目纷至沓来，江苏省天然气交易中心充分完善服务全国。“低碳、生态”已成洋口港新一轮发展的核心竞争力和品牌影响力，“绿色能源之城”梦想正在成为现实。

洋口港开发建设主要设在长沙的地盘上。对此，吴海军还有一种观点，认为必须把长沙打造得更美、更干净，这才符合洋口港建设的初衷，也才对得起当初无私支持拆迁的原住居民。拆了老百姓的旧家，为的是还给他们一个更美的新家。不管怎么发展、用什么方式发展，总归还是为了创造更美的生活。

现在，长沙镇累计建成生态河道 99.64 公里，覆盖率达 84.62%，达到省级“三美一高”示范镇要求（长沙镇等级河道总长度 173.29 公里，其中一级河道 1 条段 6.96 公里，二级河道 2 条段 25.83 公里，三级河道 20 条段 102.87 公里，四级河道 16 条段 37.63 公里，根据全县统一口径，生态河道覆盖率按三级河道建成率计算，一、二级河道和四级河道不纳入计算范围）；前期排查出的镇域 45 公里黑臭水体实现动态清零；2023 年实施长坎河、富强河、北坎竖河、陆家河、二号河、卫海中心横河长堤段、三八横河、北坎中心河、海堤河 9 条总计约 60 公里生态河整治建设，总投入约2200万元；实施掘苴灌区和跃进河小流域治理项目，总投入2500万元；截至2022年，累计建成村庄污水处理站点11个，铺设入户管网32公里，纳管农户1021户，2023年黄海村试点建设负压增压站1座，负压接户50户，二期农村生活污水纳管项目新增农污治理1200户，正在实施过程中；农村改厕持续整村推进，2022—2023年完成改厕5000多户，预计2023年实现农村旱厕全面取缔；农村生活垃圾治理构建全链条处置模式，镇域配备分类垃圾桶12500只，建成易腐垃圾处理中心2处，压缩式垃圾中转站升级改造后日处理能力达到80吨，配备垃圾上门收集车辆39辆、压缩车6辆、全链条人员达116名，基本实现生活垃圾分类收运转运全封闭，目前垃圾中转站日处理垃圾45吨，2个易腐垃圾回收处置站日处理易腐垃圾3吨。2021年滨海村获评江苏省特色田园乡村；在2022年美丽乡村示范打造中，长沙镇创成全县唯一市级“三美一高”示范镇、2个省级示范村和3个县级示范村，人居环境工作持续保持全县第一、全市领先；2023年定下了创建“三美一高”省级示范镇，同时创成1个省级示范村、2个市级示范村和2个县级示范村的目标。

在长沙镇访问期间，我接触到不少像小陈和她家族里的兄弟姐妹这样的年轻人，他们都给我一种在大城市鲜见的积极印象。

这片土地涵养的传统精神，没有被新覆盖的水土污染和流失。这是最让人感到欣慰的地方。

在小陈的热心牵线下，我与她老公和她的伙伴一起小聚了一次，新一代的渔民让我刮目相看。言谈间，我发现他们崇拜的对象，是他们村上一代渔民中的徐老大、于八银等人。只要是“渔民”，就要出海，设备先进一些，船的动力好一些，有利于安全性和生产力，但人，作为打鱼的主体，在海上该吃的苦，一点都少不掉。这一点，这些年轻人跟徐老大他们并没有多大区别。可他们为什么还是要选择做一个渔民，何况他们中的不少人已经接受过高等教育，完全可以靠自己的文化另谋事业，避免重复先辈的风雨兼程。

“这个问题我也纠结过，我是为了爱情回乡的，但得到爱情后，通过一段时间的摸索，我把事业定位到渔业，并非心血来潮，而是深思熟虑过的，”面对我的提问，小陈的老公开门见山地说，“家门口的海洋永远是我们事业和生活的方向，建港是向海图强，延续先辈的渔业也是向海图强，两者不可偏废。我们能从传统的产业里找到自己的价值。”

小陈的老公毕竟是一位上过大学的渔民，有时候出语不俗。他对我说了一番很有哲理性的话：“古代希腊神话有一个巨人英雄安泰俄斯离不开大地的故事。安泰俄斯是海神波塞冬和地神盖娅的儿子，他的力量来源于大地母亲，只要不离开大地，就力量无穷，所向披靡，如果离开大地母亲，就不堪一击。结果，安泰俄斯的对头赫拉克勒斯发现了这个秘密，在搏斗中把安泰俄斯举到空中，结果轻易就杀死了安泰俄斯。所以，不管到哪一天，不管社会如何变化，如东人离开滩涂，抛弃海洋，都不是明智之举。海洋情结，至少不会从我们这一代断开。”

这次访谈，给了我身心无与伦比的愉悦。其间，我与自称是“永远的南通人”的罗一民先生、德高望重的如东乡贤李金华先生、单晓鸣女士等有过几次会谈。其中有一次会谈过程中，单晓鸣兴致所至，对我们说:“我要哼一段歌曲，送给几十年默默关心家乡建设的首长，送给把青春挥洒在我的家乡、直把他乡作吾乡的老书记，送给也是故乡人、热情写故乡的作家，送给我自己在内的所有如东人，感恩我们的快乐老家——

跟我走吧　天亮就出发
梦已经到来　心不会害怕
有一个地方　那是快乐老家
它近在心灵　却远在天涯
我所有的一切都只为找到它
哪怕付出艰辛代价

也许再穿过一条烦恼的河流
明天就能够到达
我生命的一切都只为拥有它
让我们来真心对待吧
等每一颗漂流的心都不再牵挂
…………

大家都很感动。我仔细听了，从歌词中听出有几个词作了改动，比如，“梦已经醒来”变成“梦已经到来”，“忧伤代价”变成“艰辛代价”。我感觉得到，她唱出的每一个音符、每一个字词，都是用足了心思的。《快乐老家》不只是动听，它流光溢彩，传达的神韵扣人心弦，深入我心。

第十六章 文心大咏叹

江海交接，大滩洪荒，如东地理特殊，几千年来，人们被逼迫与任性的大自然抵足而眠、并肩而行。上天的赠予也不断激励子民接受大海的拥抱，忍受风浪的肆虐，且抗争且妥协，且合作且感恩。人们世代怀着敬畏的心情生活，一腔热血，满腹愁肠，百转千回，奋斗不息，一生生交集悲欣，一代代跨越峥嵘，打造了绵延的锦绣江河，也抒写了流芳的丹心文章。如东，这片土地留下了太多曲水文华，文明的旅程里，有着太多的诗情苦难、悲壮辉煌。这一切，塑造了如东人的文化基因，铸就了如东人的品格精神。

即便是今天，人类对科学和历史有了相对理性的认识，也丝毫不影响如东人执着的文心。如东人对故土先辈的想象、理解与精神创造，在信念里顶礼膜拜，在情感上坚信不疑。

相传共工与颛顼争夺帝位，共工失败后愤怒地撞倒了不周山，倒塌的石块掉进大海里，变成一块块沙洲。地处古长江入海口的如东，就是一块从天而降的沙洲，古称扶海洲。日转星移，随着古长江入海口三万年的南移，古长江口演变成为黄海南端，与东海相连。如东源起扶海沙洲，而有兄弟三人，或翻山越岭，或摇舟渡海，或横跨平原，来到这片茫茫沙洲求生，结伴成族，血肉相连，成为扶海祖先。他们不畏海风肆虐和海水侵袭，狩猎打鱼耕种，留下了垦荒的第一行足迹。子孙后代敬仰他们坚忍不拔的意志、光明智慧的心灵、开拓进取的精神，在掘港东边立庙祭祀，永志不忘，师之以范。庙门东开，面对大海，匾额上题有“辟我草莱”诗句。

“辟我草莱”成了扶海人的精神标签，是代代如东人耳熟能详的闪光词汇。

扶海洲，这片沙洲的来源，当然既是先人精神的创作，也是古时自然的演变。公元前1000年至公元1000年，众多古沙洲逐渐涨接成一片卵形沙洲，称扶（浮）海洲。在扶海洲最东北端有一块升向大海的长条形高沙地，即为今天洋口港开发区所在地“长沙”的雏形。宋时，即有先民来到这块高沙地从事煮海为盐的生产活动。这块沙洲上的第一个集镇，就是掘港。掘港因盐而兴，“无徽不成镇”，掘港的市镇也是由安徽籍的扬州盐商主导建设，大概在明代中后期形成一定规模的，有三条街道，南街、北街和竖街，掘港街道的四坊也就是这个时候留下来的。到清代乾隆年间市镇建设达到高峰，徽商领袖吴永瑞纠合徽西各商开始铺设石板街，从乾隆五十九年（1794）至嘉庆二十四年（1819），徽商历时二十五年完成掘港石板街的石路铺设九百三十六丈八尺三寸，后来清末又铺了一些巷子，掘港街约十华里，号称“十里长街”。

今存最早的关于掘港的诗歌，是北宋孙觉的《过掘港营寨》：“海口来屯数百兵，貔貅严卫号精明。驰驱每列长蛇阵，驻扎无殊细柳营。千里旌旄惊远寇，四围戈戟比重城。途人未解将军令，石炮声疑霹雳声。”作者孙觉是苏轼、王安石、苏颂、曾巩的好友，是黄庭坚的岳父，是秦观、陆佃、王令的老师。他是进士出身，是诗人，也是文学家，著作很多，在学术上的最大成就是对春秋学的阐扬，对易学也十分精通。字里行间不难看出，刀光剑影，战号长鸣，铁甲叮当，掘港正处在战火烽烟的弥漫之中。一个可以屯兵、需要兵戎相争的地方，当然有相对良好的地形和富庶的资源价值。早在唐开成三年（838）七月，日本第十九次遣唐使团停驻掘港期间，圆仁和尚在《入唐求法巡礼行记》中就有“留学僧到守捉军中季赏宅停宿”的记载。可知在唐宋时期，掘港就是一个非常重要的军事要地了。

千百年来，掘港作为扶海洲的文化、商贸中心，被人们寄情托志，赋予很多历史的想象。在众多先人创作的神话中，“明珠掘港”流传甚广，故事中传达的智慧和勇气，为后人“掘港”提供了强大的动力，可以说，是古代临海人围堤、近现代如东人围垦和当代如东人构筑大港梦的精神基础。

传说古扶海洲蠙山渔村以东，是辽阔的泥沙滩涂。这里的老百姓以打鱼为生，但这里无渔港，渔船不能在浅水滩靠岸，只能停泊在很远的海面。海上风浪不定，动辄掀翻船只，渔民常遭海难，与船一起葬身大海。有一位聪明能干的渔家女明珠，立志在海滩上挖掘一条渔港，让渔船能就近停泊。于是，她说服了情郎东升，并动员了村里的部分年轻人，一起挖掘。可是海滩潮涨潮落，水过泥淤，久久不能成港。村里的胡子公极力反对他们挖港。胡子公是足智多谋的长者，在村子里有着说一不二的威望。他呵斥明珠是傻女，说“自古哪有人能挖开大海的先例，岂不是痴人做大梦”。乡亲们一听，纷纷丢下草筐和铁锹，不干“傻事”。但明珠并未泄气，她日夜蹲在海边观潮，终于发现海水涨潮时流速慢，流量小，能带来泥沙淤积，退潮时流速快，流量大，能带走大量泥沙的规律。明珠豁然开窍，与东升再次带领乡亲们开挖，并利用力大无比的海子牛相助。他们在退潮时跳入港池竭力挖掘，大量泥沙随潮远去，港池渐深，渔港终于挖掘成功。从此，渔民们有了安全、方便停泊渔船的海上通道。胡子公十分羞愧，在村里的祠堂举办了一场欢庆仪式，借此表达自己的歉意，并表彰明珠。他郑重宣布："掘港梦成真，明珠智女也！"此港在掘港以东，民间称之东港，应在今东湖位置，当今围垦时此处水最深，因地制宜便建成了平原水库，因而东港便成了东湖。

"智女掘港"是如东人比较钟爱的本土传说故事。明珠这个人物形象除了有坚韧、勇敢等中华民族优秀的传统秉性外，还多了一份智慧，而这种智慧里又多了一种新的精神，就是科学探索精神。明珠揭开了大自然的规律，并顺势而为、利用规律，终于做成了连所谓最有威望的智者都认为做不成的事。"愚公可移山，智女能掘港，执着加智慧，天下无难事"已成如东大众哲语代表作，在社会广为传诵。"首届中华新成语学术研讨会"因"智女掘港"等新成语在如东县召开。大会授予如东县"中华新成语特色文化基地"牌匾。

到了新世纪新时代，正当洋口港开发建设如火如荼的时候，剧作家潘金环在《剧影月报》创作发表了五幕歌舞剧《智女掘港》，并成功搬上舞台。如东创新艺术团先后组织近百名退休职工和民间艺人，在资金、人才、作曲、道具、服饰等极度匮乏的条件下，历经 8 年排练打磨，终将该剧搬上舞台。上演期间，这个由业余团队表演的剧目，竟然一炮走红，创下了场场爆满的上座效果。早在排演期间，剧组本身的“掘港精神”就被传扬开来。该剧是如东民间艺人们不辞劳苦、攻坚克难、奉献艺术的精彩表现，更是以实际行动向先人明珠致敬，是对“智女掘港”的最好现实诠释，也是对挥洒汗水在海上洋口港的建设者们的时代精神做了一个即时备注。在演出结束后召开的作品研讨座谈会上，专家称赞该剧是一部“弘扬社会主义核心价值观，承载着如东独特人文精神和地域文化特点，洋溢着浓郁的家国情怀和新愚公精神的艺术精品”。而潘先生则精准而简明地点评，自己的创编成功是因为“故事里的人和演故事的人，有着同样的精神，写故事的人和看故事的人，有着同样的敬仰”。

“茫茫潮汐中，矶矶沙堤起。”范公堤是如东沿海的一道古老的捍海大堤。据史料记载，天圣二年（1024），宋仁宗委派范仲淹主持筑堰。当时由于旧堤坍塌损毁严重，海岸线又不断变迁，重新勘定堤址十分困难。范仲淹亲临海滩观察思考。范仲淹在《宋故卫尉少卿分司西京胡公神道碑》中自述当时遇到的诸多艰难险阻，“雨雪大至。潮汹汹惊人，而兵夫散走，旋泞而死者百余人”。他顶风冒雨，临阵督察，与同科进士滕子京“同护海堰之役”。范仲淹还捐出自己的俸禄，补贴筑堤费用。在他的感召下，民夫复出，精神倍增，工程进展迅速。由于范公堤“束内水不致伤盐，隔外潮不致伤稼”，历年来备受世人称颂。明人吴宗元曾赋诗赞曰:“捍海功成百代崇，蛇龙逼菽尽耕农。当年不应临川笔，到此惟应说范公。”

“先天下之忧而忧，后天下之乐而乐”，他留下的范公堤造福世世代代的如东人，他留下的精神感染世世代代的如东人，更被铭记和称道。而范仲淹的精神又被如东人寄托在一棵见证了历史过往的树上。这就是南黄海海滨第一树“蓬蓬树”。在高高的范公堤上，几十里外就能一眼望见一棵大树。此树距今已有三百多年，相传为一位得道高僧所种。树有将近二十米高，树干粗壮，要四个成人才能合抱得过来。虬枝四出，粗壮的枝杈遮下数亩地的荫凉。整个树冠就像一顶大篷帐，密密匝匝，氤氲如盖。从树左边伸出一根醒目的枝条，酷似一只指路的仙鹤。沧桑岁月将树身雕琢出万千褶皱，粗糙却坚韧的皮肤上，写满斑驳的故事。据说，几百年来它是海上人忠实的“灯塔”。海水涨潮，浊浪滔滔，渔民很容易迷失方向，唯有这棵蓬蓬树依然清晰可见。朝着大树的方向，自然就是回家的方向。如东当地一首民谣唱道:“夜里望子午，日瞟蓬蓬树。有了蓬蓬树，家家保平安。”蓬蓬树曾经挽救过多少渔民的生命！又有多少个黄昏，多少个风雨的时辰，妻子在树下盼望出海的丈夫，孩子倚着树干等候打鱼的父亲，老人在树下为儿子祈祷，乡亲在树旁祝福遥望。蓬蓬树记载着数不清的相依为命，承载着说不完的骨肉亲情。蓬蓬树就是一个“先天下之忧而忧，后天下之乐而乐”的物质象征、精神地标。无论是范仲淹的传世绝句，还是民间咏叹蓬蓬树的民谣，几乎每个如东的临海居民，都能倒背如流，烂熟于心。

有资料记载，从宋元开始，为了躲避兵燹之乱，江南一些名士开始迁徙到古如东地区，如由苏州迁栟茶场的徐邦大、自常州迁掘港场的管重和、从徽州移居石甸的陈侯远等等。徐邦大是南宋绍兴元年的进士，管重和是元泰定元年的进士，陈侯远是“东海遨游耽逸乐”的大隐士，都是当时有名的文人。虽然他们的诗文已经流失，但是他们的文人情怀、名士风范和民族气节，却在这片土地上沉淀下来。旧志的丰利十景里，有一景为“许墓寒鸦”，说的是元末因避战乱，从苏州震泽随父亲滕七公迁居丰利的文人义士许孚的故事。许孚于建文元年中举，以工部主事督芜湖关。他是明初大儒方孝孺的门生，因方孝孺对燕王朱棣造反不满，拒绝为其起草即位诏书，被诛灭十族。许孚得悉后，在芜湖关饮鸩殉节。关于他的自尽，他的小传中这样记载：“闻金川失守，方殉节，北向再拜，泣曰：‘吾师获死所矣！忆吾始获售，试题为《托六尺之孤》，榜首刘师目为鸟中孤凤。孚不敏，窃附刘君后，敢负所知哉！’遂痛哭，饮鸩死。”能够获得“正学先生”方孝孺的青睐，又被同门誉为“鸟中孤凤”，许孚的才华了得。许孚留下一首《桑公远公代父服刑》:“捐父生身代父身，古今行孝更何人！三纲允笃圣贤道，寸草已酬天地春。表奏非干刑部宰，诏除岂幸大明君！芳名若不标青史，空有雷声白昼闻。”许孚死后，葬于丰利场西街观音堂之河南，民间称该墓为“许墓”或“许工部墓”。乾隆初年，汪之珩曾经与刘文玢、顾駉月夜登石梁作诗吊之，并留下一首《经前明许工部墓》，记其荒凉景象。其后，丰利盐政庄锡礼修整了许孚的坟茔，新栽了柏树，重立了墓碑。一时间，江右孝廉吴退庵、扬州名士黄洙、如皋教谕秦鼎云都前来拜谒，还留下了不少诗文。

如东栟茶史上著名的“缪氏二贤”之一缪思恭，跨越元明两个朝代。他在元末是地方小官充令史。后归顺张士诚为之效力，再后来又投奔朱元璋麾下，成为徐达的幕僚，为戕乱平天下立下赫赫战功，成为明朝的开国功臣，官至淮扬路总管。嘉靖年间，皇帝还钦遣侍御大臣雷应龙来栟茶建“二贤祠”并祭祀之。谁也没有想到，就这么一位戎马一生的武将，竟然还为我们留下一首《庚辛唱和诗》:“我生胡弗辰，守土愧簪黻。乱离难斯瘼，兵氛驾飘坲。贵臣既防求，苗僚荐骄怫。比户罹毒淫，流殃痛未讫。大军有凶年，荆蓁莽茀郁。天地塞无欢，三秋翳沉沕。当国哀黎氓，方来滥朱绂。所冀民社宁，优诏非为屈。顿觉元气清，太空如荡祓。借问今夕娱，还思去年不?”缪思恭不仅文采斐然，且具忧国忧民的家国情怀。通过这首诗，我们就能够看出他所做的一切，从一开始为元吏，到投张士诚，再投朱元璋，无非一个目标，就是“所冀民社宁”，换了一个又一个主人，都是为了拯救苍生罢了。

元祐三年的进士史声是土生土长的古皋东即今如东人，志称孝子，《重修如皋县志》有传如下：“史声，沿海人，元祐间，以进士登显官。始家贫，母先卒。侍父自养不给，惟齑盐糜粥而已。日夜读书。每书暇，樵采以给父养。自食粗粝，恒不饱。及登第，有厚禄，迎亲就养，至中途遇疾卒。闻讣，即哭不绝声，不顾家属，罄身日夜奔赴，四日乃至。父丧哀恸几绝，扶柩还家，寝苫枕块，及葬，结庐墓左，日为包土培茔，墓后成一垄如山。吊者惟以触地扣哀，未尝与人谈笑。”史声不仅留下孝行，还留下几首诗。《中禅寺诗》仅存两句：“施食池腥龙戏钵，长明灯暗鼠偷油。”《题定惠寺》一首：“寺名定慧知何代，桥古碑横不记年。古树乱鸦题晚照，故园新蝶舞春烟。十层宝塔化尘路，五花云衢散上天。惟有玉莲池内水，沧浪深处老龙眠。”末句“惟有玉莲池内水，沧浪深处老龙眠”为传世名句，常被后人引用。史声还有《送别严希孟》：“岁暮送行舟，寒烟古渡头。渚禽冲客起，野水带冰流。经史探深趣，江山属壮游。莫将和氏璧，轻向暗中投。”这个严希孟也是沿海乡人，同样是一个大孝子，乡人称之“严家孝子无双”。嘉靖《重修如皋县志》记述他“博闻通史，尤长于诗”。从史声、严希孟交游可知，在北宋时期，如东文人之间的诗文唱酬已经非常普遍，而且水准相当高。文人之间与其说交流的是文采，不如说更多交流的是思想、文化和道德。善良、厚道、气节、忠诚、牺牲、孝顺、爱民，这些诗歌主题也为如东文脉添注了更多高尚的源头活水。

如东，也因爱国将领文天祥在此逃难出海，并留下许多千秋传诵的奇诗妙句，而成为“海天圣地”。

相传，文天祥在如东逃难的出海口为掘港场的大贴港。文天祥著有大贴港诗:“王阳真畏道，季路渐知津。山鸟唤醒客，海风吹黑人。乾坤万里梦，烟雨一年春，起看扶桑晓，红黄六六鳞。”他在如东海边所写《北海口》的诗序说:“淮海，本东海，地于东。中云南洋、北洋。北洋入山东，南洋入江南。人趋江南而经北洋者，以扬子江中渚沙，为北所用，故经道于此，复转而南，盖辽绕数千里云。”“扬子江中渚沙”应该就是今天所说的南通“三角洲”。其另有诗为:“沧海人间别一天，只容渔父钓苍烟。而今蜃起楼台处，亦有北来蕃汉船。”文天祥不仅到过虾子湾，还到过马塘场，并曾留下诗篇。明代《重修如皋县志》载有其《行马塘》:“孤舟渐渐脱长淮，星斗当月空照怀。今夜分明栖海角，未应便道是天涯。”文天祥在如东的旅程中写过的不少著名诗篇，流传甚久，涉及如东地理的就有《行马塘》《大贴港》《虾子湾》等。《虾子湾》一诗为："飘蓬一夜落天涯，潮溅青沙日未斜，好事官人无勾当，呼童上岸买青虾。"文天祥到过如东宋家林，他在《宋家林》中写道："一团荡漾水晶盘，四畔青天作护阑。著我扁舟了无碍，分明便作混沦看。水天一色玉空明，便似乘槎上太清。我爱东坡南海句，兹游奇绝冠平生。"可见，文天祥在古如东沿海辗转非一两日。

文天祥出北海后，写下《扬子江》一诗："几日随风北海游，回从扬子大江头。臣心一片磁针石，不指南方不肯休。"其后两句和他《过零丁洋》中的"人生自古谁无死，留取丹心照汗青"都成为千古名句。文天祥矢志不移，不畏险阻，南下抗敌复国，所以把自己比作指南针，"臣心一片磁针石，不指南方不肯休"，直抒胸臆出这一极形象生动而又志气朗朗的诗句。

文天祥的如东之行，不光留下千古文章，也为我们留下了重要的地理信息，更为中华民族留下了光辉灿烂的思想精神。从文天祥对如东不同地点的抒怀，我们了解到大量古如东地理和社会情状。他于如东出海，扬帆远航到南方，也使我们知道，在宋代，如东沿海有通往南方的航路，为文天祥脱险提供了重要条件，这种条件更是为后人提供了进出海洋，甚至建港拓航的思想动力和科学基础。而"臣心一片磁针石，不指南方不肯休"和

“人生自古谁无死，留取丹心照汗青”所传递的无视个人安危、穿透时空的强大爱国情怀，成为中华魂魄的钢筋铁骨，是中华子孙一直称颂、尊崇的伟大信仰。

所以，我们把触发英雄豪情与壮思的如东称为“海天圣地”一点都不为过。

进入明代以后，随着人们生活的逐步安定，诗歌创作也日渐繁荣，石沆、何塘、冯世昌、冯上知、王亶怀、王煌、管养素、苏愚、石璜、曹滹、缪四明、冒愈昌、殷之泽、张玉成、张应诏、张应宿等这些皋东或者流寓如东的名人雅士，创作了不少诗歌作品。如石沆的《海上春望》、严怡的《过栟茶》、吴浚的《五贤祠诗》、缪滂的《题海春轩塔》、缪四明的《穷民谣》、张玉成的《掘港抒怀》等等。同时，他们与外界多有交流，如汤显祖《玉茗堂诗集》里的一首《送张广陵》，就是送给丰利文人张淳的。明末清初，在双甸坐馆的秀才许德溥因反清，于清顺治五年三月十四日被衙门判斩，从容就义。秀才先生留下的《闻先帝变》《别亲》《绝命诗》《临刑诗》等，给当时朴素真率的皋东诗坛，平添了一股苍莽雄烈之气。可以说，这些作品与文天祥形成了历史的呼应，与文天祥精神一脉相承。如东的文胆里充满了大海的那种铁血丹心。

清咸丰元年，如东长沙境内陆家河决堤，决口处冲成深潭，百姓称之为龙潭。潮水经陆家河向西南直抵掘港龙王庙，故民谚有“大水冲了龙王庙，自家人不识自家人”的说法。龙潭深不见底，历史上的大旱年都未干枯，至今遗迹尚存。清朝诗人李琪为此写诗:“淮南江北海西头，中有一泓扶海洲。”“淮南”是淮河之南，“江北”是长江之北，“海西头”就是黄海的西岸，这“扶海洲”当然指的就是如东。所以，无论江淮，自古从如东入海，都是一泄为快。如东海域易形成深水槽，绝非偶然，而是具备太多自然天成的条件。

如东因临海，气象万千，风云动荡，震荡得人心难以安定。于是如东人向天求助、向海图安等祭祀活动频繁，几千年来从行为、仪式、习俗逐渐演变成文化，源远流长。到了明清时期，海上不光有风浪侵袭，还出现了中外海盗这样一种新“海妖洋鬼”。如东沿海渔民以文艺的形式，祭祀抗击敌军的“都天王爷”英烈，来祈求神明驱除妖怪，消灾降福。他们编创了“马伕舞”。人们装扮成粗犷剽悍的马伕，排成方阵。表演者在身上系上马铃，口里衔着银针，舞动时叮当作响，气势铿锵，很有大海潮起潮落的那种阵势。马伕舞以鲜明的个性和强大的艺术气场，穿越时代，跨越几百年，经久不衰，极具生命力。现在已被列入国家级非物质文化遗产名录。

据如皋文学史料研究，从清初开始，掘港场的管养素之《锄金园诗》、吕清之《咫堂诗草》、刘之湛之《德荣堂诗集》、刘道明之《灵莹集》、章纯仁之《抱膝集》等一些作品，纷纷刻行。管养素与冒辟疆、吕清与查士标、刘道明与王士禛这些长江下游两侧的文学大家往来唱和，佳话佳作迭出。丰利场也是文风蔚然，康熙二十四年进士张祚的岳祖母吴氏与岳母李氏在崇祯十七年（1644）国变后两年逢贼双双遇害，被称为“桑门双烈”，冒襄、石湘、孙秦亭、吴涵等皆有诗文赞之。张祚的儿子张槎，清贫有操，嗜古力学，著作很多，有《燕齐吴楚游草》《云锦词》等。石为崧是康熙二十七年进士，丰利场人，其诗雄伟深秀，著有《樊山诗集》《且梦山房诗集》，《渔溪笔谈》收其《雁门关》一诗，并云：“视唐贤《凉州》一作，真有过之无不及也。”石为崧的兄弟子侄辈能诗者甚多，他与其弟石为崶、石为嵋并驰声艺苑，一时拟之三凤。其子石锺瑞、石颐，女儿石学仙也都是名盛当时。还有桑越玺、桑敏树、徐承浩、汪起涟等皆有诗作存世。栟茶场为著名的文酒之地，以诗鸣者有缪蓉、缪伟臣、缪宽等缪族众多文人。在康熙年间，兴化著名诗人李驎曾数次来栟茶坐馆，前后达十八年之久，在栟茶写下了不下千余首的诗作文章，如《南沙杂记》《绘豳堂记》《缪氏族谱序》《缪生诗跋》等等。当时，海内义士咸默、兴化名士王仲儒也曾流寓栟茶。此外，双甸的丛中蕴、丛方菡皆有名于时。还有石泄、石湘兄弟，与王士禛、王仲儒、冒襄、陈其年等时常一起敲字联句。

到了乾嘉时期，随着盐业的繁荣昌盛，在扬州等地文酒风流的引导之下，皋东的文学也由此达到了前所未有的顶峰，出现了相当数量的诗学家族，如丰利汪氏、掘港管氏、马塘王氏、岔河汤氏、双甸丛氏、潮桥朱氏等等，他们名显四方后也吸引了大量外地文人前来交游，文酒风流，为皋东诗坛留下了许多瑰玮卓绝的诗篇。如郑板桥在丰利不仅留下《板桥自叙》《刘柳村册子》等文化艺术精品，还写下《满江红·客文园题赠送汪璞庄》《题璞庄肖像图》等诗词。汪之珩本人除了著有《文园六子集》《甲戌春吟》外，还编纂了南通历史上第一部诗歌总集《东皋诗存》，曾经入选《四库全书》集部存目。他的儿子汪为霖诗学成就突出，与袁枚等唱和不断，诸家对其诗歌评价极高。“换却笆篱补石阑，改园更比改诗难。果能字字吟来稳，小律千秋亦耐看。”他这一首《葺补小园》为后世多次引用，已经成为吟咏园林的名篇。丰利徐氏家族也是诗人辈出，徐宗永、徐炘、徐朗、徐珮等，都是吟坛健将。陈嵩是乾嘉时期皋东地区的著名画家，刘墉、翁方纲、纪晓岚、袁枚、伊秉绶等大咖都有诗文赠送给他。乾隆进士史鸣皋精书画、工诗，为文根柢经传，淹贯子史，著作很多，传诵海内。

此时的掘港也是文士唱和，骚客对答，诗会不断，雅集成风。“蟥山吟社”“十友吟社”名闻遐迩，《百美新咏图传》《蟥山诗钞》《蟥山联唱集》先后问世。当时有一些外地著名诗人就生活在掘港，如《乾嘉诗坛点将录》中名列第四十二的“赛仁贵”陈梅岑，因为其子陈景蕃任掘港场大使，晚年定居蟥山。还有一些诗人时时往来于掘港，在诸多著述中言及掘港。

栟茶素来就是人文渊薮之地，自古文风昌盛，人才辈出，著作极多。也正是因为诗，在乾隆四十三年发生了震惊朝野的徐述夔“一柱楼诗案”。徐述夔，字赓雅，乾隆三年乡试举人，著有《一柱楼编年诗》《一柱楼和陶诗》等。乾隆二十八年，徐述夔病故，其子徐怀祖与他的学生徐首发、沈成濯将其作品编成《一柱楼诗集》刻行，并请沈德潜作传。后来同里的蔡嘉树因为田产纠纷，认为徐述夔的诗集中有违碍之句，有“诋毁本朝”之语，故将《一柱楼诗集》呈控，从而导致徐述夔、徐怀祖遭剖棺戮尸，两孙徐食田、徐食书以及徐首发、沈成濯被处以斩首。他的子、孙、兄、弟、兄弟之子，及妻妾、姊、妹，子之妻、妾付给功臣之家为奴，财产入官。沈德潜的一切谥典官职被追夺，撤出乡贤祠内的牌位，仆毁御赐碑文，许多人受到牵连。“一柱楼诗案”是清代四大文字狱之一，从而导致栟茶“避席畏闻文字狱”，人人视文字为不祥物，就在这样的环境下，栟茶还是产生了缪中、于泗、缪锡朋、缪玉成等诗学名家，此外还有缪梅麓、缪佽亭、徐展亭、缪锡九、沈春芹、陆筱楼、张晴江、缪巢松、徐六皆等人也是联吟不断，甚至蔡嘉树的孙子蔡绍遵还著有一本《芝竹轩稿》，民国栟茶最出名的文人蔡观明就是蔡嘉树四子蔡琇的玄孙。缪中不仅自己著有《一草亭诗集》，还重刻了吴嘉纪的《陋轩诗集》。于沼、于滨、于涧、于泗兄弟四人，个个文才出众，人称“于门驷马”，尤以于泗才气最高。他著有《怡怡草堂诗》八卷，《搜神诗史》六卷，《咏物诗》十二卷，《鸥村》十卷等，并辑《东亭诗》二十卷。

从文字狱事件，我们也不难看到，如东文人大多是“文天祥”这样的硬骨头，他们身上的英雄血脉，是斩之不断、坑之不绝的。

马塘王大溥有三子，王灿、王燧、王炳，皆有文名。王灿，字光奎，号菊田，曾候选卫守备，捐通判，选授安徽太平府督粮通判，其构晚香园，经常在此呼朋唤友、吟诗作对。

岔河汤氏这一昔日的皋东名门望族，盛极于清代嘉道年间，其核心人物汤俊历任浙江衢州府知府、宁绍道，广西梧州府知府等职。汤氏有“日涉园”，位于宅西，系“宾客文宴之地，中有郊居堂、桂院、修竹庐、天香书屋、蕉石山馆、最静处、藏芸楼、雪月楼、远香阁、郁冈、太平泉诸胜”，取陶渊明《归去来辞》中“园日涉以成趣”之语意命名其园。

双甸姜槐喜交游，名流过其里，唱酬无虚日，如嘉庆十六年立夏后，赵怀玉从扬州经海安到石港，路过双甸时，与姜槐、丛杰、刘金声等人茶话勾留，同游银杏寺。其子姜灵煦著有《双桂斋集》，姜春煦著有《棣萼轩集》。丛杰，号罕山，十岁能诗，著有《霁香堂诗草》十六卷。乾隆四十年状元吴锡麟闻其才，命车造访，言于妇翁以姨妻之，足见其才之高。他与乾隆五十四年状元胡长龄亦有交往，胡长龄《三余堂存稿》收有写给他的诗。

历史上，如东文人留下了许多著作，其中以掘港、栟茶两地最多。作品多为文史类。明清后，除了文学，还留下大量医学著作。仅现有残存书目，就有二百多种。例如，掘港管士杰著有《五经补义》《春秋补注》《医学指南》等著作。古代如东人民创造了灿烂的文化，留下了不少文物古迹。掘港的国清寺，马塘的仁和桥，栟茶的一柱楼，丰利的文园、绿游园文峰阁、人顶桥等等，都曾是重要的文物古迹。

到了近代，文风越加兴盛，甚至影响到底层的平民百姓。一些纯粹由乡亲自吟自唱的歌谣开始盛行。这些歌谣抛弃古诗文的繁缛规矩，只有相对押韵和段落的整齐，通俗易懂，朗朗上口，易记易诵易流传。其中，最著名的《十二月鱼儿鲜》的歌谣由渔民自己创作，你一言我一语，慢慢完善，一直流行到今天：

万里黄海水连天，
我家住在黄海边。
一年四季十二个月，
月月个鱼儿离水鲜。

正月龙灯鱼来报喜，
二月刀鱼正当时，
三月黄花鱼儿上了市，
红烧清炖随你意。

四月鲦鱼大眼疸，
五月马鲛正当家，
六月条鱼肥又大，
老酒拷拷乐哈哈。

七金八板九箭头，
十月鲻鱼数铁头，
十一月带鱼白如银，
十二月鲈鱼真闻名。

要吃鲜鱼就把网开，

要吃龙肉呗自下海；

渔户雄心比海大，

金银财宝捞回来。

跟文人骚客的攀风附雅、拿腔捏调不同，歌谣传递着一种清新、快乐的气息，在赞美生活美好的同时，列数出如东海洋鲜美资源的馈赠，可以说，自古如东诗文数万计，唯有这首平民之作效用最大，生命力最旺，算是真正金不换的如东特产广告。

晚清民国，皋东诗坛也是吟咏不断，涌现了不少诗词名家。潮桥当以朱氏门户尤为鼎盛。朱清源，人称“灌园先生”，漳州知府王广业赞他“积学工诗”，《东皋诗存》的卷二十八收其一首《桐香书屋》。朱清源之子朱霖著有《旷观楼诗存》八卷。朱霖生有四子，都是才艺出众。其中朱敏文次子朱兆蓉著有《染雪庵遗稿》五卷。

丰利文脉不绝，陈嵩后人陈雯著有《咏篁轩诗文集》，其子陈国璋著有《文介先生诗集》，由民国名士韩国钧作序，著名教育家、实业家沙元炳题诗。随着潘氏父子继起，古丰诗坛再续风雅。潘荫东著有《樵叟集》，长子潘肇元著有《铁老诗录》，次子潘恩元为江苏省议会议员。他与齐白石、张伯英、宋伯鲁等交游，与沙元炳为诗文之交，唱和尤多。栟茶此时也涌现了许多诗人。蔡映辰著有《绿云庵诗词》六卷；缪文功著有《寄归庐诗文集》；叶文瀚著有《无咎誉斋文集》《一毡百甓居诗存》等；蔡观明跟章士钊、吴稚晖、吴昌硕等人素有交往，一生著述极多，有《孤桐馆文甲编》等等；徐琪著有《粤东葺胜记》等。丹徒人赵曾望筑巢蟥山，一度主讲于石港的文正书院。他著作宏富，有《十三经独断》等。潘荫东女婿金圻，掘港场北坎人，光绪二十八年举人，日本留学生。曾与其父金文源及掘港廪生刘如熊、秀才夏时、绅士郭瑛创办蟥山小学。马塘在晚清民国期间，也出现了如邓敬舆等诸多名人，进入民国，更是人才辈出，还有严刚伯等人组成鸡鸣社，互相切磋长进。

皋东诗坛名家辈出，琳琅满目，其实闺阁女诗人也是不让须眉，可谓才媛频现，佳作不断，在清代诗苑的百花园中占有一席之地。姚倚云，是南通女子师范学校的第一任校长，也是享誉苏皖文坛的一个诗人，著有《蕴素轩诗稿》。晚年避乱居马塘，在她的诗词中多有记载当时的生活。岔河丛长茂，字松如，号倩园，乾隆年间府学增生，善诗，撰有《学拙窝诗稿》。受其影响，其长女丛禧、次女丛祁志均工诗，世谓“一门父女三吟客”。丛禧与如皋女诗人高繁、吴师韫诗歌唱和，结为姊妹。《东皋诗存》收其诗十一首。道光年间王豫、阮亨共同编订的《淮海英灵续集》和近年出版的杜珣编著的《闺海吟》《阆苑奇葩》都辑入她的诗。丛祁志，号舒卿，谢撤莲室，有《芳韵楼集》，《东皋诗存》收其诗十二首。光绪年间，她的词被辑入徐乃昌的《小檀栾室闺秀词钞》。《淮海英灵续集》也收入其诗《新秋怀家君》，《闺海吟》亦辑其《忆母》诗。袁枚《随园诗话》云："如皋女子石氏学仙，戊辰进士石公为崧女也……善书画，工琴棋。皋邑剪彩贴绒花鸟，自学仙始。著有《冰莲绣阁诗抄》。"石学仙本名石贞，号学仙，诸生沙又文室，为石为崧的女儿。她学诗于其父，学画于其兄石颐，其生平入载民国黄俊编撰的《弈人传》，施淑仪《清代闺阁诗人征略》，高魁祥、申建国编《中华古今女杰谱》等书。诗词作品见载于李鹤鸣编、鲁文忠注的《闺秀诗三百首》，鲁文忠选析《历代名媛诗》，杨子才编写的《万首清人绝句》等。她的侄媳黄碪亦能诗。徐邦殿的妻子李华著有《画远山楼吟稿》。"管氏三凤"的母亲罗云著有《习静轩遗稿》四卷，一时传为闺阁领袖，熊琏在《澹仙诗话》中评价说："闺秀诗妙在清雅。近见管夫人罗云霞绮《习静轩遗稿》，全无香奁气息，时出警句。"罗云的次媳陈昆生诗作《秋夜望月》被收入《闺海吟》。监生管慎宴之妻吕玉著有《养恬山房诗抄》。乾嘉年间，掘港还有张淑兰、张淑蕙、顾淑龄、李靓等女士都热衷于诗歌创作，为当世名士所欣赏。

从清代开始，如东女诗人就可以以诗文"抛头露面"，一展芳容，这也是如东文史上的美丽风景。文心交融，开明平等，才有了本土人的心灵丰富和文化上的发达繁荣。不能不说，这也为李金华先生所言如东人的“明于心”这样一种优秀的素质，寻到了一条根系。

南通近代爱国实业家、教育家张謇也是一位情感丰富而又细腻的诗人，一生写诗两千余首。学者陈有清曾专门著述张謇所作掘港《夜半闻鸡》的赏析。

张謇于民国六年十月到掘港办事，写了一首七律《夜半闻鸡》:“喔喔荒鸡夜半号，梦醒孤馆客魂消。人离一日如三日，霜重今宵过昨宵。冷被昏灯俱可味，老怀壮志百无聊。屋梁斜月分明见，余睡犹思到绮寮。”《张謇日记》记述当日:“……去掘港，夜七时半至，……舟行一百三十里。写雪君讯，有《夜半闻鸡》诗。”“雪君”即沈雪君，也就是著名的刺绣大师沈寿。沈寿积劳成疾，虽经延医诊治，仍是如舟行浪中，安危难定。这年春天，为了有利沈寿恢复健康，张謇腾出谦亭让她“移居养疴”。这里风和日丽，竹影扶苏，很适合静养。可沈寿还是歇不下来，她理下自己头上青丝，将张謇手书的“谦亭”二字细细绣成一幅精品，张謇得知感慨不已。他想起沈寿病情时好时坏，昼夜难安，外出办事总是放心不下，难怪乎不梦悠悠，思悠悠，时时刻刻牵挂于心也！这首诗很真诚。它看起来很平淡，只不过一般的“旅途闲笔”罢了，但细加分析，却不是清汤寡水的浅吟低唱。望着星空的沉思，伴着鸡鸣的乡愁，既浅且深，深从浅出，将深藏在心底的情感羽化成经典的彩蝶！

1922年5月4日，如东走出的学子吴亚鲁在东南大学梅庵公开举行会议，成立“马克思学说研究会”。他是如东地区最早加入中国共产党的党员。之后，他利用假期回乡之机，在如城、潮桥、马塘、掘港等地，联络并邀请在南京、上海、北京求学的如东学生、进步青年，讨论国家大事，发起和建立了以反帝反封建为宗旨的进步团体“平民社”“青年学友会”，创办《平民声》及《潮桥青年》，并任主编。他在《平民声》创刊号上，发表《小学教师团结论》等檄文，在如东播撒革命的种子，强调“要解决小学教师的困难，必须有团结的力量——一个阶级团结起来的实力！”这篇文章当时在如东影响很大。在他的引导下，苏德馨、叶胥朝、徐家瑾、王盈朝、吴亚苏、丛永琮等一大批革命青年先后走上了革命道路，并成长为优秀的革命骨干。

1931年“九一八”事变爆发后，如东地区的共产党员和进步青年积极开展抗日救亡运动。1935年，共产党人文人俞铭璜、叶胥朝组织了抗日文艺团体“春泥社”，以《导报》《皋报》等报纸副刊为阵地，倡导革命文艺，宣传抗日救国。从此，如东的抗日救亡运动拉开了序幕。1939年，新四军东进后，苴镇、潮桥、岔河等镇的青年分别组建了吼狮剧团、青年抗日救亡工作队和大众剧艺社，自编自演了《献金》《后悔迟》《一个觉悟的人》《黑暗的乡公所》等小戏，还改编了京剧《嘉定城》《巾帼英雄》，引进了《放下你的鞭子》等剧目，有力地配合了抗日宣传。

抗日战争全面爆发后，如东的海上活跃着一支中国共产党领导的海上抗日武装，最著名的故事就是陶勇司令收服海盗孙二富，壮大了海防团，在如东沿海打击日寇，演绎了一曲抗日史诗。“拉紧绳，张开帆，船儿破浪飞向前……”抗日歌曲《海上行》至今还在传唱。1942 年 11 月，担负着艰巨而光荣使命的苏中军区海防团在江苏如东何家灶正式成立了。当地老人现今还能唱那首《我们是未来的新海军》:“我们是中国未来的新海军，新海军。我们要担负起海上的使命，每个人都沸腾着民族解放的热血，每个人都发出了抗日救国的呼声！打倒那日本军阀与铁蹄下的欺凌……”如东的海在歌声中见证了中国海军起源、成长的历史。新四军挥戈东进以后，标语口号、板报传单等宣传品成了如东书画创作的起点，并逐渐走上健康发展的道路。

1945 年 3 月，掘东区队在丁杨乡民兵配合下，越过铁丝网和壕沟，直扑大豫镇碉堡，杀死日军 12 名、伪军 3 名，活捉伪军 6 名、伪乡长 1 名，缴获了一批步枪、轻机枪、掷弹筒等，并解救了 40 多名被捕群众。当时延安《解放日报》刊登这一消息时，称掘东区民兵“创造了民兵奇袭的范例”。陈毅同志曾赋诗赞颂新四军抗战:“江淮河汉今谁属？红旗十月满天飞。”他还坚定地表示:“应知天定由人定，日月重光世运开。”陈毅的诗作，极大地鼓舞了如东抗日的士气，地方抗日战士乘胜追击。7 月 1 日夜间，成千上万的民兵和群众组成的破忻大军，在苏中四分区主力部队等掩护下，分几十路冲向“竹篱笆”。砍的砍，拆的拆，拔的拔，把孙蚊的毛竹理成推。宣传队还用快板、民歌鼓舞大家斗志。“竹篱笆，硬分家，南边田，北边家，有粮有菜吃不到它，大家一条心，齐心拉篱笆。”“篱笆长，篱笆高，清乡封锁鬼门道；清不了，锁不了，抗日人民智慧高；老虎钳，切菜刀，砍掉篱笆大火烧。”由于主力部队和县团、区队割断了敌人的电线，监视在敌人据点周围，日伪军只好龟缩起来，直至彻底败溃。

抗战胜利后，马塘、丰利、双甸等地成立了青年俱乐部，掘港、栟茶还分别组建了黄海剧团和春潮剧团。解放战争时期，全县农村业余剧团、文娱队增加到 117 个，做到“乡乡有剧团，村村有歌声”。1947 年冬编演的五幕话剧《枯井沉冤》，曾震动苏中地区，对土改复查工作起到很大的推动作用。业余文艺工作者活跃在集镇乡村，给群众带来了欢乐。其中不少人后来成为省、市及部队文艺团体的骨干。

新中国成立后，如东的文艺空前繁荣。

如东县杂技团于1958年正式建立。他们的“顶碗”“椅子造型”“高车踢碗”等节目曾参加江苏省杂技调演，其中，“水流星”节目荣获三等奖。1991年7月，应日本福岛县常磐市兴产株式会社邀请，由如东县杂技艺校17名学员组成的“中国南通少年杂技团”赴日本作为期42天的有偿演出。17名小演员给日本人民带去了“顶碗”“翻杯”“软钢丝”等10个杂技节目，演出84场，观众达10多万人次。这是如东也是南通市艺术表演团体首次出国作有偿演出。此后，出海演出就成了如东县杂技团每年都不缺的安排。

随着社会的进步，乡土文艺目前在如东不再是过去那种口耳相传的流传方式。全县拥有美术、书法、摄影、戏剧、曲艺、音乐、舞蹈、文学、杂技等门类的专业、业余创作人员数以千计。其中，相当数量的作品在全国及省级媒体、平台发表、展出并获奖，部分作品出国展览，参与国际文化交流。早在二十世纪八九十年代，有如东作者编剧的《爱的心座》、《子规啼血》和《董小宛》等电视连续剧还被制成录像带销往国外。

群众文化活动按照面向全县、面向基层、面向群众的思路，在普及的基础上提高，在提高的指导下普及，社区文化、企业文化、校园文化得到蓬勃发展。到1991年底，全县共有艺术表演团体1个、县文化馆1座、县图书馆1座、区乡文化站57个、乡镇文化中心36个、影剧院（场）27所、电影放映单位81个。全年发行图书488.16万册，设立农村网点92个。县图书馆被评为省文明图书馆，县文化馆两次被评为省群众文化工作先进集体。广播电视事业跃上新台阶，调频广播顺利开播，县电视转播台架设了大微波，全县广播喇叭25.23万只，通播率98.8％，喇叭入户率达80％，通响率达95.2％。这些广播通信设施成为开展群众性文艺的媒介。

如东的乡土文艺淳朴可人，五彩斑斓。春节前后，放风筝、扯箢儿（即抖空竹）、踢毽子，是青少年喜爱的活动。风筝的话，农村一般放六角鹞子、七串联（七个六角鹞子组成）、十九串联，有的上面装有哨子，“嗡嗡嗡”是葫芦哨子，“瞿瞿瞿”是竹管哨子；集镇一般放蝴蝶、蜈蚣、凤凰等，在空中或静立，或轻舞，姿态各异，色彩斑斓。如东流传是潮桥人吴长庆发明了装有哨子的风筝。据说吴长庆是清朝同治年间人，两次应试未中，整日闷闷不乐，常借横笛、长箫排遣。有一年踏青春游，见天上风筝如画，他忽然想到世上失意者岂止他一人，何不将笛箫拴在风筝上，让它在空中鸣奏，为众多的读书人排解忧愁？于是，他成为哨子风筝的首创者。传说是否确实已无从考证，但潮桥吴氏后代珍藏着他亲手制作的一只高2.4米、缀有500多只哨子的板鹞风筝却是事实。如东风筝别具一格，在国际比赛中也崭露头角。1990 年底，应香港新界区域市政局的邀请，如东组队代表江苏省暨南通市，作为我国四大风筝发源地之一的通派风筝代表，赴香港参加香港艺术节国际风筝放飞比赛。在与英国、日本以及我国台湾、香港地区等 10 支国内外风筝劲旅的角逐中，克服场地和自然条件的困难，一举放飞成功，获“最大风筝奖”。

如东民间活动还有元宵节前后兴灯、夏季乘凉、哼山歌、唱唱儿（小调）、听童子戏（通剧）、说嗙（音 pǎng，方言读音近似“怕”，即讲故事）等。农村体育游戏有抵扁担、扳手、拉凳等。民间棋类有下五马儿，即用文蛤壳作棋子对弈。京剧为本场人所喜爱，启海人则爱看越剧和锡剧。

在如东流传的民间舞蹈有浒澪花鼓、河蚌舞、和合二神舞、泼花篮、跳庄稼佬、舞双蝶、藕子灯、莲湘、花担、双推车、跑云头、苍龙、狮舞、龙灯舞、莲花、高跷、荡湖船、跑马灯、跳财神、跳马伕、钟馗戏蝠、抬判、跑方、走表、醉汉佬、火流星等 20 多种。这些丰富多彩的民间舞蹈，反映了近江濒海如东人民的劳动生产和与人民生活相关的动人故事，表达了喜怒哀乐的种种感情。其中久负盛名的，有浒澪花鼓、泼花篮、跳马伕、钟馗戏蝠以及河蚌舞、莲湘、花担、龙灯、莲花、高跷、荡湖船等。像浒澪花鼓、泼花篮、跳马伕、钟馗戏蝠还被收入《中国民族民间舞蹈集成（江苏卷）》。

浒澪花鼓又称下洋花鼓，是典型的三人花鼓，流传在如东西北浒澪乡西下洋一带，河口、于港、靖海乡的部分地区，海安县的旧场乡等地也有流传。演出分“外场”和“内场”两部分：外场是广场演出的歌舞小戏，内场为堂歌。夜幕降临，花鼓班在广场上敲锣打鼓（称“闹场”），观众纷至沓来。随后开始舞“暗狮子”（黑灯瞎火中舞狮子）打场子，主人图吉利，大放鞭炮，“狮子”在鞭炮声中由“绣球”引着，从外场到堂内蹿个来回。观众退让，场子即告打开。广场周围有若干盏长方形白色牌子灯（内点蜡烛），外场先“打花鼓儿”，主要人物出场：小旦（红娘子）、小生（上手）、丑（鞑子），还有和尚、老渔翁穿插其间说笑逗趣，其他的人手舞足蹈伴唱。接着打莲湘，然后跑场子，有一人舞“滚莲湘”的动作。然后是热烈奔放的“撬荷花”，红娘子骑在上手的双肩上作荷花梗心，8 个女孩子骑在 8 个男子的肩上作花瓣，场上队形如荷花开放，表演由此达到高潮。最后是《王瞎子算命》之类情节简单有趣的折子戏。转入内场后，以唱各种小曲为主。浒澪花鼓流传已久，还形成了不同流派。如吴其昌的下洋班，舞姿奔放、粗犷，唱腔质朴苍劲，称为“海派花鼓”；吉鹏年的临河班，表演细腻抒情，优美动人，称作“乡派花鼓”。浒澪花鼓曲调相传有 200 多首，多已失传，现存 70 多首，其中“秧歌调”“穿心调”等颇具特色。经江苏作曲家吴岫明整理、歌唱家雪飞演唱的《人人都爱社》曾流行于省内外。

泼花篮是将灯彩、“肩挑”技艺和舞蹈结合一体的民间艺术形式，流传在丰利、掘港一带。它取材于“天女散花”的故事。表演时，众云童在紧锣密鼓声中手舞云牌在前面开路，变换队形，表现“乱云翻滚”“层云密布”“云开雾散”“祥云缭绕”，继而在江南丝竹（十番）乐曲声中，众散花仙女手拿花篮穿插其间，散花仙子（由儿童扮演）端立云头，站在肩挑顶端，扛肩挑者迈着沉稳步伐款款而行，仙子轻舞云帚，倒泼花篮，大量鲜艳花朵从篮中泻下，仙子忽而前进，忽而后退，忽而原地转圈（谓之“打招”），展现天花乱坠、百花争艳的美丽景象。

跳马伕是迎神赛会中的祭神舞，以丰利、掘港、潮桥为盛。过去称“烧马伕香”。传说唐肃宗时，都天王爷张巡，为拒安禄山、史思明叛军，坚守河南睢阳城达 3 年之久，粮尽援绝。军民罗雀掘鼠，又尽。张巡杀爱妾，烹之以饷军士。众将士感动，坚持斗争，为国尽忠。到后来马也吃光，大家就把马铃系在身上，跳起来叮当作响，几里路外可闻，以壮士气和声威。张巡最后终因寡不敌众，以身殉国。唐肃宗封张巡为都天王爷，令天下立庙纪念。如东实际是借“都天王爷出辕”活动来纪念张士诚。他曾来掘港、丰利贩私盐，在掘港附近杨家坂率领盐民跟官兵斗，用鳙鱼当大刀吓退官兵。当地流传民谣:“杨家坂，杨家坂，烧盐的好大胆，官兵来捕杀，盐民就造反。没有刀和枪，拿起鳓鱼绑扁担，把个官兵死里赶。”无论是纪念张巡还是张士诚，都是对英烈的追念，对不屈斗争精神的崇敬，寄托着祈求英灵消灾降福的期望。舞蹈中，扮演马伕的人口衔银针，形似都天王爷的战马，身佩马铃，跳舞时铃声作响。每人手中皆握一根银扦，称为“马扦”。整个舞蹈充满尚武精神，以崇敬都天王爷为主题，洋溢着浓郁的战斗气息。

岔河一带流传“方家的判官，郑家的象，曹家的彩牌不同样”。判官、象、彩牌均为当地出名的灯彩。“方家的判官”指岔河方姓族人祖辈相传的民间舞蹈《钟馗戏蝠》，集灯彩、舞蹈、木偶于一体，塑造了生动可爱的判官钟馗形象。整个表演称作“打招”，分“舞蝠”“戏蝠”“扑蝠”“降蝠”四段。钟馗一般高 2 米，脸谱庄重、色彩凝重、双目圆睁、威风凛凛，貌丑心美，刚直不阿，是人民心目中忠诚和正义的化身；而小鬼身材短小，脸谱滑稽，手中的蝙蝠翔飞灵捷，形成高矮大小的对比，令人忍俊不禁。“蝠”又谐音“福”，体现了吉祥、幸福，整个舞蹈诙谐风趣。

《跳马伕》、《钟馗戏蝠》和《浒澪花鼓·闹春》曾作为南通市歌舞团的组台节目赴京演出；1987 年元宵节，《钟馗戏蝠》由中央电视台播放，1988 年赴日本演出；《跳马伕》参加了第二届中国艺术节（1989 年）献演，并由上海、江苏电视台播出，受到普遍欢迎。在中国南通第二届民间艺术节上，如东化肥厂的“一马当先”、如东酒厂的“海花飘香”、如东通用机械厂的“八仙闹海”、如东生化总厂的“万象更新”等彩车分别获得一、二、三等奖。

相传 100 多年前，马塘地区逐渐产生了一种以“心堂”（一种打击乐器）为主进行演奏的锣鼓。这就是远近闻名的“马塘锣鼓”，据说由城隍庙道士和民间吹鼓手集体创作。起初 5 人演奏，以后逐渐增加至七八人或 10 多人演奏，并由“心堂”发展为板、锣、钹、堂鼓、单皮鼓等多种打击乐器的组合演奏。马塘锣鼓曲谱丰富、节拍明快、音韵优美、变化多样，比较出名的有《飞蝶乱扑》《芙蓉出水》《贵妃醉酒》等 20 多种。马塘锣鼓有一个罕见特点，即每一个点子只出现一种打击乐器的声音，而不同时出现两种或多种乐器的音响，所以有“马塘的锣鼓——各打各”的俗谚。

如东民间文学也十分丰富。如东人把讲民间故事称为“说嗙”。嗙者，喻也。嗙，是没有根据、不见经传的故事，由一代代人口头相传。如东流传着许多优美动人、哲理深邃的民间故事。有神话传说，也有笑话、寓言和生活故事，从不同侧面反映了如东的历史、地理、物产、风俗……最著名的是《曹瘦脸儿打官司》（赵志毅搜集整理）。据说曹瘦脸儿名叫曹秀生，是清代通州府如皋县掘港人。他的故事大多跟打官司有关，所以民间常把这些故事统称为“曹瘦脸儿打官司”，至今还留下一条歇后语，叫“曹瘦脸儿打官司——坐赢不输”。代表性作品有《十场官革职》《薛仁贵的弟弟》《胡二太爷服法》《审五阎王》等等。曹瘦脸儿作为汉族文人型的机智人物，已被收入《民间文学词典》，与阿凡提等各族机智人物一道构成了我国绚丽多姿的机智人物长廊。

1991年6月，在江苏邳县召开的全国现代民间绘画画乡工作会议上，如东被文化部命名为“中国现代民间绘画画乡（县）”（江苏仅有如东县和邳县）。作为如东文化史上所获得的最高荣誉，这是几代如东人长期努力的结果。如东书画艺术，通过继承民族、民间优秀文化传统，尤其是汲取如东民间绘画艺术的精华，在广泛开展的群众美术活动中得以不断发展。不少青年农民作者将浓郁的乡土生活气息带进农民画创作取得了可喜成果。《油菜飘香》《诱蛾》等一批作品先后入选全国农民画展。自1958年如东县作者的国画《拉洋片》第一次入选全国中国画展览以后，在中国画、年画、连环画、农民画、青年美术作品、少年儿童美术作品、幼儿画、卫生美术作品、中青年书法家作品等全国性展览中都有数百件作品入选，并有一批作品被中国美术馆等国内外艺术场馆收藏。

如东的群众美术活动以其广泛的群众性、鲜明的独创性和浓郁的乡土性，引起了各方面的关注。一大批美术、书法作品带着如东浓郁的海滨气息、带着如东人民的深情厚意，先后走向世界。许多国家和地区的人民第一次发现在中国南黄海之滨的如东，还有如此绚丽的风光，如此聪慧的人民……如东县中小学生的书画作品，除了多次在市、县展出，也在走向全国、走向世界，并在国际上获奖。

当年，浩然曾经来到南黄海采访围垦劳模，他爱上了如东的海。在他眼里，南黄海是“绿色的海”。浩然独到的眼光，今天看来竟然有如此的“远见”。欣赏南黄海，的确要透过绿色的滩涂，透过一点丹心时光，透过一份热爱的理念，透过生态建设者的忙碌身影，那么，那海洋的颜色，一定有一种澄澈的绿，一种生机勃勃的生命色调。江苏省作家协会原主席海笑先生对南黄海有着嵌入生命悲欢的情缘。他 16 岁时就在南黄海边的苏中军区四分区参加革命，对日寇的满腔仇恨如奔腾咆哮的大海，于是改名“海啸”，抗战胜利后，他又将“啸”改成哈哈大笑的“笑”，以示庆贺。年近百岁的南通老诗人沙白向我回忆年轻时，每有情愁，必向大海诉说；每有欢歌，须向浪潮放声：“黄海浪高，范公堤高。堤外波涛，堤内波涛。”老人说自己一世沧桑人生，借由海洋见证。

洋口港的开发建设也给文化艺术家提供了丰富的创作源泉。自20世纪80年代以来，洋口港从酝酿到建设开发成功，港口事业蓬勃发展，港口面貌日新月异。“谈笑有鸿儒，往来无白丁”，洋口港每年要接待几万人次的参观和数十批作家、艺术家和记者的采风。“千步芳洲何来醉，百里海韵尽入壶”“南黄海中的北戴河，扶海洲上的小扬州”，他们留下的诗文妙句，传诵向四面八方，关于洋口港的信息，每天都在世界各地的媒体和信息平台出现。

县文明办主任陈建宗先生特意送我一本他策划的书《诗画如东》，里面收录了全国各地数十位文化名家走进洋口港采风留下的激情诗文。著名电影人付少武在他的散文里写道：“不惧狂风呼啸，不惧浊浪滔天，可亲可敬的如东人在时代的召唤中，勇立潮头，奋勇搏击，追梦逐海的精神就会为无数到访洋口港的人们，送去无比绚丽多彩的光芒。”文化学者雷雨赞美如东海上的风：“触发了灵感，传动着才情，绿化了大滩，腾飞了经济。”散文家李凤宇写道：“抚江越海，梦飞万里。如东人凭借自己的双手开疆拓土，逐梦前行。海浪起舞，涛声如歌，白帆驶向天际，大船拉响汽笛，洋口港的青春身影，把精彩向世界传递。期之望之，由衷赞叹。”小说家、中国作家协会书记处书记邱华栋深情咏叹：“如东，正是在大手笔、前瞻性的设计中，正是在新时代发展观念的引领下，扬帆远航，面朝大海，春暖花开。”如东本土的作家、诗人，更是对洋口港这一如东智慧与精神凝聚的标志工程，放歌抒怀。汪益民、杨展、丁金荣、高保国、刘剑波、桑晓梅、陈海英、方述怀、高雨、毛文文、陆海舰、陈皓、钱德梅、李晓琴、袁金泉、王海波、孙同林、顾新红、桑云梅、王晓晴、吴晖等如东地方作家，热衷于洋口港题材，创作了大量诗歌、散文，有力传播了大港风貌和精神。而石剑波、刘大年、曹鹤松、季铁权、王海飞、丁征峰等各门类的艺术家代表，用他们不同的才艺，记录和咏叹着洋口港。

如东文人有一个为自己自豪的小故事。20 世纪 90 年代初，洋口港开发正处于创业年代，没有图纸，没有资料，对于洋口港能不能建、怎么建、建成一个什么样的港口，专家们尚在论证，领导们在研究，无数投资者在询问。县委书记严长俊急了，就让宣传部找来一批本土的美术家，对他们说:“能不能做出一个港口模型来，把我们的意图呈现出来，好直观说服投资商。”刘大年、丁征峰等人就被抽调出来，住到县招待所，来完成这个莫名其妙、要靠想象和白手劳作才能完成的任务。没有材料，他们就搜集泡沫板、碎木屑、圆珠笔芯、有机玻璃等，废物利用，将就着做成型。大港到底什么样子，当时也没有一个人说得清楚，于是美术家们就到图书馆查阅港口图片，再根据洋口港的地形特征，照葫芦画瓢，凭想象设计出来。可以说，洋口港的“胎儿”时代，是如东的艺术家们凭空想象出来的。

“这件事太有意思，为此，我专门到县文联召开了一个座谈会，请来当年的参与人。市美术家协会副主席丁征峰加入模型制作组时，是如东人民大会堂的美工。没有参照物，我们把洋口港开发目标方案作为制作依据，同时发挥丰富的想象力，沙洲上筑岛，架设桥梁通向海中的人工岛，滩涂打造欣欣向荣的临港工业区。大胆而又超前的构想，得到县领导的一致认可，”他说，“我30岁不到，县里为洋口港开发找到我做这件事，我非常激动，觉得艺术家也不是没有用的，在发展大计里，有我们的工作席位，真是太幸福了。于是，我们七个人天天不回家，到了夏天突击组装时，蚊子叮咬，也是通宵达旦地干。”

这个模型在洋口港前期开发中，发挥了巨大的作用。从中央到地方的各级领导，从国内到国外的多路专家，从央企到外企的多方面投资者，来洋口港考察，无不通过观看洋口港模型，坚定了支持开发建设“东方大港”的信心。模型后来还搬运到上海、南京等地举办的洋口港开发建设推介会上，供中外客商观摩，大大增强了洋口港在海内外的知名度，加快了洋口港的开发进度。可以说，这6平方米的模型，是洋口港开发建设的定星盘。

昔日的小渔村，从6平方米的手工模型的“比划”中，摇身一变，成为今天的世界能源岛、产业港，成为南通沿海高质量发展先锋的生动案例、现实“模型”。

“如今这个模型太大、太亮了！”艺术家代表激动万分，“有的人经历了夜来风雨，有的人直接看到了满地落华！似乎每一个春晓，出现在我们面前的都是一片新的华丽。”

深化港产城一体化建设、推动高质量发展的壮丽画卷，仍在不断地展开。洋口港在持续推动先进制造业向千亿级目标迈进，大幅提升综合经济实力、创新发展水平和区域带动作用。

洋口港的又一个“春晓”，可望是一个实现规上工业总产值超1500亿元、GDP超500亿元的战略新兴产业高地，是可供100000人居住生活的绿色智慧海港城，是无限发展的大可能！

今天到明天的增速率，远不会低于6平方米模型的昨天，到今天如此风景的增速率。

一切可待，一切可见。

男高音歌唱家戴玉强曾演唱过一首气势恢宏的歌曲《太平洋的风》，正是咏叹的洋口大港，咏叹建设开发大港历程中如东百万儿女不屈不挠、勇往直前的开拓精神。这首歌是由瞿琮作词、印青作曲，专题为洋口港量身创作的。歌词主题融入如东“辟我草莱、开拓创新”的进取精神和“科学、开拓、拼搏、奉献”的洋口港精神，艺术上具有浓厚的如东地方特色和浓郁的南黄海风情。《太平洋的风》唱道：“是那太平洋的风吹拂脸庞，南黄海的潮水在脚下激荡，阳光岛辉映着喷薄的霞光，看那列队的巨轮正在启航，海子牛啊耕耘着岁月沧桑，历史与未来汇成交响，跨海的长桥像天路一样的宽畅，每一个泊位上都穿越着繁忙。这里是年轻的海港，中国的洋口，你面向太平洋。年轻的人们都对你衷情向往，像那海燕一样展翅飞翔，所有的风和浪都不能阻挡，载着和平与发展驶向远洋。”

这首歌的词曲，加上戴玉强的激情演绎，穿透力、感染力极强。南黄海巨浪澎湃，如今推送而来的是世界的气息，是时代的潮音。而推送它的那种博大深层的力量，来自沉淀在海洋深处的历史，来自临海人千秋万代精神的张力。

最后一次采访任务结束的那天下午，我再次来到阳光岛上。我站在高大的吊装车下，酝酿了半天情绪，然后戴上耳机，播放戴玉强的这首歌曲。音乐响起来的时候，我快步走到浪潮跟前。我不是矫情，作为一个客人，我以文字与这里结缘，如此贴近了海洋，贴近了这里几千年、几百年、几十年发生的一切，那盛装这一切的内心一角，竟然感到那样的厚重和辽阔。

眼观四海，放声惊叹；心驰汪洋，无比激昂。

2023 年 9 月完稿于如东—南京